安持人物琐忆

陈巨来 著
孙君辉 编

上海书画出版社

图书在版编目(CIP)数据

安持人物琐忆 / 陈巨来著. —修订本. —上海:
上海书画出版社,2019.3
ISBN 978 - 7 - 5479 - 1976 - 7
Ⅰ. ①安… Ⅱ. ①陈… Ⅲ. ①回忆录—作品集—中国
—当代 Ⅳ. ①I251
中国版本图书馆 CIP 数据核字(2019)第 037460 号

安持人物琐忆(修订版)

陈巨来 著 孙君辉 编

特邀编辑 陆 灏
责任编辑 王 剑 王一博
审　　读 茅子良 王 彬
责任校对 朱 慧
装帧设计 刘 蕾
技术编辑 顾 杰

出版发行 上海书画出版社
地址 上海市闵行区号景路159弄A座4楼 201101
网址 www.shshuhua.com
E-mail shcpph@online.sh.cn
排版 南京展望文化发展有限公司
印刷 上海雅昌艺术印刷有限公司
经销 各地新华书店
开本 889×1194 1/32
印张 10
版次 2019 年 3 月第 1 版 2022 年 6 月第 3 次印刷

书号 ISBN 978 - 7 - 5479 - 1976 - 7
定价 68.00 元

陈巨来（1905—1984），原名斝，字巨来，后以字行，别署安持，斋名安持精舍。幼承家学，篆刻初从嘉兴陶惕若，1924 年拜一代宗师赵叔孺先生为师。巨来治印，承继秦汉，大气磅礴，而在“元朱文”上得心应手，造诣尤深。自张大千在香港为其辑定印行《安持精舍印存》后，陈巨来篆刻艺术蜚声海内外，作品得到金石收藏家的珍视，被称为“刻印醇厚，元朱文为近代第一”。

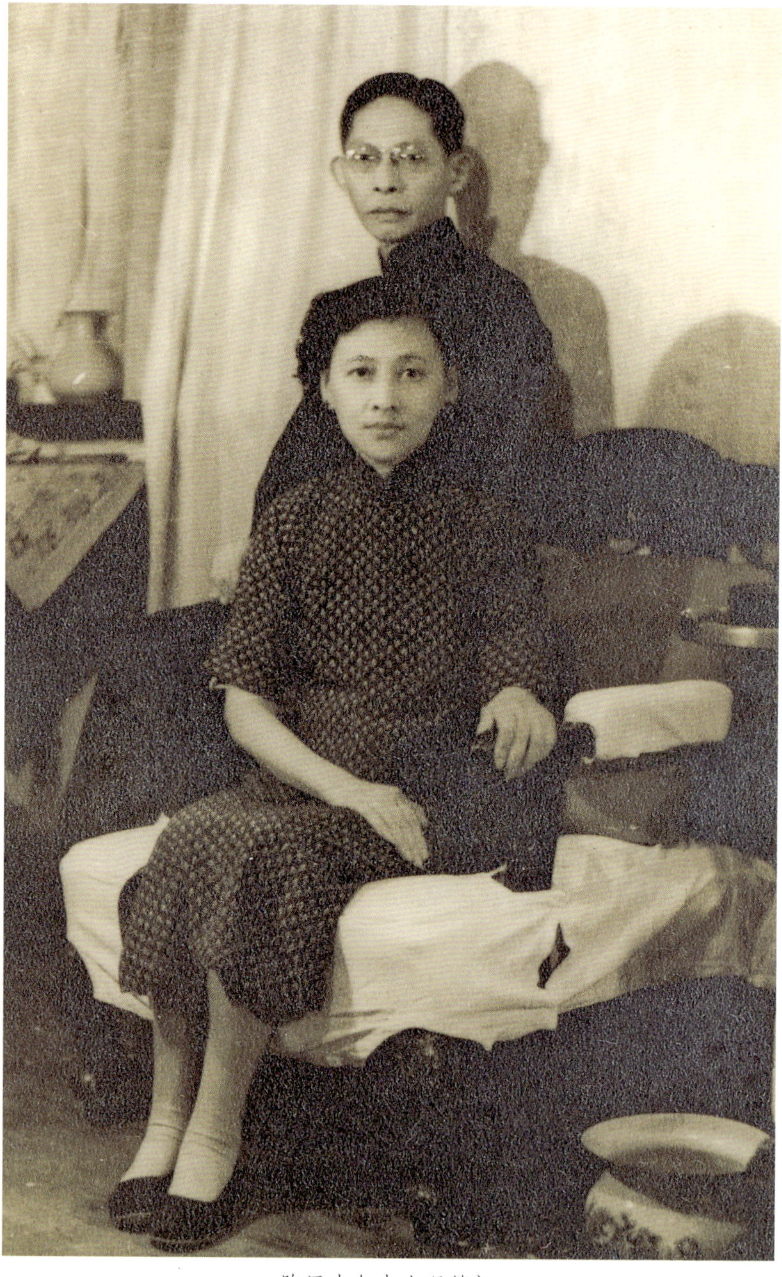

陈巨来与夫人况绵初

陈巨来治自用印及夫人况绵初印
边款为“安持精舍夫妇永宝用”

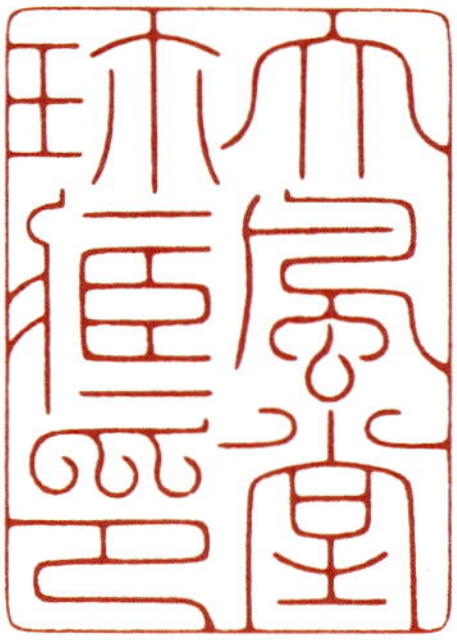

大风堂珍藏印

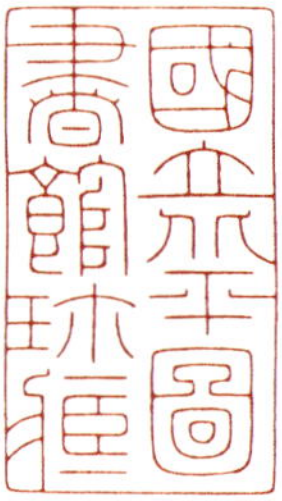

国立北平图书馆珍藏

湖帆七十后作

画到梅花不让人

游手于斯

待五百年后人论定

陈巨来治印举隅

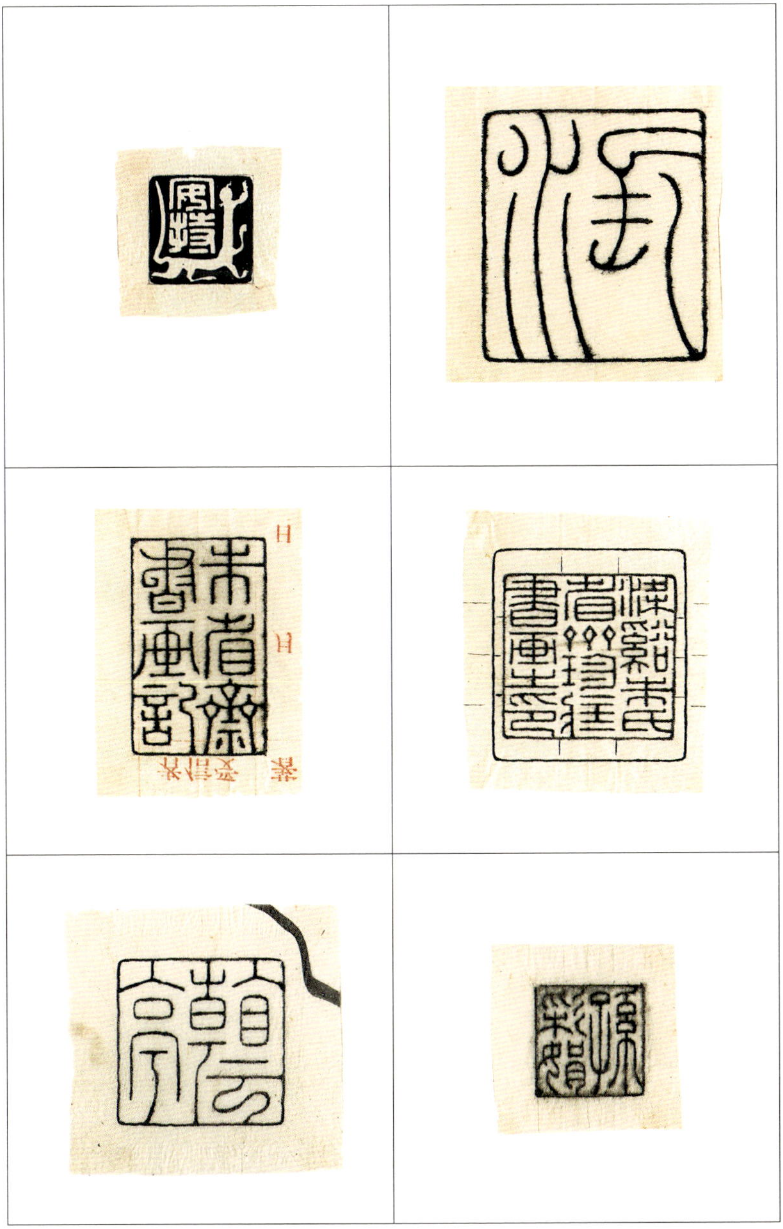

陈巨来治印墨稿举隅

陈巨来梅花小楷集句成扇

陈巨来小楷集句成扇

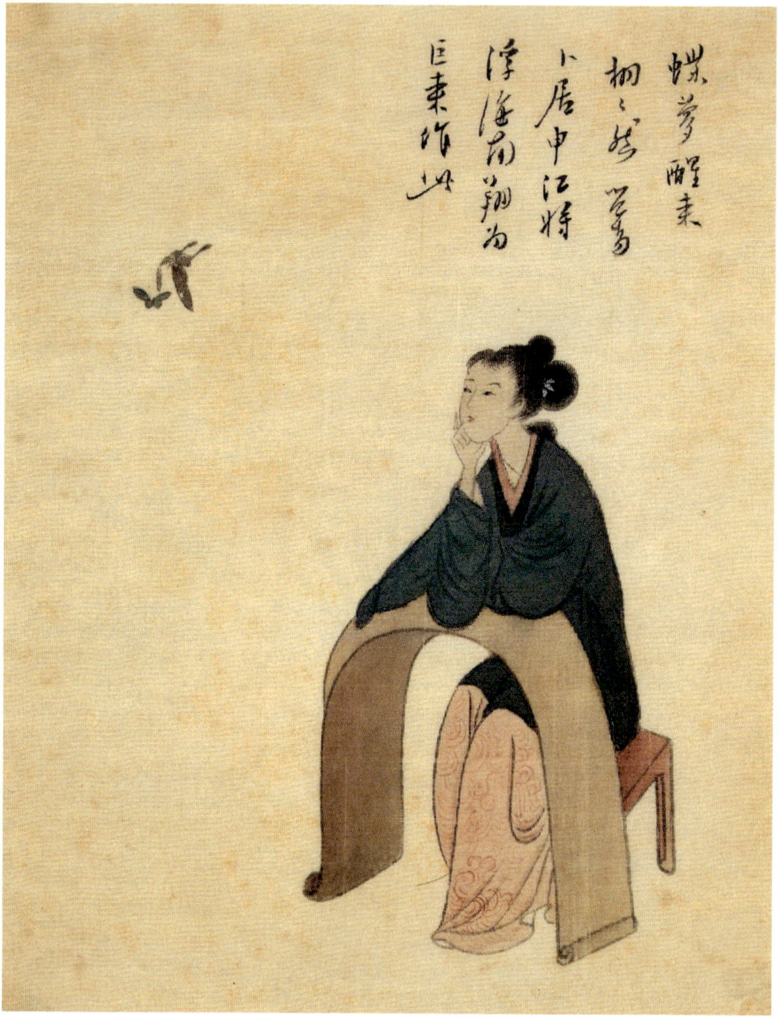

溥心畬《仕女图》

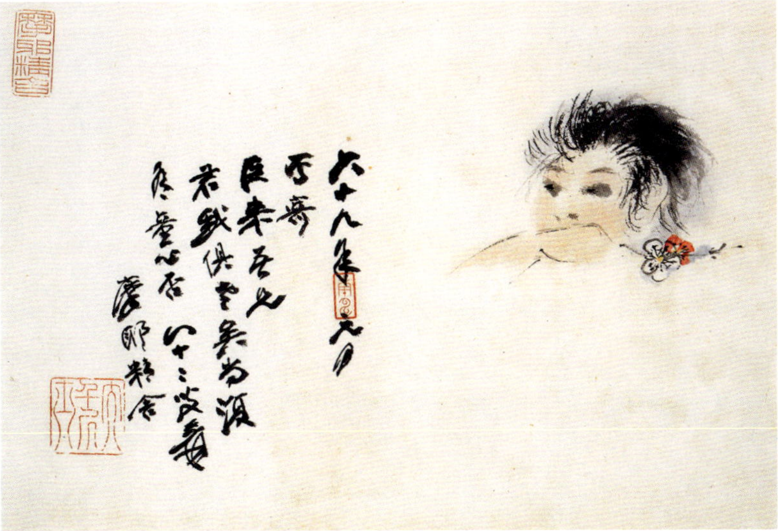

张大千画赠陈巨来《童心图》

吴湖帆潘静淑画赠陈巨来《花卉》

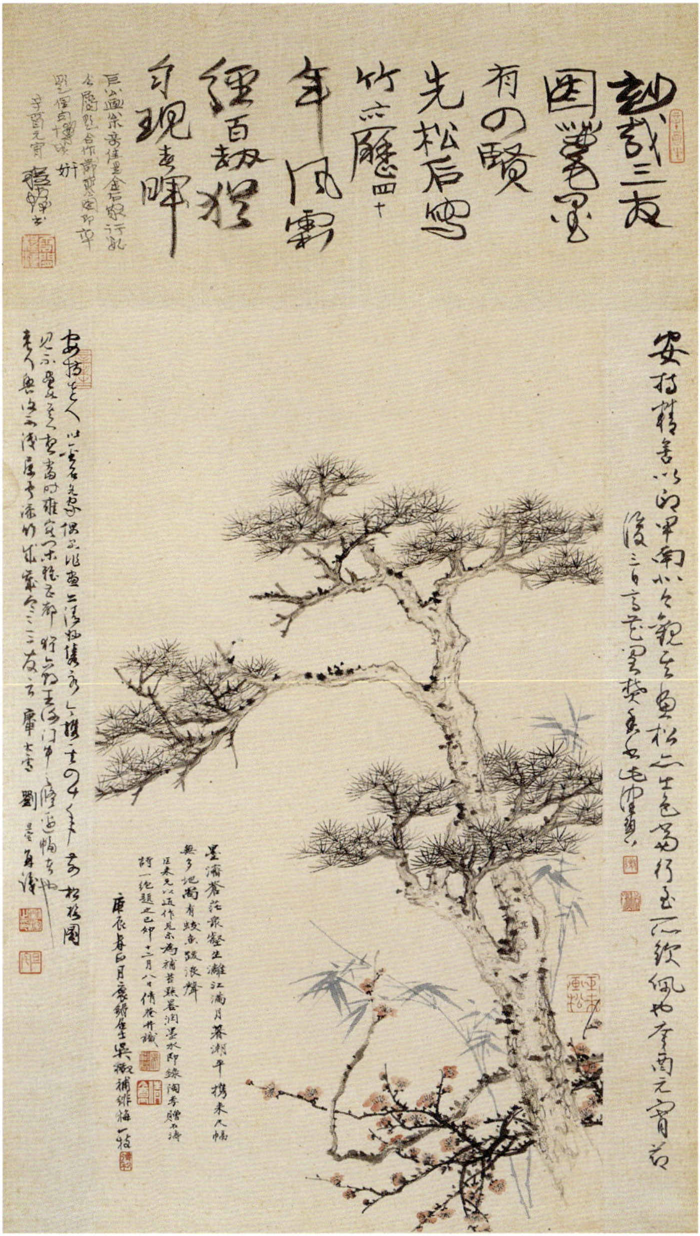

陈巨来画松，吴待秋、吴湖帆补竹梅

陈巨来画松、吴湖帆补石、谢稚柳题记

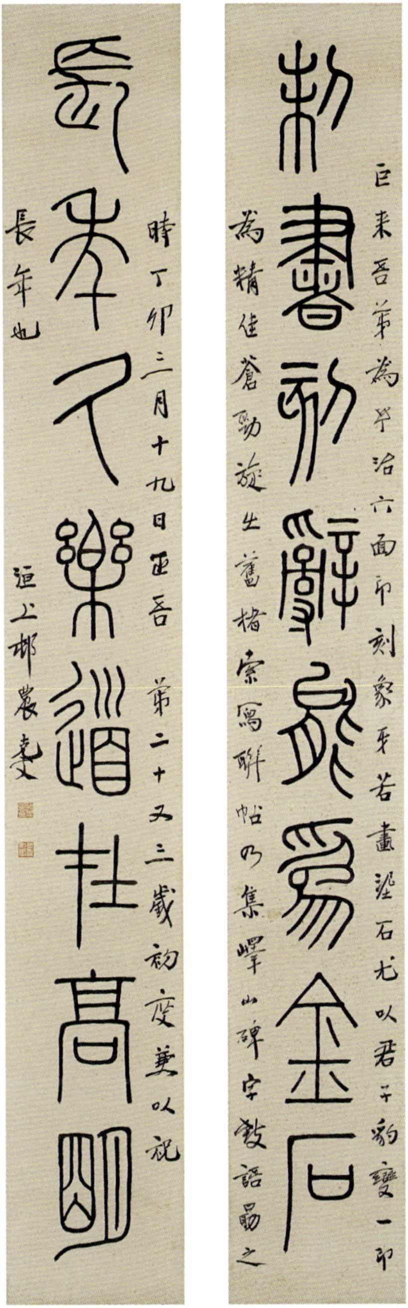

袁克文篆书对联

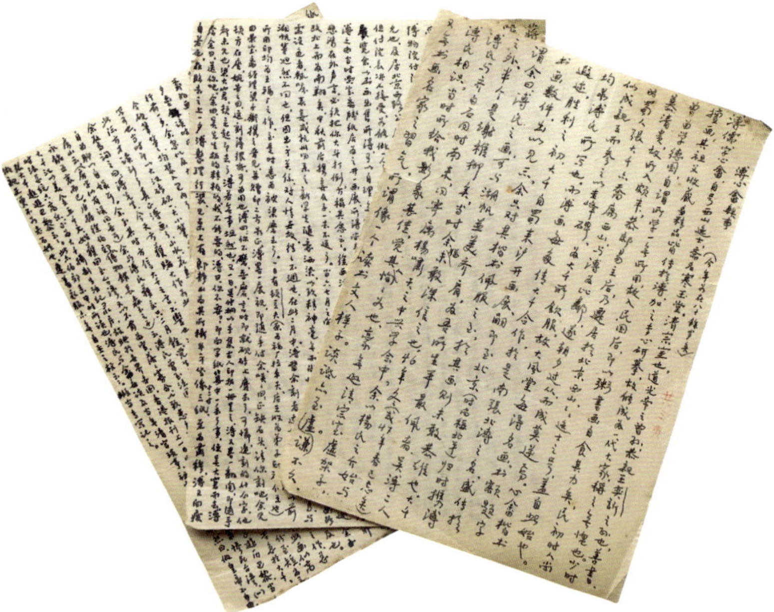

陈巨来《安持人物琐忆》手稿

目录

西山逸士

溥儒，字心畬，自号西山逸士，斋名寒玉堂。清宗室也，道光帝之曾孙，恭亲王奕䜣之孙也。善书，擅画，其祖父收藏多精品，皆传于溥，加以专心研摹，故能成为一代大家，称之无愧也。少时曾留学德国，自谓所学一无所用，故入民国后，即以鬻书画自食其力矣。民初时人尚慕清贵，故所入颇丰。恭邸易主后，乃迁居于北京西山，西山逸士之号，盖自此始也。时蜀人张大千亦侨寓西山，与溥为比邻，遂朝夕过从，成莫逆焉。心畬楷书似成亲王而参之以《圭峰碑》，为大千所钦服，故大风堂每得名画，书额题字均求溥氏所写也。而溥画每多倩大千合作，于是“南张北溥”之名，盛传于遐迩。

抗战胜利之初，大千自蜀来沪开画展，嗣即至北京（时尚称北平），归时携溥书画数件，出以见示。余只对其楷书佩服之至，于其画则未敢恭维也。大千谓余曰：“溥氏制画，可与湖帆并美齐肩，为吾所生平最佩服者。吴、溥二人之外，半个是谢稚柳矣。”当时余犹未敢深信之也。四六年冬（或四七年春，忘矣），溥氏与齐白石同时南来，同寄寓杨啸天之兴中学会中，余以杨氏之介始与溥氏相识。当时所给我印象甚佳，觉其人恂恂如也，毫无逊清宗室虚架子，又无书画名家之习气，所谓像一个读书人样子，谈话亦至谦虚。不久，蒋帮强之为伪国大代表。及伪选开始前夕，溥竟溜避杭州，遁而不出了。其间数以书来，嘱余刻印，并写二篇游记，及赐作余印集序文一篇，均小楷也。后竟以溥所自撰其夫人之墓志铭一篇，亦并以相贻，且曰：今世永无刊石希望矣，故用以奉贻作一纪念云云。

及解放后，溥乃来沪，初寓新亚饭店，后迁铜仁路北京西路口，与余邻近，遂朝夕相晤。据其告余曰：陈毅市长曾以车迎之市府，告之曰：中央最高首长知先生虽为伪国大代表，未受丝毫贿赂，且未投一票，隐居西湖，人格可嘉，所以现在要请你重返北京，为人民服务，担任故宫博物院副院长之职。一俟你到京之后，所有封存西山你家之物件，当即启封发还可也。吾是坚辞未允也。及居北京西路公寓时，余又亲见当时副市长潘汉年三次以函召之，敦促不已。溥乃告曰：北返是可以，但副院长决不接受，如能做一个大学助教，至多讲师，副教授不能接受，如蒙照准，则全家车费，吾当开一展览会，以书画出售所得，可以自理，无需政府资助也。潘氏允准了，但云讲师太谦虚了吧。事已说定。溥亦由当时荣宝斋笺纸店为之开一画展，所得尚丰，将成行矣。突有北方来人告之曰：徐悲鸿知你将回京了。悲鸿在外声言，必须把你大斗打倒，方称其愿云云。徐画，溥所鄙视也，故欲趁此机会辱之耳。溥闻后，遂改北上为南翔矣。中秋前后携妾及一子，一去不返了。

当六七月之间，余乃发觉其作画太不经意，而且必一画如需设色者，辄嘱其妾或杭州回来之新学生随意洒染，以致精神毫无，而尚怡怡然。溥为人至爽而诚笃，与湖帆等迥然不同也，但因出身关系，对人情世故，往往不周也。在此二月中，溥嘱余刻者，达三十余方之多。以前所用印均为王福庵之作，至是时悉为被渠磨去了。一日有顿立夫（原为福庵拉车夫，后王收为弟子，印神似王也）由荣宝斋经理梁子衡携之晋见，并赠印二方求正。溥略一展视，即随手付余，笑笑曰："正缺石头，请你刻吧。"余见顿方在座，婉告之曰："这刻得很好，可留用也。"溥曰："你不磨，吾磨。"言时即就砚砖上磨去了。可怜连刻的什么字，他都未见也。梁大窘，顿立起即去了，溥若无事坦然也。又一日，吴仲埛以手集古人印拓一册呈之，溥又略一翻阅，即随手给余曰："送你吧。"余曰："吴先生拓得精极的，我不能要的。"溥曰："你不要？"即向字纸篓中一丢了事，使吴大窘而去，溥自若也。在临去之上一夕，溥整理行装，见桌上有郎静山为其所摄半身坐像（十二英寸）三纸，至为肃穆，溥又向废纸堆中丢去，余乃索回珍藏，今只存其一矣。以上三事，均溥为人太率真之处也。

溥勤于画，每日总手不停挥，常常画成即赠予余。余私衷不赏其草草之作，辄婉辞谓之曰："公画太名贵，设色者可易米度日，吾不敢受也。书法多赐，则幸甚矣。"嗣后，凡有所求，无一不立挥而成，且多精品也。溥食量之大，至足为人所惊，食蟹三十个尚不饱也。食油条后，不洗手，即画了，往往油迹满纸。余每求画（指明墨笔）求书之前，辄以洗脸盆肥皂手巾奉之，求先洗盥。他认为余对之恭敬，辄下座拱手以谢。此亦一佳话也。今日思之，为之低徊不已也。

当其初抵上海时，大千正来沪，曾设宴款待之，同座者只李氏兄妹、湖帆、子深及余也。当时溥只对湖帆及余二人娓娓清谈不已。子深当时携笔、砚、纸、色，求一合作书画，张、吴、溥三公竟无一动笔者也。事后，大千笑谓余曰："巨来，你要心畲书画，是大有可能了，但是你要当心他的如夫人呀。吾在北京时，常常见到溥氏如有友人过访，谈得高兴时，即挥写书画以赠。他的如夫人总像三国时刘表夫人蔡氏，在屏后窃听，如见友人有携画而去者，她辄自后门而出，追而问之：'先生，你手中二爷的画，付过润资吧。'答是送的呀，即向索回，曰：'那不兴，拿润资来取画。'"大千云："你要当心被她所夺啊。"后与之朝夕畅谈时，觉其如夫人殊与大千所谈不同也，她不但不歧视余，且曾捡出溥自藏小尺（册）页等见贻也。犹忆在他们临行前一夕，余忽忆起大千曾以精品《岷江晚霭图》手卷一事见贻，尚无引首书者，以告溥氏。溥氏谓何不早拿来写之，今砚笔等等均装入包内了，奈何奈何。其如夫人谓余曰："放心，吾立刻可拆包裹拿出来，放在此，你明晨拉住二爷写可也。"当时即以大汉砖砚一、大小笔各一、印一，陈诸桌上矣。其时溥忽嘱并以自己数十张得意之作供余欣赏。余至此际方才读到了真正溥画了，山水、花鸟、水族、人物，无一不备，精美莫与之伦，视大千、湖帆有过之无不及也。余惊询之曰：“溥先生，今天方获睹大作如此之美，外面如何与此不一样耶?”溥笑曰：“吾每写有得意之作，总自留聊一自娱耳。”余至其时方信大千之言不谬也。次晨即为余以正楷写了引首，并题跋一段，誉大千此画似高房山云（房字似有误，同音耳）。

余与溥获交只二月余，觉生平所友者，惟其为最真诚、最坦率，惜缘分至短，为之永铭五衷而已。后据徐伯郊（博物馆长森玉之子）云：溥氏曾至法国多时，以不善应付，几至无以为生，乃告急于大千。大千汇以美金五千元，始获回至台湾。又以不肯为官，落落寡合，以致患鼻癌逝世了。当其死时，大千正游历巴黎，法总统戴高乐为大千摄制纪录片，放映于世界各国。香港报刊上一日间载二消息：一为溥心畬惨死台湾，一为张大千遨游巴黎云云。此亦伯郊来申时所谈也。

溥氏与余每谈及当年清宫琐事，祖宗家法，常慨然曰：做皇帝不自由，做亲王更不如老百姓也，连着衣服亦无自主之权云云。暇当专写记之。

吴昌硕轶事

昌老名俊卿，字仓石，号缶庐，又号苦铁，晚岁始更名昌硕。浙江安吉县人，生于清咸丰甲辰年。在太平天国时，全家离乡，据云其母及妻均死于乱离之中。壮岁进学之后，至苏州做盐大使小官，曾任安东知县，只一月即免职。甲午之后，吴大澂革职回吴门，昌老即在其家作清客，时昌老刻印已自成一家面目矣（他早年刻印专学吴让之，开始亦为西泠奚、黄一路入手，篆书学杨沂孙，行楷学黄小松，醇雅异常，与晚年之剑拔弩张迴乎不同也）。昌老性喜以刀乱刻，愙斋书室中红木紫檀几桌上刻遍了石鼓文，故为愙斋所不乐，未久即去大通做朱子涵盐署中幕僚矣。渠主吴家时，仅命其刻“二十八将军印斋”一印，昌老刻边款只“俊卿制”三字，但此印之佳为其生平所仅见之作，殆所谓显显本领邪？

据闻昌老少时，深受杨见山（岘）之指授与提挈，故虽至晚年，犹复誉之不置。入民国后，以王一亭（日本人所设洋行之买办，商人而兼画家者）努力向日人介绍作书、作画、刻印，声名之盛，一时无两。而其见人谦谦然一似平日，毫无自高自大之态，尤足令人钦佩。

余于二十岁（甲子）与况氏订婚后，即由先外舅蕙风先生率领时诣缶庐进谒，其时渠已八十一岁矣。余正在学习篆刻，初从叔师只半年，自知太幼稚，因先君见谕云：先四伯父昔年亦为苏州小官，与昌老至好，且订金兰为盟，故余以所作印存汇订一册，恭敬呈求匡谬。乃渠一手接了印册，只见封面，未阅内容，即连连说道：“好极了，好极了，佩服佩服。”余对之深为不满。第二次又诣缶庐，携了当年四伯父求他与蒲作英合作兰石折扇一柄，巧的是题款为蒲氏所书，昌老只钤一章。余以扇呈阅，他看后又大赞不已。余笑谓之曰：“老伯也画的呀。”他只笑笑说：“啊，不记得了。”余又指先四伯父渔门上款，询之曰：“这是我四伯父，还记得否？”昌老乃改容相对，复取余所刻印拓细阅，阅后仍叫我“巨翁”：“你刻的印，道路走对的，初学极应该专攻汉印工正一派，我早年也是从工稳浙派入手的，三十以后方才敢自行改样子，现在外面的少年一开始即摹仿我的一路，不从根本着手，完全变成了‘牛鬼蛇神’（这四个字，余在二十岁时即有深刻体会了）。巨翁，你千万不要学我啊。”又对我说：“刻印与写字写画不同，是等于唱花旦。”说后，又看看余只二十岁，似悔失言，又补充说：“巨翁巨翁，你不可误会，我是比喻，刻印要靠目力腕力，卖一个年轻，老了就退化了，五十五岁之后，是一个关，我过了这关，即日渐退步，六十五以后，大部为徐星州等学生代笔了，现在我书画上所钤诸印，已一蚀再蚀，都已为儿子学生等加深摹刻的了。”其时余又请求刀法，有无多式多样，是否握刀必须似握笔，刻石似作书？昌老云：“我只晓得用劲刻，种种刀法方式，没有的。”余更求渠以如何奏刀方式见教，他遂立即出一石，刻了数刀，并刻了“缶老”边款二字。余视之与叔师无异，也是横执刀，刻时从右而左的。他是晚虽“巨翁”不绝于口，但所说、所示范，无一不诚恳异常，弥可感也。

昌老人极矮小，至死八十四岁，头上仍盘一小髻，似道士一般，无须，故有“无须道人”一印。初一见面，几与老尼姑无异，耳聋，但有时其子女细声谈论老人贪吃零食等等，渠必声辩不认多吃。故有人云他的聋是做作云云。朱丈与之为湖州同乡，故交谊与之最深。他晚年如有人请吃酒席，必请必到，到必大吃不已，回家时患胃痛，所以丈特集成语一联赠之曰：“老子不为陈列品，聋丞敢忘太平年。”岁乙丑，沪上一小报，名曰《大报》，主人为清末癸卯举人步林屋（名翔棻，河南人，袁世凯之秘书），凡上海唱旦女伶、北京来申之青年男女伶人，无一不拜之为寄父。余其时常至其报室请益，故凡属名女伶几无一不相熟者，都为步君所介也。昌老听京剧，因之与步君成至好。先外舅与朱丈，亦因步作诗甚佳，所以时时会晤。其时大世界大剧场有小女伶名潘雪艳者，面貌娟秀，一无伶人习气，吴、况、朱三公群相赞美，步君遂提议拜三公为寄父，三公一致同意。乃由步君设席于先外舅家中，宾朋满座，朱丈端肃如恒，昌老与先外舅，欣乐高兴，一洗平日道貌岸然之态矣。昌老在家已预制七古一首纪此盛况，惜未抄存，久已忘了，仅忆及最后一句云：“向隅剩有刘大麻。”盖是日有刘山农（当时书家）在座，未得为寄父之一，故昌老以此红之耳。是夕先外舅在席上撰联二幅，一交昌老，一付丈，嘱分别书之，以作见面之礼。先外舅又特提出求昌老需作行草书之。殊不知昌老生平从不作行书联者，故第三日写就送来仍为篆书，先外舅竟大怒，认为昌老违背其意，失了面子，谓丈及余云：“昌硕倚老卖老，丢我脸，我与之从此死不见面矣。”丈以谓一时意见，日后当可忘之，故一笑置之。孰料先外舅遂绝迹不至吴家了。后丈与余谈及此时，为之长叹不已。隔三年，昌老亦逝世矣。昌老至死时，尚未知先外舅已与之绝交了。

昌老在七十前，曾纳一妾，未二年，即跟人不别而行，昌老念念不已，后自作解嘲，笑谓先外舅曰：“吾情深，她一往。”殊觉风趣也。昌老昔年所云刻印五十五至六十是一个关，余初不信其说，洎乎今日，深有此体会。老人之言，不吾欺也。

又，昌老涵养功夫之深，为任何人所不及。据先外舅告余云：某日有一估人出示一幅渠落款所画之花卉，其实乃赝品也，最可笑款书为“安杏吴昌硕”。乃昌老一经展视，即说：“是我画的。”估人满意而去后，在座某君问之曰：“昌老，‘安吉’写成‘安杏’，难道是真的?”昌老笑笑云：“我老了，笔误也。”某君行后，昌老谓先外舅云：“我也明知其伪，但估人恃贩卖为生，如说穿了，使他蚀本了，认承真的，使他可以脱手，赚几元钞票养家活口。我外间假书画何止这一幅，多这一张，于我无损，于他有益，何乐不为邪?”此事在任何人当之，必无此宽容也。

昌老只擅仿李复堂、赵㧑叔一路花卉，山水非其所长，凡有人强求者，辄嘱吴待秋代笔交卷了。丁卯年逝世前，商君笙伯（言志）自绍兴家乡携来名产麻酥糖十包赠之。其子东迈仅予以一包，其余全藏去，不料被老人所看到了。入夜又私自起床，取食二包，竟梗在胃中，无法消化，遂致不起。老人好吃，殆成常例，赵叔师晚年因在婿家，连食四喜肉多块，以致成肺炎而死，真无独有偶也。

昌老擅作诗，惜所学者，为清代名家钱石一路耳。渠写成后，晚年必求先外舅指正，上款总是称吾师，内弟处所藏至多也。

吴湖帆轶事

吴湖帆原名翼燕，又名万，字遹骏，三十后始更名湖帆，号丑簃，以藏隋《常丑奴墓志》宋拓本故以为号，又藏宋拓欧书《化度寺》《虞恭公》等四碑，自署曰“四欧堂”。生二子二女，各名之曰孟欧、述欧……云。祖父即清著名金石收藏家吴愙斋（大澂）。其本生祖名大根，甲午年愙斋以书生而与日本战，致丧师辱国，湖南巡抚被革职，回吴门，时湖帆适生，遂承继为愙斋之孙矣（其父讷士，未承继，仍为侄也）。其外祖乃川沙金石名家沈树镛（韵初）；其岳父潘仲午，清尚书潘祖荫（伯寅）之胞弟也。妻名树春，字静淑，四十后亦擅画花卉，神似清女画家陈书南楼老人。岁辛酉，静淑女史卅生日，仲午先生以家藏宋版宋器之所作《梅花喜神谱》二册赐之，湖帆遂又署其斋曰“梅景书屋”矣。

吴、潘、沈三氏均为当时之著名收藏家，故湖帆从小即耳闻目染无一而非书画金石，基础既深，加之以力学不怠，故其成就，自非余子可及矣。又性格高傲，目中无人，盖环境使然也。其少时陆廉夫（恢）尝为愙斋门客，湖帆可能得其启蒙，但渠深讳之。甲子始迁居沪上嵩山路八十八号，与当时名画家冯超然（迥）为比邻，冯长于吴十二岁，二人至相契，朝夕不离。是岁吴定润例，价奇昂，每尺卅元，扇同之。乙丑冬日，余在叔师（赵叔孺）案头获睹其润例，认为从未见过。叔师谓余曰：“此人乃愙斋之孙，画山水超过其祖也。”余闻之印象颇深。及丙寅五月四日晨十时，余至赵师处，先见弄口停一黄色汽车，及至书房，忽睹一位年轻而已留胡须之怪客，身穿马褂，头戴珊瑚小顶之帽，高谈阔论，称叔师则甚恭敬，曰太世叔不已。叔师对之谦逊有愈于众。余私自询叔师长子益予，问里面这人做什么的。益兄谓我亦从未见过，大约是做文明戏的吧。谈至十二时，叔师留之午饭。饭后渠出示《常丑奴墓志》，求师审定。余在旁侍观，见渠自跋题名，始知此公即叔师所心折之吴湖帆也。首页钤一印，白文“丑簃”二字，既似吴让之之柔，复有黄牧甫之挺。叔师询之，此何人所作，吴云自己刻的。余对之大为佩服。但渠对余，侧目而视，不屑一顾。余亦不愿求师作介绍也。后师亦取一本旧拓《云麾碑》请其赏鉴。渠亦恭维敷衍。其时渠忽发现碑拓后页钤有一白文印“叔孺得意”一方（此印乃乙丑年师以《双虞壶斋印谱》中“叔得意印”回文印，命余将“印”字改成“孺”字而成者，余以孺字配得至妥，故宛然汉印矣），大加赞美，顾谓叔师曰：“太世叔，你刻这印，太好了！”叔师笑谓：“不是我刻的。”吴问啥人刻的，师乃指余曰：“这是我学生，是他刻的。”斯时焉，吴以惊奇之面目询余姓名，大为恭维，与前二三小时之湖帆，判若二人了。他谓余曰：“你印真好，神似汪尹子。你见过汪作否？我藏有《汪尹子印存》十二册之多，可以供你作参考的。”当时余只廿二岁，对汪尹子尚茫然不知也。承师见谕云：“汪名关，为清初徽派大名家，与程穆倩、巴隽堂（慰祖）齐名者也。吴先生有此珍藏，大可求之一观也。”当时吴即起立谓余曰：“我们去吧，到我家中看印谱去。”临行与叔师约定，次日求师为之介绍去访罗振玉，求题四部宋拓欧碑。当时余至其家，吴云夫人方回苏州去了。故即请余登楼径至卧室，旋即检出汪谱见示。余爱不忍释，吴云：“可带回去详看。”余云：“希望借一星期如何。”他云：“一年两年尽不妨也。”（后七年始还之）余生平治印，白文工稳一路全从此出，故余于吴氏，相交数十年，中间虽与之有数度嫌隙，渠总自认偏信谗言，吾亦回顾当时恩惠，感情如恒矣。次日为端午节，吴复以车迎我往接叔师同访罗叔言。出罗宅后，三人同至当时“一枝香”菜社进餐，又复介余至比邻冯超然家聚谈，复一印嘱刻。余志为仿汪作归之，吴氏又以拙作求王栩缘（同愈）太史审定。王老告之曰：

“此生刻印，二十年后为三百年来第一人矣。”吴氏嗣即介余晋谒，王老尽出所有印章，仅留数枚，余悉磨去命余重刻之。湖帆原来所用之印，均为赵古泥、王小侯之作，亦一例废置，且笑谓余曰：“我自己从此不刻了，让你一人了。昔恽南田见王石谷山水后，遂专事花卉。吾学恽也。”终湖帆一世，所用印一百余方，盖完全为余一人所作者（只余被遣淮南后，有“淮海草堂”与“吴带当风”二印为他人所作耳）。吴氏最不喜缶老之印，尤讥其所作石鼓文，尝告叔师云：“昌老之石鼓文拓本，大约是绢本拓的，为裱工拉歪了，故每字都斜了吧。”甚矣，其言之谑也。

吴氏于近代任何画家，少所许可，尝谓余曰：“现代画家，吾仅服膺四人：陈仁先（曾寿）、金甸丞（蓉镜）、夏剑丞（敬观）和宣古愚（哲）。”此四人盖均为文人画。吴之推崇，意在言外也。书法则郑海藏隶书，叶遐庵、沈尹默行书，王栩缘小篆与大草，亦只四人而已。渠之对于如皋诗人冒鹤亭（广生）终身念念不忘，尝闻吴云，渠与吴门大名画家顾鹤逸（麟士）为堂房连襟，吴在廿余岁时，至顾家闲谈，冒与顾为老友，时正在座，吴未理睬。行后，冒询顾曰：“方才这少年何人，狂生邪?”顾云：“是乃愙斋之孙，年虽少，画甚佳。三十年后，当为三百年第一人矣。”冒回后即将顾语书于日记中，并加按语曰：“书此以俟他年观鹤逸之言确否?”

吴氏有一特长，凡偶有购获古画，无论破损至如何程度，必命裱工刘定之装池，于破损处亲为填补加笔完成。完成后真可谓一无破绽，天衣无缝也。但每喜于购得之书画上辄钤“愙斋藏”印，以售善价也。其性对不论何物，均不肯浪费，虽用剩零星纸张或破笔，亦必保存。叶遐庵每至其家，见案头有新笔、纸张，辄统开随意挥洒。及叶去后，吴氏总谓余曰：“又耗去吾许多纸笔了。”吴氏早年写字，摹董玄宰至神似，后一变再变，曾一度专临宋徽宗之瘦金体，自诩铁线楷。一日，遐庵与余在吴家，遐翁笑谓余云：“湖帆现在的字，是丝线楷，非铁线楷也。”吴闻此嘲后，即舍之矣。最后得米襄阳墨迹《多景楼诗卷》，遂专学米字矣。吴氏于画山水，为鉴家一致公认远迈清四王，佳者直似元之方方壶。张大千以石涛、石溪画派雄视画坛，独对湖帆低首钦佩。其画云山之景尤为特色，余每亲见其画云时，先以巨笔洒水于纸，稍干之后，乃以普通之笔，以淡墨略加渲染，只几笔环绕之，裱后视之，神似出岫而动也。

湖帆性虽乖而傲，但从不与人谈画谈艺。尝谓余曰："我们二人，陌生朋友绝对看不出是画家是印人，这是对的。你见到叶遐翁、梅兰芳二人，听见他们谈过什么。如果叶侈谈铁路长短、如何造的，梅谈西皮二黄、如何唱法，那才奇谈了。一般高谈艺术，妄自称诩，如某某等等，都是尚在'未入流'阶段也。"余认为吴氏此言，至正确也。

湖帆尝为余仿摹画中九友笔法作小册页十帧（最后一帧仿吴梅邨者），精美莫与伦比。后又为其得意学生王季迁作八尺长、五寸高之手卷二事，一仿元人四家，一仿明人四家。两画均非分段为之者，一幅长卷，接连而绘，四种笔法，浑成一气。元人一卷，第三段为黄鹤山樵笔法，将及第四段时，笔渐变而为云林矣。前者崇山峻岭，后者平原远坡，一无牵强之处。余为之神移目眩久之。湖帆谓余曰，九友画册与此二卷，均属自己至得意之作也（此二卷王君携之留落美国矣）。湖帆于得意之际，谓余曰："云林笔法最简，寥寥数百笔，可成一帧，后之摹者非一二千笔仿之，还觉不够也；山樵笔法最繁复，一画之成，比方说，是一万笔，学之者不到四千笔，犹觉其多了。学古人画，至不易也。"余以谓吴氏此语，洵是学画心得，使我为之获得了真诀窍也。

余每见吴所珍藏之画，如清代四王立轴、明人四大家等等，均四幅尺寸一例，私心异之。超翁谓余曰，古画逢到吴氏，不是斩头，便是斩尾，或者削左削右，甚至被其腰斩。盖吴购得同时齐名之画件时，偶有参差长短，吴必长者短之，阔者截之，务必使之同一尺寸方才满意。丁丑春日，吴购得明人山水一幅，忆似为蔡嘉之作，与明某某画，二幅阔同之，而蔡画长了五寸余，署款高高在上，势难去之。所巧的是，上下均山也，中间画水隔之。吴乃毅然嘱刘定之将画腰斩，斩去水纹，上下压缩与某某画齐一尺寸了。当时余力劝勿斩，吴云："裱好后我会接笔，到时你再来看看。"后二画同挂，去水之画，竟一无痕迹与破绽也。吴尝笑谓余曰："吾是画医院外科内科兼全的医生也。"

湖帆每藏一名画、法书，无不取出俾余细读（大千亦如此，叔师、稚柳则秘不出示），吴氏于他人则不然了。渠凡有人求画，最忌点品，求设色者，辄以墨笔应之，求墨笔则设色矣。一日有某君当面求画，言语之间，冒充内行，湖帆竟以笔授之曰："先生，你既是内行，还是请你自己画吧！"又有某富商以高价购得其单款山水一幅，求补一双款。吴又谓之曰："此代笔也，吾不能补的。"其对人，往往如此使人难堪，而渠引以为得意，故其外间人缘至劣也。

吴氏性格，最惮于游山玩水，中年后受超然之影响，亦以一榻横陈，自乐不疲。大千尝嘱余劝之云，宜多游名山大川，以扩眼界，以助丘壑。吴笑笑云："你告大千，吾多视唐宋以来之名画，丘壑正多，取之不尽，用之不竭也，何必徒劳两脚耶。"

先是，在丙寅五月，余以吴之介，得相识王胜之（栩缘）、冯超然、穆藕初（湘玥，时为工商部次长，每星期六、日来沪必至冯宅者）等等，他们总是每夕相携至馆子晚餐。余每去冯家，他们以余为王翁所赏识之少年，故必邀之同去。去则总见他们每人"叫局"招妓侍酒，一人往往招三妓，以致群雌粥粥，嘘浪之声不绝。余以随袁寒云先生久，于此见得太多矣，不以为怪。但总觉他们似属下乘，与袁之大方家数相较，似现代语所谓"低级趣味"了。当时吴氏所招之妓，名宝珠老九，态度殊娟雅而秀丽。一日，吴夫人又回苏了，吴告余曰："宝珠，施姓，名畹秋，三年前为吾东邻某氏之妾也。每于弄中见之，觉得美而艳，故常目逆而送之。在上月忽在一枝春酒楼见之，方知已下堂重堕风尘矣，故吾每次必招之也。”言时出示所集宋人词句成《临江仙》一阙用题其照相之上：“你读读，好不好?”（此为吴生平作词之第一首也。经大曲家吴瞿安赞赏之后，乃大集其词，并学填词也）余受而读之，亦觉大佳，句多切合当时情况者。其后如何如何，余悉不知矣。

隔三年后，岁已巳，只闻吴回苏州已三月尚未返沪寓。一日，余忽得超然来函云：湖帆有急事必需你解决，速来一谈云云。余至冯处询以何事，冯乃以吴函见示，仅数行，大意云：“江子诚帮了施畹秋对吾缠之不休，江与吾相识，巨来介绍也，故此事必须托他向江去解释一切，求他（江）莫过问此事。”余为之莫名其妙。超然乃告余云：湖帆瞒着夫人，娶施为妾已三年矣，去年被夫人所知后，大事诟谇，而吴又以做金子买卖蚀了数万元，故于去年某日清晨知施尚未起身时，以钞票二千元交与侍女云：“你告诉九小姐，吾要回苏州去居住了，不便同去，这二千元，作为补贴她的，请她自由再嫁人。”吴从此不问了。吴之金屋在吴江路，每月是家用二百元，施当时得此二千元后，竟老老实实，未尝乱动，过了十个月之后，乃写信与吴曰：家用已完了，望继续接济云云。吴置之不理。后施又函哀告云：“吾既已从君，永无它念，此身生作吴家人，死作吴家鬼了。”吴仍不理。施乃向同居楼上之江子诚哭诉吴负心之事。江怜其情意至正，遂自告奋勇，愿为代达。乃请吴至阅宾楼菜馆吃饭，以施之实况确无坏念告之。吴又置若罔闻，使江老大怒。随命其子江一平律师，以律师身份代施出面，请求覆水重收，词至婉转。湖帆又不受抬举，仍不理。江认为失面子，乃二次正式告吴云：如再无圆满答复，则当控之法庭相见了，告以遗弃之罪也。一平为虞洽卿之婿，杜月笙之顾问也，为当时沪上著名大律师，从无败诉者。是时吴氏竟一溜逃往苏州家中了，事急矣，乃竟迁怒及余，一谓如余不介绍与江相识，此事当没有了，故自己出了洋相，要余为之解决善后。故当时超翁笑谓余曰：“这是又一个歪喇叭的想法也，看你如何办。”

吴夫人潘静淑又特请余至其家在会客室中相见。初次见面，吴夫人开门见山，即谓余曰：“陈先生，伲湖帆不争气，瞒了吾在外面租小房子弄出这个笑话来。湖帆是去年做交易所投机买卖金子，蚀了四万多了，现在要负担小房子生活，亦势所不能了。吾现在只有拿自己私蓄一共只有四千元，请你拿去交与江律师转交那个女人，作为吾的津贴吧。此事总求代办，满足我们双方的和平解决愿望啊。”说毕，即以预备好的四千元交给了余，又补充一句曰：“吾私蓄只此四千元了，再多是无办法了。”余当时因感吴氏恩惠，故未加考虑，即携了四千元往访江氏父子。余与一平本为至好朋友，以为总可以商量，故即以四千元出示并婉达吴夫人之意旨。讵江老谓余曰：“此事吾本可不必顾问，因为九小姐住在吾楼下，自湖帆不来之后，她可以说大门都不出，从无一个男人晋门。幽娴贞静，求诸大家亦不易也，况青楼出身者耶。所以我们劝吴覆水重收，是纯出善意也。你也应当可怜可怜她，劝劝吴氏夫妇二位吧。这四千元，九小姐是不会收的，仍还了吴夫人吧。”说毕，即婉拒我出门了。其时余竟觉得被江吴二家夹得走投无路，不得已乃至舅父汪公家求教。汪为上海当时洋商大洋行之总买办之一，取（娶）妾五六人之多，有妓女、有使女、有大家闺秀等等，可谓见多识广之人也。余当时以此情况告之，汪公谓余曰：“可函询吴氏，如有任何证件落入伊手中，则唯有娶归家中了。倘无证据，你可代之广为宣扬，吴与施从无夫妾关系。吴氏已请好英国律师专等江律师控诉时，反诉其江、施勾结图敲榨勒索也。”余即函询吴氏，复信谓无片纸只字留存伊处者，连一顶珊瑚小顶帽子也未存也。余乃照汪公之言，如法而行。江竟无可奈何。不二月，宝珠老九之牌子又在三马路青楼出现了，盖已不得已重堕风尘了。湖帆方安然返沪。四千元余亦原封未动归还于吴夫人了。其时上海三日刊《晶报》上刊有一则“丑道人慧剑斩情缘”新闻，为钱芥尘所写，原原本本揭了出来，以致江一平恨余入骨，后见了如不相识也。但吴夫人自此以后，对余视同至亲。有时她偶在湖帆烟榻旁对面卧谈，见余至，亦坦然自若。苏州土产，不时见贻。以后更以一大尺页仿清南楼老人没骨法水仙，由湖帆补石，夫妇合作配好镜框见贻。她平生只有二尺页赠人，一与内侄潘博山，一即余也，殆以余为她立了一大功耶。一笑。自此以后，湖帆屡为余画，设色墨笔，惟命是听，而且可立索。一夕，余以一扇求之，吴问要画什么，余戏谓之曰："要大红大绿，不能作花卉树石。"吴即以朱砂加西洋红画一寿带鸟，栖于双勾绿竹之上。吴从不作翎毛，此奇品也。见者每疑非其笔，以为陆某代笔云云。余前后计得画扇四十五柄之多。最后一柄，为余园地中原有紫藤二株，在五八年为虫所蚀，枯萎而死，至六二年余自淮南归来，六三年一株竟又抽条重茁，惟无花耳，故陈病树诗人为余署所居曰"更生藤斋"，余嘱稚柳、湖帆各绘一扇以纪念之。湖帆于六五年始交卷，写甲辰祝余六十生日云，笔墨现颓唐之态矣。不久即中风，人事不知，延至六七年逝世。余之此扇，盖最后作画绝笔矣。

赵叔孺先生轶事

先生讳时棡，初字纫苌，三十后更字叔孺，斋号二弩精舍，因藏有三国时二弩机，一有吴大帝年号，一有蜀汉后主年号，佥为仅见之品，故以署其斋。父讳有淳，以避清同治帝御名，更名佑宸，字粹甫，为咸丰时名翰林，故曾充同治帝冲龄时启蒙师，后出任松江府知府，又调任镇江府知府，卒时为太常寺卿。

先生年四五岁时，即喜写生，尤喜画马。时闽人林寿图，号欧斋，为湖北藩台，晋京觐见，回鄂时特转道镇江，与粹翁相叙，盖二公知交也（似为同年）。时先生方八岁，粹翁命叩见林公，并以所画马出示，林老一见大赏，遂以幼女字之。越九年，林已退休回福州，遂招先生赴闽结婚。林为八闽著名之大收藏家，金石书画，既多且精，最著名者为吴道子白描历代帝王像，上自五帝，中有刘备、曹丕、孙权三页，各具威仪，神态如生，昔商务印书馆曾有珂罗版印之出售也（后为梁众异所绐去，盗卖于日本博物馆矣。时为民初，闻得价十四万元，梁只给林氏以六万元，后为林氏所知，遂与梁断绝关系了。故终梁一生，未闻有一林氏受过提挈也）。先生自馆居林氏后，得纵观金石彝器，法书名画，故大广所见，目染手追，乃成名家。其刻印初宗赵次闲，四十以后始一以扮叔为法矣。自来不论书画篆刻，苟专事摹仿某一大家之派，而无自己面目者，总难成名。而先生以学扮叔卒能继吴缶翁之后，为印人首领者，盖其原因有三：一、扮叔所作，变化多端，面目至多，先生亦无所不能，且其所作仿六国币、汉封泥，以视扮叔更为挺而且稳；二、扮叔于汉凿印至少仿作，先生于汉官印最擅长，汉六面印中白笺、启事诸作，偶一仿之，一刀既下，从不修润，神采奕奕也；三、先生之作，得一秀字，与㧑叔之浑不同，故得能成此大名耳。但其书法，篆、隶、行，亦均学㧑叔者，故其名稍逊矣。画马专橅乾隆时意大利画家郎世宁笔法，工细异常；写花卉学清初王忘庵（武），最佳者所画草虫也。其画蜜蜂时，两翼只用淡墨水一点，略加褐色，远而望之，似振翅而飞也。某日尝出示一绢本小卷，长可八尺，高仅二寸，内各种草虫，几达一百余，云均为对虫写生之作也。故凡所作，都能生动如生。惟于山水，至少画，盖藏拙也。先生性至温和，从无骄傲之态，但藏弆古物只一周虢叔钟及梁玉造像一区，陈诸桌上，以为装饰，其他从不示人也。二弩机至故世后，二子各得其一，今不知流落何处矣。

先生至闽婚后，即纳资分发在闽为同知，尝一度为某州海防同知，梁众异癸卯年中举人后，即为其文案也。时先君亦后补知州在闽，故与之当时为同寅也。入民国后，即先后回居沪上矣。先生在民初元、二年间曾一度至江西任税务局长，不久又回申，寓虹口塘山路订润例卖书画篆刻为生矣。其如夫人邵籀宧亦能刻印，甚雅，惜余未曾取拓耳。初，余曾学刻于秀水陶惕若（善乾）师，惜毫无所得，在家闭门造车。在十七岁时，偶得吴缶老所刻“癖于斯”一章仿之（仿时未知为吴也），适先生至舍拜年，余未下楼见之。先君以余所临褚河南《孟法师碑》字、所瞎刻几个印样示之，求为指正，内“癖于斯”在焉。先生一见即判定云：“世兄的字，太差了；这刻的印，大有道理，将来必成名家的。”不料这聊聊二句话，竟似判决书，断定了余之终身。先君待其去后，即上楼对余云：“赵老伯说你印很好，字不像字。”并加以痛骂一番。余其时年幼无知，认为字不好，不学了，专心刻印吧，遂至当时有正书局选买印谱，不知所云，买了二册邓石如印谱，回家乱仿，内有数方，不知何人双勾摹出者，亦混同印入。余竟大仿而特仿，今日回忆，真可笑也。是年秋，在钮姓长者宴会中余始初见先生同座，即自报姓名，求先生训教。先生即谕曰：刻印章法第一，要篆得好，刀法在其次也，汉印中有“太医丞印”一方，“太”“医”两字笔画悬殊，一少一多，要排列得适当，看上去要匀称顺眼，多者不觉其多，少者不觉其少，此即所谓章法也。余闻之后，得此启发，窍门乃得进了，于是遂每星期日必诣其府中请益矣。时商务之影印《十钟山房印举》正出版，余购得后，先生命专心研摹，自有心得，比我教你，要好得多云云。自此以后，余乃得窥门径，艺日有所进矣。是时（壬戌癸亥间）沪上豪富周湘云（甬人）最钦佩先生者，每星期日总设宴请之。先生必偕余同去赴席。有客问，此何人，辄曰：“吾学生也。”故余于甲子元旦（是日立春，俗名岁朝春）清晨由先君率余正式及门侍函丈也。其时余尚学其篆法刻印，先生谓余曰：“你最好专学汉印，不必学我，学我即使像极了，我总压在你头上。你看，吴昌硕许多学生，无一成名能自立者，因为太像昌老也。”自后余即以专仿汉印为事。先生之能以真诚待余，纯为与先君为至好耳。其后叶露园、方介堪、陶寿伯、张鲁庵等等，拜师之后从未尝以一语训迪诸子，诸子以所作求正时，总是以“好好好”三字回答。其授画时，亦不过碰到几个女学生缠住求教，略为挥洒几笔，作为示范而已。平时辄一支雪茄，端坐观书，偶有作画写字，一见有友光临，即搁笔畅谈。不知者总以谓其秘惜艺术，不肯当众写作。更有，先生刻印之时间必在凌晨六时左右，故任何学生总未尝一睹者，只余一人获见三次，乃余曾求其赐刻名章即“原名畀”朱文，先生篆后嘱余先去底，持去时，一时高兴，无他人在旁，即取刀当面修改；又二次，余仿刻捞叔“小脉望馆”白文一章，几可乱真，先生亦一时高兴，为仿捞叔原款，并代余作了边款；又曾喜仿钱叔盖（松）边款方式（以刀侧削而成）。只此三次耳。其执刀方式，与吴缶老所示余者，毫无二样也。在乙丑年曾命余摹汉印仿“叔孺得意”一印（即后湖帆所赏识之印），并出示其少年在闽时将所有林氏所藏印谱，凡《汉印分韵》中所未收之文字，一一摹出约有二千余字，命余将《十钟山房》中之文字补摹增入，又得约二千字，并令余粘成六册，仿《汉印分韵》例，以诗韵平、上、去、入排列之，名曰《古印文字韵林》云。

吴缶翁得盛名，半由艺术高超，半由王一亭（震）为日本三菱洋行总买办时，尽力向日人吹嘘，故民初日人求者纷至沓来，遂成权威。当时上虞罗振玉（叔言）最得日人信仰，罗于先生治印最心折，故亦向日本文艺界名宿尽力誉扬，故若内藤虎、长尾甲、中村不折等等名家，群以印相嘱矣。先生治印之名，遂与缶翁并驾焉。丙寅四五月间罗叔言自津来申，寓当时其堂弟罗子经爱文义路（今北京西路）诚意里六百五十七号家中（子经为当时三马路蟫隐庐书店之主人，专以出售罗叔言、王静安国维之著作者），五月五日，先生介湖帆及余回诣罗处访谒，吴以《四欧碑》求题，润二百元，先生以所辑《古印文字韵林》六册求罗为作序，罗略一翻阅，即欣然允许，谓俟回津后，即可交卷云。乃事隔二年，一无音讯，至己巳年由罗子经掷还了，序既没有，信也不答。至二月后，蟫隐庐竟有罗幼子福颐所辑《古玺秦汉文字徵》八册出版了，价八元之巨。余由友人贻了一部，展视之余，后六册竟完全《古印文字韵林》之字也，前《古玺徵》二薄册乃其子添摹者。先生所辑乃以诗韵分列，罗将之改成为以《说文》部首分列之而已，事属编辑，无何版权可以交涉者。先生遂以一笑置之而已，但自此以后永不言及罗姓矣。此事被学生方介堪（岩）所知后，即自告奋勇谓先生曰：渠愿遍借古印谱，重加增摹，然后出版，用偿此憾云云。果然，又隔四年后，介堪居然增补成十二册之多，以示先生，先生甚慰。胜利那年，三月十七日，师患肺炎，不治，逝世了。次年方君自温州来沪，依靠张大千为生活，张鲁庵向之索取拟以付印出版，并告之云：先生生前遗言，嘱此书出版时，可与介堪名同列作为合辑者。乃介堪云：已遗失一册，需重补了。孰料在四八年，反动派伪全国美协出版了一厚册《美术年鉴》，内有全国美术家小传一栏，方君小传中，又将此书改了书名，谓乃其著作之一矣。嗟夫，先生一生心力，竟一厄于罗氏，再被盗于方君矣。张鲁庵为之大叹不已。

在抗战期间，余友潮州名士陈蒙安（运彰）为先外舅况先生之及门弟子，此人为当年上海十大小狂人之一。一夕，谓余曰：“你的贵同门叶露园，印刻得很不差，见人总是大谈艺术，滔滔不绝，但他说到秦李斯‘玉筯篆’时，总是读作‘玉筋篆’不已。将‘筯’作‘筋’，大为见笑大方。叶是赵先生门下，吾们不便说，你应告老师加以纠正的。”余后以陈言告之先生，先生忽以至严肃态度谕余曰：“巨来，如果是你读别了这字，吾早早对你指出了。露园读差这个字，吾听了很多次了。你要明白，叶来拜吾为师时，他是北京路福泰钱庄的跑街，本为一个不通的人，他是富家子弟，其父叶品林，是英国汇丰银行的总会计主任，叔父叶扶霄，又是上海四行之一大陆银行的总经理或董事长，露园本人现在已升为上海四明银行的襄理副理了，他年也四十左右了。吾也不愿再纠正，使他难堪了。他永远不会吃我们这一行书画刻印的饭了，让其读‘玉筋’一世吧，你也不必向他纠正的。”先生之大肚包涵，不愿多事，与吴缶老之性格，可谓异曲同工耶？抑老辈之涵养多若此耶？然而，叶公今竟已为靠刻印之名，作了文化界艺人之一了，岂先生生前始料所及哉。在六六年前后，露园作了钱君匋印人的附庸，钱、叶二君合作编辑了一册《中国玺印源流》，将明清至近代已故印人各书小传成一巨册，内容至丰，但叶写及“玉筯篆”时，一而再、再而三仍均写“玉筋篆”不已，足证余言之非訾也。余在二十余岁时尝以“璠”字读音为“藩”，先生训曰：“这‘璠玙’之‘璠’，应读音为‘盘’。”余回家后即检字典阅之，发觉“璠”字竟有三音，“藩”“盘”“芬”，均为十三元之韵也。事后深感先生之诲人不倦也，视后之对叶，纯以顾及他之面子，是亦处境之不同，故一分为两耶？

先是，冯君木（开）丈之得意及门沙孟海（文若）二十前后，亦尝私淑先生之刻印，后改以缶老为法，未成名家矣（“反右”斗争前之浙江省长沙文汉，其三弟也，故孟海遂出任杭州文博副馆长矣）。昔年尝与余论印，笑曰：“赵先生之印章，秀至极点，如出诸女士之手，真千古一人，韩约素（梁千秋妾）不能专美于前矣。”此言诚确当也。

先生性奇懒，抗战前虽甚清贫，犹不肯挥洒，每至节日年关，始奋起书画，以付欠款。其治印亦不自珍视，且少留稿。余于癸亥年曾以一空白小册，求为留拓，十年之间，无一不精而美者，此为其全盛世期也，但不足百方，其少可知。其后凡有求之者，如周湘云、谭祖安（延闿）、姚虞琴等所嘱，悉命余捉刀矣。后被姚老所识破，对师大肆不满。先生笑谓余曰：“只因你太要好，不像吾的草率，致被识破。”故余即从此不代笔了。以后诸作，仍然方君诸人所刻，故面目都非矣。先生坦然自若也。综先生一生，治印确为其自刻者殆不过二千余方而已，然视扔叔已倍之矣。先生曾以自闽所作，以及后来者所存印拓，零零落落，尽以付余收集，迄丙子年为止，约共二千余纸，余分门别类，保而藏之，至四九年又求溥心畬先生为楷书封面，拟以粘贴成集，永作纪念。至解放后，其族侄赵鹤琴，自香港寄来所精印先生遗作一册后，又驰书来向余借先生之治印拓片，谓拟以再辑印集，以广流传云。鹤琴雄于财，故余即尽举所存寄之，并作序文一篇附去（此文余五十元润求当时诗人许效庳德高所代写者）。熟料书既不出，印亦笑纳，甚至与余从此不通只字矣。余被其所绐矣，惜哉惜哉。今惟保存心畬封面一纸了。闻此兄去岁曾回沪探亲，年逾八十矣。

又就回忆所及，涉及先生与湖帆当年二人共同对余关切之情感，亦应补记于此，永志不忘。在一二八沪上第一次抗战前夕，余方任职于本市通志馆采访员、编辑，时为筹委会，委员之一乃善化瞿蜕园（名宣颖，字兑之，骈文大家也），渠月支厚俸五百元，而终年燕居北平，从不上班，迨吴铁城继任上海伪市长后，本定将瞿解职易人，时叶遐庵（恭绰）方任伪铁道部长，于吴氏离京前，坚持介余为瞿后任，吴允矣。及至申后，前市长张群亦坚嘱以亲信秘书冯若飞继瞿之后，使吴大感为难，遂将筹委会改成正式市通志馆，且聘柳亚子为馆长，瞿、冯、余乃三败俱伤矣。余因功败垂成，伤感成疾，腹痛为绞，一日休克数次，诸医束手。余之姑丈徐公，夙知余以追游袁寒云久，以致目濡耳染，从少不修行检，遂向先生曰：某某此番所得病，乃荒唐结果，夹阴伤寒也，其死必矣。先生闻之，立即光临舍下，至余床头，摈去家人，询余曰：外间都知你的病源了，为何尚讳不认承？少年偶有外遇，亦事属平常，只要认识这点，即可以伤寒治之，性命可保云云。余谓外面全属胡说，不是的。先生乃转告先君曰："某某殆因为吾是老师，其怕难为情，不肯认承，其与湖帆二人至好，物以类聚，当可无话不谈，可请湖帆询之，或可认承了。"先君遂诣吴宅泣诉一切，求来舍一询究竟。湖帆笑谓先君曰："巧得很，吾姊丈之侄徐产若，近方在法国学医回申，只半个月，他是法国花柳科博士，现正在吾家中，当可命其一诊，如是伤寒，某某也赖不掉的。"随即嘱徐君随先君来舍。及徐诊毕后谓先君云：是最严重的腹膜炎也，照例须开刀，但病逾半月之久，身体吃不消了，只有一方面以鸦片止其痛，一方面以火罐拔其腹水而消炎，一方面吾以药治之，或可有救云云。当时即以余病况回告湖帆，湖帆立即送烟五钱亲来慰问。自那时起，余日以吸烟、火罐、服药，经徐君悉心诊治，至四个月之久，始告平复。然而鸦片恶嗜成瘾了，且以因病上瘾，屡戒不能，直至五二年戒毒运动前一年始毅然戒绝者。湖帆直至禁毒后始戒之，事后谓余曰："某某，人云戒了烟，是一只脚跨出了棺材，吾体会是一只脚跨进了棺材也。"盖其戒时，尝从床上跌至地上，咯血不止，故有此言也。余亦二年余未稳卧全夜也，其痛惨诚非过来人不知也。今日回忆，如无党和政府之雷厉风行，严施戒毒之令，则今日何能人人健康，为人民服务耶？党和政府之恩德，如余者更应永感恩德也。及余病痊愈后，诣先生府中谢其关切之恩。先生乃笑谓余曰："某某，你过去追随寒云、林屋，以及小报记者等太久，日与娼妓、女伶相狎，陈蒙安又总以‘浪子’（燕青也，俟后再记之）叫你，难怪你姑丈疑你不检行动，吾亦有所疑也。现在方明白，你并不这样坏，你真可以当得起‘一朵白莲，出污泥而不染’也。以后，劝你早一点回家，当心剥猪猡啊。”以上为先生与余融洽相处之情况，以下当述抗战后八年中最后之情况矣。

在抗战前一年，上海有一纸业巨商刘敏斋，亦甬人，其地位后仅次于詹沛霖、徐大统二人耳。刘老年丧妻，拟续弦为内助，但有三条件：一、需大家闺女；二、需处女；三、需年逾四十者。先生次女时年已四十三岁，处女也，大家也，于是遂一说即成为姻缘了。刘仅少于先生一岁也。三七年继北方之后，江、浙、皖等省相继沦陷之后，梁逆鸿志出任大汉奸而为南京伪行政院长了。梁逆，先生姨甥也。斯际，先生外仗梁势，内依婿力，已视书画篆刻蔑如焉，而一班附庸风雅的仕女，纷然而至，拜列门墙，执弟子之礼，可谓群英杂凑，少长都全，有银行经理、钱庄阿大、朝鲜女学生、青楼女画家、纨绔子弟、没落者、留学者，及其没后，闻共得七十二贤之多云。最巧者，余以甲子元旦晨八时拜师，而最后一人为扬州潘君诺（然）于甲申年大除夕夜八时，先生已安卧于被中，潘君竟不事通报，直闯卧室，向先生跪拜行礼，口呼老师不止。苏、浙人家习俗相沿，最忌向已睡之人叩头，况大除夕乎，尤认为大不祥之事。所以先生如夫人吴氏，向潘大骂云：你这样冒失，明年先生如有病痛，要向你算账云云。于是潘遁而逃了，不敢再去。至次年先生逝世了，潘失踪了，后始知已遁至北平拜陈半丁为师了。在逝世之前，正月廿四日为先生七十二生日，向例，所有学生必设席公祝千秋，是年主办人章云龙（四明公所经理）竟即在该公所寄柩丙舍之隔壁房厅上大摆宴席，亦可谓奇怪之至矣。

兹再回溯癸未年先生七十大庆之盛况。在上年十二月，梁众异特招余至其沪寓，告余曰：“吾少受姨夫恩惠，至今不忘，明年正月，他七十大庆了，吾想借庆祝，稍稍报德，请你去问问诸同学，如有寿屏，吾列一名，在你之上，想总有这资格，你不会反对吧（因余曾与之冲碰，故以是言嘲余也），这寿屏所有费用，全归吾一人负担，如没有，吾可送一堂京剧，演戏为寿，望即一问，来告吾为要为要。”余次日即以询诸先生最亲密之学生张君鲁庵，鲁庵云：“一概都没有。”余即以张君语，回复了梁氏。梁氏乃于癸未正月中旬，特以汽车接余并迎先生同诣其家中设盛宴款待之。未入席前，梁氏私谓余曰：“吾拟送二千元敬祝，你看如何？”余谓可以了。席后，梁氏并出示三十三页宋人墨迹求审定。余亦侍观，今只忆王安石、辛弃疾、岳珂三札矣，半山字至劣，辛亦平平，惟岳珂字特佳耳。岳珂之字，写作“玎”，据考据，宋时以上饬下之札，签名例减笔也云云。是日宾主至四时始尽欢而散也。讵至廿日晚间，张鲁庵招一群学生聚餐，席半，张氏忽取出白宣纸三幅，第一幅上写第一等学生，每份寿金一千元，第二……每份寿礼五百元，第三……每份二百元。张氏首先掷向余前，曰：“先生七十生日大庆了，你看看，应写在哪一等？”余展视之，第一等上，张已签了第一名，次陈子受、叶露园、叶黎青（钱庄阿大）、洪洁求（之江大学教授，法文学博士也）、裘荫千（方九霞银楼老板）等等。余当时先已征得先君同意，拟敬祝五百元为寿矣。至是，余立即向张云：“第一等我没有资格，第二等中生，不做，做了末等人吧。”不俟张氏发言，即签了第三幅中名字了。张乃再遍命各人签名，至徐邦达、陶寿伯时，他们二人本以余为榜样者，当时亦拟签于第三幅上，张竟指桑骂槐说道：“先生对你们不差呀，哪能不在此时表表恭敬呀？不行，不行，至少五百元。”二人无奈，均签了五百元。徐富家子也，虽吝尚可应付，陶为上海纱布交易所之小职员（拜师为余介者，后可记之），月薪不足四十元，刻印生涯又不佳，一时签了五百元，只能借债以付了。故事后大诋张等不已也。至廿四日，赵府大张宴席于永安公司楼上大东酒楼，下午五时，先君率余诣大东拜寿，至时但见全楼面独为赵府一家所占有了，设席七八十桌之多，中央台上，大演京剧，四壁遍悬寿屏，撰文者为四明古文家举人张于相（原炜），书者何人已忘了。读文章内容，竟不似寿先生一人之文，而乃大颂张鲁庵如何多才多艺，如何收藏之珍贵，如何为赵门之唯一佳弟子等等。来宾大都为刘婿之友也。及六时正梁氏来了，先向先生跪拜如仪后，即起立四周狼顾一番，即招余坐其身旁，先指寿屏询余曰："这是什么？"余曰："寿屏呀。"又指戏台而问曰："这又是什么？"余曰："在唱戏呀。"梁即狞笑而言曰："去年十二月你来说的，都没有的嘛，你大概是姓王？吾是托人托了'王伯伯'了。"其时众目睽睽，相视愕然，余竟至无地可容也。到席半上大菜时，俗习，例需小辈敬酒，其子、女、婿敬后，轮到学生了。张等尚未及起立，徐邦达突然抢先向众同学曰："敬酒吾们应当请大师兄带领，请陈某某带领如何？"众人均同意了，徐乃趋至余席相邀，其时余本思强压怒气，不必多事，故以轻声告徐云："吾不去的，让他们去敬吧。"乃徐竟以言激余曰："你是大师兄，你不领头，哪个领头呀？"至此余回顾，梁正侧目相视，遂忍无可忍，乃亢声而说道："吾是三等货色，不去不去。让第一等货去敬吧。"说毕，将掌向桌重拍一下，杯筷全部飞起。时数十席客人纷纷远瞩，而梁逆竟亦为之呆视矣。那时余即拉了先君离席回家了。以后如何，余不顾也。第三天，先生命其长子益予兄来舍谢岁，问因何前天如此发怒？余即以过去一切详情告之，并谓益予云："前天梁老板（汉奸背后，都以老板称之者）对吾的态度，众目共睹，使吾太难堪了，应求先生一切明鉴谅之。"隔一日先生亲召余去，亦云："吾不怪你，但请你也稍对他们（指张等）原谅一点，他们也是为吾呀。"余曰："吾完全是对梁众异而引起，不然，不敢如此也。"先生是偏袒张氏，余指梁氏，亦意在言外，指梁而偏对张也。先生只能一笑了之矣。那年秋，张、陈、二叶四位又为先生编拓《二弩精舍印谱》一部，都八册，而内容竟有十之三为代笔，每部价五百元之巨，又是硬派人购取者。内有“叔孺篆巨来刻”刻明于边款者，亦采入，余向洪洁求教授处借观后，又问先生云：“先生，这印谱未免太杂了。代笔是内行一看即知的，未免使先生有盛名之累的，如缩成六册，亦尽够好而且精了。”先生乃曰：“吾本不问此事，由他们干的，你说得很是，但已无及了。吾悔不嘱他们让你先看一看呀。”至此，余乃感先生尚无听取众佞，摈弃余于门外也，故遂捐弃嫌隙如初矣。是年，徐邦达又去拜了湖帆为老师。先生得知后，一日余与邦达同在赵府，先生谓徐曰：“邦达，你近来又拜了湖帆做先生了，湖帆山水是真有功力者，你能多向他学学，是有帮助的，吾应当向你恭喜的。”这种态度，较之贺天健、吴湖帆之妒嫉成性者，何啻天渊之别耶。至乙酉三月十四日，先生次女刘夫人（时刘敏斋已逝世矣）请先生至其家晚餐，先生竟连吃四喜肉四大块，以年已七十二岁了，不能消化，遂以患急性肺炎逝世，逝世之日，为三月十七日凌晨，余与同门竺君修瑜，及程祖麟医生，三人均亲侍在侧送终者也。时日寇已面临崩溃之前夕矣，故梁众异竟未遑亲来吊奠矣。

先生及门七十二人，余从游最久，乃亦未获全数见面，惟一事尚堪记之。在抗战前，某日余正在先生家中，忽见有松江人夫妇二人，自我介绍其夫人以贽敬百元，受业名帖一分，拜之为师，女名韩㛀。先生笑谓之曰：“这㛀字，应读什么音？我做了先生，竟先要请教了。”她云：“音‘痴’也。”谈一小时即去，岂知从此音讯没有了。后先生一再托松江人访问伊人消息，竟无一人知者，亦异事也。又，先生女生甚多，能书能画者为厉国香女士，通日文者为朝鲜人金明辉女士，名为能画者林今雪女士。林出身于青楼，名小林第，初嫁江子诚（即与湖帆作调解之人），江为更名林尊紫（江又字紫诚），初命拜扬州造假画名家许徵白（昭）为师，为之代笔，后偕之再拜先生为师，江与先生老友也，故不能拒之。后与江离，在先生七十生日那晚，梁众异经先生如夫人介绍将林女与梁见面，梁老而弥淫，睹林如此姣而且美，为之眉目传情不已，是夕对余是金刚怒目，对林则菩萨低眉，片刻之间，两只面孔，见者都窃笑不已。不久，林为梁妾矣，梁为更字曰“尊志”矣。一日画家商笙伯（言志）笑讯先生如夫人曰：“你告梁众异，他名鸿志，吾名言志，林尊志应当为吾们所共有呀。”先生听了，亦无可奈何也。先生晚年，对此如夫人，竟宠任逾恒，她不论何人都不避了，独怕商笙伯面责莫怪，后见商老一来，即避至后房而去。其次，见余亦不敢肆口妄谈，余于任何女子，都无所谓的，独于尊长之夫人、妾侍，从不敢露丝毫轻佻之态，故先生如夫人亦不敢稍稍现其原形矣。先生晚年，不免为伊稍稍所带累清德也，亦可慨矣。

记大风堂事

大风堂者，四川内江人张善孖、大千昆仲之斋名也。

善孖名泽，自号虎痴，行二，生于清光绪壬午年（一八八二）。父某闻为松江盐官，故久居松江。善孖夫人，即松江人。善孖擅画飞禽走兽，尤以画虎驰名当代。卒业于日本东京美术学院，故所作略存日本画风格云。弟兄八人，大千行八，其季也。大千初名猨，字季猨，后更名爰，号大千，生于己亥（一八九九）年四月初一日，少于善孖十七岁。亦卒业于日本，但所学者为印染纱布之技术耳。其所学画，完全为二兄所教者。善孖性严肃，不苟言笑，故大千畏之如严父。二人均美须髯，长几及腹（大千二十余岁即长髯矣）。

甲子（一九二四）之前，二人即来上海，居西门路西成里，家在弄内，画室在沿马路楼下，楼上为黄宾虹所居者。当时以外路人来申鬻画，无人注意。时沪上书家清道人（李瑞清，字梅庵，以一餐能食百蟹著称）、曾农髯（熙）正大名震全沪，门生极众。二人遂亦执贽侍函丈，并组曾、李同门会，为健将矣。一方面上海一川菜馆名"蜀腴"者，为二人同乡好友刘某所主持，故善孖之画，自该馆大厅以至每小间雅座中，全部悬满，作为宣传之用也。时曾农髯与叔师为至友，故以一幅善孖画虎裱好以赠，叔师悬之壁上。乙丑、丙寅之间事也。余至赵宅见后，以问此何人也。师云："四川画家，曾、李门人也。"时余常至西成里进谒黄宾虹先生，遂见及善孖常据案而授徒作画。一日，宾翁已出门，其家人云，少顷即可回家，嘱隔一小时再来即可。余下楼立于沿马路候之。是日在窗外见二长髯弟兄正在合作，兄画虎，弟补景。余已知必四川人张氏矣，即立在门外窗口呆看。善孖年将五十，大千未三十也。善孖见余时至楼上之小客人，乃趋之窗口谓余曰：“小弟弟，你进来坐坐嘛。”余遂至其画室，问之曰：“你是张善孖先生吗?”善孖惊问何以知之。余告以在赵师家中见过大名矣。善孖遂详询余姓名，知余能刻印者，乃以大千介绍为友。时大千只对余笑笑而已，因其兄正与余款款而谈，未敢多插言也。自此以后，善孖常以印嘱刻，而用之矣。余因其雅意殷殷，故未尝取分文也。善孖性豪爽，时谓余曰：“吾们兄弟二人的画，可以任你点品的。”于是余时以扇页等向善孖点品画墨老虎，索二人合作什么美人（大千画）、伏虎图等等，他们无一拒绝者。

至庚午年（一九三〇）后，大千迁至浙江嘉善县居住，每年甚少回申，故余与之甚疏远也。善孖尝谓余云：“只要是你至好朋友，由你代求吾画，决不需润资的。”余深感之，然从未以一单款画或他人双款者委之也。抗战前二三年间，善孖与叶遐庵丈二人买进苏州网师园，同去苏州作寓公了。而大千先亦独去北平，在西山颐和园作寓公（时叔师门人方介堪以在沪刻玉印，被捉刀人高渭泉所拒刻，触了霉头，在沪无人问津，亦追侍大千而居西山数年之久，全家生活，悉为大千所赐者。及抗战后，大千去四川成都，介堪亦回温州矣）。闻叶遐丈云，善孖居苏州时，特由四川买一乳虎，运至网师园中，既不以柙，又不以链锁之，任虎逍遥园中。四邻惊怕，群起要求锁于铁笼中。善孖遂托人运回四川，放虎归乡云。抗战后，善孖独往美国卖画，达六七年之久。胜利之初，乃自美乘机回国。一抵香港，即病不能兴，逝世矣。只遗一女儿，名嘉德，今尚在沪，为小学教师也。以上为余与善孖获交始末，其下专述大千事矣。

大千性豪爽，如其兄，但喜嬉谑，不修行检，艳闻逸事至多也。其居嘉善时，即专以伪造八大、石涛、石谿、渐江等画，出以售巨价。时沪上大豪富程霖生，收藏八大、石涛等等，不下数百幅，十之六七均大千一人所作也。尝有一笑话：一日，程以巨值收进一石涛精品画，故意请大千去评定。大千告之曰：“伪作也，不值钱也。”大千出程氏门后，即属另一估人愿以二千元买之，且放空气云为大千所欲买者云云。程大怒，即以三千元收进了。大千净得二千六百元，以四百元酬于估人矣。大千之善用估人为之作帮伙者，多如此也。又一次，程以六千元买进八大画花卉四幅，每幅长一丈二尺，阔只一尺余，内一幅，画荷花一枝，枝梗长达八尺余，一笔到底，一无屈折。程氏告人曰：“这总是真的了，大千哪有此魄力耶。”胜利后，程已死，有人以此询之，大千大笑云：“将纸放于长桌上，吾边走边画也。”又，湖帆受绐之梁楷《睡猿图》，余问之：“何以用日本乌子纸，而湖帆亦专用乌子纸作画之人，会看不出的?”大千云：“画好后，放于露天之下，任日晒雨淋，纸质变成黑暗破损了，然后再加工修整补治之，题了一首廖莹中字，没有古本可对的呀。”张氏初起时，盖以是积资而为一收藏大名家。他们收藏张大风画至多，故以大风堂为斋名了。

大千在抗战前，所作人物开相，无一而非张大风风格也。乙亥、丙子之间，大千来沪，笑谓余曰：“某某，吾现在画仕女，专从美貌取媚于人，每帧需三百元。请你原谅，如要我画仕女，只好专写背影，不给你看面孔了。”其实说穿了，是在仿月份牌上美女也，骗骗人的钱罢了。遂陆续为余画了数纸，均窈窕淑女之后形也（今竟无一存矣）。大千善写真，他兄弟二人之面目，大都写作钟馗之壮，用以自怡。先君因见大千为曾农髯所作立像一帧，有若摄影者，因命余请求为画一幅。时先君年六十六岁，亦留髯矣，多花白者。大千欣然应命，即莅舍下进见先君，坐谈约半小时，即谓先君曰：“请摄四寸侧面一小照，俾作参考即可。”临行谓余曰：“吾当为老伯显显本领，写一白描立像，胡须花白色了，吾可以以黑笔表现出花白色也。”并云：“画人像着色者，易于像真，白描至难。吾因二哥与你交情深厚，故特作白描。生平除为父亲一像，写的白描，此第二次也。”及摄影送去后，只三天，即又嘱余去一观。乃以一整张五尺乾隆纸所绘，当时只写好一面部。大千云：如不合意，可重绘也。余谓至佳。黑白胡须，只寥寥几笔，宛如黑白相间也。大千遂立刻补衣褶，长衫也，背手而立。又画一卧地虬松及坡石。画毕，谓余曰："老伯身颀而挺，故作矮松，以更托出高视岸然也。"大千只与先君谈半时，画成后，不但面目神似，即立形亦完全无爽分毫也。及胜利那年，先君寿八十，余又以此画求补梅花一枝。有人见了，亦拟求画小像一幅，大千索价如着色需黄金十五两，白描倍之。非勒索也，乃拒之耳。

先是，在北平"七七"中日事起，大千正在北平，遂携家眷归四川成都（方介堪失依靠回温州了，叔师七十生日，渠不在列也）。大千在沪时，与比邻谢玉岑（觐虞，稚柳之兄也）为至友，当时渠所作长题，闻均为玉岑所捉刀者。后在四川，与稚柳遂成莫逆矣。在四〇年至四四年之中，大千偕稚柳同至敦煌长住，所有大小壁画，大千临摹殆遍。据云，先以薄纸命儿子学生等，搭高架上去用笔细勾，然后取下，用刻碑帖方法，纸背以朱或粉重勾后，再拍于巨布上（最大者三四丈长，二丈以上高也），由大千亲自执笔，对壁临摹而成，大约一二百幅之多。尝携至李宅亦有十余件之多，藻井亦有甚多。当时所用颜料，石绿、石青、朱砂，均五百斤以上，以专运机飞运者。这三四年大千专心所仿者，大都为隋、唐、五代之人物、树木、山石、花卉等等，故其作风一变，与前判若二人矣。

胜利次年，丙戌二三月间，大千携在成都所成山水、人物、花鸟，大小约一百五十帧，来上海寓李祖韩、秋君兄妹家中，假当时成都路中国画苑开近作展览会出售，每幅高者价黄金三大条，小者亦需四五两也。当时祖韩为沪上巨驵，长袖善舞，加以大千画风工美绝伦，二者配合，故开会虽云七日，三天即售光了，且多复订之件，当时共得黄金四十二条之多。当其初抵沪之次日，即嘱李氏请余去相见。大千谓余曰："吾有习惯，每隔五年，必将所用之印章全部换过，防学生们仿造也。前在北平时，因介堪在傍（旁），故都为所治。至四川、敦煌之后，因无人可中意者，故勉强仍用方印近十年了。现在这带来的画件，大都没有钤印，请你尽十天内为刻十余印，可以钤后展出了。”时余以胜利后，生涯比较少了，故当时即应允，一星期赶了十余方付之应急。时方介堪在温州，未及知此消息也。

大千得此四十二大条后，即偕祖韩之五弟祖元飞至北平，因其时溥仪从吉林逃出时，所藏古画、所携古物悉为苏军所劫留，流散北方至多，大千携款去收购也。一月后即回上海了。祖元告余云，大千以廿大条收购了南唐顾闳中所绘《韩熙载夜宴图》一长卷，为当时顾闳中奉李后主之命偷看宰相韩熙载在府召伎及幸臣等夜宴歌乐之景况者。图如今之连环画，接写五段之情状者云。又以十八条共得三卷子，一钱舜举《杨妃上马图》、一燕文贵《山水》、一宋人《百马图》，一月之间，所存四条而已。是时大千应众友之请出示《夜宴图》，过三四日，大千独留稚柳及余二人嘱最后俟群宾散后再走云云。至夜十时后，又出一《夜宴图》给稚柳赏鉴矣，笑曰：“前出示者乃副本也，此方为真迹也。”余外行也，觉二卷甚相似而已。后大千告余云：“伪者少了一小段，真者隔水绫上多一段年羹尧亲笔题跋。”余观后，始知年款已挖去，只下存一印尚能看出为“双峰”朱文印二字，年字双峰也，一笔柳公权体。据考，此卷初为年藏，年赐死后，抄归大内，此款挖去者也（此卷在解放后由徐森玉之子伯郊携归中国，由故宫博物院以四万美金收购矣。闻当时有二三件，余二件未详了）。

是年五月，大千即又回成都作画矣。丁亥（一九四七）春又来上海再开展览会，只卖三十六条矣。是年李宅客至多，应了一句俗语，户限为穿了。是时方介堪又来做座上客了（上年四月即来的，大千临行画十幅二尺立幅，嘱李宅转交于方君，由渠出售，以度生活云），并又为大千刻了印，大千悉未用，但每月允给以十幅画资助之。祖韩兄妹至势利，对方冷淡异常，从不留之一餐也。某日，有一某君来访大千，见桌上有数印，询以何人所刻，时余正坐其旁，大千为作介绍曰："这是这位陈某某所作，现在全国第一手也。"余见方君坐在后面，面露不愉之色，余急指方君介绍曰："张先生过奖了，现在第一名家是这一位方先生呀。"大千当时亦似自悔失言，但一瞬之间，竟补充一句曰："方先生虽好，但总不及陈师兄的。"方大惭，不辞而去了。祖韩笑云："如第一手，不至于要你（指张）的画去变钞票了。"

其间尚有二三趣事，述之如下：一、有中国化学社（出三星蚊烟香者）总务科长应某某（名耿，字荪舲）为祖韩之伙员也，尝以数百元买一部石涛尺页十二开，思赚钱出售，估者只还八百元，应拟求老板李祖韩乞大千题一跋，可高价值。而大千一看，笑谓之曰："这是早年吾假造的，你速以八百卖去了罢。"应氏竟托祖韩求大千题为己作，大千不允，祖韩要求不已，大千一餐谓余曰："这叫我做贼写供状，如何是好。"祖韩以目示余，勿多言。余笑谓之曰："你只要写某某以此见示，乃早年醉后胡作者，为之恧然，即可以嘛。"大千无奈，即照余意写了，应君即以二千元出售了。二、一日有北方某估人持来一小卷子，求大千审定真伪。启视之，为溥心畬所画山水也，题款写大千、心畬合作。大千笑云："这是溥先生的笔，但吾没有一笔也。"时溥画价远逊大千，这估人大为后悔，云不该收进云。大千见其像要哭了，遂立即取笔加了很多，并再题字曰"丁亥某月大千又笔"，付之曰："这总真正合作了，你可称心了罢。"其人称谢不已，大喜而去。大千之善于应付估人，于此可见矣。故凡估人掮客，每为之乐于奔走也。视湖帆之专得罪于人，大有分别矣。三、大千对余云："你要吾画，不问什么难题目，吾都接受，惟写对联，必须叨光五元一副的，因吾代理人陈德馨，为吾做事不取薪给的，说明每写联帖，一件五元都归他取去的。"陈君嘉善人，即大千住嘉善时房东也。大千每月书联极多，陈借以为生也。大千去国后，犹时以金钱接济之，直至其死为止。其待人之厚又如此也。四、忆在戊子年（一九四八）春日，大千第三次来沪开画展，时物价日增，金融日紧，故只得二十八条黄金矣。有一画，五尺中堂，上绘五种颜色之牡丹，下右侧绘一西洋猎犬，纯墨色，左上侧绘一纯白色鹦鹉，细链锁一足，停于一架上，上覆古锦袱，工笔花纹，标价三条半，竟未能售去也。余请求摄一影见贻，至今此影尚保存也（又有一横幅，所绘约廿株枯树根，各不雷同，补以小桥立一老人而已。大千云此写成都郊外之风景非杜造者，亦特摄影赠余也）。

在三月初，尚有二事可记：其一，是时大千仍每月作画，二尺者十幅，以赠方君介堪，俾养家活口。是月有一幅白描人物《东方朔偷桃图》，特精，可卖四百元。时上海大同影片公司老板柳中亮，因刻印与余至熟，柳嘱余代求张氏人物一幅，价不拘云。余因念及方兄窘况，故告柳氏曰："正有一张白描佳作东方朔，价需四百元。"柳允之。余即以电话告知三马路宣和印社老板方节庵（介堪之堂弟也，介堪每来沪即住其店中也），嘱其准备好，余即陪同柳氏至该店取画付款。及取出来一看，东方朔面目全非矣，最奇者为东方老头嘴唇与双履同一重朱砂颜色，石绿、石青之衣裳，相映交辉。柳氏对余曰："吾要的是你所介绍的白描，这五颜六色，吾不要的。"遂去了。次日余以询大千，犹以为张所加色者。大千初闻余言，以谓余诓之。余嘱追回一看后，大千为之大愠，很不愉快地谓方云："你要着色人物，尽可以向吾要嘛，这一张变了城隍庙里花纸头了，放着罢。"方氏大窘而去。这是大千事后告知余者，当时实况想很紧张也。自此以后，一画也不给了，方亦绝迹不去了。四月一日大千五十生日，李氏兄妹及数十个上海门人为之祝寿，摄影留念。次日大千在丰泽楼设四十席宴客，方氏均不来了（闻已回温州也）。

某晚大千谓余曰："某某，这三年来你为吾刻印超过一百方，且多象牙章，你不肯取吾分文，吾亦只为你画二页扇面，一张花鸟尺页而已，你比介堪，人格大不相同矣，吾回成都后，必将吾所有技艺、本领，分画在十二个大扇面上，山水、人物、花鸟、走兽，白描、金碧一一应有尽有，惟反面一定亦由吾一手包办的。”惜是年秋日，一去国外从未归来，此诺成空矣。当时又谓余曰：“吾将耗半月之力，先为你作一三尺立幅，你题目再难，吾必满你的意如何。”余戏告之曰：“一、要画工笔正面仕女；二、要半身的，露两手，十指交叉，手背向上，托住下颔；三、不要园林花卉作补景。”余并坦白告之云：“昔年一女友，余与之缠绵悱恻近四年，惟未及于乱，几坠于情网之中（陆小曼尝见之，谓余曰：生平所见绝色佳人，一、梁思成夫人、林宗孟女儿；二、即斯人焉。吴湖帆亦惊为天人，几乎被牵入闹笑话），此形仪斯人之小影也，恨未索回珍藏，故录写此景耳。”大千欣然应命，写一半身者，凭窗口向远凝视，双手手背托颔也，衣一淡蓝色衫，至平常，但双袖为古锦阔边，花纹穷极工细，背后补景，为六扇朱漆屏风，只露三面，屏面画白玉嵌的荷花数朵，翡翠嵌的大荷叶，屏架上端紫檀雕花，亦穷极工细，荷花、荷叶，表现出是嵌玉、翠的，写单款年月临顾闳中笔数字而已。大千笑谓余曰：“吾生平作画从不用火烧柳条先勾的，这画双手十指纤纤，相叉向下，十分难表现真切之状，吾只能命女学生坐在对面，做了模特儿，吾用柳条勾了才画成的，你这题目真是恶作剧也。”次日命陈德馨私自来告，有某君愿以二大条购之，故特写单款，不妨卖去，有机会尽可画也云云。余未允，即日付装池，配红木镜框悬之书斋多年。“三反”“五反”时，余刻印几中断，故不得已由名伶王琴生携去卖于某剧院老板，送来了黄金六两，余即变成了烟土，真应了一句文言，悉化烟云矣。

其二，是时上海风气，凡能画者，不拜湖帆为师，即拜大千为师，甚至有双方兼拜者，时叔师已故，极多学生纷纷拜了湖帆门下了。时有一余至好之女同门，夫家世家，均大呢绒商也，她能写能画，在赵门时，对余最亲近，端重可敬，时至舍下之女同学也。她以叔师故世，花卉乏人指导，故特来求余转介于大千之门，余以为至易之事也，故一口允许了。即至大千处介绍情况，当时大千只微笑不置可否，余三度往催，均以两可之间，不拒亦不允也。一日清晨，见旁边无人，又催之，大千笑云：“某某，你是知道吾的，寡人有疾，寡人好色。吾的新太太（徐氏）即女学生也。有时女生为吾披一件衣、纽一个扣，吾常会抱住强吻之。你所介绍者，为你女同学，又是大家之妇，万一吾不检细行时，使你介绍难堪也，所以不敢允也。”余笑谓之曰：“斯人别号‘无盐’，故余与之至亲近，保证你不会涉遐想也。”大千遂允了。订了日期，拜师了。余因介绍人关系，偕女同学同去（是日另有人介一女士童某某与之同拜，余所见大千女学生中以伊人为最美矣，余竟稍涉遐想，后一见之，即避之不遑，免闹笑话也。而伊人误以谓余轻视之，有冤说不出也），及拜师时，秋君先告以仪节，蜡烛要点的，绝对禁止点香，因张氏天主教徒云，墙上高悬善孖遗像，请善孖夫人参加，学生例需先向遗像及二师母各叩头八个，然后大千方居中坐了，受学叩头亦八个（师母殆不止一个，所以从不参加也），可谓繁矣。礼毕后，大千必告学生云：“吾是二哥一手所教出来的，所以你们必须先向二老师、二师母叩头的。”据秋君告余云，大千事嫂如母，抚侄女如亲生。其存心之厚，余书至此，羡煞矣。四月一日之摄影，此二女生亦立于后也。事后，余笑问之云：“这位女门人，你要她披衣、纽扣否?”大千笑谓，敬谢不敢当也。

又忆及一事，在张生日之后，祖韩之二弟祖夔又向张介绍一女学生，名林今雪，祖夔先告大千云：“赵叔孺的女弟子也，虽出身青楼，赵先生极赏识之，谓今之马湘兰、顾横波也。”大千立即允之，订期拜师矣。前三日忽询余曰：“赵门女学生中有林今雪其人否，你相熟否?”余告之曰：“确有此人，老女学生了，先嫁江万平、一平之父，名江子诚（即强为湖帆作施女调解人者），后嫁梁众异，半年即下堂。余在赵门时，只老师正月廿四生日公宴时必见到的，平日她至赵府时，从不厕身于男同学一起的，故见面至多彼此一瞥而过，从未谈过天的，也久已未见了。”大千笑云：“真的吗?”余云：“当然真的。”大千云：“后天她来拜师，并有两席酒的，你也来看看为要。”至期，上午十时后余至李宅，时拜师典礼已毕，李氏五个兄弟、秋君、稚柳等均在围住大千师徒二人作闲谈，均在大千卧室中也。余甫入，今雪一见即趋至门口，殷勤握手，热情呼余曰：“某某兄，一年多未见了，你好呀，请坐。”余当时颇感突然，何故如此相待，一转念间，即恍然，她若仍一如往昔之态，将使大千等疑心，连赵门大师兄都不熟悉，那是一个起码货了，故亦立即殷勤问好不已了。时房内已客满，余与她二人只能互坐于大千床上（床中间横置的），余背大千而坐，她面向大千而坐，各以一手撑于床上，余又未便与谈叔师事（她方拜师，即以死者相谈，大千至迷信之人也，不可提也），只能各自编一套，畅谈不已了。余深谅她要一点赵门要好同学的姿态，勿使大千轻视而已。故一切由她做了导演，余做了临时主角而已，二人完全在台上演剧，大千、李氏等等身如看客，尚未知此玄虚也。直至十二点后，梅兰芳、魏莲芳、王少卿、倪秋萍四剧人来了，余始下场。及入席后，大千与梅为上座，余与稚柳次之。第二席秋君上座，徐氏新太太次之，今雪一人彬彬然周旋于二席之间，第一流风流人物之态，所谓应对有礼者矣。第一幕方罢，二幕又上场矣。先是梅与余在湖帆家中常见之人也，见必殷殷守北方风格，先问先外舅家中情况，次及又韩小宋昆仲情况，并托代问安好。余每答，梅必立起垂手而听，并连称“是是”，是日亦不例外。照例问答后，梅即向大千连连表示钦佩之意，大千亦极力对其表示崇拜，两人竟致同时出口说：“你第一，你第一。”（这在弹词中双档不按次序，二人同时开口，名之曰“双出口”云）其时谢稚柳坐在梅左，笑谓梅曰：“你与大千、某某，三人均第一也。”梅连称：“哪里哪里，不敢不敢。”大千笑问何以见得，谢云：“梅先生远赴国外演剧，得博士而归；你在敦煌，政府为你特派专机，飞运一千几百斤颜料供你挥洒；陈某某，全国名书古画上面，所有收藏印章，完全出于他一人之手，这在中国艺术家中还找得出第二家否？”李祖韩、祖夔二人又附和而说：“对呀对呀。”至二点后，这二幕尔虞吾诈的喜剧，总算胜利闭幕了。客主都去后，大千竟指住了余大笑曰：“某某，你前天说不甚熟的呀，今天这么要好，亲密，还说不熟嘛，你在吾面前还要假正经，真正不老实。”余一笑告以原故：“她什么人，这点不会吗。”大千笑谓：“你装的吗？”余回以四字曰：“你笨极了。”大千回余曰：“你聪敏，吾明白了。”二人大笑不已也。

大千画名，名震遐迩，但对任何人，从不稍示骄傲之态，即有不懂画之人，求之作画，亦必立挥而就，从不拒人于千里之外也。余曾代友求画，询以需润若干。在无人时，大千谓余曰：“你当着人问我，使我难回答，以后你看对方与你的交情如何，由你定，不问多少钱，少到五元也可，只要包在报纸中，当人面，只要说：这里面是润笔，我决不当人启视，隔十天我必画就的。”这种风度，使人哪能不感动耶。是年五月回成都时，上夕，祖韩当余面交以大条七条，谓之曰：“大千，你三次展览会，收入一百余条之多，第一次你只带回四条，去年带回十余条，现又被你耗去廿一条，所存只七条了，希望你省一点了。”大千唯唯而已，云：“八月秋君五十生日，吾再来可也。”至七月，果又来了，送的什么礼，余未知，但嘱余与他各刻一印为寿，他仿瓦当文“千秋万岁”田字格朱文，余刻“百岁千秋”四字，适不谋而合，亦作田字格，两印相较，余竟为之黯然失色矣。大千此作有特殊风格，齐白石望尘莫及也，“千秋”二字盖合二人之名耳。是年秋，先君年八十二，已患癌，群医束手矣，日需服羚羊角昂贵之药，大千知而不言，每夕即绘一三尺余之元人写经纸上墨笔山水一幅，又作仿渐江僧山水着色长八尺之山水一幅，均单款，精裱后，嘱余任选其一。余取元人写经纸者，云某生可以一千二百元金元券购去也。时金元券初发行，一两黄金二百元也。余携归展示先君，时已距逝世只二日了，先君殊赏识不已，余即携去又属大千补一双款，并请示以图名。大千云，因写经纸色灰暗，故写岷江之夜景，可名曰《岷江晓霭图》，并属只可有机求心畲写引首，湖帆可求题也云云。先君逝世了，大千又赠奠仪一千元，并亲来叩头、吊丧（湖帆只属学生代表来，奠仪四元而已），余至今永铭五衷也。余去踵谢时，大千谓余曰："宋美龄数次嘱张群来命代为设计绘妇女礼服图样，却之不敢，只有一走了事。吾此去，再来上海，恐遥遥无期矣。吾先与你声明一声，吾自己从来不写信的，你如有信，吾不复的，只有嘱人代复，要请你原谅的。"果然一去不返了，亦从无片纸只字相示也。但在"三反""五反"时，他又嘱善孖夫人送来一百元人民币。后接善孖夫人至巴西供养。六三年善孖夫人逝世于巴西，上海大风堂门人公祭于其家中，余非学生故未去。后大千寄来十七幅画，每一门人一幅，均花卉而已，特别附三件：一纸乃整幅四尺，绘墨笔荷花，以赠湖帆者；一张四尺纸对开，余与秋君各一条，均山水也。余一纸上画二男子在山坡间闲步作相谈状；秋君一纸，山水更工，各山各岭旁题某某山、某某岭，均巴西山景，而大千为之杜撰一名耳，上绘一小阁，一男一女作相对坐谈。稚柳大笑云："这二人代表他自己与你与她也，聊以自慰耳。"以上为记其过去之情况，下再述琐事数则如后。

大千虽以画名，但生平从不自炫自媒，他自云，生平只钦佩两个半画家，吴、溥二人，全才也，半个即稚柳。大千郑重以稚柳介绍于余，云：所谓半个者，指他写花鸟直追宋元，吾亦有时自愧不如云云。故余肯为稚兄作印六七十方，因大千之介也。稚公为余作画亦至多，无一不精，惜抄去十之七八矣。今岁见其近作，竟判若二人矣，惜哉惜哉。大千写马有特长，据其告余云，儿女亲家某某，为反动派之军长，驻甘肃，善相马，凡所谓良驹者，耳必小而上耸，蹄必细而有劲，尚有特点，余已忘之矣。大千画牡丹、荷花、芍药等等，花片上总似真者现绒头之状，大千亦于无人时为余表现之，再三叮嘱勿以告人，渠云："凡学生画花卉者，必传之，勿以其他告之，画走兽者亦只告画马等方法而已。"渠曾告余曰："吾此身不画虎，亦不敢仰追二哥也。他人画虎不成，何以故，盖未体会其特点处耳。虎一身威风，全在其尾也，尾得其神劲，即好了。"学生有问者，辄一笑了之。大千自云，生平最擅长者，为烹调，做炊事员，可以温开水浸鸡，而成美味。又以其方法授之于余矣，惜余从未试之也。一日渠回西门路家中后，又命人邀余去，谓有美味请一尝之云。余就餐时见持来了一大砂锅，内青鱼二尾，清汤，味至美。饭后又诩诩然自吹了，云："吾新发明也。法以好青鱼大者一二尾，加醉蟹四只，冬笋或春笋均可，三味精炖若干时，即可了。"他蜀人也，每味多用辣，余望而却步也。

余不懂八大山人画好在哪里，大千又出示一幅八大所作鸳鸯，告余曰：此画一只鸳鸟，只十八笔，凡鸳鸟一身羽片特点，一一悉表现无余云云。余只能唯唯而已。又，他所画各式飞禽，颜色五花八门，可谓佳极矣。一日余询之曰："这鸟何名?"大千笑云："吾在四川青城山久，所见各色飞禽，多至数百种，都不能举其名，所以吾画的鸟，只白色鸦确有之物，其他悉以意为之，想世界上当有这样的吧。"在第一次展览会上，有一幅《古木丛林图》，中画二乌鸦，穷斗，缠绕之状，如生也。据云在成都庭院中时见此状，故写生也。又，尝告余云，在北平时，每有金少山、郝寿臣二净角大名家有戏演出时，必风雨无阻订座往观，先至后台，坐于他们开脸之桌旁，观摩用笔之法。二伶均与之成老友。大千告余云，郝寿臣勾脸至工细，一笔不苟，似画中之仇十洲工笔画；金少山则反之，勾脸至神速，大刀阔斧，寥寥数笔，近看粗极了，似八大之画。但二人一出台上场时，均神采奕奕，无分上下也。大千曰："一技之成，非易事也，看二人笔法即知矣。"余今进一步曰，大千于此等都用心体会，其一技之成，亦非易事也。大千于齐白石，亦殊佩服，尝云："齐某某虽画格不太高，但所作无论印、画，一看即是齐白石，非吴昌硕、赵扔叔也，故应有其地位。”大千持论至公正，似比冯超然、吴湖帆深有门户之见者为胜，若贺天健、陶冷月，目中无人，老子天下第一，与超然、湖帆都不如了，实妄人也。大千虽喜嬉谑，但在众学生在座时，则颇有善孖之风，不苟言笑矣，对稚柳稍放松，然终不现佻脱之态，以稚柳虽非学生，得其指导多，所谓“平生风义兼师友”者也（似余与湖帆之间也）。但一至夜阑客散后，祖韩必强邀余与之三人作瞎说乱讲，是时大千为最放浪、最乐意之际矣。他擅说故事，凡生平所经历者，均一一述之，余仅能记一二事于此矣。大千云：以意为之曾写硃色荷花，在成都颇受人欢迎，某年夏与四川某诗人（名余已忘了）同乘独轮车，至乡间游玩，路过荷塘，某诗人问吾曰，朱红色荷花，古人哪一家画过的，吾告之曰是以意为之，无古本可对，更无书可查也。突闻背后推车老人云：你们二位先生，那硃荷是有出典的，见《文选》古诗、古赋中某某篇的呀。某诗人大奇之，问曰：你如何对《文选》这么熟，难道你是文人失业，而做推车汉耶？他叹气云：我本四川大学教授也，因每月三百多元，应付不了物价高涨，一家生活几无以为生，所以改行推车，自食其力，每天有收入，比教授日子好过也。问其名，只云可询四川大学某年失踪之人，即我也。所以大千一向不敢轻视劳动者，因此耳。当时大千自云：“吾荒唐，竟把《文选》篇名忘却矣。”

一日，余信口雌黄把已死某画家所赠之画，学叔师将谭廷行书四幅屏条丢入字纸篓中，余亦丢了，大千警告余云：“吾昔年有某某某亦送过几幅画，因不知所云，吾把它作引火用丢入风炉中的，后吾与之反目了，此人来索回赠画，吾拿不出，他说：‘阿拉这几幅画，价值三百元，有画还画，无画付钱。’吾只能照价付之了。你千万当心呀。”余经此教训后，故凡有人赠书赠画，悉珍藏破筐之底也。某夕，无意间谈及渠为余作《半身仕女图》事时，大千云，渠在四川亦曾识一川剧女艺人，至为亲密，惜亦死矣，与余事似异实同云云。及解放后，稚柳得大千在国外画册影印一厚册，中有一页即追忆其演剧时之风韵也，长题亦情深一往也。此画纯如近代之速写画，但古意盎然，非叶某某、程某某所可企及也。能者因无所不能也。

在丙戌丁亥之间，江西螺川女诗人、词家、名画家某某亦时时至李宅访秋君，兼访大千闲谈。诗人在敌伪时期上海各小报上几无日不有人作文捧之，故芳名震申浦。余与之只见面点头而已，及在李宅始偶而谈话也。大千与之似至熟，但谈话间，她与大千二人双方均是似密似疏之状态。一日大千忽笑谓之曰，在某某年，某月，吾第一次见到你，你身穿淡蓝绸衫，粉红色裙子，什么耳环，什么戒指，在松江某某寺中求签，得第几签，上上大吉，有此事否？诗人末了说："有的有的，你如何知道这么详细？"大千云："你当时把签交给一个小和尚，小和尚以签纸交你手中，这小和尚就是我呀。"余惊问之曰："你做过和尚吗？"大千云："是的。"余又问之："你有法名吗？"大千云："有的，叫弘筏。"余问："为什么没有头上香眼眼？"大千云："只做二个月即还俗了。"当时祖韩以目视余，余立即不再往下追根问底了。事后，祖韩告余云：大千少时热爱其姨母之女，而其母夫人坚为之聘定了姑母之女，大千累次表示反抗，其母不允，大千遂出奔回松江投某某寺剃发为僧了。当时失踪后，四处寻找不得，善孖料其必逃在松江，借住亲朋家中，乃至松江访之多日，卒在庙中发现，把他一把耳朵捉了回申。至北站后大千竟强坐地上云：吾定要某姨母之女，不要姑妈之女，大哭大闹。善孖无奈，允代禀母夫人。母夫人无奈，往商姑母，以姨母女亦同时归于张氏矣，故大千结婚时三人同拜堂的。祖韩笑云："林黛玉、薛宝钗同时嫁了宝玉也。"那天诗人去后，大千谓余窃语曰："某某，方才这位李易安，狠客也。吾自问不论何人，可碰即碰之，惟独对她，动也勿敢动的，你千万不要碰她啊。"余笑谓之曰："点头朋友，何至于此。"大千又以至严肃之口吻曰："将来也要防防，吾是好意啊。”后数年，余与伊人同在一个单位工作，成为至熟之同事矣，乃发觉伊人花卉固佳，而文学诗词，冠于全院。梅景主人填词，自书后，以珂晲版影印，名之曰《佞宋词》，一厚册，后有和小山词一卷，大率为求伊人所代作者，并为代书者，浓辞艳语，缠绵温柔。冒鹤亭丈谓余曰：“梅景主人做她徒孙尚不够格也。”伊人口才之敏捷，应对恰到好处，余数数见之，马公愚、唐和尚（绰号也）、董天野，每为所屈服。余自认对任何嬉谑之词，尚能应付裕如，但对她不敢遭其所戏弄也。大千所谓千万不要碰她，殆指此耶？是耶？非耶？余不得而知矣。大千二位正室夫人，从不偕之见学生及友人等，大约尚恪守旧家庭规矩也。渠自得巨资后，时往朝鲜、日本，二处均有家庭，乃如夫人也。又闻其侄女云，以前印度某某地亦有其家庭云云。

大千生平从不着西服，着袜亦必以竹布土制者，居外国，亦统由上海制成寄去者。八年以前，徐森玉之子伯郊，时回上海探亲，据其告稚柳云，大千每至一国，必预求人为书该国文字一纸，上写：“吾名张某某，住某街，某号，某楼，某室。吾因不认得回家了，请你先生带带吾回去罢，谢谢你。”一遇迷失路途，即出以示人了。人亦知其为中国大画家，都乐于领路云云。八年前余在秋君家时，获见其彩色小影，须髯全白矣，其服饰之怪，怪极矣，长袍外加以对襟长过膝之背心，锦缎者也，帽子则古代画中之高巾也，宛然明人矣。此上海人俗语所谓“会白相”，吓吓外国人也。

大千造假画，只仿陈年古董之人，最忌人妄改其自作，如方介堪是也，更忌学生假托其名，用以骗人。在抗战时，其学生仿制其画数十件，在当时某画厅开一张大千遗作展览会，不幸此广告流至四川为大千所见，遂在重庆刊登启事，将此逆徒永远拒之门外，文曰“小子鸣鼓而攻之”。胜利后寓李宅，预嘱门口，凡人来必先问姓，如胡姓、中年人，不准进门云。初去之客犹以谓张自高自大，架子想做官云云。又，九年前，大千在法国，戴高乐为之专摄五彩纪录片，放映长达一小时半之久，有人寄廿公尺底片给秋君，秋君未肯示人，仅告余云：该一小段影片，大千正在作条幅画，一日本美貌女郎，长发垂垂，正为其拉纸，后戴高乐及各高级法人围立左右而欣赏之云。名高了、大了，妒之者亦多了，于是每年必以死讯遍布于上海、北京了，甚且有人说，渠在敦煌时，专偷搬古代壁画运至美国等出售牟利云。稚柳笑云：“当时战争正烈，整座泥墙如何搬运耶？”据北京余至友沈叔羊函告云，乃出自美术学院院长之口者，亦可哂也。据叔羊云，院长亦闻诸常书鸿者云云。常与张，仇敌也，亦名不及而妒之者也。余在淮南及市监时，亦蒙同学以死亡消息远布海外。余何幸，得与大千同此被人注意，反得长生延年矣。大千时托人问余死生，大千尚未忘余也，为之感念不已矣。

吴待秋与冯超然

吴待秋

吴徵字待秋，斋名袌铜庐，浙江崇德县（旧名石门县）人。父名滔，字伯滔，舅父叶直，字古愚，均光绪年间之浙西名画家也。岳父李某某（似名嘉福），为浙西一收藏家也。故待秋自少即擅画。其岳父死后，所有古器古画，悉以遗之。早年事，不甚详，仅知其入民国后，即至北京为某部小官僚，同时订润卖画。北京当时有张樾丞者开文具店，其所出售之铜砚匣、铜镇纸，或画或书，几乎全出待秋一人所绘者，其名渐著称于北方。

甲子以前，上海商务印书馆美术部主任黄宾虹辞职后，馆方遂聘吴氏南下继黄氏之后矣。故其当年所居，是在闸北宝山路之宝山里，以近商务印刷所也。吴氏山水纯宗清王麓台，亦擅花卉，以作画认真，约期取件，从不爽约，故大受当时沪上各笺纸店之欢迎，广为吹嘘，生涯乃大盛，遂辞去美术部主任之职（继其任者为闽人黄葆戉，号青山农），专以卖画为生矣。其润例之繁琐虽一寸之微，亦斤斤计较也，只笺纸店伙员可以揩油，但以扇面尺页为限。余之四伯父夫人，为待秋之姑母，故先君与余时至其家闲谈，他辄一面大谈，一面大画，从不停手也。吴氏长余约卅余岁，故对余至亲善。抗战后迁居今延安中路四明村，与舍下至近，故余访之益勤。其所居，只楼下前后二间耳，所谓画桌，两高凳、两木板而已。当时延安路一带，地处低下，一逢大雨一二天，平地总积水盈尺以上，吴氏全家，处于水泊之中矣，然吴氏仍作画如恒，惟置一板凳搁双足而已。余谓之曰："你休息休息吧。"吴云："停一个钟点，我要损失多少钞票呀。"其时凡有店员等揩油者，需少少物品交换矣。一日余见一店员求画，吴即询其夫人曰："太太，我们这两天缺少什么啊？"其夫人一查后，答之云："草纸只几张了。"吴即谓店员曰："明天你送一刀草纸来，我立刻画了给你可也。"诸如此类，缺皂、缺火柴、缺电灯泡，无一不要，要得极少，而作画几多立索而去。余问其故。吴云："我家中杂用东西，全靠他们的，我当时即画，恐与卖钱者混了，不易分也。"其家中一妻三子，一女仆，从不自己举炊而食，悉由包饭作包办者，至月底一结账，需若干，即以相等之画，打一九五扣付之，以示优待，包饭作竟成为吴之揩件处矣。

在胜利之初，币值大跌，百物昂贵，一日余询之曰："你每月要多少开支呀？"吴又问其夫人每月用多少钱，其夫人云："本月还未知，上月耗了廿八元也。"余惊问之何其省也，吴氏云："你看见的，吃是包饭，杂用东西是各店员供给的，吾每月所费的房金廿元，水电费几元而已。"吴氏平日从不应人招宴，虽吴缶翁请其代笔作山水后以宴酬之，亦不往也。他自己更从不请客吃饭的，谓吃了人，要还请，去吃饭要花车钱的。他自与冯超然大相骂，辞了美术主任之后，即从此足不出户了。有人访之，辄曰："请原谅，吾不回访的。"故与吴湖帆、赵叔师等等，从无一面之缘也。其为人虽吝，但不鄙，生平从不对任何同行有一句批评之词。与余至熟，肯坦率而谈，余一日问之曰："你节俭至此，有多少钞票邪？"吴云："吾每隔一个时期，必以钞票买黄金藏之也，故钞票至多五百元耳。"余又问之："现在有多少金子邪？"吴云："画家哪能与做官比，吾画了几十年画了，至今只有一百卅余斤而已。"余又问之："是放在银行保管库中吗？"吴笑云："放保管库，每年又要付费用了。"说毕，即指指自己睡的大床，曰："你看看，这床四只脚特别粗大，是吾定做的，中间全空的，可放许多金条金块的。"又指指房内二个大马桶，曰："吾虽有女仆（其时已早没有用了），这倒马桶的事，必须太太自做，因这二桶完全是夹层的，放金子呀，女仆拿，要拆穿秘密的。”他言时，很得意，谓余曰：“虽有强盗，亦想不到马桶底里有金子也。”隔了一年，余又戏询之：“现在有几百斤了？”他云：“一百五十斤还不到。”一日，余见杨振华笔工送来大小书画笔约一百支，计算为一百余元。吴付了款，及杨走后，慨叹不已，谓余曰：“你今天看到了，吾进账多，这笔及颜料，每年也要几十块也。”至四七、四八年之间，吴已七十余岁了，忽然大彻大悟，至苏州某氏家购得花园住宅一所，闻耗二百余两黄金，他遂夫妇二人搬至苏州作寓公了。一子仍留居四明村。先君当年已八十有一矣（四七年），曾去苏州访之，回申后告余云，花园至佳，白皮松即有十廿树云。至解放后三四年，忽闻其已逝于苏寓中了。余尝于四明村口又遇见其夫人，询之病况。据云，吃夜饭时，犹谈笑如恒，至次晨因怪其高卧晏起，启帐催之，已安然瞑目而逝了，一无痛苦之状云云。吴氏一生只于在润资上斤斤较量，从不对同行之间有所嫉妒，只对自己太刻苦而已，故其死也，亦一无病痛绕身，视其他惟利是图、专以卖买求利者，要高雅多多矣。

冯超然

冯超然原名迥，号涤舸，又号白云溪上懒渔（据其告余云：凡朋友揩油之作，均署此号，盖上海俗语不出钱曰“白抄”云云），斋名嵩山草堂，以所居嵩山路九十号也。江苏武进人。以其自少即居松江，曾为某典当铺中为学徒多年，故口音一无常州腔，说松江话了。生于光绪壬午年七月，入民国后，即来申，初主上海大收藏家李平书家中。冯本擅画人物，后宗改七芗（琦）。居李家后，得遍观所藏，故亦能山水与花鸟，全能画家了。初订润时，以苏州有顾鹤逸（麟士）、陆廉夫（恢）二大名家，上海有程瑶笙、倪墨耕

（宝田）等等，故冯氏以后辈，未能有所发展。余曾在沪上名医朱星江家中见有冯早年之作，山水四幅屏条，尚署名为超禅，太平淡无奇也。及壬戌以后，顾、陆、程、倪相继故世，冯得当时上海银钱业巨头力捧，遂与吴待秋二人齐名矣。居嵩山路后，适吴湖帆自苏迁申，亦居嵩山路八十八号，二人朝夕相处，又得遍读吴氏所藏矣。

余于丙寅五月四日与吴氏相识后，不三日即由吴氏介与冯翁为友矣。后几乎每日必相偕去作长谈，去时必在下午七时左右，每去必总见冯氏方起身洗脸漱口，后陆续来者友人，若穆藕初（湘玥，时尚未任伪工商部次长）、王伯元、赵赵楼、谢绳祖、庞京周（医生）等，均俟其洗漱毕后，即一同乘车至一枝香等公请吃喝，并飞笺召妓侍酒，过着这旧社会之糜烂生活也。余与湖帆为配向，如是者达三四年之久。冯氏至深夜回家，又大抽鸦片后，乃挥毫作画，至次晨七八时就寝，日间无一人也。冯氏其时方四十七八岁，风度翩翩，好嬉谑，每以幽默之语相嘲以为快，湖帆“歪喇叭”之雅号，即冯氏所题也。家中寡妹、外甥、弟、侄等均依之为生，其友爱可佩也。广收门人，尤多女弟子，凡收一女弟子，必为之更名，若孙琼华、谢瑶华（佩真）、毛琪华、张琰华（谢绳祖之妻也）达二三十人之多，无不以“玉”旁，“华”字辈。最后收一女弟子，唐玠华（冠玉，潘公展之妻也），故其独生子让先，大学毕业后均靠潘氏提挈者。湖帆初不收门弟子，背后讥冯氏为学生更名，是戏班子作风，二人遂疏矣。吴夫人故后，吴忽广收门人，达二三十人之多，谓开吊时，灵前多穿白衣门人，壮壮场面云。一日冯氏大笑谓余曰：“‘歪喇叭’要灵前多立白衣弟子，像白蜡烛一根根树立，我已告诸学生，待我死后，要门弟子全穿大红衣服，像红蜡烛一样，与之别别苗头。”其滑稽如此也。冯氏尝告余云：“我画无师，在松江当店为学徒时，买得一部同文书局印的《三国志》，绣像一百廿回，有二百四十张插图，我用油纸摹了三次之多，故所画人物，无论什么姿态，我都能画。”这种坦白风度，可佩也。寿至八十余，解放后矣。

冯与吴待秋，死敌也，每谈及待秋时，辄痛诋之。后余询之待秋，待秋只笑笑云：“为了一张我画的事也。”事实如下：我初至上海时，尝出外交同行联络，与冯氏同时至当时上海一书画家集会处曰“题襟馆”。冯氏有一次代求我一四尺立幅，墨笔也。某日李平书请我吃饭，见自己墨笔一画变了着浅绛山水了，我着色画照例须加二成，问李以多少钱买我画的，李氏云：是嘱超然代求的，价多少云云。我一算，少了二成了，遂至题襟馆找冯氏，要他补这二成款。冯大窘，不认账，于是我与他大相骂了。幸吴缶翁、哈少甫、姚虞琴三人力劝始止。故我二人从此不再见面了云云。相骂，为二成钞票也，可笑也。后吴润格上加一条，凡着色山水，押角加一“苏林仲子”印，为此也。

记费龙丁与陈半丁

费龙丁

费砚，字见石，号龙丁，别号佛耶居士，松江人，其出身不详。善治印，曾列吴缶翁门墙，所刻印神似缶老中年，视王贤学晚年之作，高明多多也。画家冯超然少年时久居松江，故与费为至友。费氏生前为冯治印最多，盖因此也。费为人至沉默，可以终日不发一言。其妻为民初上海绅士、名收藏家李平书之妹。费氏每自松江来沪，必居于老西门南仓街四十九号李家。居无事，辄至冯宅，一灯相对，吞吸为乐。余由冯氏之介，始与相识，觉其讷于言，而无倨傲之态，故甚敬之，费亦不以余年少而轻视之。岁丁卯，松江耆老耿道冲来沪，李平书、费龙丁二位共邀宴耿翁于李宅，陪客多松江人，冯超然、吴湖帆及余三人，亦与焉。是日余以年最少，故与龙丁坐比肩，费忽问余曰："你看吾刻的印，有什么想法否?"余对之曰："公作品，外似柔雅，内实刚劲也。"费大乐，告余曰："你真懂，吾自以谓所刻是有'绵里藏针'之风格也。"自此遂认余为知己矣。费性奇懒，但竟为书小楷临《破邪论》一簟，后又为写梅花一树以赠，异数也。后余询以"佛耶居士"出何典故?费笑云："佛，佛家也；耶，耶稣基督也；居士，在家和尚也。"可谓想入非非矣。

及"八一三"沪战起，日寇扰及松江，丢炸弹。龙丁因避难，携全家乘小船拟至乡间暂居，讵船小人众，为日机所疑，以谓游击队也，乃尾追不舍，小船拟靠岸疏散众人，费氏身甫登岸，日机遽下弹狂扫，死者多人，龙丁全身被弹，密如蜂巢，遂惨死于是役矣。

后据超翁见告，为之伤感不已。使龙丁安居不动，当能保其天年，岂生死有数耶。龙丁为人虽讷于言，但绝非阴冷毒辣之辈也，而遭此不测，尤使余低徊迄今，念念不忘也。

陈半丁

陈年，字半丁，绍兴人，少穷困，初为杭州西泠印社主人吴石潜之学徒，后以石潜之介拜缶翁为师，绘画刻印，无不神似。民初至北京，以鬻艺自给，名与白石老人伯仲之间，与陈师曾（衡恪）同为仿缶老之作者，北京当时称“二陈”云。时泉唐江南蘋（采）女士嫁吴静安（定）后，即拜二陈为师，亦能以画著称也（南蘋乃江一平之堂房妹也）。南蘋尝告余半丁一笑话事，云：半丁不通文词，题画均抄前人句，往往牛头不对马嘴。一日为南蘋画扇，上绘一燕，而所抄者乃题雁之句。次日，南蘋告之曰：“老师，你写笔误了吧?”陈立即重题曰：“老夫耄矣，误燕为雁。翌日息灯后记之。”南蘋又告之曰：“你能在黑暗中写字吗?”半丁只一笑了之。余所见其绘画中，自刻诸印，无一不佳，甚至有超过乃师缶翁者，但为他人作，则平平矣。

抗战时，似四三年，沪上银行巨头周作民，恭请半丁来沪，专治一批石章。南蘋夫妇，设宴接风，余为陪客之一。余到时半丁已先在，南蘋未及招呼介绍，半丁与余畅谈至欢，一小时有余。吴静安回家，即为之介绍曰：“这是陈某某，久仰你大名，故特邀作陪也。”半丁默默。自此以后，席终不与余有一句话了，使吴氏夫妇为之大窘。至五七年半丁已荣任北京中国画院副院长了，来上海视察。上海中国画院以车迎之，及驾到，余适立于门口，乃趋前接之，渠不屑一顾而入。及至大厅，领导上为之介绍上海全体画师，渠一一握手，至余前，他手缩住了。同行嫉妒也，可笑至此。

记钱瘦铁、陶寿伯、顿立夫

钱瘦铁

钱瘦铁，名厓，字叔厓。无锡人，少贫穷，在苏州汉贞阁碑帖店（主人唐伯谦）为学徒，是时尚名长根（乃其师弟陶寿伯见告者）。初习刻碑，并学裱贴。其时清末四大词人之一郑文焯（字小坡，号大鹤）方侨寓吴门，以校金石、集碑帖自娱。专向汉贞阁为之潢治，唐伯谦辄令瘦铁裱之，并命专送大鹤家中，大鹤见其只十余岁，聪慧可爱，遂录为门人，并授以刻印，为之更名，号曰瘦铁，后为其代订润例，誉之为苦铁、冰铁之后三铁云。其作画，亦大鹤所授也。复为之介绍于缶老为及门，故瘦铁早年所作似缶翁中年作品，殊传也。惜于六书及文词，均不注意，故曾为袁寒云刻名印，以“亨”误充“克”矣（晚年瘦铁亦自认有此笑话，坦率可佩）。中年时尝居陈小蝶（蘧）家中多年，生活多靠之，余即于是时与之为至好也。渠有一特点，从不对任何人稍有嫉妒之心，艺人中仅见之，高人也，性戆直，喜打抱不平之事，故始终郁郁不得志，赍恨而死耳。

初，在抗战前即率其妻子张珊珊至日本鬻艺多年，与当时日本大画家桥本关雪为至友，故能以书、画、刻驰名于三岛多年。在抗战时，日人恶郭（沫若）老甚，必欲捕之，为瘦铁所知，竟又发义愤故态，以己之身份证明书假于郭老，金蝉脱壳，郭老回国了。事发，日警趋其家责讯，一言不合，瘦铁竟以大砚石猛击日警之头，致血流不止，遂遭逮捕，判刑三年。刑满归申。渠栩栩然以为荣也。

余在陆小曼家见之，他将当时情况，绘声绘形，虽吹亦实事也。次日又在叔师家见之，则一无自高自大之态，执后辈礼甚恭敬矣。渠去后，叔师谓余曰，瘦铁虽文墨略欠，但题款地位之得势，可与缶翁并美，非谬赞也。

及解放后，五六年上海中国画院成立筹委会，王个簃、白蕉均为委员，钱与余均画师而已。渠心怀不满，遂去四川，遍游山水。及反右运动起来之后，刘海粟已定为右派矣，渠犹未归，数以电促之始返，不免戆劲暴露（与陆俨少同样，“不服帖”三字耳）；白蕉当时著文论字云：中国书道日退，“吾道其在乎”五字；余以与当时某领导（江寒汀之徒，捧江抑余）互不相让，死抓不放手，遂四个人同榜而为右派了。先时五人（另一沈子丞，夏衍之弟也）同居一室，仍写、画、刻，后瘦铁遣农村劳动，余谪淮南劳教，某领导也遣苏北养猪三年了。及六二年余回画院复职时，铁、白、陆等均已摘帽矣。余回画院时，已在正式成立之后，闻在成立之际，瘦铁曾去北京晋谒郭老，冀其念旧，有所嘘拂。事后告余曰，进见之日，殷勤招待，次日复乘车回访，嗣后寂寂不理矣。经此刺激，遂憔悴无复兴致矣。以年逾七十，气喘大作，抄家时又发现保藏日人昔年所贻太阳旗一面，更发觉渠曾任蒋伪驻日大使馆秘书，又在香港与蒋伪之王芃生为至友，遂打入牛棚为牛鬼矣。每日劳动之外，复写坦白日记一篇，揭于榜上示众。渠写文字，非所能也，当时日受审讯，谓驻日秘书，而不能写文，抗拒也。余乃告小将等云，他为刻碑工人出身，真是不通的，始稍宽之。但每月一篇坦白书，又使其大窘了，故悉为余捉刀，使渠自抄以呈。渠坦白云：曾为洪门中人（即红帮），于是愈坦白，愈坐实，每晨劳动时，实非气喘者所能胜任。后形势日紧，渠自知难幸免矣，终日忧闷，遂一夕暴卒于家中了。当时经过法医验尸，知非自杀乃告终了。此其大幸也，如不死，则至少判刑十年也。倘中日早日建交，渠决不死耶？甚至恢复一切名誉耶？此盖非其预料所及矣。

瘦铁初娶松江韩氏，与孙雪泥为连襟。韩无出，亡后，时徐志摩在海宁乡中携回美女一，名珊珊，欲纳为小星也，小曼遽以伊人嫁于瘦铁为夫人。后至好相见时，每呼渠为徐家丫姑爷云，瘦铁不怒也。余谓渠一生，畸人也，无锡人而无一点刁气味，尤为难得。倘有汪容甫文才之人，能为之作传，可传诵于后世矣。

陶寿伯

陶寿伯，名知奋，亦无锡人。少在汉贞阁学刻碑，瘦铁之小师弟也，亦能刻印。满师后，即来上海，以每字五角订润，一无收入，乃日持印稿，遍求名人提挈。岁丁卯，寒云先生居今淮海路二百七十号时，一日，有一青年闯入，出示所作求题字，寒云先生为聊聊题了几句，你印再要用功云云。其时余在旁见之，未知姓名也。乃戊辰年，余至冯超翁寓闲谈，上海纱布交易所理事长穆藕初先生谓余云："现在交易所新雇一书记，青年也，能刻印，介绍给你作一学生，指导指导他如何？但此人穷极，没有贽敬的，你能允许否？"余云："可以可以。"穆君云："吾明后天写一名片介绍可也。"三日后此人来了，恭恭敬敬以一大红帖子上呈，余一见即袁宅所见之人也。及视拜帖，即陶君也。其时头也叩过了，帖子携上楼了，复与之询问出身，始知瘦铁师弟也。无意间询其年龄，陶云："廿八岁了。"余大窘，谓之曰："吾只廿四岁，哪配做你老师。"即登楼仍以名帖还之，陶初尚以为余嫌其无贽敬也，故拒之，再三不肯收回名帖。余曰："尽来谈谈不妨，老师无此资格也。"陶云："帖不收，吾无颜来也。"余思之再三，乃告之曰："吾把你介绍给叔孺先生，你做吾师弟如何？"陶云："因所愿也。但我在交易所只廿四元一个月收入，何来贽金为敬耶？"余云："不妨，吾可代为请求免费可也。后天你即以此名帖，由我带领去拜先生可也。"陶始欣然而去。

次日，余以详情上呈叔师，求赐垂纳。叔师一笑允之。余即招之同诣赵府，叔师忽发现附有贽金八元，退之。陶云：“这是一点心意耳。”师嘉其诚，居然大加指导，只半年余，艺猛进，与前判若二人矣。订润每字一元。余为介于蒙庵，蒙庵亦为之大加吹嘘，并告余曰：“寿伯仿汉，锲而不舍，未可限量也。”二三年中，陶氏必月至余下长谈。一日见余为程子大（颂万，十发老人）刻砚铭，袁伯夔之长篇七古，约六七百字，陈仁先小楷书之者也。可怜，余只会刻石章，砚石非所擅也，一天只能刻二三字耳。遂以示寿伯，请教刻法。寿伯大笑云：“这须用锤凿刀者也，我代你刻了罢。”持去只四五天即携来了，毫发不爽也。余谢之再三。陶云：“我无你，无以至今日，这一点点，应该的。”

寿伯为人喜趋时，后办了一张小报曰《上海报》，又办什么会什么会，变成记者身份矣。其艺遂永远停在当年水平上了，蒙庵为之大叹不已。余在赵氏同门中为第一人，但见诸同门必尊之为兄，惟独于寿伯直呼其名，有时见其作品有缺点，必直言告之，陶亦唯唯听命。某日有同学陈子受笑问余曰：“你对任何人很客气，为何对寿伯，老茄茄邪？”余云：“他原拜我的，是我提升为同门的呀！”陈君微哂云：“你在吹牛了。”叔师云：“某某一点不假，寿伯是某某拉起来的，可以指点指点的。”寿伯初为赵门至忠诚之人，其时无锡帮求叔师画马者（当时润例画一马，等于买一匹真马也），无不由寿伯经手，三四年间积至五十幅以上，润均先付了，而师竟一一笑纳，从无一匹交件也。寿伯一求再求，总以“就要画了”四字答之。师七十生日时，张鲁庵强之写五百元寿仪，陶已微感不怿，至次年，寿伯为众债主所逼促，不得已，面求叔师云：但求请其次子敬予，代笔画《双马图》一幅，由陶售去，以款还人。师允之。及敬予画成，问以上款题何人，陶云：只要单款可也。敬予云：“那你是以高价出售了，不给不给。”陶不得已，只能四出借贷六七千元之巨，以还众人了。于是遂绝迹赵门矣。及师逝世后，陶始以此事告余也。及胜利之第二年，《上海报》结束了，陶亦飘然不知何往了。及解放初四九年冬日，其妻室全家均亦去了，只留一弟名王开霖者（上海冷香阁刻碑店主人）留于上海未走。在五一年有一无锡钱君其戚也，透露口风云，已住洋房、买汽车与蒋榖孙同为反动派之重要文化人矣，洵属无耻之尤。其本姓王，出嗣外祖陶氏者，故其弟乃名王开霖云。

顿立夫

顿立夫，初名长河，北平某县人。初不会刻印也，王福庵在北京为印铸局科员时，雇顿氏为之拉包车者（后有人嘲之云：因其车夫出身，故王为之取字曰“立夫”，此非王之本意也）。南京伪政府成立后，王氏南下，乃解雇，顿氏坚愿从之，为粗役，王乃介之入南京印局为工人，而伪局长云：“能凿铜印即收录。”王乃穷一月之力，教之刻印凿铜，并为之更名曰顿群，字立夫也。顿时年少，悉心学习，居然能勉强应付，后愈刻愈进步，故王氏收为门人，并命之免称“老爷”而称“四爷”了。王氏悉以自作印存赠之，故其所作竟一般无二了。后辞去印局事，来上海靠荣宝斋推毂，竟能与方介堪、来楚生齐名。现返北京，仍能以印为其生活资本也。

记丰子恺

丰老，浙江石门县（属嘉兴府）人，名某，少留学于日本音乐专科学校，原非美术家也，因喜作漫画以自怡，遂为中国之漫画家了。余于过去新文艺界中人，向不留意，故于丰老之名，从未知之。在胜利后，余在当年老《申报》自由谈副刊上读到了他《访梅记》散文一篇，盖其时他偕了二个女儿至梅兰芳家中做客后所写之记事文也，该文连续刊了三天之多，均为誉扬梅氏艺术者，中有一段云：梅先生座中蓄二猫，梅氏当客抱于怀中，爱之抚之，不啻子女。归家后，其女公子谓丰老云：爸爸，我们如果能在梅先生家化身做了猫儿，也是幸福的呀。（大意如此）当日余读其文后，对之不但无好感，且深鄙之。余认为此人对一"雄妇人"（鲁迅作文题梅之雅号也）如此恭维，太肉麻了。

后解放了，上海文化局主办一日本五百年前之一高僧某某某某画展于当时中苏（友好）大厦中，请丰老主持作报告。余在座，始识荆，觉他作报告时，妙趣异常，但未与趋谈也。时他已任上海美协主席、全国政协委员，画院筹委会中无其分也。及六〇年，上海中国画院正式成立，他始由文化局聘任之为正院长也。其时余尚居淮南，未摘帽，于报刊上获知者，仍不齿之也。及六二年，余重返画院时，亦从未见他来过，只有开大会时，他始来作主席而已。那时余由党支书介绍见面，余只敬呼一声"院长"而已，他亦竟不知区区名姓也。

直至六六年夏日，余正患背疽，肿血交流时，被院中以至温和口气函召去投入评"海瑞罢官"运动，当时丰老亦同时接得同样一函，于是二人同日诣院，每日必须去了。那时他始知余姓名，并知正患背疽，在无人时，一再嘱保养为宜云云。余始稍稍发觉此人殊厚道而谆谆，故方才询以籍贯，知为同属嘉兴同乡了。后大批斗开始，他首当其罪，院中众人把他在广西抗战以前时所作的漫画集，举一个例，如画了一蜗牛，两触角上，各站一兵，相互射击，题了四字曰“蜗角之争”，盖讽刺当年反动派之事也，不幸被香港翻印出版了，院中遂群指为他有意讽刺，含沙射影等等。又，他画了一幅漫画，满席佳宾，一花猫高踞座客头上，他并作文呼之曰“猫伯伯”，不幸加了附注云：“我们石门人对这‘伯伯’二字，并不能算恭维之词也，贼也叫‘伯伯’也。”于是罪上加罪，批斗次数之多，仅见也。又在《百丑图》中，亦居其一了。其时院中牛鬼近卅人，区区当然在内，每斗他时，区区必陪斗。当时四间牛棚，关满了人。丰老在院中时，众人知与余最无关系者，故将余与之同坐一桌学习，同编一起劳动。当时他被斗回棚，头昏目眩，饭后呼呼入睡，一不小心连椅倒下，跌在地上，头破血流。其时院中又派余扶之入大华医院包扎止血。医生私问余，丰院长是否自杀撞头者，余力证非也。医云：“伤口太大了，须打破伤风针，而试验时又有反应。”医生云必须打，但每小时半西西，四次完成之。时下午三时矣，余回院报告后，他们嘱余继续陪之，于是病榻前只余一人了。他对余殊感谢，乃自述其当院长经过详况云：本人自弃音乐职业之后，戏画漫画，作消遣而已。正业乃专门接受日本人委托将中文小说译成日文，润笔费多。入美协后，不过挂名而已。及六〇年画院正式成立，被命兼正院长之职，当时力辞，至半年之久，未履院中一步。后文化局局长徐平羽准其无大事开会，可不到院办公，并硬送了七个月工资，每月只二百二十元耳。不得已，始做了这被斗的院长了云云。又问余如何送淮南的。余告以被一逆徒及翁瑞午杜造了区区二百四十余条莫明其妙的罪状（此余六二年回画院后，谢稚柳夫人陈佩秋亲告余者也），以致如此也。他云：“吾们相见恨晚了，如早成知己，则本人可以把你调至文史馆作一馆员，免受这一场苦恼了。本人做过政协委员，吃过、享受过、遍游名山大川过，此次被斗，还算罪有应得，无悔也。而你呢，既右、又教养，这次又做了‘牛鬼’，陪了本人陪斗，亦太可怜了。”那时余毫不客气问他：“丰老，你如何一再提猫，意有所指吗？”他大笑云：“吾家全体欢喜养猫，性之所爱，故不觉形诸笔墨了呀。”自那日起余始完全对之了解，乃一醇厚之老人也。

六七、六八年全体“牛鬼”上午罚作劳动，他们无一人肯至院外大门口扫街，怕难为情也，惟余与他二人愿充此出乖露丑之劳动也。当时画院在汾阳路，花园至大，冬季落叶满地，又是他与余二人负责丢入一大泥坑中焚化之。二人觉温气洋洋也。在无人时，二人相对默默，各踞小石坐下，出烟狂吸，各自坦然也。至六八年秋季，全上海九个文艺单位，集合上博（先五楼，后二楼），二三百人分二间学习，每晨劳动，他又与余同作揩窗扫地之役。至六八近年底，全院均至乡下劳动，只留老弱八九人回画院劳动，丰老、余、马公愚、贺天健等等。是时余与之始各谈家史，又知他乃一老举人之子耳。

在六七至六八年两年之间，一天至少要贴他大字报十张，陆俨少最起劲之一分子（但解放比丰后了三年），只余于他未贴一份也。他曾有一日密告余云：本人名虽列《百丑图》，但因日本、新加坡时刻注意其动态，要登报，故幸免见报，此乃文化局一高干私透露之消息云云。至六九年一月十七日，余宣判入监了，遂与之生离又死别了。叔羊来书云，半年前曾得丰老一画。余因托沈转函告以平安回家了，以谓必有回信，乃竟杳然，正以为异，丰老决不致如稚柳之忘我也。近始知余信到达他早入医院，已宣告不治之症矣。据闻画院为之甚隆重治丧，亦对外影响耳。其致死因故，已详前函，不赘了。最后，余只能以四字作结束，曰：呜呼哀哉。

陆小曼

陆小曼名眉，生于癸卯九月十九。父陆定，字建三，宝山人，与民初曹汝霖润田为至友，故曹任袁政府财长时，即任财部某司司长多年。母某氏，为常州人，只生小曼一人，故夫妇爱之如掌上珠。小曼自小即居北京，卒业于某教会女校，故英文特佳，以美而艳，在校即有“皇后”之名，为当年北京交际花之首，一时追求之豪门公子至多。据尹石公告余云：她每至剧院或中央公园游园会时，欧洲人、中国大学生前后常数十人，或为之拎皮包，或为之持外衣，小曼娇不一顾云云。其父最后招美国陆军大学什么“西点学校”高材生名王赓者为东床了。二人结婚未久，意见不合，即离婚了。时海宁大富豪徐申如之子志摩，方与其妻张幼仪（张公权嘉璈之胞妹）离婚，遂与小曼结婚于天津某大旅社大礼堂中了，是时尹石公为贺客之一。据石老告余云，男傧相即特请王赓担任者，当时且摄影留念，无人不认为创举也。是日证婚人为梁任公，梁大训云：“你们二位都是过来人了，希望二位这是第二次，也是最后一次吧。”其时小曼约廿三岁也。时北洋伪政府也成尾声，志摩及岳父母等均来上海，志摩任圣约翰大学外文教授，后为光华大学外文系主任。其时她全家居于今南昌路一大洋房中，小曼忽得奇疾，时有晕倒不省人事，诸医束手。同时翁瑞午恩湛（吴江县人）正在做推拿医生（翁父名经琪，号印若，清举人，少年翩翩，得松禅老人与吴窓斋之赏识，得任广西梧州知府，擅画桂林山水，又善医，喜用石膏，故有“翁石膏”之名。据湖帆告余云：在甲午年，湖帆嗣为窓斋之孙时，八月初湖帆满月，为窓斋招当年名女伶花旦名严小宝者演堂会宴客，时翁父新中举人，遂娶严小宝为侧室，己亥生瑞午于梧州。瑞午少时美丰姿，推拿学于民初扬州大名家丁凤山，故悬牌为医后，声涯至佳，廿余岁即自备汽车出诊者。又擅唱花旦、青衣，京、昆俱有独到之处，故湖帆背后讥笑他云：瑞午之生，本人满月做的媒人，他戏唱得好，胎教也云云）。

小曼得此奇疾后经人介绍，请瑞午推拿，他一搁小腹穴道，立即清醒如恒了，故志摩及陆氏老夫妇遂认瑞午为最知己之人了。同时小曼遂向之学习《汾河湾》（总以江小鹣为配薛仁贵者）、《玉堂春》二剧，此剧翁反串王金龙，徐志摩强配红袍，江小鹣配蓝袍刘秉义，屡屡在当时所谓“天马会”客串时演出，在今之新华电影院及当年共舞台也。至此，忆及一笑话，此剧苏三上堂跪见按院大臣王金龙时，王骤睹旧情人即犯妇，头晕不能理案了，当时将苏三带下，当堂请医为王金龙诊病，此医生例为饰哑子，不必开口，诊毕即下。是夕饰医生者为漫画家张光宇，先在台下问余曰：“我做这丑角，可有法子引座客哄堂一笑否？”余云：“有有，但哑子须破例开口，只要诊毕后，对两个配角说：‘格格病奴看勿来格，要请推拿医生来看哉。’”张光宇照此说了，时观者均翁、徐、江、陆等至友，听了之后不但台下哄堂，翁瑞午本人与陆小曼、徐志摩等均在台上失声而笑。一出悲剧几致变成闹剧了。当时追询光宇，何故出此噱头，光宇云陈某某所教者，并拉余至后台，余与翁本为在湖帆家相熟之人，经翁与志摩、小曼介绍后始成相识了。时余廿三。小曼廿五岁，尚是娇艳异常也。后二年小曼、瑞午均染嗜好，迁居于今延安中路四明村之弄口第一家矣，她与徐、翁二人竟成左辅右弼矣，人言藉藉，平襟亚乃在当日小报《晶报》上刊载一文曰《伍大姐按摩得腻友》，将翁、陆二人写得缠绵风光，恭维讥笑，兼而有之，中有一句云：翁终日……浅草公园之中云云。语涉黄色，使徐、陆、翁三人大恚，特请上海著名英国律师某控平氏于租界法院中，以谓必可使平氏低头作更正之文道歉者。哪知当时租界法院有一事例，任何人每月如已犯过案件，第二件即任何罪名不受理了，平公早知有此一着棋子，故在登报之前即故意犯一违章小案，罚款五十元矣，故翁、徐上堂时，平公即出示已经罚过款，受过处分了，一点办法将他奈何不得也。此平君认为得意之笔，后来亲自告余者也。

在志摩迁居四明村后，余以其毫无大文豪自居之态，故时时去与之畅谈为乐。他平生最不喜穿西服、与中国人作英语谈天，更最喜偷吃鸦片，趁小曼与瑞午同出去后，即私自狂吸不已。故后来小曼告余云："志摩如不死，必成老枪也。"志摩在光华教书未及二年，即辞去而改受北京大学教授了。时胡适之为北大文学院长，与志摩最知己同学，故招之赴北大。不久又得噩耗云：志摩乘飞机触山头惨死了。当志摩受北大之聘时，即以小曼重托瑞午加以照顾，故瑞午堂而皇之作了"如丈夫"矣。志摩死后，小曼又迁居延安中路当时福煦坊中，时其翁徐申如尚在，每月给以三百元作家用，但声明云：小曼何日另有对象时即停止了云云。其时瑞午早已不做医生了，因与中国银行贝淞生为至亲，为当时上海江南造船所所长马某某所知，任翁为会计处长，便于向中国银行借款也。时余家已迁今之富民路矣，至小曼处至近，几乎无日不去作美谈。

当志摩未死前，家中常客，为胡适之、孙大雨、郭绍虞、刘海粟、丁西林、老舍、邵洵美、钱瘦铁等等。余只有胡、丁、舒三人不熟，与大雨、海粟均成至好矣。及志摩死后，小曼无聊之至，乃由钱瘦铁介绍贺天健至小曼家开始授以学画山水（钱夫人张珊珊本为志摩在硖石乡间买的美婢，预备自用者，为小曼硬作主嫁于钱者，故友朋中总戏呼钱为小曼的丫姑爷也。又，贺天健，无锡默默无名画家也，为瘦铁招留来沪一力誉扬，乃成"老子天下第一"之名画家者)。小曼每月致送五十元作学费者，达二年之久，直至徐申如借口小曼已有翁氏了，停止生活费后，贺天健始与瑞午大打一场，负气一去不来了。志摩死后，小曼家中除瑞午外，常客只余及大雨夫妇及瘦铁与赵家璧、陈小蝶数人耳。当时每夕瑞午必至深夜始回家中，抗战后他为造船所处长，我为杨虎秘书，均有特别通行证者，只我们二人谈至夜十二时后亦不妨。一日，时过二点了，余催瑞午同走，他云：汽车略有损坏，一人在二楼烟榻上权睡一宵罢，自此遂常常如此，小曼自上三楼，任他独宿矣。及那月底，徐申如送来三百元附了一条云：知翁君已与你同居，下月停止了云云。后始知徐老以钱买通弄口看门者，将翁一举一动，都向之作汇报的。当时翁大怒，毫不客气，搬上三楼，但另设一榻而睡者，自此以后小曼生活，由其负担矣。其时他已失业，余正刻印生涯鼎盛之时，常常向余借钱过瘾，余时早已成“君子”之一，体会到一旦断烟，比死难受，故时时给以接济，所以小曼对余每于无一人时，一榻横陈，一边吸烟，一边谈过去之一段奇情了。小曼云：据志摩与之结婚后告以云，他在美哈佛大学时，与适之为最好同学，比他晚二班中有一女同学即林长民之女，与之最知己，奈徐已从小即与张幼仪结婚了。回国后发觉张氏与其父有苟且不端行为，故毅然与之离婚了（后张幼仪即居徐父处，认为义父，申如且出资开上海女子银行，张为经理也），离张后即致电美国林女处，告以此事，微露求婚之意。不久，林女突来一电，内容云：独处国外生活苦闷，希望你能写一电对吾多多有以安慰，使吾略得温暖云云。志摩得电后，大喜欲狂，即写了一长电，情意缠绵，以谓可得美人青睐了。次日即亲至电报局发电，哪知收电报之人忽笑谓志摩云：“先生，吾今天已同时收到了发给这位黛微丝的电稿四份了，你已是第五个了呀!”志摩不怿云：“你不要胡说，这女士只有本人一个朋友呀。”这收发员遂立即出示其他四人之电文。志摩一看，天啊，都是留美的四个老同学也（小曼说时只记得一人为张似旭，余三人已忘了）。志摩气极了，即持了林之来电去询张似旭，你为何也去电的，当时张还以为志摩得了风闻，故意去冒他的，坚不承认。志摩乃出林电示之，张似旭大忿，亦出原电示之，一字未易也。于是二人同去其他三人处询问，都是初不承认，及出电互相同观，竟是一个稿子也，五人大怒，遂共同签名去一电大骂之，与之绝交了。志摩那时始一意追求小曼，而成夫妇者。

后二年林女回国了，志摩特地带了小曼往访之。小曼告余云：其貌之美而大方，堪称第一云云。余问名叫什么，小曼云：只知为英文名黛微丝林也。后她去北京住西山别墅中，追求者美国同学之多，不可胜计，她又发奇想天开，一日告许多追求者云："你们都爱吾，吾要考考你们，现在想吃东安市场某大水果铺中的烟台苹果，你们不准坐汽车去买，要各人各走去买，哪个第一个买到送到，就算你们真正能对吾有真心爱吾了。"这许多呆子一声得令，纷纷往山下而去。内中一人即梁思成也，他借了一乘自行车飞奔而去第一个买得，又拼命飞奔回西山，不料一不小心被汽车撞跌在地，把脚骨折损了，忍痛第一个完成使命，但益受伤，入医院医治，愈后，变了一足微拐了。林感其诚，遂与结婚了，结婚不久忧郁而成肺病了。她与适之原为至友，遂时时透露思念志摩之意，适之乃致电志摩，只嘱其有事请至北大一谈。志摩至京后，适之始告以原委，时梁思成亦在北大为教授，深知其妻非志摩安慰不易病愈，遂请志摩寓其家中，并诚意告之，老同学了，但求朝夕相见，使她稍得安慰，希望其病早痊耳。一日，梁去北大上课时，林女与志摩痛哭而谈云：在美时早已愿结为夫妇，其后五个电报，只对你一人真心者，其他四人均有意戏谑，用以取笑者，不图弄假成真，以致遭君所弃，现已方属梁氏，悔恨何及，但愿朝夕见面，聊慰聊慰而已矣。志摩以告适之，适之遂建议来北大作教授，以达伊人愿望。志摩因决定以小曼重托瑞午，辞光华大学而北上了。仍居梁氏楼下者。第二年暑假返上海家中，未及半月，又接得梁思成急电云：林氏肺疾大吐血不止，已入协和医院了，希望即来安慰之。志摩当日即买了火车票，预备晚车北上矣，在回家途中遇一航空公司友人云：中午有一飞机专送邮件者可搭乘一人飞京，志摩遂又退了票，改搭该机了。孰料当时航空驾驶员尚未熟练飞行技术，飞至山东时，忽机身出障碍，性急惶惶中触及山头，驾驶员与志摩同罹此难了。当时瑞午至山东收尸，回申云：死状之惨，不堪言云。故小曼云：志摩之死，死于林、死于情者也。

至此，又应补入一段适之与小曼之间关系矣。据小曼坦白云：适之夫人为一老式父母之命媒妁之言而成亲者，他对小曼颇有野心，以志摩老友也，故无从下手，他之力促志摩安慰林氏，存心搞成梁林离婚，俾志摩与小曼分手，他可遗弃糟糠之妻，而追求小曼。及志摩死后，胡曾亲慰小曼云：不必靠徐父之三百元，以后一切他可负“全责”云云。那时小曼（一）正恨胡无端把徐、林死灰复燃；（二）瑞午正小心翼翼爱护之，故对胡默然一无表情矣，所以胡夜至小曼处，对于瑞午从不理睬的。直至抗战胜利后，胡自四川至南京后，犹有一函致小曼云：（一）希望戒除嗜好。（二）远与翁某某分开（因翁、陆始终未宣布结婚，只是同居而已），可从速来南京，由他安排新的生活云云。此信，小曼曾给余看过，小曼云：“瑞午虽贫困已极时，始终照顾得无微不至，廿多年了，吾何能把他逐走邪?”故置之不复矣。

据小曼云：梁夫人自志摩（三一年）死后，只一二年（编者按：五五年）亦以肺病逝世了。胜利后，瑞午又重返造船所任处长，生活又大舒了，二人烟瘾更深矣。所以小曼不理适之也。及解放后，禁毒运动时，余早已戒除矣，故未波及，瑞午尚在大吸，以致被公安局绑至刑场，陪贩毒一起，一个个看枪决之后放回家的。至此二人始立志戒毒，但染毒至深，每日二人非吃西药“可敌瘾”三十片不可，当时每片价为二角一分也，且禁止买食者，赖当时上海虹桥疗养院院长丁惠康开证明后始可买得。其时翁又失业了，幸其第三女儿嫁与一香港富家子，每月寄三百元港币给翁作生活，小曼其时亦与余同入画院为画师，每月八十元，二人合起来有二百余元收入也，奈以每日耗于药片需六元余，故弄得吃尽当光了。每月小曼至少向余借廿元不可，余从来未拒绝之，及反右起后，余被斗了，她竟起立娇滴滴地说："某某是我近三十年朋友，吾一向厌他为人，又不便逐之，真是可恨之至。"余闻后大怒其出言污蔑太甚，遂以她尚在私吃鸦片抵瘾品二十片一天事向领导上揭发了，这领导竟把余原文示之，她大哭否认，遂回家告于瑞午及学生王××（余之学生，介于小曼补习英文者）。翁与王二人，均以犯乱搞男女关系，翁五十八岁与干女儿名关小宝者私生一女（余戏对人云：他出生于严小宝，又入生于关小宝），被公安局拘禁多月；王生时在民盟学习，第二度又与一女伶姘识，为小曼所知后，告王母、王妻，婆媳二人同至余家请求挽救（时余为民盟盟员），余不得已至民盟揭发后，勒令分开者。所以翁、王二人均恨余刺骨，每逢小曼及余至画院学习时，即招这领导三人共同深文周纳，造了余二百四十余条反动谬论，把余遣送淮南了。及余六二年回返画院时，翁已惨死近二年；王亦戴上"右"帽；该领导以私生活不端，调去广西了。陈佩秋始将此二百四十余条告余者也。

又，李秋君，余亦老友了，她口操宁波话告余云："某某，真正报应啦，去年小曼（时她已升任市府参事）在家（音'瓜'）里，突然昏倒，不省人事，由其表妹吴锦送至华东医院抢救，百般抢救总是不醒，吴锦无法，坦白了，说：'表姊吃可敌瘾须二十片一天，这几天此货断档了，以致昏倒。'医生立即施以此药，及针后，她清醒了，揩揩嘴巴，欣然告辞，欲回家了。医生觉得禁毒已多年，一个市府参事尚在吸毒，此事太大了，遂以电话报告了，参事室回答说：'不准出院，非为之戒绝不可。'所以至今近一年了，她尚住院未回家。去年画院群众得知后都说：'陈某某这话，真的了。'冤枉了你了。"余听了后，只一笑置之而已。

至六三年、六四年，又闻她连连至华东住院已四进四出了。直至六四年夏日，湖帆至华东开刀取胆石，余始与大千门人縻君同至华东医院探望，照例每人只可领一铜牌上楼探望一个病人，余乃填写探望小曼者，至湖帆房中后，始知小曼即在其左近病房中，余乃趋视之，她一见，竟异常亲热地说："知你已回画院两年了，为啥至今方来看吾耶?"余云："我臭人也，不敢仰攀呀?"她又云："不久可出院了，望你仍常常来为要。"余微笑允之。至六五年，因念旧情姑去其家中访之，她问我为何不来，余云："怕见王××呀。"她云："此人只星期天来而已，其他日子你都可来的。"她坦白告余云："华东只批准每天准买六片'可敌瘾'，实在不够的，所以身体日觉不支，体重只六十四斤了（初嫁志摩时为一百四十斤）。"时她身旁只吴锦及瑞午私生女儿（九岁）二人了。谈约一小时，余即告辞了。是年八九月间，她又病重住华东了。当时画院中人，大都去探望之。女画师庞左玉（六九年二月跳楼自杀而死者）来告余云："小曼此次已无望矣，她昨天一再坚嘱我务必请你去见一面，近三十多年之老友了，万勿对之舍之如遗。"余择次日而去探望之，时已入弥留状态矣，正接氧气，吴锦在其身旁大声呼之云："姐姐，你醒醒，看是哪个来望你呀。"她微启双目，约二三分钟，云："是某某呀，扶吾起来谈谈。"吴锦无法，遂与护士二人强扶之坐直，她断断续续与余谈过去旧情，最凄凉地说："某某，你对吾多年照顾，始终如一，想不到一疏至此，使吾念念不已，现在吾至多四五天的人了，你能否回顾昔日交情，每天来望吾一次否?"言时以手给余看云："简直为鸡爪了。"余连连抚摸之，诒之云："与余血色相同，绝无妨事也。"当时护士亦为之凄然，对余云："此是回光返照了。"时送进云吞十只嘱她吃，她只吃一皮，即端与瑞午小女儿吃了。其后竟语无伦次，又入弥留之状矣。余坐二小时之久，据护士云，这几天全是靠氧气和"可敌瘾"暂缓生命。是夕她竟一瞑不视矣。第三天在万国殡仪馆大殓，送入静安火葬场时，仅剩余一人为朋友，其他她生前三个使女及陆姓内侄、内侄女，翁瑞午二个大女儿及一私生女等人而已。死尸推入火坑时，这三个使女一片"小姐，小姐"哭声，甚至昏倒，此足见小曼平日对待使女犹如亲生女儿一般，所以悲恸于衷也。

小曼一生男友，一一数之，可成一点将录，最著者为胡适，不图临终时最后见者为余，送入火坑时又只余一人，殆虽未能称为有始，而可云有终耶？她当年在北京时如何骄娇，余只闻尹石老及一吴济川（吴眉生之子）二人形容之。但自余廿三、她廿五，相识后，觉只有娇态，但一无轻浪之言行，又生平不背后诋人，存心忠恕，如大雨之妻月波，小曼从不言及其“白兰花”出身，即其例也。尝有一次于烟榻上问余曰：“某某，吾与你相识近廿年了，你看吾究竟是一淫妇否？”余云：“瑞午与你二个，‘老枪’则有之，淫妇未必也。”初，吴湖帆对之鄙视之至，认为余不应与之为友，及解放后，吴、陆相识了，亦云：“当年把她看豁边了。”

至此，余又要回溯到以前之事了。当年抗战后，先君因被一龙所迫，赖瑞午与小曼二人始得安然无事（容后记之），故先君曾时至小曼处闲谈，谈及内子为一干血痨不能生育，先母急欲觅一姬人生后嗣，一再托其代为访求。其初，先君见她有一老仆之女，小曼抚之如女，意欲嘱她为媒。此女，余至熟，且甚美，余亦有心纳之，她亦不拒，小曼后坦白告余云：已被瑞午奸污过，翁不放了，故遂作罢了。后翁与之有孕了，遂遣嫁于一潮州鸦片行一小开了，仍作妾。某日小曼告余云：有了一个女大学生，乃洪深之同父妹，复旦大学毕业者，在校时与一当时所谓“拆白党”同学谈恋爱，其兄洪深告之，终有一天被遗弃，不准作友，其妹不允，洪深告之如结婚后被遗弃，兄妹关系从此断绝了，其妹毅然允之。只年余，竟遗弃了，此女硬极，不见其兄了，但生活困苦已极，现只求一老实人有生活可靠，虽作妾亦愿也云云。小曼云：“此人美而文，你要否？”余以其为洪深之妹，洪述祖之女，北江后人，故欣然愿先一见。小曼告之后，她亦同意了，约某日至小曼处晚饭会见了。上一日小曼笑谓余云：“某某，明天这洪女士可以包养儿子的呀。”余问何以见得，她云：“已生了一个女儿了呀。”余云：“你何不早说明，余家历代不接外姓作女儿的，此事作罢了。”次夕余遂未去也，事隔十多年，解放初，四舍弟一日忽向余曰："哥哥，有一洪芬，你记得否?"余茫然不知，四舍弟云："昨天在一友人家中无意见到了她，朋友介绍云：'这是陈某某之弟弟呀。'这洪芬忽然说：'你回去问问你哥哥，十八年前小曼为我们介绍做一个朋友，日子约好了，吾去小曼家中老等，你哥哥竟看我不起，不来吃饭，这是为何?'"余回忆确有其事，问四舍弟云："此人生得如何?"四舍弟云："此人年近四十了，尚如三十不到，又大方，又美。"余即命之再去谎言："那天因病，故爽约了，现愿请她吃饭，见之道歉如何。"四舍弟真去说了，她面红耳赤，笑云："去去去，现在吾已近四十岁了，儿女三个了，当年不愿见吾，今天彼此见了面多难为情耶?不必多出事来了。"后余以告小曼，小曼云：此人奇好，你失之可惜也。关于小曼老仆之女，余幸而未娶，如娶了又变成瘦铁之丫连襟了。此女姓何，每在小曼家中见及余时，腻而且亲，余为之栩栩然也。她尝得精神病，据云为潮州大妇所虐待而成，故她对瑞午殊怨之。她六三年一日在途中见到我云："翁先生死后，小姐特穿了漂亮服饰，作为吊客之一，黑布都未戴一块也。"

在五六年时，此女精神失常。时小曼与余正时至一太极名家乐老师家中，余练身体，小曼医病。乐老师以气功医病，有奇效，但不擅医精神病，据云，一失手可以误置人于死地者也。小曼求过三次，都未允，余自告奋勇，谎言小曼寄女，亟求赐予一试诊救之，乐允了。次日余与小曼二人携她同去，乐一上手，按其头顶，即匆匆了事，私谓小曼云："郁积所致，非人力所能挽也。"小曼与她先回去后，乐老师突然在余头上拍了一下，笑云："你全部谎话，什么小曼寄女，你情人也。"余笑问有何证据，乐云："你们二人，四只眼睛，一望而知，你怜她，她恋你呀。"余乃告以过去之状况，乐云："这病你医比吾更好。"用以谑戏耳。后闻送至精神病院，以触电休克达三月始告痊者。后据小曼告余云："她不堪大妇虐待，思与夫离异，以已生二女二子，不能忍心弃之，故得此奇疾也。"

及六五年小曼尸停万国时，她携一女儿来吊丧，见余时，命女儿来叫“陈伯伯”。余问之此你大女儿否？她笑谓余曰：“不是的，这是吾第二女儿，大女儿叫髦髦头，你是晓得的呀（暗示翁瑞午之孽种也）。”这一问一答，第三者莫明其妙也。余又问之曰：“宝珊你今年几岁了？”她云：“呀，四十七岁了，老了，不如过去了。”腻极矣。又告余住址，嘱常去可也，余为之愕然也。及小曼送至静安火葬场后，她哭至悲惨，余知与她此为最后一面，临别纪念矣。故情不自禁，俯身抱之而起，她亦婉然温然，依依不已。想今亦垂垂老媪矣。余与小曼相识达四十年，从未一握手，一戏谑，她生平吃任何东西，多喜吐渣，有一次余竟几乎吃了她吐余之物。某年六月，余在其床头见一盆，似菱肉，欲取一个尝之，她大吓：“吃不得的！”余云：“红菱肉，会吃不得？”她云：“吾吐的酒酿渣呀。”一看，真是的。她吃香烟，至多吸十分之二，即丢了。吃必“中华”“牡丹”等等，她弃后，余纷纷拾取吸之。画院中同开会，常如此，人见之不以为奇矣。她之浪费，于此可见也。

附记管三小姐

在抗战前一二年，农历五月四日，翁瑞午生日，时初任江南造船所出纳课长，意气风发，在家设宴请客，时适有前小曼幼年同学、后任北京协和医院之护士长管三小姐随其夫（似名周亚尘）来沪居住。周本为伪铁道部一二等科员，以得当时伪次长陈地球之特拔，得任泗□铁路局长者。夫妇二人同至小曼处作客，这三小姐纯为一北方妇女风格，貌平平，但风神爽朗，竟与余一见如故，时时请翁、徐及余三人至跳舞场为乐。周亦有汽车，猥琐而鄙下，三小姐竟视之如侍者，每乘汽车同出，必令之与翁二人同车，而她与小曼及余三人同车，习以为常。翁瑞午一日戏询之曰：“为何我们三个男人不同乘一车，而拉陈同你一车？”她竟云：“吾欢喜陈某某呀。”翁对之云：“你当了周局长面如何敢如此说耶？”她云：“爱与欢喜不同也。”时余大窘，周默然。后管告小曼云：“周乃其挂名丈夫，她实为陈地球之外室，陈惧内，故与周约法三章，冒作其妻，而以小局长任之者也。故不要说欢喜陈某某，即说吾爱陈某某，周亦无可奈何也。”她被陈地球买一西欧锁阴套套住，非陈开锁不能与任何男性性交者，此亦一当时奇事。抗战后她即偕周随陈去重庆了。

又，当年小曼、三小姐等在大都会舞场（即今静园书场），小曼指一人告余曰：“这个人即王赓也。”余特与三小姐下舞池跳舞，紧紧追在王后观之，盖亦一其貌不扬之人耳。王赓时时跳近小曼桌旁，小曼辄顾而它视，只做未见也。翁竟未及察觉，三小姐亦绝口不提，余私问三小姐：“是王否？”她云：“真是的。”嘱余只做不知。因记小曼事后，用附记之。

记庞左玉与陈小翠

庞左玉

庞左玉名昭，湖州南浔人。父名奉之，早年曾任北京交通银行中级行员，故其子女均生长于北京。左玉其次女也，中学毕业后，其父以善理财，积资有三十万元，即携全家来沪，住虹口一大花园洋房中，作寓公了。即令左玉拜当时温州画家马孟容（公愚胞兄也，早死）、郑曼青岳（此人之姑母即张红薇女画家也）二人为师，专学花卉。不知因何人介绍，得拜庞莱臣之宠妾为寄母。奉之与莱臣为五服以外之族弟，左玉遂改呼“寄母”为“妈妈”，莱臣为“伯伯”了。据其多年见人即云：莱臣视之如女，住伯伯家十年之久，莱臣所有宋元明以来名迹，尽出任之模摹过的。但谢之光最刻薄，当面讥之为至多张子祥一路耳。当年画院开会时庞曾大哭诋之不已，遂二人从不交谈了。

初，莱臣家中请苏州大名家陆廉夫恢为西席，专代鉴定古迹者，时为民国三四年事也。先君与廉夫为至好，其时余只十一岁，常侍先君至庞宅，廉丈戏询余曰：“欢喜画否?”余在其桌上见其正吸品海牌香烟，有一画片为赵云，强之照画一帧。廉丈为之大笑不已。后廉夫介其弟子樊少云为助手，即辞馆回苏了。少云不久即去了，留其子樊伯炎为莱臣作整理书画之事，殆高级书童耳。中间莱臣又请嘉兴画家郭兰枝号屺亭主其家，其兄兰祥号和亭，同时主南浔张石铭（葱玉之祖）家中者。最后主庞宅者为张大壮（太炎之外甥），大壮至今尚为画院画师。左玉生前，亦与之为死对头，因大壮最知其底牌者。但大壮不论何人讯以当年左玉住莱臣家中情况，辄微笑不作一言者也。又，她与吴青霞二人同为画师，亦背后逢人辄诋吴不已。据她自云，樊伯炎在庞莱臣家时追求她近十年之久，她已允下嫁之，时吴青霞方与坏律师印廷华离婚后，雌赶雄，追求伯炎至烈，变成三角恋爱，破坏她与伯炎之间云云。她嫁伯炎后，吴即嫁上海体育学院院长吴蕴瑞，一级教授。伯炎乃弹琵瑟音乐家，月薪只百余元，戏剧学校之昆音组组长，地位远逊院长，左玉又吃醋不已了。但吴青霞从不对之有任何意见者，足见她气量之小也。左玉之长姊丈夫为音乐学院副院长丁善德，其父奉之住丁宅，每逢有病时，左玉必迎奉之至樊宅，百般孝顺服侍。当时李秋君告余云：其父有三十万存银行中，其姊及弟均声明不受遗产矣，左玉迎父，盖为三十万耳。六六年抄家后奉之存款归公家了，莱臣家亦抄光了，左玉于是又逢人即云，与莱臣不过本家，毫无关系者也。

余于洵美家中，邂逅莱臣嗣子秉权，早经他见告只同族而已，秉权告余云：她在家招学生教学北京话，每小时需人民币五元之多。又有一奇谈，她原住富民路东湖路口一小洋房中，据她告余云：乃秉权已离未断关系之妾名舞女尤某住楼上，该屋系秉权所有产，故请她夫妇住楼下，用以监视之云云。后据秉权告余云：他妾名宓妃，早已下堂改嫁一法国人，该房乃法人所购赠之者，与他丝毫无涉。乃左玉去拍宓妃马屁，宓妃去法国时，她愿代管此屋。楼上舞女，宓妃之友，与他一无关系之人，可云笑话奇谈云云。六六年时与楼上大相骂，乃与陈小翠上海新村住屋对调而居了。小翠搬进后，未半年即放煤气自杀于此屋中者。左玉人矮貌陋，但伯炎畏之如狮，因知其父有三十万可传之耳。贫夫富妇，大都如此耳。可叹也。

左玉为人，自命为南浔富室之女，故性格既骄且娇，在画院中只与小曼一人为至好，时时去小曼家闲谈为乐。时余亦时至小曼处者。她擅说笑话，谑而幽默，余亦同有此习。一则因其翁少云名浩霖与余本为熟人；再则因余每次至画院开会学习时，必经过她门口；

三则她患有随时随地晕倒的疾病，所以伯炎特嘱余陪之同行步走回家者也，当时全画院无人不知者。她尝将画院戏比作为“大观园”，将院中几个著名人物一一比诸红楼中人：党支书某公，人至和善，喜人恭维之，她比之为史太君；人事室主任某某，素得支书信任，故比之为鸳鸯；当时唐云最红，捧之者众，比之为宝玉；叶露园朝夕侍唐，一应细节均谨敬异常，故比之曰袭人；唐对余时以印嘱刻，余不愿夺叶之刻印，对唐虽亦有好感，但疏甚，后又去淮南了，故她比之为晴雯；……有一沈迈士，道貌岸然，比之为贾政；王个簃面孔好人样子，比之为薛姨妈；贺天健动辄骂人，比之为焦大；资料室主任，常熟瞿氏，最擅马屁工夫，最得史太君欢心，发言时，任何人所不及，故比之为王凤姐；某青年学员徐姓，尝偷窥女生洗澡，而被遣送崇明劳动三年，此人回来后，她见人即说贾天祥（瑞）回来了；最谑而虐者，比螺川周女为多姑娘也；陈小翠性格孤洁，不喜与人多交际，比之为妙玉。以上诸人比得无一不恰当，非身在画院者不知也。一日她自询余云：“似什么人?”余云：“比史湘云，口没遮拦如何?”她亦认为甚似。她自云：当年如能学了北京相声，则或可比画师要红得多吧。她正因好谑人，对领导人物亦有犯了乱说之病。当时六八年院中革命派强令余作一一揭发，余因比大观园事，几为人所共知之事，曾一一口诉。当时闻者，在座小将们竟忘形大笑。贾天祥无地自容，后竟借故贴一张大字报，坚决要以莫须有之罪，要求施予镇压。又，她尝嬉谑过王光美。六九年一月，余已因在南市看守中，至四月中院中领导某某，特至看守所告余云：“庞左玉污蔑最高夫人事，她已坦白了，你如今明亦肯坦白有此事，写一材料证明她说过的，那么，四天后，当接你回画院可也。”余云：“有的，是说刘少奇之妻王光美呀。”他们无可奈何而去了（其实那时宣判五年徒刑之书早已写好了）。

至去年三月，余回家后，先闻狂徒来进谗言云：徐云叔到处宣传，庞左玉因你瞎揭发，忿而自杀者。余即知此人离间之辞。及去岁年底，画院派一湖帆之及门某画师来舍还余公债款时，经余询之，左玉何时自杀？他云六九年三月在博物馆跳楼自杀身亡者。当时始终未能定性，现已证明她未有什么罪，已恢复解放了云云。至此余始明白，当时只要余一写王为某，则左玉反革命之罪，即可定性了。可叹哉，可叹哉。其实她如相信党，对政府相信，事情终有一天明白的，则今日仍可安然任画师如旧也。此亦旧社会封建小姐之恶习烙印有以害之也。

陈小翠

陈小翠，杭州人，其父即天虚我生陈蝶仙，以自制无敌牌擦面牙粉，家庭工业社老板起家发财者也。陈小蝶乃伊之兄也。民初天虚我生即有词章家之微名，当年周瘦鹃、范烟桥、江红蕉等均捧之甚烈，但朱、况、郑等均视之蔑如焉，盖俗语所云鸳鸯蝴蝶派“洋场才子”耳（当年即如书画家而论，吴昌硕、顾鹤逸、陆廉夫以后即有吴待秋、赵叔孺、冯超然、吴湖帆、高野侯等称正宗，若汪仲山、钱吉生、李芳园、张石园、许徵白、江寒汀等等均被人轻视，号为“城隍庙画家”也。唐云、白蕉、邓粪翁，介乎其间，吴湖帆等均对以上各人不接见者，所谓门户之见如此深也）。陈老蝶故见机即弃文学之名，而为市侩了。小翠自小即受父教，颇用功于诗词一道，狂人许效庳、冒孝鲁、陈蒙庵，均谓甚佳，远胜乃兄小蝶云云。许效庳云：堂堂中国画院，通品能诗、词、文者，只周鍊霞、陈小翠二女性而已。小翠稍逊于周，以其所作诗句中常喜抄袭古人旧句成语云。小翠专画仕女，不但平平，而且至俗，较吴青霞更差矣。某次画院开大会，提倡作新的人物，小翠发言云：“吾们画的人物仕女，都是喜怒不形于色，是可废除了。”足见有口才，惟不肯暴露耳。她进画院，非其本意，尝告余云：与汤氏前夫离婚后，得一部分财产，每月有定息五百元可取，故从不至院开会，凡有去敦促者，必提出辞职告退，画院无此例，故只能任其高兴，来不来随便了。她与小蝶二人均患有白癜风者，头项尤显，但好化妆，尤喜用法国香水，所以她每至画院时，人未进来，香气已到了。因其女儿汤翠雏与夫严伯清离婚后，即去法国游历，因而嫁一法国音乐家。与严生一子，名长春，由外祖母抚养之，故小翠有法国香水至多，且思乘机去法国耳（后其婿严伯清续娶之妻，即名弹词家徐丽仙也。小翠告余云：丽仙呼之为母，年节必送礼物为敬，殊佳云云。丽仙貌奇丑，但唱功至佳，与余至熟，尝坦白告余云："奴现在的丈夫，即陈家妈妈之前任女婿也。"丽仙自云六岁即被父母所卖给说书人为女，幸其假母陈亚仙教之成名，陈亚仙夫死后，所有生活悉由丽仙一人月寄四十元作生活。伊人为女艺人中最有良心之人也，现已退休云）。

初，陈老蝶在中学任教师，得一佳徒名顾佛影，诗文俱佳，老蝶招之来家与小蝶小翠兄妹互相交换学问，因此，小翠与顾发生了爱情，但老蝶嫌顾家穷困，坚不允准。后家庭工业社发达了，思仰攀高门，遂以小翠下嫁于浙江都督兼省长汤仙之孙汤彦耆为妻了。小翠以非素愿，故与汤生一女翠雏后，即离婚了。汤氏提出要破镜重圆可以的，彦耆永不娶妻，小翠亦永不能另嫁为条件，小翠毅然签字允之者（此小翠亲自告余者也）。自离婚后，虽仍不能嫁与顾佛影，但鱼雁时通，二人情诗之多，多不可言。解放后，余以平襟亚之介得与顾见面多次，乃一恂恂学人也，仍困穷异常，因此郁郁而得肺病，尝数住医院，均赖友人之助者。及六二年余自淮南回申后，闻顾已以肺癌逝世矣。六三年据大可兄告余云：顾曾住朱宅亭子间为时至久，乃大可招之而住，并不取房金者。当顾居朱宅时，小翠时来探病，二人情话绵绵，真所谓缠绵悱恻，其情至惨也。顾自知不起时，临死将小翠所写书函、诗词，亲付一炬，谓不愿小翠负此不好声名，为汤氏所诋耳。黛玉焚的自己稿子，顾代小翠焚稿，同一焚也，顾厚道多多矣。

及六六年“文革”运动开始后，任何画师一例不准请假，小翠曾连逃至外埠二次，均被捉回画院，且禁闭之。当第二次捉回院时，余亲见二徐姓革命小将（一即贾瑞，一后被发觉为惯窃，被请出去了）令人遍抄小翠全身，在裤裆中抄出全国粮票三百数十斤之多，人民币数百元。当时讯她为何身藏如此多人民币，她云：自与左玉调屋后，因沿马路，且家中无人，故放在身上者。又讯以全国粮票三百余斤何用，她不语了，遂全部归公。用极粗麻索捆绑登楼，二徐同时将之毒打一顿。因知她已囊无半分了，不怕她再逃走了，遂放之归家。后即从此不见伊人之面矣。当时马公愚私告人云：闻小翠已关入公安局，以绳自勒而死了云云。直至去年底湖帆学生送还公债款时（可怜只二元四角也），经余询之，小翠是否死了？他云：乃回家后，放煤气自杀者也。呜呼，盖又一不信党和政府终有宽大政策之人也。她与左玉均出身富室之女，封建小姐烙印太深，故有一样之悲惨下场也。

又，忆及一事殊可笑者：同时上海有一专刻象牙上细如毫丝之文字的艺人，名薛佛影，与小翠素未见过者。六八年院中揪斗小翠时，革命群众勒令她坦白与薛佛影如何乱搞关系，她说素不相识之人，如何坦白？群众认为抗拒，竟更狠斗不已了，时竟无人为之证明。余亦牛也，无发言资格之人也，此亦使她更忿怒之一因也。又，同时有另一笑话，斗丰子恺时问他云：抗战之后，你连娶二妾，现在都已来院揭发了，速坦白是何名姓，以便核对云云。丰不慌不忙云：“一抗战本人即去广西作教员，解放后二三年方才回申，你们误听了吧。”使他们哑口无言了。再有一笑话，亦述之如下：在五六年时，小曼至乐奂之太极权威家中求以气功治病，余亦在学练身体之功，十二时同出乐宅，小曼在乐家时笑谓余曰：“今天要吃你一顿了，可否？”余遂同之至淮海路复兴西菜馆同餐。时正见斜对面座上一男一女正在窃窃而谈，男者五十左右，女者廿多岁，貌至美，见小曼后，特以背对之。小曼告余云：此女即小翠女儿，新与其夫离婚，今天交这么一个老人做朋友，怪极了云云。余云：“比小翠美得多了。”小曼云：“此女不能开口而笑，满口牙齿如奇峰，凹凸可怕，是一大破相。”是时侍役忽来告余云：“先生，你们账已有人付了。”余回首一望，乃四明富人徐懋昌也，他亦误会余带女友耳。后小曼戏告乐师云：“上次吾存心吃某某一顿，结果被一陌生人请了。”乐师为之大笑云。隔了半年之后，余正在新华书坊听书，忽又见复兴饭店与小翠女儿同座之男人，正与余邻居肖君谈话。此人走后，余问肖君方才这位何人？肖云：“此人名汤彦耆，陈小翠之前夫呀。”天啊天啊，当时父女同座而食，翠雏背小曼而坐，盖恐小曼往告其母耳，竟使小曼想入非非了。后余去告知小曼，小曼为之笑不可仰，连呼冤枉她了不已云。

记宋守玉

守玉女史，湖州菱湖人，与大可夫人为同乡，甲午生。闻出身为小家碧玉，嫁于同里沈伯履。沈亦寒家子，曾在圣约翰大学读书，未卒业即任本市某小学为教师。在甲子前后上海有人开一《商报》馆，注重商业新闻者，总主笔为陈布雷。沈与之为至好，遂入该馆任本埠新闻版主编了。同时冯君木丈长子都良，名贞胥，为布雷外甥，亦入该馆任编辑。在孙传芳任五省联军总司令时，蒋匪北伐，孙在《申报》宣传反共。陈布雷为君木首席弟子，文笔绝似饮冰室梁任公，遂写一篇社论，题为《军阀不乱反对共产党》，洋洋数千言，把孙氏骂得体无完肤。文为蒋匪所见，大赏之，遂聘任布雷为秘书，蒋廿余年文告全出陈手者也。北伐成功后，上海第一任伪市长为黄郛，时果夫、立夫、布雷三陈，公推沈，一跃而为社会局长了。

岁庚午，余受钱芥尘之诒，与密均后人同去沈阳，又为蒋所挤，只四十五天即回申失业了。君木丈亲函布雷，嘱为介绍工作。布雷遂力荐于沈氏，由都良亲自偕余谒之。次日即发表一低级办事员，派在二科作登记等杂务工而已，工资只五十五元。但余先声明，空暇时要在办公桌上刻印的，沈一口允准。时中午吃饭，不论局长、书记，共集一厅，吃一样的饭菜，沈吃了添饭亦自趣动手，一无特殊化的。余每刻印时，全科主任、科员，男的女的，围而观之，沈亦时时来从旁默无一言而观之。未二月，加了五元工资。一日，他忽召余至其办公室，告余云："内人宋某某能画花卉，拟拜一名家为师，有人介拜赵叔孺，有人介拜冯超然，本人外行也，请你代为决定拜哪个好？"余询以先介绍的是何人？沈云："先介绍的冯，但有人说冯山水人物专家，不如令师赵老为花卉名家。”余考虑后，告之云：“（一）冯已知此事了；（二）冯花卉亦拿手，还是拜了冯老罢。”沈点头了，即耗了每年三百元教授费，拜了冯氏矣。冯氏女生之多，名闻全沪。他有一恶习，凡属女生，必为另取一号，上一字玉旁，下一字“华”字，遂号之曰“珄华”了。其时冯资产阶级豪门女弟子极多，对宋殊平平也（及胜利后，宋亲告余云：冯先生昔年与吾太前昂而后恭，太势利了）。

又一次，沈又招余进去，告余云：“最近北方大水灾，上海女子书画会征集了三百件名家书画，在宁波同乡会开展览会十天，义卖作赈济，今已第三天了。内人做副主任，外行，不善处理，望你立刻去协助她，你可请假七天。”余云：“你太太我从未见过，怎么办呀?”沈立即写了一条子：“某某，兹派陈君某某前来协助，望接待之。”并告余云：“你拿了这条子去找她，她昨天已知道有你要去的。”这应了一句俗语，“吃他一碗，凭他使唤”，只能拿了条子，至宁波同乡会中，趋至一大会议厅中，群雌粥粥，达三十余人之多。余那时持了条子高声问哪位是沈太太。时李秋君亦在，见余面有窘态，正拟立起代介绍，是时座中一中年妇女，先立起来说：“你是陈先生吗？吾即是宋某某也。”客套语未及三分钟，即把余邀至另一小会客室中。她个性之爽脆率直，一开口即对我云：“这会中三百件，每件廿元，早已推销光了。下星期天，凭号抽签发件的。这会，正主任是虞澹涵，副主任算本人。她（指虞）靠了其父洽卿（蒋匪恩人）、其夫江一平（杜月笙处红人）二人牌头，处处欺辱本人，把宋局长所写的一幅中堂挂在门背后，一副对联悬在角落头，本人去换出来，她即仍照原处挂之，太可气了。请你立即去调换一堂皇地方挂之。此事务必代本人出一口气，事后吾必定属局长派你一美好任务报答你，非照吾所命不可。”局长太太面孔十足。我告之云：“一平老友也，但其夫人从未会过，只能先与她协商，试试看。”她云：“这事着在你身上了。”余无可奈何，乃求秋君介见江夫人了。虞比江大二十五岁，一老妪矣。她经李介绍后，居然知我为一印人。我主动要求她亦至小会客室谈谈，她欣然同意了。秋君识相，不参加了。首先余坦率告以宋女士之言，她立即起来携了余至大展览厅巡回一观。原来都是谭延闿、胡汉民、于右任、吴稚晖、居正等等大反动派书件，赵叔师、马公愚等等都有，沈氏所书确不入流品之作。遍观后，她又把我邀至小会客室中，很和善对余云："陈先生，你是内行、法家，沈局长字能与几位院长们并列吗？他太太与我争吵有理吗？"使余无言可答，于是只能以昔年跟寒云先生时所有看见的娼门名姬拍老色迷的技巧借用一番了，首先对她说："你真老法家，再公平也没有了，安排得使我佩服之至。"一顶一顶高帽子把她拍得骨头都酥了。余见火候到了，即转求之云："江太太，我与一平兄为老友，本人现正在沈局中做小职员，求求你，可怜我所处的地位，宋女士压力，如此叫我转求你，你赏我一个脸吧，换沈字一个较好的地位吧？"她一时硬不过我的腻求软叩，她沉思了片刻，说："好好，看你可怜，跟吾来吧。"即又同至厅内，叫我自己选地方换之（她狠极的手法，看我如何办）。于是我选了一进门的一张吴稚晖所书篆文地方，问之云："这地方一进门无人注意的，调沈字于此可否？"她情不自禁，拍拍我肩云："有理有理。"遂命侍役大加调动，达一小时之久。又把沈联与马公愚对调了。余乃告宋女士云："局长字已挂在最前，与吴稚晖一样了。"宋满意了。虞对之仍怒目而视。次日余以告沈本人，云："二位太太似尚未和洽，应求局长打一电话婉告江一平劝劝否？"沈立即以电话自责夫人不好，请你（一平）婉为道歉。一平云："你告某某放心，到抽签取件日，你我自己到同乡会与陈三人发件可也。"沈仍叫我每天去，防二雌老虎相争也。盖沈与江均怕老婆大王也。后二人经李秋君与余互相调解其间，未曾再遇事争吵了。自此事后，宋女士对我有了初步好感了。

未及二月，沈又招我去派一调查工作。事实是，沈与当时上海华安人寿保险公司总经理吕岳泉，有嫌隙至深。吕宁波人，海上巨富也，背后专耻笑沈的出身，使沈恨之入骨。被沈侦知有人在吕岳泉处私领津贴给社会局中之事，沈因拟借此事，以敲吕一记竹杠，特派余至华安查账，取得证据耳。那时余未知沈派这工作，美事也，告沈云："局长，我对查账工作，一窍不通，请再加一内行职员同去如何？"沈无奈，只能又招一三科主任名顾炳元者，告之云："查账你的事，但陈为主，你一切听他决定为要。"又告余云："如发现该公司有津贴本局证据，立即取回，千万千万。"于是余与顾二人同去公司中，先访吕岳泉，告以奉命查账，有无人私向你公司领津贴事。吕一听之后，竟大表欢迎，立即先请余及顾二人至九楼享受丰盛晚餐一顿，席间云："确有此事，餐后即可出示证据可也。"余与顾均愕然，认为吕何故如此直认不讳？餐后吕立即偕余二人至总会计室，命主任云："二位来查本公司津贴事，可全部取呈阅。"不劳顾查看，片刻之间，该主任即将二年多的写明津贴社会局收条廿七张之多，只每月卅元，具领人签名。天啊，乃该公司的总监察（股东）李祖夔代领，并盖章的。祖夔为秋君之兄，祖韩之弟，余至友也。吕岳泉云："这廿七张请你们带回呈沈局长可也。"那时余知李亦巨富也，这事如带回局，李首当其罪矣。乃告顾云："你再详细复查一番，待我至二楼问这姓李的，究竟交与局中何人的，廿七张由你先保存，我们二人共同签名封口上可也。"这是我做了一个赚顾不得分身跟我同去也。及余至二楼，晤祖夔，告以廿七张收据已落顾君之手了，奈何奈何。李闻后，面如土色，哀求余设法挽救之（李卅元一月亦要混取，可谓无耻极矣）。当时从铁箱中取出二千元，作为贿赂。余告云："笑话了，如为了钞票，不像朋友了，你为何如此发急，可明告我，或者可想一办法挽回之。"李云："吕岳泉与阿拉积嫌已久，此事吕必全部推阿拉身上了（事非如此，李强辩也），那时阿拉冒社会局名领津贴，一世声名财产完了。"余思之片刻，告之云："你如能求虞洽老从中设法，或可大事化为小事了。”他听后，几乎跪下叩头，云：“是是，阿拉急昏了。”于是立即打电话向洽老坦白了，求为帮助。洽老，其伯父云书老友也。余只听电话中把他大训一顿后，告之云：“你稳住来人，当立即电嘱华安顾问、会计师奚玉书亲来了为你揩屁股可也。”一小时不到，奚玉书先至祖夔处询以究属何事。余与奚玉书在一平之兄万平处（当时玉书、万平，上海二大名会计师也）曾有一面之交，遂一一详告之。奚氏云：你先上楼，与顾君作为查账，十分钟本人即上楼，保证无事（大约玉书必敲了祖夔一大注钞票了）。余再上楼后，假作要取了廿七张收条回局时，并问顾君尚有查到其他证据否？顾云：“没有。”奚玉书也来了，装不知其事，询吕岳泉何事。吕一一告之。奚云：“把证据给我看看。”余即付之。奚遂出收据一纸，写廿七张明日面呈沈局长云云，把廿七页向包中一塞，云：“乞告沈局长，收据在本人处可也。”顾见余已得证据（奚收条也），遂二人一同回局陈明此事。沈听余报告，只卅元一月，李某所冒领，与本局任何人无关者，他已丧气了，知吕无关耳。次日，奚玉书来了。余办公桌与局长室只一板之隔，故听得清清楚楚的。先是沈问奚有廿七张证据否？奚云：“有的。”向之索取，奚云：“这是华安公司自家之事，你局中无人领取，所以已罚李某某呕出八百十元，经本人代收退回公司了，这是公司的收据呀。”于是沈与之拍桌大骂云：“你骗去收条，不将原证出示，什么理由？”奚云：“本人是公司会计师，有权处理的，况且只卅元一个月，证据尚在，陈顾二人同有签名，决不是什么大数目，你息息怒吧。”搞得沈忍住气，与奚另外瞎谈了。虞洽卿亦来电话代祖夔道歉。

这事昙花一现而已，从此沈认为我办事不力，不久上海成立市通志馆筹备会，把我转介于张群伪市长，任该馆采访员兼编辑了。三三年该馆易了柳亚子为馆长后，余又入招商局任事，后又由邵力子介于吴铁城，至公安局任秘书室助理，后公安局改称警察局，伪局长名蔡劲军，乃中统特务也，无端把我降级，余与之大吵，他要扣留我，我告之云："你今日拘留我，明日陈布雷即有电保回家，不信的话，可问问沈局长即知了。"他无可奈何只好看我昂首回家了。次日我特去见沈，告以此事（其时沈已了解当年我在华安公司事，未有分文得贿，早已释然于怀矣），沈云："无妨无妨。本人可向果夫去函，介绍你亦加入CC团体，包你蔡氏升你做主任了。"余那时莫明其妙，以谓很好。隔几天去晋谒宋女士，告以此事。她云："陈先生你莫上局长的当，这是特工组织呀。如加入，你从此被他们牵着鼻头，跟着走了。千万莫加入。你要工作，吾可命伯履介绍，何必做这没自由之事邪？"天啊，幸而她这一阻，我未成特务，否则，将罪无可逭了。她又云："你以后有什么事，径来找吾，不必去见局长了。"

及抗战起，他们去重庆了，余做了二年几个月"汉奸"了。胜利后，他们回申了，沈做了《申报》社长，又荣任议长。吴国桢虽为伪市长，但处处仰其鼻息。其时冯超然之子一毕业大学，即由沈夫妇提拔任某处高级职员了。他居处即在巨鹿路，我以做过"汉奸"，故始终未敢往谒。在解放前一年，基同年以始终任复旦助教，坚求余至沈寓见他，求为基同年要求升讲师。余姑往求之。承其一见仍如旧交，立即写信与陈望道说项。宋女士知后嘱为其二人各刻二印。印交去后，各人签一支票，各二千元。余将支票留下，将二人签名盖印撕下还之，告以刻印生意甚好，支票留下心领谢谢了。一日，余专去访她，她与我长谈达三小时，把其夫痛骂不已。事实是，沈色鬼也，在抗战前私娶一妓，嘱局中科长宓季方作为宓之妾，沈白天去陶情。事为宋所知，买通司机告密，突然去了。门口人云：此宓科长家也，拟阻之。她直趋楼上，捉奸捉住了。并不责罚妓女，仅云："下次再捉住不客气了。"一方面立即召宓至家，以马桶刷痛打之，勒令沈将之撤职，永不叙用。那天她告我云："他做小学教员时，收入至少，一切事，均吾一人做之，佣人一个都未用。做了局长后，又私嫖娶妾。现在当了议长后，更肆无忌惮，他每至一处酬应，后面跟了十个八个骚货色，全是什么交际花呀、女明星呀，他顾盼为乐。真是把吾气死了。”言时适手执一瓶冰汽水，她忘形地对我云：“陈先生，以前吾与他爱情如热茶，今天已如这冰水了。吾们夫妻两人，再也莫想恢复感情。陈先生，你替吾想想看，伯履一脸白疯，好看在哪里，这许多骚货爱他什么呀?”余忍住笑，答她云：“沈太太，议长五十多岁人了，决不会再有邪念的了。这许多女人都是以认识议长为荣，可以招摇招摇，并不是爱老人也，你可放心放心。”她听了此数语，似恍然大悟，连说“对的对的”。沈那天回家后，她告之云：“方才陈某某来长谈，他说你老了，一班骚货，都是利用你议长地位，借以认识为荣，没有一个在爱你的，你可以脑子醒醒罢。”沈闻此言后，知余在暗中为之帮忙，调和夫妻间感情也。从此二人都对我更有了好感矣。戊子九月，先君逝世，他抽暇亲来叩头吊奠，以参议会名义送挽联，廿元外，私人又送二百元奠仪。

时反动派文化委员会，正由伪委员长张道藩（他拜齐白石为师，报上大宣传之事）主持编一厚册《美术年鉴》，分十大类，中国画、书法、西洋画、篆刻、竹刻、作者小传等等，全国美术家全备了。余为湖帆所强介也，参加一全页。时编纂委员多人，陆丹林、郑午昌，均最反对余之人也，将拙作百般挑剔，一致要以方介堪之作列首页，因有蒋匪头二印。同时方又运动吴国桢之妻黄某某（她为温州女画家张红薇之女弟子）要列第一页（因有一定例，不论书、画、刻，均首页置反动党员，篆刻一门无党员，以南方人为首，北方者次之）。王福庵以为他稳列第一，方、王各有一派人护之争夺。及正式付印时，张道藩嘱一切取决于沈氏。沈氏遂以于右任、沈尹默各登一联为首；画以张静江、陈树人、何香凝三画合登首页，超然第二，湖帆、大千第三页；篆刻沈将余列第一，白石第二，福庵第三，介堪似落于第五页后，叶露园竟未列入。王福庵竟破口大诋，陆丹林、郑午昌竟莫可奈何了。

戊子大除夕（已四九年二月了），他夫妇二人特邀余去吃年夜饭，即在他们卧室中，除子、媳、侄儿外，无一亲戚也（杭、嘉、湖三府，从不请外客吃年夜饭的），这是对我特别亲热也。四九年三月底至四月初，宋女士一再叫我去，云："我们二人均拟携你同行，对你食、宿、一切，均在一起，我们到哪里，你亦到哪里，吾当你如弟，伯履亦同意的。你旅行之费均吾负担可也。"余当时（一）丢不下内子小女，（二）三弟妇母女二人生活，无人照顾，（三）尚恋恋于不肖老四及基同年，故三次均婉辞之。她云："你莫后悔，不听吾言啊。"沈对我纯为夫人之意耳。余最感恩她的当年力劝勿听其夫之言加入反动团体中，真乃大恩人也。后据大可夫人告余云：宁愿无子，不聚一妾，乃一君子人也，故特对你时时恭维不已云云。此或许非如是也。今日记之，犹念念不忘也。

袁寒云轶事

袁克文，字豹岑，又字抱存、孝质。因得范华原《寒云蜀道图》山水精品，遂自号曰寒云；又得汉刚卯、严卯二玉，以“佩双印斋”自署。生于光绪庚寅（一八九〇）七月十六日，卒于民国辛未（一九三一），年四十二。其母为朝鲜人，姓白，乃朝鲜国王妃之妹也（当年其父奉清廷之命至韩国作钦差，国王以金氏、白氏二妃之妹嫁于袁公者）。袁长子克定，正室于氏出也。寒云乃次子，少于克定十二岁。少时即聪颖，江都名士方地山（尔谦）为其启蒙老师。地山喜藏古书、古泉，故寒云自少即专以收藏善本孤本宋版书驰名。后又拜李木斋（盛铎）为师。李为近代版本专家，寒公遂以藏书名闻海内矣。据散原老人第七子彦通告余云，徐森玉乃寒公民国初年之门下清客之一，得李、袁二氏之教导，始亦以版本碑帖出名者也。寒公藏善本孤本达二百种，故自署曰“二百书藏主人”。卅岁前曾以象牙一片，命当时名印人王某刻造像一方，像未知何人所画，作半身立而观书形，惟妙惟肖。余曾拓一纸留存，迄今未失也。

余于十七岁时偶临李北海书（其实摹清道人字耳），为寒公所见，渠在《晶报》三日刊上，以函相招，时渠尚居当年长浜路（今金陵路）。回忆余第一夕访谒时，一人枯坐楼中间几二小时。余以谓贵公子搭架子，后见一理发师来了，始见其一面着长袍，一面纽扣子出来，连呼请坐，看其整容毕，即开始垂询余籍贯家世，知余为浙西平湖人，大喜云“内人亦平湖人”云（其实乃其第六妾唐志君，下堂后，曾一度为女相面先生）。当时即检许多当年之杂志相贻，后又书了一尺页寄下，上款竟写“磇石（甲子前余字也）神童”云。此纸今岁由逸翁索去，左爷把上款剪去了（谓臭名不可留云）。余当时即觉其是一恂恂文人，无一毫贵介公子气息，临别一再嘱有暇可常来云云。余怕久坐，只唯唯而已。

不久，他迁居白克路侯在里。初进屋即设席款待宾朋，前一夕又来函相招。是夕，渠特在厅堂中串演昆曲《折柳》以娱来宾。吴缶翁亦作不速之客，有刘山农伴之而来。寒公平日对缶翁不甚钦佩，但是夕对之恭敬异常，尊之为“老伯”。缶翁以扇相求，亦尊之为“仁丈方家”。是夕宾朋全散矣，他坚嘱余少留，即率余入卧室，介见唐姬后，他即卧于被中，与余大谈其书法，并出示樊樊山、易实甫、李木斋、林琴南、张季直等等与之信札，无一不奖之誉之者也。卧床狂吸鸦片不已，余行时已三时后矣。他云，嗣后可常来，直接登堂入室可也。于是余每逢星六夕必去，始明春冬二季，永不起床之人也。第一夕见余，勉力起身借此整容者也。那时，宣古愚、步林屋（名翔棻，字章五，一字彰武，河南杞县人，癸卯举人，项城小站练兵时之文案，后为总统府秘书，擅医，亦御医也，寒公之盟兄也，后在上海行医，并办《大报》，专收名女伶为寄女，从不涉于乱，日可尽白兰地一瓶，茄立克一听，怪人也）、周瘦鹃、余大雄（《晶报》主办人，抗战时作汉奸惨死了）、毕倚虹、钱芥尘（报界前辈，余与邵力子成莫逆，即钱所介绍者）、名笛师赵阿四（名传桐），余均于是时所相识者也。

渠有一特长，以久卧懒起，遂能平卧床上，以一纸板，上放信笺尺页等，纸向下，执笔仰而书之，虽小楷，字工整异常，且从不划格子。书楹联时，令人持一头，悬空而写者，故必需玉版笺也。入冬至后必迁居大东、东亚等旅馆取暖。那时任何友人求书，必一挥而就，旅馆服务员纷纷求书，无一不允，上款总是“某某大疋”四字。一夕，余闹一笑话，见一款“某一”（其人名也）第一字特长，余误为二字，问之曰：“某某一大疋（‘疋’余认作匹），何故邪?”渠大笑云：“‘大雅’你识别字作一‘大匹’了。”遂告余云：

清人习惯，凡不相干之人均书“大疋”二字云云。

余与之相识十余年，从未见渠对任何人有轻视之态，更无自衔自媒之言，但偶逢当时所谓巨官大僚，亦毫不重视之也。渠生平只对二人最不惬意，一是前直隶总督陈夔龙（筱石），每于当时《晶报》上做文丑诋之，署名必曰“红牡丹馆主人”。余询之，渠云：其父任直总督时，陈任河南巡抚，以女公子许其为妻，当时约定吉日吉时，二家聘礼、大宾，同时出发。孰料陈女因观剧而钟情于当时名旦红牡丹，竟欲私奔，被父母严禁家中，急急许配于他。及大盘到达直隶时，女公子已殉情身故了。渠笑笑云：“不啻叫我作了活乌龟，故署名红牡丹馆主以丑之。”二是对于当时沪上巨商嘉兴人姚慕莲，渠亦不时做文诋之曰“妖没脸”。据其云：某年在旅社中与姚赌博，渠大输，少了三百元，一时付不出，被姚报捕，拘入巡捕房中达八小时，亲朋竟坐视不救，幸伶人汪笑侬当夜以三百元赎其归家。故渠即与笑侬义结金兰，没齿不忘云云。

渠有一恶习惯，不论对何物，爱之时万金不惜，不一二年即弃之，虽贱卖不惜矣。对于姬妾，亦从无久恋不舍者也，从无二妾并列者，得新忘旧，其习惯也。生平取八个姬妾，只第二妾某氏，生一子，即美籍中国物理学博士袁家骝（字叔选），其媳某某亦美籍博士也。其妾早已下堂，家骝为适室刘梅真所抚养成人者。第八妾嘉兴人名于佩文，亦生一子，名家玺，不知在何处矣。仅一第七妾天津名妓，名苏眉云，死其家中者。渠性好色，花丛中等于其家，如对其妾厌恶时，更终朝每夕留连于妓院中矣。甲子（一九二四）前渠弃了唐志君后，即一度回津。丙寅（一九二六）春又来沪。那时乃由山东督军张宗昌（效坤）聘任为高等顾问，给以二万元嘱其至申办一报刊，以作宣传。渠携了第七妾苏眉云及一陈姓门人来沪住于当时西藏路远东饭店，开了两大间，一作卧室，一作会客室，请钱芥尘主其事。钱老滑头也，拿了多少去，外人不知也，但从未见一纸刊物，而斯际寒公几以妓院为家矣。当时大名妓富春楼，即其最爱之人也，与她摄影多帧。内有一帧，她穿了寒公衣帽，男装造像，寒公恭楷题了“浊世翩翩”四字，用以贻余；又以本色小影一帧，亦写了“凤珠小影，某某存。寒云”（前页已遗失，后者尚存）。真俗语所云“发餍”也。不三月，二万耗尽了，不得不回天津了（关于富春楼，在甲子年苏浙齐、卢之战时，上海战区司令毕庶澄，终日龟缩在她小房子中，作司令部，被齐燮元所枪决，故当时沪上哄传富春楼为白虎星云。解放时她尚存，已为基督教信徒，早去香港矣。如尚在，年近八十矣）。

丁卯（一九二七）春，寒公又来申，住今淮海路二百七十号，其同弄中某号住一当时上海名女人，曰周老五，乃大韩庄主人。寒公除逛游妓院外，又作庄客矣（他从与余相识后，妓院中必率余同去观光，可云无处不去，独韩庄中不偕余同游者）。其时眉云已失宠未偕来，故他先追求一妓名初霞未成，乃降格取一庄女于佩文矣。至戊辰（一九二八）春，其慈母沈氏病故，遂奔丧回天津，自此未再来申了。据他告余云：他有三母，一适母于氏，二生母白氏，三慈母沈氏。沈氏为项城第二妾，无子，寒公自幼归其抚育，故对之至孝也。

岁己巳（一九二九）冬月，余以钱芥尘之介，与蒋榖孙二人同诣沈阳往投张学良，当时言明作一小秘书，月薪二百元。不料至沈阳后，余为蒋榖孙所挤，只任当时东北文化社干事，月只一百廿元。该社主持人名朱光沐，专为苏联日本二国交涉文化事，所有公文悉用日、苏文字。余一无所事，而且办公时间为每晚八时至翌晨四时，白天睡觉。余一怒归申。庚午（一九三〇）正月途经天津下车，借寓天津招商局。局长陈承修，余老友也。是时余至寒公府中晋谒。时侍妾已不见了，他即介余见其夫人刘梅真（公鲁堂妹），纯一北方贵妇风度。三子亦都见面，又纯为旧家规矩。惟寒公仍有谈有笑，出示他所写隶书，与早年学《张迁碑》之剑拔弩张之态判若二人矣。其时所书，以《孔宙》参以《曹全》，既雅且醇。余今日尚悔不向之索取一二以归。其书远逾钱大（不似伊墨卿、张叔未），近人无一能及者。余出示所刻印拓，渠云：所谓仿汉，斯近之矣云云。余告以明日拟往北京一游，他即介绍旅馆、游历方式等。又云："你上海青楼看多了，今晚请你先至厚德福吃正式京菜，介绍方地山、朱纶（字已忘，清安徽巡抚朱家宝之子，庆亲王之干儿子）与你见见。再带你至天津南方式妓院见识见识。"至晚余应命而去，主客仅四人点菜吃去近二十元，可云优待矣。饭后果然同去妓院。方、朱二人均年逾六十之老翁，竟戏谑如少年。方以作对联驰名北方，又藏古泉累累，与当时宁波方药雨若齐名。地山大门上写"大方之家"，其玩世不恭盖如此也。是夕四人谈至深夜三时始散。归时见渠外套一大斗篷只为一袭黑紫羔羊裘耳，已观察到渠生活平平矣。临别犹嘱北京回津时再谈谈。

余那时游北京只三天，时尚为阎锡山势力范围，余于西山、颐和园均未去，大幸者畅游中南海半天之久，怀仁堂记忆犹新，最佳风景为"流水音"，倚小山，临水，建造三明间，三暗间，屈曲小回廊而上达大间，其下流水潺潺。项城居中南海时，即以"流水音"指给寒公作居处者，三年之久，日以作诗、唱曲为遨游。当时京中名士诗人，无一不是寒公座上客，樊山、哭庵、瘿公为首，梁众异当时官卑职小，以诗传，得以附骥而已。其时余以急于回申，竟未获再度晋谒，遂成永诀矣。次年辛未（一九三一），似夏日，得噩耗，已逝世矣。后闻天津有人云，乃死于花柳病者。以色自戕其身，惜哉惜哉！

以下述其琐琐屑屑之事。

当余十八岁时初与认识，有时童稚无知，率直不知忌讳，问之，渠从不以为怙，总笑而答之或纠正之，故余至今尚留有极深好感也。回忆壬戌（一九二二）冬日，他破例起床接见许多门人，门人中有当时大商人，有钟表店老板，有莫名其妙之富家纨绔子，名字以“通”字排行，余询以何故要另取一名？渠云：“此吾们‘安清道门’之规矩也。”余搞了半天，反复问之，最后问之曰：“是不是上海人所云青帮邪？”他笑笑云：“对了。”今日思之竟似翠缕不懂阴阳，追问史湘云一样笨也。后据步林屋见告云：项城在筹安会之前，曾考虑后嗣问题，克定足跛，望之不雅，次子方面大耳，且以文才著名，捧之者众，有传之之意，乃为克定所知，竟遣刺客追尾，欲杀之而后已，为渠所知，乃刻一印曰“上二子”，又作诗四首，劝其父勿为众人所诒，最后二句，大意云：“……多风雨，风雨莫上最高层。”此诗当时传诵一时者，项城亦大怒，乃不得已仓皇出走扬州，以阮元之曾孙某某之介拜青帮“理”字辈张某某为师，而做了“大”字辈矣，有不得不如此之苦衷在焉（“大”字下为“通”字，“通”字下为“无”字，杜月笙即“无”字辈也，故终身不愿见寒公了，见时须跪了称“爷爷”也）。他们收徒，名曰“开香堂”，非帮内人不得知其内幕秘密，曾有二次，第一次是某日他正录取数徒后（他们收徒曰“录”），其烟榻上放了一本小册子，签署“一主流传”四字，他其时正吸烟，余随手取此册阅之，只见内容全为粮船名，什么“兴武六”“江淮四”等等，又每船几块板，几张帆，桅杆几尺几寸长啊等等。余莫名其妙，又问之，他笑笑云：“凡进门者必须知道自己祖师是哪个船头头子，这船全身构造都要背熟的，方可正式为门人了。”他又云：“他们上来后，你只做未见为要，这一册帮外人不可看的呀。”又有一次，他正要下楼开香堂了，三个师父齐集一楼（所谓三师父，一为本命师，即收徒者；二为引进师，即介绍人；三为传祧师，即传授种种规矩、法律者）。是夕所请来之传祧师，乃大舞台唱武二花净角李春利，因演了“大收关胜”，饰关胜跌扑过劳了，要早早回家休息，所以对尚未行礼之几个徒弟说：“我要早一点先走，现在把进门后规矩告了你们罢。”于是一五一十如何对前一辈叩头礼节，对下一辈如何对待等等，又说：“倘在长江一带走，自南京至重庆，不论在哪个码头缺乏川资，只要一摆‘龙门阵’，即可沿途有吃有住了。”说后，即把如何在小茶馆中将茶壶茶杯安放式样、坐的方向等等，一并和盘全说完了。哪知内中有一“孔子”，即余在内（他们叫门外人为“孔子”），一一默记了。

又，西泠印社小老板吴幼潜，当年开店在宁波路，被当地流氓一再敲诈勒索，实在不能应付了，求余介拜寒公为师。已允矣，入香堂后，查问何人引进，云为陈某某，众大哗，云哪有此规矩，逐之。寒公云，是吾破例，因临时命一陈姓门人为引进人，始告通过。后陈某提议，亦邀余加入，寒公厉声训之曰：陈生有父母在堂，他日文人也，哪可引之入吾们江湖一路，绝对不准许再提云云。此亦使余永感不忘之事也。他们这一道，确是黑暗角落之帮会，当年如杜月笙等等，借此贩烟土，害嘉业堂刘翰怡一夕之间敲去八十万元之多（刘当年因捉姨太太奸，杜帮了女方敲此大竹杠），均此反动帮口作恶之事实，幸而伟大的共产党成功之后，把这批害人虫一扫而光了。今日以后永无此怪事出现矣。

关于他所藏二百种善本孤本宋版书，来上海后，因不善理财，又被一豪奴范某所诒，大半押于当年上海工部局买办广东人潘明训处，过期没收了。一小部分售于密韵楼主蒋孟苹（汝藻）家中。据闻周密《草窗诗集》（《草窗韵语》）孤本，亦寒公物也，蒋得后，因名曰“密韵楼”云。据当年榖孙见告云，凡为袁氏之书，无一不既精且佳，蒋氏买得后，因恶其为袁项城之子，故所有袁之题跋，悉拆出毁之。后知北方凡宋版书有袁藏印题跋者，价可增二三成之多，故后悔已迟了。在六四年，徐森玉之子伯郊，奉北京图书馆之命，向香港潘明训家，悉收购所有宋元善本，价美金若干万之多，由伯郊获送至北京。袁氏当年遗物，永保千秋矣，袁之名亦不臭矣。此事伯郊秘不告人，乃尹石老告余者，谓伯郊得抽成头至多云云。

因此，又忆及一事，在乙丑丙寅间，一日余在步林屋医室无意谈及宋版书时，步丈谓余曰：“抱存在宋版书方面，真作了不少孽的。”事实是民初元、二、三几年中，袁二公子以巨价收罗善本之名闻于当时，于是南北书估，云集北京。他看货有规矩，先看首、末二册。当时他住“流水音”，任何人不得入内，故书估都只能以首末二册，交于中南海外大门口传达处送晋去了，他见有孤本善本，即不问价钱，随索随付的，万一看不合意之书，即一丢了事，从不还人。当时传达又不敢代达，卫兵又要挥走，于是一般未曾做生意之书估，有跪而求者，有坐地大哭者，其弟妹等见了不忍，向之代索，总云：“哪有呀，没有工夫找呀！”及项城逝世后，他迁出“流水音”，仆人拎出首末之书，不计其数，悉数售于琉璃厂书铺中了。步丈云：“当时书估哭归哭，跪归跪，但仍送书如故，冀有一部获售，则可损失全补回了。”一册孤本宋（唐）女道士鱼玄机诗集，只廿余页，袁以三千元收进，即其例也。后此集以一千五百元押于潘氏，没收了，足见确名贵也。余与寒公接近三次，第一次见其狂收中国名邮，耗近万元，未及一年即以二千元售于周梅泉了。第二次见其酷好各国旧金银币，不惜重价以求，尝见其以二百元买二西藏数百年前之银币，当时将所藏各币命拓工王秀仁精拓于棉连纸上，框格悉仿宋版，雅板之至，余尚索一页存之。不一年，只将西藏一币赠余留玩，余均由其奴人老范照九成金分量售去了。看他一无惋惜之意，故叔孺师戏谓余云，寒公应更名“克恒”方对，言其太无恒心耳。

他东西卖了不少后，曾一次自笈中取一小皮箱，一一出示小玩意给余赏玩，内汉玉尚不少，一白玉，棺中古尸手镯，牛毛纹遍体，渠终日不离于身者。（后来丙寅来沪时谓余云，乙丑夏日，与友人同乘汽车至西山游玩，中途车触石翻身，全车五人，四人均折骨重伤，而他自车中翻了二次之多，毫不觉得，及觅该玉镯，竟影踪全无了。他云：古谚有汉玉佩了可保跌不伤人，乃真有其事云。故渠各物均肯舍去，独汉玉不卖也。）是夕渠又检出古泉十余枚，有王莽金错“一刀”二字之厚泉，不带刀者二个，他云：“带刀者每个只值五六元，不带刀者需四十元一个。”言毕即取其一赐余，并亲为结丝条佩于襟上云：“俗云‘一刀’辟邪，尔夜归可无虞矣。”余日夕佩之，叔师云：“可惜了，生坑要变熟坑了，应珍藏之。”余乃制一红木小匣藏之，匣盖上求叔师篆四字曰“美人赠我”（古诗有“美人赠我金错刀”之句，故截用此四字耳），余自刻者，至今尚保存。不久又出二古泉，一为王莽货布带花者，二为古泉上下均带有铜环者（字已忘）。渠云：“均压胜品，任尔取一个。”余取了货布，以示叔师。叔师云：“你外行，可惜可惜！上下双环者，可值百元，货布乃后人添刻花，不值钱的。”

此皆渠对任何物品随手可弃之本性，但青门中门人从不赠给的。渠更有一特长，虽穷了，后难免常收徒，取贽敬以自给（他们专门名称曰“押帖”），但从不再有巧立名目，如做寿等等以敲竹杠。穷了即卖古物，亦从不向友人弟妹等借贷，傲骨可敬也。他许多门徒，常年开旅馆为俱乐部，每至冬季，常常公请其去取暖，终日为他们作书，润笔悉由他们公分者也。渠居上海时，凡北方所有名伶如余叔岩、程继仙等等无一不诣谒请安者，渠亦必热诚招待，但不接见坤角，更无寄儿寄女等旧习（步林屋与之恰相反，凡旦角南来，初成名者，无一而非干女也，只收白兰地与茄立克而已）。

渠在高兴之时，嘱余坐至烟榻一面，将北方遗闻轶事，畅谈为乐，惟于其父事至少言及，偶有一次郁郁不乐时，谓余曰：“先公（他平日对徒弟们则称先大总统，对友朋称先公者）当年，倘无作最高一人之想，则其功至少封公或侯，今日我（他自称）或早任藩司，何致于以卖文字作生涯邪？”

又言：清例凡年终，上司对下属必需作一小结，照例只八个字，要总述一切，颇不易者。其父任直督时，许世英（矮子总理出名）方为道台，以能干出名，其父加以八字考语云：“百废俱举，一事无成。”使许大窘也。

又云：其父与唐绍仪（少川）为至交，曾相约为儿女亲家，袁求唐女公子为寒公妻，唐允矣，但未正式订定，后其父得知唐女已出洋留学美国，又是大脚，又是麻子，遂一搁不谈了。唐氏亦未敢以女另配外家，直至寒公娶刘氏后，始赘顾少川（维钧）为婿云云。又云：唐少川廿余岁时，在外私生一女，后买回作婢，又私了，乃作妾。及为总理时，大妇亡故，又升作正室了。于是方地山作了一联语嘲之，当时寒公曾背诵给余听者，年久早忘矣，仅忆开头几句曰："女而婢，婢而妾，妾而妻……"此亦当年旧社会之丑史也。

又云：其父共有七姬，十七子，十六女，儿女三十三人。家庭教师，男、女亦近十人之多。其父恐小辈荒唐，老师不敢严管，故特订学堂教书规则十余条，分交各西席遵守。寒公言后，即检出清代时所书大红五页折纸一份，为其父亲笔（作行楷，字字凝重而有力，绝不是书法家之字体，与孙中山可云均为大度雍容者也，又与银元上大头甚相同也）。文中一开始，即用旧公文中上司"饬"的语气，后列十余条条文，均饬应如何严教学生办法，已全忘了，只忆及最后一条云：学生偷吃洋烟（卷烟也）一支，罚立壁角二小时；二次偷吃，罚跪二小时；私行赌博，初犯罚饿一顿，再犯罚饿一天；偷看不正当书籍，立即呈报，严管不贷云云。后附一条云：尔等均为饱学之士故聘请教读，当能上体吾意……其各凛遵遵。其父之专制于此可见一斑矣。

又云：外间纷传吾父如何大富，及其死后，遗嘱上写明儿子每人现银子八万元，不动产十二万元；田产、市房，由各人自认，寒公取的天津市房也。女儿十六人，每人只银元三万作妆奁而已。连克定多私蓄，共五百万元左右也。巨室大族，往往有一共同习气，兄弟姊妹之间，均疏淡不亲，甚至形同陌路之人，袁氏尤甚。寒公平日只谈其同胞三弟克良，谓其生平无他好，独喜收藏金刚钻，累累者均是也，一夕之间，为小妾席卷一空，克良遂以神经失常而死云；五弟克权为端匋斋婿，以藏宋版百衲本四史出名，自号袁百衲，尚属不错云。其他绝口不谈了。

最后，记其多姬妾之轶事。他生平好色，自其父死后，遂以日事嫖妓为乐，一娶再娶，又不以金钱为重，故五六年之间，将八万元耗尽，连换五人之多（一二年即弃旧迎新者）。唯第二妾生一子，即家骝，周岁不到，即归适母刘抚育成人。第三妾为北京名娼，名小莺。小莺下堂时，私将渠所藏《寒云蜀道图》及宋元名迹数十幅挖剪而去，装裱四周未动，中以报纸卷入，故外表如恒，数年后，他拟取出卖掉供挥霍之用，始发现内容已不翼而飞了，渠亦无从追索，只一笑置之而已。遗五妾于北方后，即南下畅游江南，即取六妾唐志君，余所见自此女始也。据步丈告余云：他最迷信，一来南方，即在上海当时集云轩济公坛，求扶鸾，问终身。济公亦以四律诗，说以多侍妾，其完成十二金钗之数后，即寿终了云云。四诗中将前五妾姓名或隐或现，都有的，及取唐志君，又暗合小名。后在天津西来饭店，又遇名妓苏眉云，发现诗中又有一句“眉云一朵自西来”云云，遂大喜娶之。益坚信仙示，以谓当有十二之数而后乃死，不意至八妾取后，得一子，家玺，即逝世了。可云上了济公大当，大可笑也。

寒公虽好色逛游，但对于友朋妻妾及亲族等等，均端肃不敢有所涉遐想者也。平日对任何友好，亦毫无口不离牝牡等等。更可贵者，率余畅游青楼前后达百次以上，见其对任何所腻之妓，均一如普通友人一样，从未动手动脚，稍露轻薄之态。任群雌粥粥，众星拱月，他亦彬彬有礼分别待之，有时在中午即率余往游，见所欢正梳妆时，即取粉携脂，殷勤侍奉，至今余读《红楼》小说四十四回中“平儿理妆”一段，他像极了宝玉神态也，若篦头等，则不屑为之了。他在高兴时，曾谓余曰：方地山曾告以云，《水浒》中王婆五字诀“潘驴邓小闲”，上二字得于先天，中一字半属于天，半属于人，后二字全属人为矣，吾即得“小闲”二字也，对妓可腻可狎，但只可于二人时放浪，在人前猴急，即涉于下流矣。此真名士风度矣。余以随之久，又得其习气深，故所遇名人、名娼，都能无意中得其神态，但对女性从不作进一步之涉及于乱耳，以穷，乏财力也。

又一次，他在无人时，忽暴露真意，谓余曰：“北方女性，有一习惯，临睡前，必施粉抹脂，画眉点唇，同枕共被尚觉可观，但天色微明，东方发白时，再一观之，满面脂粉狼藉，天啊，竟像一个大花面，吓煞人哉！故吾生平不取北方姬妾，因此耳。”十余年间，他只说了这一笑话也，故余屡见所谓名人高官，一遇女性即贼脱嘻嘻，都嗤之以鼻了。他曾一次率余至某娼家，鸨母命一稚婢晋茶水，见她面红耳赤，若不胜其羞惭者，寒公戏询此何人。鸨母云：她父母均黑籍中人，不事生产，以致穷困无以度。其母本与我（鸨自称）小姊妹一齐同行者，因此累累借钱与其父母，无力偿还，以此十四岁亲生之女押与此地者。她来只三四天，尚未经教导，所以一切规矩都不懂也，云云。寒公问其姓，曰“史”。问其父作何业的，鸨母云是刻图章的。余不禁问曰：“是叫史喻庵邪?”此稚女云：“是的。”时寒公尚未知喻庵何人，余告之曰：“即民国元年为孙中山刻临时总统官印之南京名印人也。”寒公戏云：“那是你同行中人，你可照应照应她了。”此为他偶尔之雅谑耳。他更有一可佩之处，除嫖妓以外，任何友人学生内眷，一概不招待，若伶人男子旦角，所谓相公、象姑，尤从不接近，此比贾宝玉之与秦钟、蒋玉菡，高出一等也。

与余十余年相交之中，从不栩栩然谈其父之时，他自己如何如何作公子之事等等，毫无纨绔骄人之态也。但任何人往访或贺年等，则绝不回拜，是犹存贵公子之气息矣。书至此，又忆及二小事。其一，渠居远东饭店时，某日中午，徒弟们公请其至当时蜀腴川馆赴宴，宴毕，与余二人回社舍，进电梯时，有一老官僚正下楼，一见寒公即连连云：“抱存，十多年未见了。”寒公亦径呼其号曰：“桂生，久违了。”遂挽手一同上楼，畅谈别后之客套话。此老问余尊姓，寒公告以平湖学生，治印好手陈某某是也。此老一口北方话，告余云：吾亦浙江上虞人顾归愚，字桂生云云。一小时兴辞而去了。

他去后，寒公告余云：此人其父老幕僚也，曾任总统府总会计处长，河南财政厅长、道尹、代理省长等等，老官僚也。他这一口，均为河南开封土白，土极了。事隔数年，舍下迁至现居后，对门即此老住宅也。又邂逅，时寒公已故，他深为叹息不已。一日，见余三亡弟端肃，甚合其意，遂藉以嘱其十三岁独生子拜余师为由，完全老规矩，写红帖子，叩头如仪，时招余之亡弟至其家中，介其女公子为友（即今寡居弟妇，小女之生母也），不久订婚矣，结婚矣。当时尚用结婚证书，余倩南丰赵君以恭楷书成，送去过目，又退回嘱重写，云："顾氏为四川华阳人，非上虞也。"余告介绍人云："数年前顾老说是上虞人呀。"后来告云："因在寒公前，敷衍客套耳。"老官僚处处油滑，于此可见也。

又一次，亦在远东楼头，寒公正拟至北京某菜馆赴席，遇西医庞京周（已故），老友也，遂邀之同去。入席后与步林屋隔一座，席间招一妓名宓妃，庞医自衒文才，谓寒公曰：日昨集《洛神赋》句为联以捧之，有"乍阴乍阳"一句。言时旁若无人，寒公但微笑称好。庞对步丈漫不为礼，步丈故意求疵云："不通不通。乍阴乍阳乃雌婆雄，宓妃明明女性，尔何以知其忽雌忽雄邪？"庞不服，反唇相讥，步大怒，借酒醉而指庞曰："你什么东西，配在此谈文学吗？"言毕挥五指要敲耳光了。宓妃大惊而去，怕观武斗也。寒公与余邻座，起立紧握步丈之手连呼"章哥"："莫因小事，而伤大气。"几至下跪（代庞跪也），庞不得已，连连说："饶了我罢。"言毕抱头鼠窜而去。事后，寒公又书一纸向庞慰问，云：一切均不佞之错，求原谅一二云。但上款则戏呼之为"同靴"，盖庞亦嫖富春楼名妓者也。庞为苏州大地主，故目中无人，而受此辱矣。庞为丙寅丁卯间冯超然、吴湖帆之座上客，与余甚知己，自受辱之后，即与余若参商矣。他常告湖帆云：陈某某跟了袁、步等后面，不愿与之为友了。故湖帆宴客时，有他即无余，有余即无他了。他为开业医生，有一次为舍妹打针，竟将针头折断手臂中，亦足见其技术之平平矣。

寒公虽擅诗词，只歌咏友朋之间唱和为乐，生平绝不作一首浓诗艳词、轻薄为文者也，斯亦不可多得之事。

附记步林屋一二事

步丈姓名籍贯，已如上文。他为丁酉拔贡，癸卯举人，相貌纠纠，纯一北方武人之态。项城小站练兵时，即为文案。据其告余云，时与当年袁氏部下三镇：王士珍、段祺瑞、冯国璋（世称王龙、段虎、冯狗）均时时相见尚无分彼此者。其时徐树铮（又铮）仅廿余岁，任段部下为司书，日送公文于段、步之间。徐仰佩文人，时以诗或词求步指导，尝作一诗，中有一句云“欧风美雨苦黄昏”，步问作何解释，徐云：“人人喜用凄雨凄风，故易此四字。”步告以“欧、美”乃国家名称也，他始恍然而去。二十年之间，徐不但青云直上，作了段氏之辅弼，所填词亦可挤入名家之列，且专擅填“绕佛阁”等拗调，昔先外舅况公偶读徐词，亦许为传作也。步昆仲五人，渠行五，故字章五。三个兄长为进士，两个举人，故当时人誉为五子登科云。渠当年在申悬牌作医生，倩天台山农（刘介玉）书之，山农大书曰“十世儒医林屋山人医寓”，且在西藏路育仁里，于是沪人群认为一个走江湖者流，乏人请教矣。渠告余云，家本大族，全家同居百余人，其岁杞县大疫，亡者累累，步氏一月之间死了十多人，群医束手，渠素喜读医书者，因家中二嫂氏均已弥留之人，他大胆用与诸医相反之药，所谓“死马当活马医”也，哪知一剂而愈，于是病者纷纷求治，均霍然而愈，他乃潜心而读医书了，后袁氏全家均倩其医治了。

岁乙丑，先母大病，余亲送诊金求出诊，他竟酒醉糊涂，忘却了，两天不来，致先母入弥留状态，又速请，乃来。睹此情况，连连云："吾误了，吾误了，你们放心，必以一剂挽回。"于是凝神一志开了一方，脉案一纸有半。果一剂醒了，三剂痊愈了。及余婚后，始发觉内子有隐疾，无月经，求其诊治，服西藏红花等贵药，几数十帖，一无效力矣。渠云，寒公慈母沈氏与内子同一疾病，亦毫无效果。渠与夫人为怨偶，故以白兰地解闷，以收女伶作螟蛉，借以遣怀耳。遇事一言不合，即挥拳，盖亦一伤心人也。卒于沪，始归骨河南焉。

记梁众异

梁逆名鸿志，字仲毅，后更众异，福建长乐人，其曾祖父即清道光年间江苏巡抚梁章钜，字蕉林，为当时藏书画碑帖大名家也。其父名佟年，为大收藏家福州林寿图之长婿也，叔孺先生为林之幼婿（行七），故二家至亲也。佟年习于纨绔，不事生产，以致贫困而死。其夫人性严肃，擅文学，故梁氏兄（伯元）弟二人之学业，悉出母氏亲授者。其幼时，凡劈柴汲水，均为其二姊所分任，兄弟二人如读书偶不用心，其母辄令之长跪于天井石板上，以示罚焉。及光绪癸卯，梁兄弟二人同年中举，梁氏时年二十一岁耳。在进考场之前，兄弟二人只一件蓝布长衫，兄穿了，梁氏向人借了一件着后，始赴考者，其清寒可想见也。时叔师正任某州同知，遂招梁为文书，月给薪二十两银子。及入民国后，梁尚居北京，遂为段祺瑞之爪牙，渐升至段氏执政府之秘书长，权高一切了。时为乙丑冬日，梁曾迎叔师至北京，供养二月之久，并为师在当时江苏督军杨宇霆处任顾问，月领津贴二百元，盖所以示不忘少年时受恩殊深也。（在此以前，段氏曾与直督曹锟交战，当时名为直皖战争，段派被吴佩孚所打败，将段系部下十人，列名通缉，徐树铮为首，梁氏亦十人之一也。梁氏之名，闻于中国，自此始也。）不久段下野了。梁已富矣，遂至大连居住，读书作诗，以舒眉度生涯矣。“爰居阁”斋名，在此时所署也。其后，蒋匪帮在南京奉迎段祺瑞南来（蒋为段之学生），梁亦随之来上海，寓当时旧路名善钟路，段当时得每月三万元津贴，乃分一千元一月予之梁氏为生活费用，段并以梁介绍于蒋帮。

及抗战前一二年之间，中日形势日紧，蒋匪召梁至南京，拟任为伪外交部长，与日人周旋，梁氏欣然接受，孰料为张群所谮，遂告中止。由是梁氏恚怨滋甚，至丁丑抗战军兴，北方及江、浙、皖等省相继沦陷后，日寇初拟拥唐绍仪为汉奸头头。唐非总统名位不可，日人未及考虑，梁遽出而毛遂自荐，不问名位，均可接受。不二月，日寇即任之为“中国维新政府”伪行政院院长，并挂五色国旗。行政院下，各部与匪帮同，只无军政部，曰绥靖部也，盖无一兵一卒，仅保安队数百名耳。故当时名称“政府”，实际不过为一大型维持会也。当时组织伪政府，乃在北四川路天潼路之新亚旅馆内，五楼全属伪行政院，二、三两层为各部云，真可谓不伦不类，沐猴而冠也。组织伪府，第一件事为刻官印官章，其时伪秘书长为诗人吴用威（董卿），杭州人也，由吴倩其老友王福庵任其事，王欣然应命，并检出渠在北京政府任印铸局科员时留存大小尺寸规矩等式样，为伪府自行政院、立法院（伪院长温宗尧）以次及各部、各厅、各局，诸印一一由其篆成呈上者。及至要招工人刊刻时，王氏因知未能获任伪局长一职遂撒手不顾了。经吴氏再三请王设法，王乃荐余为替身，并坚嘱吴云，只需给以一百四十元一个月即可云云。同时嘱余姑丈徐公来告先君，属令同意。（一）余以父命，（二）当时全家十余口，全恃余一人所入用以维持生活者，先君时已七十二岁，所谓亲老家贫，遂毅然自甘堕落而为汉奸矣。吴氏，余为是日初见面，询之何人头头，渠但笑云：你晋见后即知云云。及回至梁处，登楼相见，始知彼此熟人也。

初，梁自大连来沪后，时与余在夏剑丞（敬观）丈家中同席宴会，后渠出二印嘱刻，七个字，并附赐润廿一元，每字作三元也，余刻成后，因很熟之人了，故以支票同时附还之，梁嘱夏丈谓余曰，你取润为作甘旨之奉者，尽可收之。余感其诚，遂又刻一印以贻。梁甚乐，其后竟请客时，常以相请赴席矣。是日梁氏即顾谓吴曰：“吾们熟人，好极了。”当时即以王福庵所篆印样全部交余带回，命招刻字工人开镌了（全为木质），一共数十方之多。余命刻者勾摹上木而后刻之。那时吴氏犹嘱王福庵作监视开镌之责也。及刻成后，余乃全部呈于梁氏，并王原稿回呈也。梁阅后殊满意，即付了款，仍以王稿授余，嘱保存之（在胜利后，余全部付丙，使王可毋戴附逆之丑名，王不知也）。当时即告余曰：“王福庵推荐你来时，叫董卿转言，只需给你一百四十元一月即可。你做过杨虎、程潜二人秘书的，现在来做汉奸（梁尚能自认不讳），一百四十元是不够的。吾给你三百二十元一月，你满意否?”余当时即明白，送他一方印，有此好报也，但表示“谢谢”二字。接着，梁即云：“那末你明天起就要来办公了。”其为人之尖利如此也。那知他又在背后饬人向刻印工人查账，是否与余之账目相符合，明白了余分文未揩油。一日，召余至其书室相告云：“吾现在虽只任你以铸印科科长名义，局长为李释堪（宣倜诗人也，亦前辈军人也），因为吾与之同乡老友，他年高资深，不能不给以次长待遇，每月七百元，总够其开支了。他一向大手脚，阔惯用惯的人，他用经费，吾是不放心的。吾所以已先命令会计组了，今后凡是印铸局刻印，材料、用费多少，都须凭你签名盖章，方可照发，单凭局长签字无效的。这里吾信任你，委意于君，毋相辜也。”当时余再三不能应命，竟不获准。并问余，你需一助手否。余乃以四舍弟任作科员也。印局规定每月经费为一万元，当时除局长一，参事二，科长二，科员只三人，办事员一，书记一，共计十人而已，刻印是包于刻字店的，局长照例有八百元一月公费者，亦由梁所兼领矣。全局一个月开支仅三千元而已，梁乃满意，故将余薪给即加为三百六十元，不久又增为四百元了，以示奖许也。局长对之憾之不已，但尚能对余谅解。行政院，全院除秘书十人，各领一组为主任外，科长只二人，科员二十人而已，全院当时规定为五万元一个月经费，而梁氏只耗不到一万元。又伪院长公费为一万元一月，故整整二年的伪政府只经费一项，梁氏刮了一百二十万之巨。后汪伪还都六年中，梁先任伪监察院院长，后迁立法院院长，因余已离伪组织，故不详其所以然了，但知其死前，尚存黄金大条三百六十余条，美金三十余万元耳。这所刮的，全是克扣职员而来的，似比反动派的伪大员刮老百姓地皮，虽异实同也。

当时行政院竟大似一个和尚店，不是大庙也，可笑之至。梁氏为合肥龚怀希太史（心钊）之得意门人也。据龚太史告我云，甲辰年梁氏至北京会试时，大主考为吴门汪柳门（鸣銮），阅卷官龚其一也，当时梁氏之考卷，适归龚所阅，认为大佳，批以荐卷者，后竟落选。梁托人取出考卷观之，见汪所加批语，大意云：此卷文章至佳，但语意舛乖，恐他日终非善类云云。梁大愠，遂认龚有知己之感，而拜之为老师。后梁被枪决后，龚大叹以谓老辈目光太锐敏，诚属可佩服也。更有一可笑之事，不可不记。当伪政府自沪搬至南京后，即在原来伪国民政府原址，为伪维新政府，伪府成立时，需一班乐队奏乐，其时那班乃自上海伪警察局督察处军乐队全班人员投降者，在奏乐时，因不知所措，即奏了两曲：（一）《毛毛雨》，（一）《妹妹吾爱你》。梁氏满不在乎。当时那队长作为笑话以告四舍弟者也（时余未参加也）。余于丁丑八月始至南京，因与梁之次子、长女及婿张君（乃外甥也）、甥甘舜四人均成至友。一日，余方与此四人聚餐，其子、女、婿、甥忽相互议论其父之笑话，以发泄其愤愤。余笑问之，胡为若是。甘舜谓余曰："你不妨加入我们一齐大骂也，吾们舅舅宠妾虐妻，已经到达了众叛亲离之地步了呀。他虽有汽车，但只有夫妾二人可乘，舅母不准坐的，每月只给以三十元零用，连叫出差汽车费用在内。"其妾名赵慧真，前为上海之妓女，民初第一嫁苏州镇守使朱某，生一女；二嫁江苏督军齐燮元，因私通马弁，被齐禁囚于西花园中，被当时陆长吴光新求赦下堂，吴妾，即其姊也，遂依吴氏以居。及段祺瑞下台后，吴与梁同住大连时，梁时时之吴家打牌为乐，因与赵邂逅，吴遂以她赠与梁为妾了，梁盖分文未花者也。赵知梁一钱如命，故百般吝啬，以固其宠。做寿时，有人赠礼，面、烛等，烛上总以金字写"福如东海、寿比南山”，燃至“海”“山”二字时，佣人拔下后，赵必珍而藏之，若夜半起身如厕，从不开电灯，辄点烛以照亮者。故梁氏亲戚都背后取他绰号为“海山”云。甘氏又谓余曰，父名甘联，为直系海军中将，任海军第三舰队总司令，与梁虽为郎舅至亲，至不睦也。吴佩孚上台，必通缉梁氏，梁氏得势，首先以甘撤职也。后梁长女张夫人又告余曰，其大弟名孝临，卒业大学后，父亲遣送法国留学，学费由父先汇去了，临行所给轮上伙食费，少得出奇。在上轮后，弟谓曰：大姐，把你身上所有的钱，完全给吾罢。吾与你，这一别，是永别了。吾从此不回中国了，实在不愿再看爸爸这一副棺材板面孔了。言时泣不成声。果然一去不回了。在梁做大汉奸时，一再托日方转向法国探询其子下落，据回音云，人在巴黎，殊不得已云云。至此，余始恍然梁之众叛亲离，盖有因焉。

梁身材高大而肥胖，渠当时虽高为大汉奸之职，但对下属态度，却殊温和，偶有触犯其怒时，亦不过以尖刻讥人，从无大声骂人者。渠作伪行政院长时，只不过辖江、浙、皖、上海、南京，三省二市而已，时华北大头头为王克敏（叔鲁），梁氏常至北京求教者。故印铸局长李释堪尝笑谓余曰：“王叔鲁是在读《前汉书》，吾们是在读《后汉书》也。”戊寅王氏曾来南京回访之。那日余与印局同事岳君正饭后闲步大院前，忽见梁亲送王出办公室外，岳急拉余避之，事后笑：“这真是叫作‘北有行尸，南有走肉’也。”盖王形似枯骨耳，岳君可谓谑而虐矣。梁氏平日总是手不释卷，所作诗，内行一致佩服，认为仅次于郑海藏、陈散原云，故凡擅诗文者，有所求，辄委为秘书或厅长也。时有其乡人某君，与之癸卯同年也，以生活殊窘迫，闻梁秘书多同年，因亦自闽诣南京求一职务，梁一见即欣然，嘱先居于中央饭店大房间中，一切膳宿均归梁付。一住甚久，并时时设宴款待之。陪客大都为癸卯同年，宾主之间，殊融融焉。一日忽命一人持五百元赠之，并告之曰：“院长说，秘书额已满，一时无法安排，故请暂时回府，一俟缺出，即以电相请可也。”某君欣然接受，次日特趋谒谢之。梁亦与谈甚欢，及送之二门口，梁突手拍其肩曰：“某某老同年，你如果在癸卯那年肯以一件蓝布长衫借我进考场，那末，现在是五百元一个月了，不是只此五百元了。”说毕狞笑而返身回去了。某君回旅舍后，竟致伏枕痛哭不已。时张夫人正在中央旅舍，闻声询之曰：“年伯，为何伤心。”某乃以此告之云：“那年吾亦贫穷之人，所以未能借给，现在事隔数十年，还在记恨，使人羞杀了。”次日张夫人告余，亦云“爸爸太刻薄”了不已。梁之睚眦必报盖如是焉。

梁自为汉奸后，尝以小恩小惠施于友朋，年底常送人以钱。只龚心钊老师每月五百元，其余若李拔可、沈剑知、商笙伯等，每年或三百二百不等，独武进画家汤定之（涤）分文不给，因在民国初年，汤在京即与之相识，汤善相面，背后告人曰梁众异将来必惨死，应过铁云云，被梁所知，遂恨之入骨矣。及梁伏法后，有人询诸汤氏，何以先知，汤云：梁双目似猪形，又视人时必“狼顾”，此皆不得善终之相云云。至胜利后，梁潜逃至苏州，居于一尼庵中。梁一手所提拔之伪绥靖部长宜兴人任某某以私贩鸦片发了巨财，是时以大量黄金贡于汤恩伯，求贷一死。汤提出条件，只要捕得梁一人，不但免死，且可给以中将军职。任某某又以金钱饵梁之胞侄女，而知其秘密居地，遂率警将梁逮捕关进上海提篮桥监狱中了。梁至狱中后，百无聊中仍以作诗自遣。未死时，曾写之密托人交其妾善为保藏，其妾以示诸龚怀希者，余在龚处曾读一过。自苏州尼姑庵始，入狱后诗多痛詈其侄女如枭獍，又痛辱任某某不已，手边已无诗韵可查，故大部以和前朝人之韵为之矣。余当时未遑抄录，故悉忘之矣。惟忆及内有七首七绝，题曰“七无诗”，咏狱内当时无灯、无凳、无筷、无裤带等等之情况，最为讽而婉也。其咏苏州尼庵一首，因终日听了众大小尼姑日事诟谇而作者，余只忆及后二句云：“儒家烦恼缘多事，不信空门事更多。”近岁余读宋杨诚斋诗后，乃知套其语意也。又一首詈任某某者，余仅忆及第一、第四两句：“当年禅将使登台……吾今吾戴吾头来。”后闻梁之次媳云，全稿悉为赵妾及其死后付诸火炉，一炬成灰矣。则余所忆之四句，当成掌故矣。

当梁氏囚居时，犹时时写信与赵、丁二妾（丁女为梁最后之妾），嘱仍要如已往之省俭当心云云。盖赵妾在南京，虽大富，而每买一角咸香椿头，总分成三次用以进早餐者，梁大喜她之节约持家也，故在狱中尚吝惜为恒。更有可笑者，当其被判死刑之后，龚怀希为请当时上海名律师二人上诉（一、已忘，一、章士钊也），并由前司法部次长汪有龄（子建）为之向承审推事输贿赂，以求改判，后经汪面子说定，只需三条黄金，即可改为二十年徒刑了。龚即嘱赵妾转致此意，比得回信，竟云：三条绝对不可，太多了。子建，老友也，推事乃其学生也，付以一大条足够了云云。此铅笔草草手书，余在龚老家亲目所睹者，后闻汪子建告人曰：“梁众异还在疑吾从中拿扣头耶。”不问了。龚亦为之叹惜不已。及伏法后，赵妾分了十条给丁妾，其余巨款悉为所窃据，子女分文无有。当时将梁尸送至上海闽侨山庄义冢地一埋了事。了事后即与其第一前夫所生之女同居，母女同事一夫，事闻于外，丑极了。（余舅氏朱家甫，曾为梁之秘书兼会计主任，常常去问候赵氏的。一日，来告余曰：前天到二太太家，正见母女二人大相骂，其女向母云“老不要脸”……吾以后永不再去了云云。）当时，齐燮元因做了华北陆军督办，故亦被枪决，前于梁未十天也。于是张夫人等又上她一尊号曰“白虎太后”了。梁尸移至上海中国殡仪馆后，据馆中经理华君后来告余曰，一共只有三人吊者，一、李拔可；二、朱象甫；三、沈剑知。回忆梁为伪行政院长时，夫人李氏亡后，即在院中西花园开吊设奠，吊者近四千人，素幛逾万件，来客连一杯清茶都不赏赐，入晚由赵亲点检入库了。又，李夫人未故前，尝请郑慕康写小影，梁命余特至申，求湖帆为补画面，湖即以青绿为之，殊工即好。梁询余应送润若干，余云：“三尺者，每尺三十元，应九十元，送一百元罢。”梁即以百元付余。后湖帆告余曰：“梁有信来谢吾，但后又附句云：‘闻兄润为九十元，弟数上乃百元也，未知某某亦如数奉上否。’”湖云：“吾已复信矣，他疑你揩油也。”梁之一钱如命，可于此见之矣。诚可谓宁可黄金底下死，做鬼也舒畅也。一笑。

记赵叔雍

叔雍名尊岳，斋名珍重阁，生于庚子，江苏武进人。父名凤昌，字竹君，出身不详，清末为湖北候补官员，闻先为候补知县，后捐道台云。时张之洞任两江总督，委凤昌为文巡捕（清制，凡总督、巡抚二衙，例有文武巡捕二班，如后来之副官，文巡捕司接进谒下属之名帖，武巡捕司督、抚出衙时之警卫队者，二职官至低微，但与督、抚最接近，非工于谄谀者不能胜任也）。当时凤昌为张之洞最宠爱者，侍之终日，虽深宵不离，面目娟好，权势至大，以致当时丑声四布，章太炎曾撰联讥之云："两江总督张之洞，一品夫人赵凤昌。"在民国后，赵积巨资来上海，建大洋房于今之南阳路，并购大量《申报》馆股票，遂为上海巨绅之一矣。叔雍为其独生子，叔雍之妻为王仁栋之女儿（清福建状元王仁堪之侄女也），一女即杨杏佛之妻也。据闻叔雍为南洋公学毕业者，赵以《申报》大股东，故叔雍得为该报总秘书名义，能指挥一切者（一说，只监察员名义云）。

在民国初年，上海以文学诗词享大名者康有为、郑孝胥、朱外舅、况公四人而已。康更生先以二子同铎、同某，拜先外舅为师，赵老乃求朱介绍，以叔雍执贽侍函丈焉，每年奉束修一千元（其后又有潮州巨驵之子陈蒙安运彰为弟子，年俸五百元）。时叔雍只二十八岁，专以填词为主，蒙安亦如之。当时况公为二人所改削之词稿，几润饰十之八九也。余乙丑冬为况氏东床后，盖屡见不鲜也。叔雍自列况门之后，将况公所著之《蕙风词》二册、《蕙风词话》四册、《证璧集》二卷等四五种之多，均独资付扬州姜文卿刻字店刊木版印成行世者，而他自己亦有《和（晏）小山词》一册附之于后。此和词，据况公告我云：因感其刊印之功，故为之大改大润者云云。

甲子以前，梅兰芳数来上海演戏。梅在北京本有三名人捧之：一为冯耿光，二为李释戡，三为许伯明，人称“梅党三巨头”。叔雍亦思以捧梅自彰，因资浅，故求况公合作，况公（本好男色者）遂欣然允之。其时珍重阁主之捧梅文章，日见于《申报》副刊，况公亦时填长调，捧之如狂，积近百阕。叔雍又为专刊一集（集名已忘，况公正式词集中，似只留一首而已）。于是况、赵二人齐名矣（惜为专指梅党南方二巨头也）。

岁乙丑，余结婚后，始与叔雍、蒙安二人相熟。叔雍身长有风度，纯为一豪门纨绔。况公性至怪，其楼上外间，设烟榻，能接待上楼坐卧而畅谈者，早期只朱、吴缶翁二人，后与冯君木为儿女亲家后（冯幼子宾符，余妻幼妹之夫也，曾为人大代表、外交部部长助理等，已死矣），始亦蒙与朱、吴同登楼矣。若康有为、郑苏戡、陈散原、袁伯夔等等均恭迎在楼下厢房会客室里叙谈而已。叔雍、蒙安二人每来，亦必下楼会见；二人出门，亦必恭必敬地亲送至大门外，深深作一揖而回。余数数见之，对康更生也如此也。对朱、吴、冯，至多送至楼梯口而已。余一日笑问之，谓老师对学生，何必如此？况公云：“我生平只有二学生，一为缪艺风之子（子彬），盖艺风老友也，故认之；二为林铁尊（翔），词尚可观，故认之。这两个人，叔雍，立无立相，坐无坐相，片刻不停，太‘飞扬浮躁’了；蒙安，面目可憎，市侩形态，都不配做吾学生的。吾因穷极了，看在每年一千五百元面上，硬是在忍悲含笑。吾与他们谈话时，只当与钞票在谈；看二人面孔时，当作两块袁头也。”然而，及况公逝世后，余妻二弟小宋，立即由叔雍介绍入《申报》馆，初为小职员，后升为记者，始终得赵一人之力。大弟又韩，虽为名父之子，但只能略画山水（自视甚高），后蒙安仗老师之声名，得厕身为圣约翰大学教授，又把师兄携同助教，蒙安每有提及时，总是

“又韩教授兄”不已。但据蒙兄私下告余云：又兄之上讲台，一切一切，备课等等，均吾所代为预先拟成付之者云云。故余曰：赵、陈二人之对师门，未尝有负，此岂况公始料所及哉。况公每作函给二人时，必尊之为“仁兄阁下”（解放后余在缪子彬处获睹况公手书，均称“仁弟”也）。余尝询之况公，后一辈中填词以何人为佳。况公云：元曲以吴瞿安（梅）第一，填词以黄季刚（侃）为不差，汪旭初（东）、龙榆生（沐勋）其次也云云。况公逝世后，冯君木笑谓余曰：“叔雍、蒙安，二人右臂断矣。”果然，赵、陈从此绝少填词了。偶有所作，迥非昔比矣。

自况公逝世之后，余与蒙安仍相往返如旧，与叔雍即疏远了。及抗战之后，又时时见他殷殷与梁众异相往返，且以其婿谭仲将（泽闿之子，延闿之侄），荐与梁伪院任科长之职（梁全院只四个科长，赵婿只廿六岁，其一焉）。及汪伪还都后，陈公博任立法院长，兼伪上海市长，叔雍出任伪市府秘书长，代拆代行，大权独揽。是时，梁逆在沪寓嫁第三女儿文若与伪交次朱朴之，贺客盈门，余与叔雍同在一席。客散时，大雨不止，余立庭中，正思冒雨而出，叔雍甫登车，回首见余，殷殷招余同车，送至舍下。余笑谓之曰：“叔雍，十多年未坐你车子了。”他笑云：“这因为少见面原故呀。”态度如恒，一无骄气，足见犹未忘旧情也。自此以后，余与之即从此不再见面了。及汪逆死后，陈公博升任伪主席，赵一跃而为伪某某部部长了。其时常闻南京来人云：陈逆好色，外宠至多，赵不惜以女（谭妻也）作陈之密友，故丈人做部长，女婿任伪国府简任秘书了。此殆赵凤昌一品夫人之雅号，世袭于后人矣。胜利前，赵早已将南阳路住宅变卖给人矣，一胜利，全家均去香港了，故得免于被逮也。他至香港后，即任香港大学中文系教授，直至一九五九年又去新加坡任大学中文系主任，或云文学院长，不能确指矣。闻在五四年时，梅兰芳去函，促其回国，已允矣，为一城北徐公去函所力阻，故不回来了。近据人云：他夫妇二人均患癌症逝世已三四年之久矣。

以上为其一生简历，尚有二三事，可以作补充者如下：叔雍性轻薄，好戏谑，民国十年以后，沪上有一著名遗少名刘公鲁（之泗），年近三十，脑后尚拖大辫子一条。喜嫖，善唱京剧，终日乘汽车往来于青楼戏院中，招摇过市，人皆笑之，刘自若也。刘为贵池刘聚卿（世珩）之独生子，巨宦，大收藏家也。一夕在宴会席上，赵、刘互见（二人之父为老友也），叔雍忽向公鲁曰："你这条豚尾哪一天可剪掉呀。"刘大愠，回之曰："你祖宗全有的呀。"二人几至动武。又，在梁逆时代，叔雍来南京，在李释堪房中谈天，余亦在，有人来云，王克敏从北方来访梁老板了，叔雍笑谓余曰："顾维钧（当年以服饰著称者）西装，穿在甘地身上，就是王叔老了。"盖嘲王逆形似甘地枯瘦，而西装华丽也。

又，叔雍与蒙安二人，虽同为况门弟子，但二人矛盾殊深，赵轻视陈为土膏店之子，陈鄙视赵为一品夫人之后。二人见面时，如老师不在旁，则彼此互相讥嘲，陈患口吃，往往期期不出于口，致面红耳赤，赵辄引以为笑也。又，忆及赵老二事如下：丙寅秋日余以湖帆之介，得识清末邮传部尚书吴郁生（蔚老）太丈，吴为愙斋翰林同年，其时已八十二岁矣。住一品香旅社，余往谒之，无意间谈及张之洞，吴与张老友也。蔚老告余云：香涛有怪疾，好色，人所共知，终年不睡床，倦即伏案假睡，至多一二小时即醒，虽在会客，亦恒如是，凡其下属司官，亦无不知也。某年蔚老因招商局公事，特至湖北督署，与张相谈。张以老友也，故不拘常礼，一面剃发，一面畅谈，不料尚未及谈正经公事，而张已昏昏睡着了，那时只能坐待其醒了。蔚老忽笑云：那时赵凤昌侍列外厢，见状，即走过去以双手托住其头，一动都不敢动，约一小时之久，香涛醒了，赵巡捕老爷方才退出去了云云。蔚老忽又告余曰："吾做邮传部侍郎二十余之久，杏生（盛宣怀）调度支部后，吾始升任尚书，不久即光复了。吾一世做的京官，没有机会尝尝做督抚的滋味。做督抚，可以用文武巡捕侍奉在侧，像赵凤昌之服侍张香涛，吾真正羡慕呀。”这短短几句话，把一个一品夫人之形态，刻画到了十分也。岁丙寅七月，况公逝世之凌晨，余至赵宅找叔雍，叔雍未起床，由赵老接见，诚笃老人也，风度忠厚，相貌凝重，绝无一点佐杂腔，更无一点裨弁气，殆数十年居移气、养移体，有以如此耶，或有人嫉之甚，而毁之深耶。或因余只匆匆一面之间，未能有所体会之耶？

王湘绮、章太炎、马通伯

王湘绮

湘绮老人王闿运，湘中大文人，亦名士也。其历史已为人所共知，不赘述矣。据闻，民初袁氏为反动派之总统后，以礼贤下士自居，遣专使迎老人至北京，在当时中南海怀仁堂接见，命秘书以车恭迎。老人遂穿戴了清代官服蟒袍补褂而入。当汽车抵伪总统府大门时，其时尚存一牌楼曰“新华门”，老人以询袁之秘书曰：“此何门邪？”秘书告以乃“新华门”，老人曰：“我观之似‘新莽门’也，两侧可加一对联：‘民犹是也，国犹是也，何分南北；总而言之，统而言之，不是东西。’”（下联犯重出一“是”字，遂有人诋之谓欠通云）及见袁氏，袁氏告之云：“现已民国矣，老先生何以仍作清服邪？”老人笑答之云：“你穿西式服装了，乃夷服也，我着满洲服式，亦夷服也，彼此彼此。”袁以其名满天下，无可奈何，只能恭送如仪，不敢以官职相强矣。

又，述及此时，尚有属于对联之传闻，并记如下：在蒋匪帮当年北伐初抵南京时，湘人叶某某（似名德辉，此人亦一有名之文人、藏书家，以影印唐人笔记《控鹤监秘记》淫书等著称者）最鄙视蒋匪者，尝作联语诋之云：“稻粱菽，麦黍稷，五谷不辨；马牛羊，鸡犬豕，六畜成群。”为蒋匪帮所知后，即以影印淫书，腐蚀人们之罪，枪决于长沙了。或云上联乃叶临行刑时所写出者云云。

又，余在去岁，邂逅一山东小军官某君，此人能背诵古今联语近一二百之多，有至传者，惜余善忘，只忆二联矣。据其云：在闽人某笔记中，见有某文人之女，嫁沈氏，生一子，以貌美，为豪家所夺（似张季直之夺余沈寿）。沈尝遣其子从母，临归之时，其母书一联命示其父云：“妾别郎君去矣，大丈夫何患无妻，它时绣阁谈诗，莫对新人念旧妇；儿随乃父免赡，小孩子终当有姆，异日趣庭聆训，须知继母即亲娘。”此可反映从前旧社会黑暗时代之妇女受压迫的可怜情况之一斑矣。在今日新中国时代决无此惨状了。

又，清初年羹尧幼年殊顽皮，在私塾读书时，常从狗洞中钻至隔壁邻家桃园中偷桃子吃，为其师所知，罚以作联坦白认罪，师出上句云：“钻狗洞偷桃，是谁。”年对以云：“跃龙门折桂，有我。”乃免打手心云云。

章太炎

太炎先生，文名满天下，近代大法家也。据慈溪古文家冯君木姻丈告余云，清朝近三百年以降，真正古文家，前数江都汪容甫（中），后推余杭章炳麟二人而已，若桐城、阳湖、湘乡各派，均落唐宋之窠臼耳。君木丈文集曰《回风堂文集》，所作之文，无一不学《述学》者。不特如此，其长子亦小名为喜孙（容甫子名喜孙也）。岁丁卯，冯公以友人介，晋谒太炎先生，以文求正，执后辈礼甚恭。章氏大赏其文才，畅谈至乐。是日适为旧历端午节，章氏享以角黍，而他自己即以手持蘸糖而食，其时适有一墨匣与糖盆并列，章氏以黍竟误蘸在墨匣中，一面欢谈，一面大吃，吃得满嘴黑墨，仍怡怡如焉，边吃边揩，右手亦全黑了，他自己竟毫不为意。冯氏以初见面，亦未敢告之，次日以告余，大笑不止也。后冯氏又告余云，章先生从南洋桥迁居原同孚路之同福里中，初晋屋不久，尝出门访友，回家时，忘却自己居处，在路中招一巡捕，告以原委，请其陪同回家。巡捕问以所居里弄名，门牌几号？章大愠，谓之曰：

"我如记得，不用你陪了。"巡捕大窘，告之曰："先生，你住何处我哪能知道呀。"章亦为之大窘不已。后其家中人至夜四出找寻，始将其领回了。此俗语所谓"书独头"也。又，章氏作文，喜用《说文》中之古籀文书之，此其为小学大家，成为习惯矣。某年，有湘人某公逝世，以巨金求章撰一祭文，旧例，开吊时，须请人在灵前朗诵，本拟嘱袁伯夔丈读之，袁丈先观一过，觉其文既深拗，古文又太多，敬谢不敏。乃求章氏自读。乃章自读时，至许多古文处，竟亦偶尔忘却，竟亦期期艾艾终场了。此笑话至章氏逝世后，袁氏始用以告人者。袁氏并切戒后学，作文不宜模仿李越缦与章太炎之多写古籀文使人不识云。又，孙中山先生安葬金陵后，余尝于冯君木丈座上闻陈布雷（训恩）告冯丈云：原先中山陵初建时，拟陵前树一神道碑，以三千元求太炎先生撰文刊之。章先生欣然接受，但提一条件，中山先生生前有一政治路线，为大错误，文中当加以批判，如能同意，则三千元可无需云云。立碑而痛骂死者，为向例所无者，故只能取消了。当时又无一人有此资格为文，故只能由谭延闿书"中国国民党葬总理孙先生于此"矣。当时尚无法家之说，殆孙先生有政治不合法家，故章氏耿直提出拒绝矣。布雷为冯氏及门大弟子，所言当非也。此亦足以见章氏法家之风格矣。

马通伯

马通伯，名其昶，桐城人，闻为吴挚甫（汝纶）之及门。民初时，为北方古文大名家，尝任清史馆之总纂。新城陈病树（名祖壬，字君任）、合肥李木公（国松，亦龙堂伯父也）为其得意弟子，马氏与陈散原（三立）名相伯仲，且至好，临死前，命陈、李转拜散原为师，故陈、袁、李称"陈门三杰"云。据病老云，马老师曾来上海，陈、李均设宴款待之。马询陈云：“你好嫖，什么叫野鸡，我想看看。”陈偕之至四马路游玩，告以立于路上之雉妓即是也。马云：“此只能谓‘野妓’，‘鸡’字是何典故邪?”陈为之语塞。又一次，问木公曰：“闻上海多新产品，有骆驼绒，何物邪?”木公购一袭以献。马观后云：“绒即绒耳，骆驼云云太无出典也。吾原想，骆驼之皮，哪能作皮衣邪?”病翁云：马老师生平只知四史、唐宋古文，男女饮食却茫然也，故有以上之二笑话云。但作文章，陈散原亦推崇不已云。此亦旧文人专读死书之笑话耳，受孔孟之毒素也。

吴棠和吴永（附记朱彊邨一二事）

清末旧官僚二吴氏，均受知遇于西太后者，而二氏一显一晦，遭际迥然不同，用记如下，亦一掌故也。

吴　棠

吴棠，别号籍贯均已忘却，在清中叶咸丰元、二年间，任苏北沿运河清江浦之某县知县。渠有一满人至交在江西逝世，将由家族伴柩自运河乘舟北上安葬。得知某日舟将抵其县界，吴氏特备奠仪二百两纹银，遣仆送至船上。及看谢帖上只孤女二人具名，非其友后人也。询其仆，据云见有一舟有一棺在内，故匆匆授入耳，愿去索回。吴云，即误矣，算了。又备二百银子嘱探明再呈。次日，二舟并列矣，吴氏又送祭席一桌，往吊其友，事先谕仆人云：昨既误投于不相识之舟上，今可亦备一席祭菜，顺路一吊，顾全人家面子罢。次晨亲去叩头拜奠，抵另一舟时，只二少女在柩前答谢而已（此二少女，一乃日后之慈禧太后，一乃醇王福晋，光绪之母也）。当时吴氏还笑对人云：俗语陌生人吊孝，死人得知，吾这次吊孝，死人也不知云云。事隔二十余年，同治登基后，慈禧已为太后，忽念及此事，饬两江总督，遍查吴棠下落，得知仍在作县令于江苏省，遂特旨宣召晋京，中途升知府，抵京时已升道员矣。及召见日，西太后特命晋帘面见，吴氏俯伏而跪，西后命之曰："尔抬头看看吾，认得否？"吴氏遵旨仰望，连称不敢认识。西太后温谕之云："当年伴父灵北归时，幸尔二百两奠仪，得以从容归葬，故至今尚感惠者，尔今后好好做官，回去可也。"嗣即任之为某省藩司，不三年，晋升为总督矣（似两江），死后又特谥为忠惠公。当年如吴稍稍吝啬，则何来此遭遇邪？此亦宽宏大量之报也。

吴　永

吴永，常州人，盛宣怀之妹夫也，字渔川，擅文学，写香光体至佳。三十余岁时，任直隶怀来县知县，时庚子年也。庚子八月，八国联军入京扰乱，两宫微服仓皇出奔，车驾抵怀来县境时，已二日未得安息矣。吴氏出城迎驾，时吴适悼亡，故以内室让太后居住，并晋盛氏遗服呈于太后换之。内监总管出谕曰，两宫未食已二日矣，速晋膳。吴乃宰豕杀鸡而晋，大得太后欢心。次晨叫起面见，应对如仪，太后又与之琐琐问民间生活等等，一连三日均温谕有加。其时武英殿大学士王文韶已赶抵怀来，太后对之大训云：平日尔等如何不以民间疾苦上呈，微吴令，吾几不知云云。王次日召吴大加严饬云：尔小小县令，竟敢大胆上达天听，以后小心云云。同时陕西藩司岑春煊又特来护驾西行，时西后已降旨命吴任粮台督办随驾去西安。吴因岑已来了，乃呈请以督办让之，自为会办，得旨谕允。在中途，岑氏处处以上司自命，对吴氏不免遇事指责，吴氏以得慈禧优视之故，遂日日反唇相讥，且云：你督办由吾所保荐者云云。及辱国条约签定后，两宫启銮回京，王、岑二氏力保吴留西安办善后，再赶晋京报命。及抵京，西后特命吴升广东潮嘉道台（潮州道员，肥缺也），岑升广西巡抚，不久王文韶又力保岑升两广总督。岑一到任即将吴氏调任为广东钦廉兵备道，对于吴氏，事事厄之，后更弹章数上，虽与王文韶内外交攻之，而西后总留中不发，王、岑二氏无可如何也。但西后每欲再升之，必为王氏所谮而中止，几及十年，卒未大用。及西后死，吴知不可恋栈矣，遂告休返北京为寓公了。入民国后，写《庚子西狩丛谈》四卷，将当年之过去事，一一书之，满腹牢骚，发泄无遗矣。至解放后始逝世云。该书余曾藏一册，首列吴像，固一刚直不屈之神态也。附书法一页，所以知为一笔好董字者。

记朱彊邨一二事

朱名祖谋，原名孝臧，字古微，浙江归安人。清某年二甲一名（传胪）翰林，官礼部侍郎，为清季四大词人之一。年四十后，始向王半塘给谏学填词，庚子年困处危城，日与半塘唱和自遣，遂以学梦窗名驰天下矣。时先外舅已由内阁中书外放知府，居张之洞幕府中矣。直至民国后，朱、况二公始成莫逆也。

况公尝谓余曰，朱丈于半塘应称师，吾于半塘在师友之间也。朱丈任广东学台时，得门人汪精卫。入民国后，汪逆每至上海必诣朱宅晋谒，仍跪拜如旧仪，朱丈亦不挡驾，也恭送为仪，汪有赠礼，则原封不动退之，绝不与之通一讯者。居上海后，只认一龙榆生（沐勋）江西万载人为弟子，临终以常用一砚赠之，龙君遂倩人作遗砚图，遍求题咏为纪念者。因此，得先任暨南大学文学院长，又任广东中山大学中文系主任，最后汪伪时，又任立法委员，均借朱丈门人之名耳。朱丈夫人河东狮也，居苏州，朱丈每对况公谈及时，辄曰“狮子”不已。无子，嗣弟孝威子为儿，名方饬，殊平平。故朱丈临终作词《鹧鸪天》内有二句曰：“眼前犀角非耶是，身后牛衣怨亦恩。”殊凄凉也。朱丈身矮而小（比余更短小），与吴缶翁同样也，但姿态凝重，不威而庄，性温和，视余似子侄，与况公视余为宾客，另有一种感觉也。朱亦订有润卖词，短令十元，长调二十元，但无一而非况公代作者，润归况收，知其贫也。况公生平不作诗，朱亦如此，均云：诗至海藏、散原，难得之至矣，然去宋人尚远云云。

据湖州人朱氏乡人云，朱之得二甲一名，以其父有阴德所致者。录之如下：其尊人尝为河南某县令，一日秋决七囚犯，在临刑时，七人同时大呼冤枉，谓非杀人真犯也。其尊人即令重押入监再审，因此被参回浙，后果得正凶，而七人得赦。朱丈之弟名祖谋，秀才，已故，丈乃顶其名，中乡试。丈书至拙，纯无翰林之望，其父只望其得一进士而已。其年大学士阎敬铭之子亦一字拙者，与朱丈笔迹几难分别，二人同中进士，又同殿试。大总裁及主考者均拟讨好阎大学士，特选一拙者为一甲一名，为光绪所见，认为不佳，抽出与二甲一名对易。及启封发榜时，状元陈冕，传胪朱祖谋矣，是科阎子列三甲云。比及报单送之归安朱府时，其尊人已弥留矣，回光返照，一笑而逝了。此乃积德之报也。

朱丈与况公同居苏州时，与大词人郑大鹤（文焯）均至好，后与郑均入绝交状态，非关同行嫉妒。据况公云：郑至贫，有嗜好，先尝乞烟过瘾，应之，后作为常例，日非供给不可，如不给以满意，即作函讥况公吝啬不止，故与之绝交者。朱丈因郑屡屡告贷不已，亦敬谢不敏了。但二公论大鹤词时，均云为文廷式所不及云云（因其时有与郑不睦者，将“四大词人”名去郑易文耳）。在丙寅春日，有广东新会人陈洵，字述叔，任中山大学文学系教授，主讲词曲，陈氏亦一专学梦窗词者，特在广州邮呈《海绡词》一卷，求朱丈指正。丈大喜，以谓后继有人，遂作论词小令《望江南》三十首左右，自清初朱竹垞，以及常州派以次，直至王半塘、郑大鹤、况公为止，因为捧陈述叔而作者，故最后一词有意将两广词人同列，后三句云：“新拜海南为上将，敢邀临桂角中原，来者孰登坛。”（当时所谓词人龙榆生、赵叔雍、汪旭初、陈蒙庵，曲家吴瞿安等等均未齿及者）况公读后连连道好不已，时余在旁亲见之事也。及朱丈行后，况公喟然长叹，谓余曰：“朱老伯今日捧人太甚矣，把吾与陈同列，还要……似不当如此也。”又曰：“吾官比朱小，故人称‘朱况’耳。”但其后二公一无意见，而龙、汪等等均把陈大批之下，终使陈名未扬。此或者因已名未列入《望江南》而望洋兴叹邪，抑亦同行相妒邪？惜余于词一窍不通，不敢妄言矣。

记况公一二事

况公周仪，后更名周颐，十三岁进学，当时学使南丰赵某某即以女妻之，早亡，无出，侧室卜娱，内子等生母也，至甲子逝世后，始扶正。据况公云，十二岁至姨丈家中，见书架上有一册《蓼园词选》，遂携归，试作，名家见之群为可造，遂刻意用功，而成词人云。十八中举人，十九会试，在隔座一同年朱某某年轻貌美，况公心不在焉，涉及遐想，竟将“皇上”二字，应三抬头，而写在下面了。当时主考只看誊录，遂以进呈，录取第二名进士矣，及看原卷，遂撤销了。

况公生平学生至多，只缪子彬（艺风之子）、林铁尊二人，写信时称“仁弟”，其他一例“仁兄”也。自视写字，认为恶札，凡题字等等，均郑苏堪、朱古微、郑让于三人代笔者。大门上每岁换一春联，总为郑、朱、吴缶翁三人轮流所书，旧者绝不取下，故累累然高凸也。其住屋，大厅上不设一几一桌，空空如也，厢房门上贴一集南北史句，上联“钱眼里坐”，下联“屏风上行”，上一横额贴于壁上曰“惟利是图”，均吴缶翁篆书也。乙丑春，因取妾吴门，迁居苏州（只三月又回上海了），余特请朵云轩至空房中铲取吴书，二元工资，只铲得“惟利是图”四字，联句牢粘木门上，竟不能得矣。此四字余至今尚保存未失，后遂有朱丈长题原妥。余藏缶翁书只此一件耳，亦可宝也。

况公性奇乖，玩世不恭，尝请吴缶翁画荔枝一幅，上题“惟利是图”四字，又填《好事近》五首，均由缶翁所书，生前总挂在会客室中，逝世后由大儿子以廉值售去，后归上海西泠印社影印入《缶翁遗墨》中矣。今不知下落矣。五词余均抄存者，幸未失也。

况公平日只对一林铁尊常常提及，今杭州名词人夏瞿禅，林之得意弟子也，于况氏为再传弟子矣。况公生平所填词，凡题什么图什么诗文集者无一留稿（草稿都撕光不留），但作文生涯颇不恶，西泠印社出一书，嘉业堂刘氏刊一书，序跋无一非其大笔，但说明代笔始写也。又不甚肯奖掖后进，故大都恨之不已。黄孝纾，字公渚，福建人，父久任山东知府，故成鲁人矣，在黄二十余岁时，即以骈文名，嘉业堂刘氏聘之为记室。其时另有一骈文名家，苏州人，名孙德谦，字隘庵，亦为刘之记室。孙、黄二人居同一楼，食同一桌，五年之久，见面若不相识者，可云奇事也。黄氏以久仰况公大名，请刘翰怡作介绍，恭谒况公，以文求正。况公收下后，从不启视，隔三月黄又去求正，况公原封不动还之，云："已拜读过，佩服佩服。"黄事后逢人必大骂不已矣。解放后任青岛大学教授，闻以假造古画（黄擅山水画）欺骗博物馆，愧而自缢故世了。龙榆生初从江西来沪时，亦先谒况公，为所拒，乃改入朱丈门下者，事后亦深恨不已了。况公乙丑春居苏州后，李根源几每日往访，叩以金石考据之学，入晚又有曲家吴瞿安访问，谈宋词元曲为乐。丙寅七月况公逝世后，吴氏来申一度为银行家王伯元之西席，余每往访之。吴氏云，夔老之词，比朱为佳，因朱只擅梦窗一路耳云云。余结婚后，二家照旧风俗须会亲，先君幕友出身，不知文学者，与况公格格不入，故特请名翰林沈淇泉太丈，名进士嘉兴诗人金甸丞（蓉镜）作陪客，况公于沈老殊泛泛而谈，与金丈先只略谈，后谈至诗词，二人相互大谈为欢了。后金丈谓余曰："世称朱、况，其实你丈人好，因朱年长，官尊，故名在上耳。"闻冯君木丈告余云，苏北兴化李审言详，当世文学名家也，与况公二人嫌隙至深，况从不提及李名，而李见人辄痛诋不已云。但金坛冯煦（梦华）则最服膺况公者。今事隔数十年之久，何人犹能忆及此等事邪？

况公自内阁中书外放后，初至湖北入张之洞幕，张不重视词章，况拂袖而去，改入两江端匋斋方幕，端多收藏古碑帖，况专事考据，褚松窗副之，宾主至相得，端乃任之为大通盐局长，二年获八万元。入民国，在三马路开“琅嬛书室”书店，被店员所给，蚀光了，乃卖文为生矣。第一次生意，乃余朱氏舅父丧爱妾，朱舅异想幻念，嘱况公代笔，仿冒辟疆《影梅庵忆语》，为之写《某某某忆语》，说明每则不问长短（二三十字亦一则），每条润一元，愈多愈妙。况公想入非非，无中生有，三日成三百余则之多，朱舅大乐，印数百册以遗亲友云。况公当时亲告余者也。

况公撰《词话》五卷，多谈作词之法，曰有三要：重、拙、大，并云：重者沉着之谓，在气格不在字句。其卷一，第一、二则即将“诗余”二字作解释如下：“……唐宋已还大雅鸿达，笃好而专精之，谓之词学，独造之诣，非有所附丽若为骈技也。曲士以‘诗余’名词，岂通论哉。”又曰：“‘诗余’之余，作‘赢余’之余解。唐人朝成一诗，夕付管弦，往往声希节促，则加入和声，皆以实字填之，遂成为词。词之情文节奏并皆有余于诗，故曰‘诗余’。世俗之说，若以词为诗之剩义，则误解此‘余’字矣。”全书五卷从不将同辈友好或其他近人评誉一番等等，惟于纳兰容若《饮水词》一再书之，有一则云：“寒酸语不可作，即愁苦之音，亦以华贵出之，饮水词人所以为重光后身也。”朱丈每告人云，《蕙风词话》，为况公千秋不臭之作，非若前人袁子才、近人陈石遗之诗话等，专以互相标榜为乐之作耳。惟内曾有一二处，写及外姑卜清似夫人时，颇有佳评，如云：“清似学作小令，未能入格……得刘仲尹‘柔桑叶大绿团云’句……曰，只一‘大’字，写出桑之精神，有它字以易之否？斯语其庶几乎略知用字之法。”此亦未能免俗，聊复尔尔邪。朱、况二公，均同葬于湖州道场山，六六年朱丈墓先被掘平，尸骨狼藉，况公墓恐亦难保矣。其长子又韩至今不肯向内子道及也。

又，在乙丑春日况公已六十七岁矣，迁居苏州，为访艳纳姬也，当时朱、冯二丈苦劝不从，不久聘一待诏之女施氏，入秋又迁申矣。至丙寅七月逝世之夕，余始获见此新太太，固一端庄之小家碧玉也。不久，大先生强令返苏再醮，渠临行声明不嫁矣。至丁卯春突接其父来电云，施氏已死，速来殡殓云云。大先生故意迟迟去苏，及抵灵前，死者忽张目视，使大先生魂飞魄散，只能从丰办了后事，并遵从遗言，扶柩至道场山附葬况公之侧。故冯君木丈撰况公墓志铭时，特书曰："侧室施附葬公墓，从其志也。"以一已死三十余小时之死者，尚能对所怀恨之人张目怒视，斯真不可解矣。

附记郑大鹤一二事

文焯，字小坡，号大鹤，斋名石芝西堪。满洲人，民国后，始加一郑为姓。其为词，已名闻当世矣，可勿赘。自北南来后即久居苏州护龙街，以考据金石、作画、刻印自娱。其居邻近，有一碑帖刻字铺曰"汉贞阁"，主人唐伯谦，郑与之至好，凡有金石拓片等等均由唐代装治，嘱学徒钱瘦铁（时尚名根山）送往。郑爱钱少年好学，教授以篆刻书画。昔年陈蒙庵尝购得其遗著笔记二册，中发现其致人书札，一式数份之多，细察之，或一句未雅，一字未妥，甚至写错了字，必更易书之者也，所谓落笔即作千秋之想，亦郑之得名所在矣。后闻瘦铁云，郑老师以不善治生产，卒致穷困而没云云。

记张鲁庵

张鲁庵，名某某（锡诚），字咀英，斋名望云草堂。浙江慈溪人，富商之后也，世业药材，仅次于胡庆余堂药店，杭州张同泰药行及店、益元参行，均其独资所开设者。以家素丰，少时喜收罗古印谱，以及浙皖丁、邓以下大名家刻面印收藏几近千方，邓石如为雷氏所作之五面印（一面包世臣刻题志），张以五百银元购之，为藏印之冠也，后辑拓《望云草堂印谱》行世（此谱最后二方陈师曾作品，为余所赠之者）。

在丁卯、戊辰间，叔师方以印擅名于沪上，张乃来沪开设益元参店于南京路，执贽而为赵门弟子矣。嗣后收藏益多，如明之《顾氏印薮》以下，迄浙皖诸大家之印谱无一不备，最后不惜巨资以千四百金购湖帆之《十钟山房印举》九十九册。所藏达四百余种之多，全国藏印谱者，竟无出其右矣。亦能治印，但为天资所限，虽参考书若此之多且精，竟无能吸收，故所作数十年如初学，至为幼稚，边款尤劣。尝遍取邓石如所作，摹刻约近二百方，视昔王尔度所摹刻者几倍之焉，广拓贻人，惜仅有其貌，而遗其神也。叔师每为余曰："鲁庵如此用功，而作品一无进步，可谓笨极矣。"张氏虽拙于刻印，但有二事，则有助于治印者，其功至大，用述于下：

一、制印泥。印泥小道之技也，然自清乾隆间起，享盛名独步于中国南北各地者，只福建漳州老魏丽华斋一家所制之品耳。中国旧习俗，多保守，魏家制泥秘方，累世相传，只传长房子媳，次子女儿等不与焉。故虽魏店充满于漳州，如杭之张小泉、北京之王麻子刀店一般，但真正老店，云在蔡同商药店之弄内一家耳。（闻在抗战时，漳州曾遭日寇轰炸，魏氏老店，全家罹难而死，今此印泥绝迹矣。）张氏在乡时，曾试制印泥十年之久，耗资二三千元，及制成，悉为一无用处之废品。及来沪后，发奋以每两印泥十六元之巨价，邮寄漳州魏店购进廿四两之多，寄来后，乃以四两嘱人分析其油分，四两分析其颜料，四两分析其艾绒成分，四两分析其加药成分，八两自存。至是，鲁庵印泥乃告成功矣，较之上海西泠印社所制，高超十倍也。后张告余云：油分乃蓖麻油也，非古人所云之菜油，颜料硃磦为主，硃砂、西洋红只二三成而已，故能细而薄，薄而丽也。艾绒非用漳州特产不可，药料则惟冰片而已，油须加工熬煮者云云。张自云所制者，终做不到如漳州之薄润，殆尚有秘诀未得也。嗣后余所用之印泥，全为张所供给者，其时尚不以之售人也。至抗战后，余治印生涯鼎盛，委刻者纷纷而至，余刻印素不留底稿，因谓张曰："能否试为吾草率做一种印泥，只顾目前钤出时好看，日后变色发黑，均可不计也。"张允后，只数日即持赠四两，谓余曰："内一无硃砂，全用德国出品专以印钞票之颜色，名阿尔西，你试试如何。"又云每两价只值四角而已。此泥色只略深较紫，余用后，亦甚佳，隔四年，色如故，余以告诸张氏，张氏遂并制之。后谓余曰："吾积印泥太多了，拟以之出售，硃砂者命名鲁庵印泥，阿尔西者即名为陈某某印泥如何。"余笑允之（当时价，硃者每两十二元，阿尔西，每两十元），并为之尽力吹嘘。西泠主人吴振平对余恨之入骨，背后狂骂，呼余曰，其心叵测之巨云，盖因此也。其后求买者众，阿尔西竟致用光。再去定货，只阿尔皮矣，色更深了。今余尚存不足二两，色仍如新也。惜为西、皮参半矣。

二、制刀。张氏尝以炭素钢自炼锻，为刻印刀，式样甚佳，扎以紫色粗丝线，然后以赠叔师及诸同门，余一共得四十八把之多，惜不以为奇，凡有向余求索者，辄予之，今只存一小刀而已。后又向英国鹰立球钢厂定购二分见方、二寸不足长，风钢六十块，每块当时价为美金八元，合中国银元为廿四元也。定货到后，又在他自己家中装马达，亲自磨炼成刻字刀，大小厚薄，各式均备，夹以竹片，裹以弦线，漆而成件，既呈叔师，又以赠余。此刀以之刻犀角象牙，可数十方不需磨之。余擅刻牙章，故所赠大、小者，有五把之多也。张氏藏德国油磨刀石，虽数十元一块，不惜也。其为人，以出身富室，故好以奢侈自奉，佩手枪，坐汽车，自得其乐。凡有向之告贷者，如属丧事，所求辄应；苟为娶亲，必遭拒绝而面斥之。张谓：丧事如不借给人，死人要腐烂发臭，于心不忍的；办喜事穷人哪有资格，穷来西，还要寻开心，这钱吾是不借的云云。故其为人，尚非富而吝者也。然性佻脱，好作狎邪游，与余年相伯仲，每感独行踽踽。余自患腹膜炎愈后，张知余亦不检细行之徒也，于是常邀余遨游于舞场，韩、庄，甚至东瀛之青楼、高丽之酒吧间，二三年中，光顾几遍矣。及抗战之后，余除嗜好戏剧一如以往外，舞场、青楼等等遂绝迹不往矣。张氏虽强与为侣，均婉辞之矣。张氏误以为与有嫌隙，遂憾之不已。是以后有叔师七十大庆，借端戏弄使余一时难堪之事发生耳。一半亦由叔师盛名赫赫，张拟附势以自高身价耳。师逝世后，即（抗战）胜利了。其后若张大千、溥心畬以及诸名家凡有求索印泥者，余必以张制为介绍，故张对余亦释然矣。

及解放之后，张氏因感于在四九年二三月间，曾以所有之黄金大条四百余条，悉数交其长子乘某某海轮运去台湾投靠其连襟俞佐庭（俞原为上海市总商会伪会长）（编者按：经查证“伪”字误，当删），孰料海轮沉没了，儿子、金子，悉沉海底。土改了，药行公私合营了，张遂一心想为人民服务，从政事上求一地位了。故在五四年后，政府号召团结全国知识分子时，张氏先为民进成员，又发起篆刻研究社，会址假四明村高式熊家中，张与高二人召集苏沪各印人共同开会筹备，余于此等事，素不感兴趣（故反动派之美协、现政府之美协，以及杭州西泠印社、上海书法篆刻研究会都一例未能参加也），经张氏一再强邀始去过二次。最后那次，要推选主任、副主任委员矣，张氏前一日嘱余，主任可选王福庵，盖王氏已年迈了，势不能干任务了，副主任一职，他总以谓：“舍我其谁哉?”至次日晚上，居然群贤毕至，少长咸集，约近三十五六人，投票时，余乃投张以主任一票，及开箱检票数，王福庵只缺少一票，马公愚、钱瘦铁票亦多，为副主任了。张氏落后了，高式熊乃提议推张为秘书长，众无异议。其时张忽怒目而起，仅大声云：“吾没有这资格，不干了，不干了!”说毕即拂袖而去了。马公愚、钱瘦铁二人亦同时立起说：“吾们下次不来了，不来了!”也去了。此篆刻研究社开会自成立至解散，前后半小时不到，可谓短矣。

其后一年，叔师之族侄赵鹤琴自香港来信告张氏，谓将为叔师影印书、画、刻遗作一册，并附有二弩精舍同门录一栏，嘱张氏为之查录写寄，张氏忽来告余曰：“某某，吾已向赵师兄查明了，原来在你之前还有二位耶?一名某某某，一名林冕之，你是第三呀。”说毕即出示，所谓某某某者，余竟从来未知其名；林冕之，乃叔师内侄，在少年时早死了。后于余者二人，一徐文漪女士，一孙元良，确是的，亦已逝世已久了。于是前于余者，后于余者，各二人均死人也，张特加了黑框框，将余名夹在当中，用以咒余耳。余即至赵师兄家询以某某某何人，益予云：吾们家中从未知有此人也，林亦非学生云云。余即驰书鹤琴，嘱以照姓氏笔画为序矣。鹤琴亦知张之故弄玄虚也，故即照余意改正，并将某某某之名剔去也。

至五六年上海中国画院筹委会成立了。画师都五十八人，内书法者三人：一、沈尹默，二、马公愚，三、白蕉；刻印者三人：一、余,二、来楚生，三、叶露园。一日，张氏又来告余曰：“某某，吾与露园二人都在未成立以前，即同去委员吴湖帆家中求其提名介绍，湖帆一口允许的。吾并告湖帆云，将来进去之后，吾供给所藏印谱，与露园合作编纂印学源流，以广流传，湖帆也同意。吾并与露园互相约定，进则同进，退则同退，露园完全同意的。现在，他背信失约了，某某，你进去，是对的，吾无意见的，露兄不应该，湖帆也欺了吾了。”说毕，愤愤而去了。后余询之稚柳，始知原委，据云：画院所有各画师，均是由十个委员各自介绍提名，提名之后，须十个人全同意后，始通过，如此者，需经八次反复审查，方才确定任为画师也。故开头人名多极了，至八次后，剩下这五十八人而已。内中只你及沈迈士二人为统战部所提者，故八次全通者。张、叶二人确为湖帆所提名，因刻印规定三个名额，你之外，来楚生为主任委员所提名者，势不能去之，张、叶二人必须去一不可了。故询之湖帆，愿留哪个，吴遂将张名在第七次时否决了云云。事后余从未以此告之张氏也，但张与叶二人遂构嫌隙矣。五八年冬，余去淮南，六二年五月初六回申，张适于四月底逝世了。后据同门秦彦冲见告云：鲁庵于上年因太求向上爬，与沈尹默斗法，要取书法篆刻研究会主任之位而代之，失败之后，郁郁忧愤，以致患肝癌不治而死的。秦氏为之叹惜不已。

嗟乎，张之一生，可谓生于已富，而死于未贵耶？然而亦愚矣。又，其死后，有遗嘱，将生平所藏印谱、刻面印等等，悉捐献于杭州西泠印社矣。印社为特陈列一室，以纪念之。张氏不臭矣。

记陈蒙安

蒙安，名运彰，又字君谟，斋名纫芳簃（生于乙巳，与余同庚），广东潮阳人。其父名开齐，字青峰，为一目不识丁之商人，相貌堂堂，静坐不谈时，望之若清末大员也。据其自告余云：清光绪中叶，渠一人自潮州坐小木船漂洋过海来到上海，抵埠后，身上只余二角小洋，铜元四十多个而已。幸得同乡收留，给以资本，先作小贩，后开小烟铺，再开土膏店、行，始成家立业云云。入民国后，即将所有土膏店、行完全收歇，改营钱庄业了。一帆风顺，遂致大富，专收购中国银行股票。在甲子前后，正其鼎盛之时也，房地产无数，大弄堂五，以仁（和里）、义（和里）、礼、智、信为排列。钱庄亦五家，均独资者也。生子二，长运彬，次即蒙安也。据其弄堂口老皮匠告商笙伯画家云：二人均陈老螟蛉之子也，二子形象均不登大雅之堂，大约不假也。广东人专喜买小孩为子，已为习俗矣。

据蒙安自云，曾在复旦大学读书，但未毕业也。渠至况氏拜师，乃毛遂自荐，奉巨金为束修，况公时正窘乏，故即允以学生相待耳。蒙安自拜师之后，颇能勤于用功，故况公对之与叔雍相等，有词来，总详为改削，故学业日进，而骄狂且逾于叔雍矣。学北京话，亦尚似不恶（当时北方荣宝斋来沪设分店，店员均北京近县土人也，蒙安每日必买笔买纸，目的专学北京话也），于是动辄以陈二爷自称，尊况又韩为况大爷了。风格神气，独具一路。时况公已故，渠竟目中无人矣。故人皆以“十大（小）狂人”之一尊之。余今日平心论之，上比第一狂人冒效鲁（鹤亭之子）相差太远，与丹徒诗人许效庳（德高）、九江文人吕贞白（传元）在伯仲之间，若邓粪翁、陈小蝶，则远不如蒙安矣。邓、陈等，非狂人，直妄人耳。

蒙安喜收藏，但性奇鄙吝（每大雨天出门，不雇一车，手握纸制雨伞，脚着土制钉靴，蹀躞缓步，甚自得也），经史子集，非商务即中华书局出版者。又好罗列金石拓本、碑帖，则又均为有正书局、文明书局、北京故宫影印本等等而已，能据此等印本而写考据文字能头头是道，宛然鉴赏家也。金石名家褚松窗笑谓余云："蒙安真聪明，居然像个内行也。"又喜遍求名家治印，石章三四百方，每方价二三角而已，齐白石、赵叔师无有也，因润过巨也。邓粪翁亦无，则因鄙视其人也。据蒙安云，邓与之为十五六岁之同学，后邓不用原名钝铁二字了，改为米田共，欲引人注意。一日，又遍登各报广告报丧：邓粪翁逝世。隔三日又登报邓粪翁复活了。故蒙安谈邓时，辄嗤之以鼻也。况公逝世后，渠又常诣冯君木、程子大（颂万）二家请益，故文辞颇可观也。余尝为之介绍湖帆作友朋，其始湖帆与之尚好。一日，陈属湖帆书一封面，为他人款。湖帆云：非你自己之物，需付润的。蒙安云：看你得起，方请你写的。湖帆竟挥诸门外。其后吴、陈二人，竟背后互骂不已也。二人均吝而爱财，宜其不能相处甚久也。

蒙安用功学行楷，初学东坡书，后学褚河南，小楷又参魏碑。渠自视甚高，余不敢赞赏也。但渠有一特点，二王、怀素、张芝，各种大草，无一不识，与李释戡二人相同。余多识篆隶，独于大草，竟未多读，几同盲人，总先求蒙安，后请李公，二人所示无不同也。蒙安又尝与余拟收集近代印人一百零八人，仿清人某某所作诗坛点将录例，写成印坛点将录，除晁盖为已故赵叔外，余悉为当年生存之名印人，宋江为吴缶翁，赵叔师为副头领卢俊义。吾二人收集近一年之久，居然南北各地集得近百人之多，后硬凑几个书画家能刻印者亦列入成一百零八人了。原稿十之八九，均为蒙安手书者，现已赠与逸梅翁矣。当时齐白石为大刀关胜，以谓很似。及解放后，齐逝世后在沪开过一实况，房间等等，用笔、刻字刀，均陈列展出。

余一观，发觉齐老用刀奇小，而刻此大气磅礴之印章，奇迹也。当时余年仅廿三岁，名未彰也，故蒙安戏以余比作卢员外亲信童儿小乙，故写余为浪子燕青矣。因此一写，蒙安自谓确切，竟人前人背，总以浪子呼余矣。以致余“罔担浪子名”者竟十年以上也。

蒙安自列况门后，因而得与朱彊邨、程子大、冯君木三公至接近，故与人谈吐之间，尚能不露市侩丑态。第好力仿北方世家豪门子弟之行态，可怜所识太少，袁寒云，陈又认为青帮大字辈，流氓也；瞿蜕园（已痪毙数月矣）、袁伯夔（思亮）、周梅泉，陈又拍不进去；以致所结交者，不过一二曾居北方之破落户人们，不是所谓“京油子”即是“蔑片”之流，蒙安亦仿之。但他究为富翁之子，“蔑片”之谄谀下流状况，一点都没有的，而恰恰像了一个“京油子”，见了与他无关之人，不是背后讥，甚至当面嘲，又喜信口雌黄，胡说乱道。余与内弟况又韩六年不相见，内子卧病四年，几至不起，均其一言惹祸也。事实是：又韩之长女、长子，解放前均为大同中学学生，舍弟左高所教者。左高回家告余云：“况氏姊弟，成绩均第一，女儿尤佳，儿子言论很左派。”一日蒙安与内人二弟小宋均在余房中，余无意告小宋：你两个侄子均头等聪明，一个作文略左云云。及解放后，况子已为党员了，蒙安忽至又韩处告之曰：“你晓得嘛，前几年陈某某一直要把你儿子的头搬下来呀。”不由又韩不怒，次竟欲打余耳光，幸小宋力抱其兄而止。余从此不准大况来家，内子回家可以的。如此者二年之久。五四年三月，余五十生日，缪子彬因深悉此事，因谓余曰：“吾以况门大师兄资格，为你郎舅二人作一调解人，何如?”余问如何调解法。子彬云：“由吾设宴请又韩、小宋及你夫妇二人同来吃饭，彼此不谈已往，一笑了之可也。”余允之。子彬云：“俟你生日那天，吾到你家，再与小宋一谈，嘱他陪兄一同至吾家中聚会。”及期子彬于饭后，邀小宋至余家亭子间中，谈此一事，希望小宋回家征求又韩之意见如何。小宋一口允承，并对子彬表示感谢。当时蒙安亦来余处的，与小宋、子彬不离左右，蒙安其时听了子彬一番话，最后竟未邀他参加，遂很不愉快，对小宋曰："你一个人去劝大哥，大哥能接受耶?"小宋云："子彬兄为了吾门二家和好，大哥不会拒绝的。"当时蒙安立即起身回去了，子彬、小宋又畅谈甚久而别。不料第二天小宋又来告余夫妇云："吾回家把缪师兄说话告知大哥后，大哥竟把吾大骂云：'你们在陈家与缪子彬搞的鬼，想捉吾去，把吾污辱一顿，吾全知道了，蒙安方才已来详细说过了，不去，不去！'"小宋云："吾再三证明决无此事，大哥独信蒙安的谎话，一切不谈了。"余即往告子彬情况，子彬云："这事由陈引起的，他如同席，使我如何措辞，这小子太'拎不清'了，可恶之至。"事到如此，内子感到双方永无恢复和好之望，竟致突患神经分裂症，心脏衰弱，一病卧床三年有余。只一小宋常来安慰而已。

至五四年（或五五年），蒙安因其父死后，其妻郭氏，如久闭笼中之金丝雀，一旦无家长管束了，遂出外，乐而忘返，有人说如何如何，有人说狂事赌博，大负了，以致他们勃豀不已。蒙安读了《离骚》的原故吧，遂效三闾大夫之行吟，辞了大学教授，往杭州投湖自杀，幸又韩追踪在后，获救回申。不久即以患严重胃病而死了，在万国殡仪馆入殓的，那日余仍去送殡的。当余进礼堂时，又韩避开了，闻得后面有数人窃窃私语，笑相告曰："今日希奇了，吾们在看反串'柴桑口'，周瑜来向孔明吊丧也。"蒙安对余一无嫌隙，竟以一语乱道，不肯认误会，僵到如此，亦可慨也。

蒙安既死之后，况子亦自北方回申探亲了，闻知此事并知内子病重，故由小宋率之同来吾家，解释一切，小宋证明当时情况。小况乃曰："吾准定与叔叔同把爸爸请来探望姑母，惟求你不谈既往为要。"次日即由叔侄二人把大况像牛一样牵来了，余只当常见一样相待，面子上遂和好如初了。后其妻来告余：蒙安未死前，亦因小事，与又韩有嫌隙也，云云。又另一狂人吕贞白（传元，现为中华书局编辑）本与之至好，亦反目绝交了。是知蒙安老了，变了。

又，余自淮南回申后，安徽领导上因余曾捐献程穆倩十字朱文印，故认为余非一“惟利是图”之人，故甚看重。六四年又韩以所藏张善子稿本《黄山图》一卷求售，合肥竟以一百六十元收进；又大千伪作石涛、石谿二小尺页，又韩以几角买进，又由余卖给了一刘氏资本家，说明大千之作，亦卖了四十元。余于又韩，可谓不坏吧。但此次回家后，既不来，连陈某某三字，亦不准说了，表面是划清界线，反面乃余未曾恭维其山水也。可谓太无自知之明矣。余如捧之，则变了瞎子了。

记陈病树

陈祖壬，字君任，斋名病树，生于清壬辰十一月五日，江西新城人（解放后新城改隶安徽更名某某县了）。其祖父（或曾祖）为咸同时名书法家陈孚恩（似字玉方）侍郎，父某某为清末之名举人。病翁自少即性近文学，执贽拜桐城古文家马其昶通伯努力学桐城派古文，马门有三个名弟子：一、病翁；二、李国松木公（李经羲长子，亦龙堂伯父）；三、叶玉麟浦荪。病翁作文为陈散原所佩服，常令之代笔为酬应之序文寿文等等，故奉马师之命，再拜于散原老人门下，木公亦与同拜，故时人称之为“陈门三杰”之一：一、袁思亮，二、陈氏，三、木公。马通伯从不作诗词，病翁从散原后始学诗，偶尔填词。

翁生长武汉（大约其尊人为湖北州县?），故一口汉口腔，一无江西白。自至当年北京为马氏高足后，即与当时北方名流日事盘桓，故文名大盛，从未作过任何部曹，只在当年北洋内阁总理潘复馨航家中作西席家庭教师多年，月入束修三百元，于是终夕逛窑子，成嫖精，又好吃，善骂座，心情乖张，远逾冒鹤亭，但梁众异、周梅泉、袁伯夔，均对其诗文钦佩之至。解放前七八年，他居北方及汉口，均无以为生活，周梅泉接之来沪，即住“今觉斋”中至久，遂日从袁、周二氏之后，游宴必偕了。时夏剑丞与袁、周二氏为死敌（因夏、周原为至好，二人合股作橡皮股票投机，夏全权托周者，被周所绐，蚀去卅余万之巨，全入周之私囊，夏因之恨入骨髓，见袁、陈二氏日与周同出入，故连带恨之），特自绘三黑犬作手卷，自题之曰：《三獒图》，并广求袁、陈、周不和之人，大题而特题，痛诋不已。夏与病翁之父为姻戚平辈，翁因此由其痛骂，夏每在大庭广座之中一见翁面必大声呼之曰“狗狗”不已，翁亦置之不理，背后告人曰：“夏为父执，不斗口，敬之也，非畏之也。”足见翁尚遵守旧礼教之人也。

翁人短小长髯，对文章只佩服陈散原、马通伯二人，对诗只佩服海藏及散原。夏剑丞如此痛诋之，翁云：“夏平日自诩学孟东野，其实不像，近代学刘梦得者，无一及夏氏者也。”梁众异为汉奸时，一再以副秘书长席聘之，坚决不就，但请之赴宴，必叨光大吃。一夕沈剑知以陈孚恩一联，拟以善价售于梁氏，陈云赝鼎，沈云真者。翁拍桌骂之云：“吾陈氏后人，不懂吗？如易以你们曾祖沈文肃墨迹，吾当让汝审定了。”把沈狂人骂得体无完肤。翁尝告余云：“本人文章，并不见到什么好处，只因近代大手笔太少，遂谬得时誉而已。本人平生所作，最最自认得意，陈、马二师密加佳评者，亦自视至多如梅伯言，想超过方、姚，梦想而已。”足见他虽以狂士名，而并不如某某等之目中无人也。翁于后辈诗人中，最赏认者，如许德高效庳，其次为冯君木。翁云：君木丈之文，乃近于骈文绝非古文云云。翁对于吴湖帆，最鄙视之，尝谓余云：“吴山水画，大千人物，均可与溥心畬成鼎足而立。心畬通品为第一；大千不甚通，但题款作长题时，自知不妥时，必求谢玉岑（稚柳长兄，早故世了）为之改削，此至可嘉许之事也；湖帆如此一笔好画，如出生于普通人家，题识稍不通顺，尚属可恕，他，吴清卿之孙、潘祖荫之侄婿，出身世家，而一短短题款中，往往见笑话，最为可耻之事也。”又尝谕余云：“你为印人，文学欠通，嗣后不论边款题跋等，可事先见示草稿，本人当一举手之劳，代为润色，不致被人作笑柄。陈季鸣文无与本人同岁，每有题跋亦均由本人改正者也。本人因与你及季鸣二位有缘，故乐为代笔，除你二人以外，他人来求，决不允许的。但有一条件，本人手笔，不得带回，亦不准告人。”翁之对余，可谓厚矣。又，尝告余云：“自古以来，作文誉人，均等于放屁，你作草稿时，不妨像放屁，尽长不妨，本人自会代你精简成文的。”余笑答之云：“那变成‘屁精’了。”他为之大笑点头，不以为忤也。他与尹石公至好，但背后告余云：“石公博是博了，不过太杂一点而已。”某日，余尝在石老座中，见石老以大作之诗示之，他云：“一个大学教授，有此造诣，可称佳作矣。”尤其对《万牲园》一首五律，末一句“与尔共陶情”大为击节不已也。

他解放后即戒正式之诗，时作打油诗奚落人为乐。余只忆及片段如下：咏吴青霞再醮与体育学院院长吴蕴瑞（年已七十了）诗云：“五百年前共一家，吴娘今日嫁吴爷，思春情绪应难画（青霞以画仕女擅名），体育功夫定不差。”（后四句涉黄色，惜已忘了）又咏青霞、周女云：“某某双脸艳于花，不问朝霞与晚霞，暗渡明修君莫问，纵然乌道属吴家。”又，当时延安中路有一咖啡馆名“叶子”，主人为一名交际花陈某某，设这馆子，专便善男信女参某禅之地。陈女士为周女学生，于是一班老登徒子如尹石公、杨千里、梅荪（周女三面首之一）、缪子彬（艺风之子、上海著名缪三少也）、许效庳等等，又有女宾周、沈（玉还，与石公、千里均腻友也）。事为翁所知，又作七律一首，惜只忆及中间一联了。上一联讥缪为女弹词艺人义务写《十三妹》脚本事，已忘了，下一联二句云：“居近梅周偕出入，酒阑尹沈各西东。”又，当时五七年上海尚有一“棉纺俱乐部”，设在今市政协原址，主持人为荣毅仁、吴中一等等，每星期天下午三时至六时特请沪上一批大名鼎鼎之男女名票友登台清唱，场面齐全，提调为李释戡诗人，如尹、梅、杨（千里）、钱（聪甫）、周女、沈娘、任女（名票，兰芳之女弟子），其中有一聋子名周南。翁从不光顾者，但作诗一首云：“棉纺听歌处，冬烘聚一丛，师娘新跨鹤，提调老犹龙，跷脚钱冲甫（钱陈群后裔，时已八十余岁矣。为文史馆八怪之一，此老九十岁时，子子、孙孙，女儿、女婿，曾孙辈，共近七十人，无一孤寡单身人，奇迹也），歪嘴尹石公，犹有击节者，闻道是周聋。”此诗为冒鹤亭所见，戏改一联云：“色鬼杨千里，淫朋尹石公。”杨氏见后，持诗与翁观后几欲享以耳光。于是，翁遂永远不再作诗，只集句了。

翁之记忆力，为任何人所不及，宋人诗如王荆公、陈后山、苏、黄、陆、刘（后村）、曾等等无一不能背诵，更奇者，林琴南所译小说，中有一节写心、肝、脾、肺、肾，二人问答之词，翁笑云："外人知此五字否？明明为琴南以意所译者之证。"言毕即将洋洋一大段，只字不遗，背诵给余听了。又，余少时读《小仓山房尺牍》，内都某某中丞同年、某某女弟等等，不是恭维，即是油腔滑调，故对袁子才甚何诗文都不愿观，翁谓余云，袁氏尽有佳诗，如《落叶诗》七律中某句某句，均大佳之作，言后即全部背了出来了。又，翁自云，作诗死守一家宗派，为他所不取。自云："苟有大名，必有其佳处存在者。"余询唐宋八大家，曾子固佳处何在，翁笑云："曾文确远不如欧、王、苏（东坡），但全宋比曾佳者太少矣，故不得不以曾为八家之一。"

记夏剑丞与周梅泉

夏敬观

夏敬观，字剑丞，号吷庵，江西新建县人，清举人（闻与李拔可、冒鹤亭为同年云）。早年生活不详，入民国后，曾先后任复旦大学监督、浙江教育厅厅长，宦囊丰富，遂在今万航渡路康家桥建筑花园洋房为寓公矣。

夏氏擅诗词，居沪后，与郑苏堪、朱古微、况蕙风时相往返，与袁伯夔（思亮）、陈仁先（曾寿）、冒鹤亭（广生）、周梅泉（达）为同辈，初与周最相得，往返诗酒，月必多次。余与相识，乃陈仁先丈所介绍者，对余至契重，每有设宴，余必预焉。梁爰居主人，与余建交，即夏所推荐者也；湖帆与之相识乃余所介也。夏晚年始向仁先丈学画，订润鬻画卖诗文以贴补生活，其书画上所钤印，悉为余所作。画平平，但有古拙意，湖帆最为之拜服不已，云：与陈仁先、金甸丞（蓉镜）、宣古愚（哲）均文人画之巨子也。夏氏美须髯，平日道貌岸然，但与梁爰居二人晤及之后，则口不离牝牡之间矣，斯亦“食色性”也耳。夏尝告余云：“湖帆、大千等画，超超等也，惜题识不通顺，为缺点。当代画佳、题识通，南北只一溥心畬。”诚至论也。夏氏在己巳之后，与周梅泉合股作投机，买卖外国橡皮股票，初尝获利，因周氏知外文，故一切均由周氏代劳。其后闻橡皮股票大跌，夏丧其资几达所有财产之半以上。事隔一年，始悉周氏将其资乃卖出者，故夏所失，悉为周所赚者矣，于是二人大事讹哗，几至动武，遂绝交了。每见友好，必大骂不已。时袁伯夔、陈病树（祖壬，字君任）左袒周氏，夏氏乃自画一手卷，画黑狗三只，题之曰《三獘图》。此“獘”字，乃夏氏杜造之字。既作文痛诋之，又遍征当时诗文巨子题诗词于后，用以发泄其气愤。又因其时陈病翁为周梅泉招住其“今觉斋”中，供养生活，故夏氏每见病翁，必连三呼“狗、狗、狗”不已。病翁与之同乡，姻亲也，故从不理之。后余询病翁：“《三獘图》，知之否?”病翁笑云：“吾与伯夔、木公（李国松）同为陈散原门人，亦陈散翁捉刀人也，故朋辈戏以‘陈门三獘’呼之耳，夏乃去一木公而补以梅泉。”病翁生平以好吃喝、好嫖妓、好骂人，直认不讳者，背后讥夏文、词，至“笨、笨、笨”，但谓余曰：夏作诗自诩学工部有心得，非也，学刘梦得乃其第一手云云。抗战后，夏氏常至当时回力球场以赌博作消遣，不久即逝世了。

周梅泉

周梅泉，名达，字美权，斋名今觉，皖之秋浦人，祖父周玉山（馥）为两江总督，父名未详，北洋政府财长周学熙，其叔父也。周氏嗜鸦片，大瘾也。生平以藏中国邮票享大名，人称“邮票大王”云。岁丁卯，寒云先生忽亦有集邮之兴，步周之后尘，亦以专集清末之稀有邮票，卖去宋版书、刚严二卯等等，以买邮票了。其时上海有集邮俱乐部，设在当时上海银行公会大楼之顶层，群推周氏为会长。寒云先生曾偕余同去观光，梅泉正高踞首座，傲视一切，大发议论，见寒公至，遂热忱招待之，盖自知其祖不及总统邪?与余不理也。时寒云先生购进邮票一厚册，悉为周氏所介绍者，价二万数千元之巨矣。不一年，寒公又对邮票厌了，改玩外国金银币了，以这邮票只以二千元悉归周氏了。其善于经济，盖如此也。

在敌伪时期，余刻印之名方大盛，周氏乃屡以佳石委刻，一二年之间，几乎全为渠一人服务，每刻必点品，若指明仿吴缶翁之“贞之郎”、叔之周千秋（急就章句）、汝南等等，余无一不允，因其润从不少付。又时时以函招余至其当时旧名西摩路之大洋房中作畅谈。其人至怪，衣服古色古香，古铜色长袍，酱色背心，纯为清大员之服饰也，而余者，烟必三五牌，咖啡必进口货，饼干非英国出产不买，房间布置，亦一例西式也。余对之殊无好感，敷衍而已。其时病树尚未南来，故渠平日只与袁伯夔二人至好。某次，余方有高温休息中，渠二度招余，未能去作长谈，第三天竟来信破口大骂云：有何得罪处？乞明示云云。余不得已，抱病往说原因，渠始释然。后余因治印生涯日甚挤，不能为之一人服务，渠嘱刻必点品仿某某某，亦不胜其烦，故举贤自代，时广东冯康侯（强）方以仿黄牧甫章法来沪鬻艺，周喜牧甫一派，故以之为介（余与冯不相识也），周乃舍余而专嘱冯刻矣，殆亦数十方之多也。又一二年后，余与周氏相遇于北平荣宝斋分店中（尚在河南路老店中），周氏告余云：“吾对冯某不薄，因至熟了，故尽出所藏田黄、鸡血、白芙蓉冻约三十方，悉交之奏刀，乃冯某竟挟之往广东，又去香港，从此不来了。”言时大骂“畜生”不已。余云：“可向笺纸店代求者追索呀。”周云：“吾对他，与你一样，因信任，所以都直接交的呀。”不久，即闻其逝世矣。

在四〇年前后，其女周淑贞为中西女校校花，称“皇后”，与当时上海名律师江一平订婚，孰料江从小读中学时，与盛某某同居一宅中，江楼下，盛楼上，盛妻虞澹涵，乃洽卿商会会长之长女也，长于江一平廿一岁，江乃其情俘也，虞女知此事后，即去函周氏云：一平，奴家未婚夫也，将要与盛家离婚后即嫁之了。如你们胆敢与江结婚，我们姓虞的，要使江一平上海无立足之地云云。周女一怒，乃去美国求学了。及五六年，余时至一东华书场听书作消遣，识一龚元彪律师，一日龚夫人告余云：“吾有许多石章，不知何人所刻，请你明日一看。”次日余看后，累累者均余为梅翁所作之印也。余告之曰："区区一人所刻的，不值钱的。"并问周老先生之印如何在你手中，她云："吾父亲也。"余询其妹淑贞下落，据云尚留美国，作股票商，大发其财云云。嫁否不详了。后龚君以周遗著《今觉诗集》二册相赠，内容十之二三，都破口诋夏老之作也，真气量太狭矣。夏氏除《三奘图》以外，从不在自己诗文中骂及一句，似稍有涵养也。

记蒋密韵后人

蒋祖怡，字榖孙，光绪壬寅（一九〇二）生，浙江吴兴南浔人。父名汝藻，字孟苹，清癸卯举人，后为文史馆馆员，五四年始故世，已七十八岁矣。世业丝绸，与嘉业堂刘翰怡为姑表弟兄（孟翁母，乃翰怡姑母）。二氏均南浔巨富，孟见刘藏书著名，亦以专收宋元名著，与刘争藏书家之名声矣。其最著者，乃周草窗密之孤本诗集，闻得之于寒云者，遂署名曰“密韵楼”。后又收得寒云“宋书藏”之善本无数，其名益盛。榖孙乃其正室所出之长子也，少受熏陶，故于宋元善本，到手便知真赝，更于宋拓汉唐之碑帖最为精鉴，古器物及书画，亦善鉴赏。所以，中年后（时其父已经商失败没落矣）遂以一高等纨绔子，而变成为一高级古董市侩了。

榖孙身魁貌美，妻邢氏，亦富家女，以难产剖腹生一女。医戒同居后，遂公开狎游取妾了。渠有一怪习，非经名人嫖过、或巨室下堂妾不取，自云玩古铜器需生坑名贵，玩姬妾要见过著录熟坑为佳云云。因此，他第一妾名小春红，乃北洋军阀曹锟之弟曹锐（直隶省长）之下堂妾。蒋纳之后，未及九个月，即为她挥霍几及二万元，且自北方携一面首来，公然不避耳目，榖孙遂听其下堂而去。此丁卯以前事也，时余与之尚未相识，后据其自云者。

丙寅（一九二六）、丁卯（一九二七）之间，湖帆偕余至三马路“古香斋”古玩店看古画，坐于外面房中，突见门外昂然来一少年，直趋内室，与老板小顾谈生意经。湖帆告余曰：“这即是蒋榖孙也，不理他，走罢。”至戊辰（一九二八）三四月中，陈美美自汉口来沪，拒杨云丈之婚，重张艳帜于三马路，榖孙以四千金纳为姬人了。各小报遍登其事。五月初旬，余忽接得蒋之请简一份，招至其时四川名菜馆“都益处”晚餐，事前一无介绍人者。余是时为陈妓名所迷，竟欣然应约而去了。见面后承渠殷殷招待，同席者大都当时遗老遗少，故余亦安然无异辞矣。席次，穀孙谓余云，渠新以五百元收进陈簠斋手集古印精品粘贴本五巨册，内有玉印“公孙穀印”一方，拟求摹“穀孙”二字，少待同去家中，以印谱与印同呈如何。是时，余（一）以有十钟山房真迹可观摹；（二）有机会可一睹陈美美之真面目矣，故欣然席散后同至其家中了（时住今延安路、成都路之西，安乐村中，弄口大洋房今为中德妇婴医院，当时为汇丰银行买办席鹿笙之住宅也）。时余尚住成都南路。取石及印谱五册后，次日即为刻成，又送去，得润六元。渠大喜，云：“五册印谱，留存兄处，不拘何日还。”又嘱三印，余即声明不需润了。于是每星期至少去二次。有时渠偕余至当时南京路名餐馆“麦瑞”（法式西餐）晚餐，晚餐后又同至其家中，出示所藏古物，畅谈为乐，往往留连至深夜十二时始回。直至六月底，犹未见陈姬一面。一夕余询之曰：“近二月矣，你如夫人从未一见，岂避客邪?”蒋云：“每日下午五时即去弄口席家与诸妓小姐妹等打马将牌，非至二点左右不归家也。今夕你可在此等等看。”至丑刻后，伊人回房了。经蒋为之云：“这位陈先生，与杨云丈是亲戚呀。”她闻之后，特表好感矣（后知她与云丈，未忘恩德也，故对余如此耳）。余遂与之亦如亲戚一般，不拘拘矣。后作刘桢平视后，觉妖艳有余，而美则平平而已。但其人至豪爽，与蒋之深沉多智不同也。不知如何，她渐渐戒赌了，姊姊妹妹日集于穀孙楼头，晚饭后，必与她们（共五人）及穀孙拉余一同不是去看电影，则去观北来名伶演剧了。余最不喜观电影，因不懂外语耳。而穀孙必强之同去，谓余曰：“好容易不赌了，每月省去至少五百元，看电影她们五个出钱，背后群雌都呼你‘小弟’，乐得白看。又五个女人，两旁你吾二人，亦使这女友之夫可放心了。”五家共有四辆汽车，余专喜坐一利利汽车公司主人之下堂妾王某某之车上，王某某比余大十岁以上。她们私下问余云："有所什么邪？"余大笑，告她们云："王女士汽车为七〇七号，吾家门牌亦七〇七耳。"如是习以为常几一年有余也。

兹再回溯在戊辰冬日，余已与之至熟矣，一日，榖孙已回大妇家中时，她即卧于榖孙之烟榻上，余侧坐其旁。她告余云：奴本良家女，姓俞，浙江余姚人，父为名成衣匠，在北京韩家潭北妓集中地点，开成衣铺，凡名娼衣饰，均其父所包办者。时她十四岁在小学读书，星期日常至隔壁妓院中游玩，被鸨母所诒，强令"大茶壶"（北方妓院鸨母之夫曰"大茶壶"也）奸之。事为父母所知，忿极之余，遂将其卖入院中为妓矣。初嫁福建王某某为妾（王仁堪状元之子），王任辽宁教育厅长，后得神经病死了，遂被王氏所逐，乃至上海为妓，又被当时上海法界会审官聂榕卿所强迫，不从，而致不安其业，乃易名陈美美，至汉皋而为杨云丈所力捧成名妓，始嫁蒋氏云云。言时，对云丈尚不胜低徊也。所以余乃知其尚非昧尽天良之人也。

岁己巳（一九二九）春日，榖孙又以四千元收进宋拓孤本薛少保《信行禅师碑》。事为湖帆所闻，倩余介绍一观，榖孙至欢迎，即嘱余电话告之，谓请即来一观可也。时已夜十一时后矣，湖帆亦瘾君子也，立即乘汽车来了。二人居然一见如故，先谈客套语后，即请出观。时陈姬因未与湖帆见过，已避入小亭子间中安睡了。榖孙即出一把钥匙交余，嘱代至亭子间一小箱中取薛碑。箱在陈姬之卧床后，取物必须跨床而过者，故余谓蒋曰："如夫人已睡在床上，你自去取罢。"蒋竟笑云："你老嫩邪？怕啥？去取不妨事的。"余无奈，乃至其卧榻旁，以手推之云："榖孙叫你拿宋拓一本呀。"她云："正好睡，你上来拿罢。"余云："不大好的。"她云："房门开的，他们看见的，怕啥？"余又不得已脱鞋登床，爬过其身取出了。余大窘，蒋坦然。吴赏鉴大赞不已，遂与余同车回家了。是岁夏日榖孙以又欲买他物，缺了二千元，遂以是碑押于其表弟南浔首富张叔驯处，叔驯行七，以藏古泉币名闻南方，北方为方药雨若，时称南张北方也（此人为葱玉之叔，去英国近四十年矣。闻早已死矣）。叔驯知此碑当时可值四五千元以上，知縠孙半年内不能赎取也，遂说明利息可免，但三月不赎，即没收之，蒋无奈允之。至二个月后，縠孙诒之云，有人愿以四千购之，需先看件，一日即还不误。叔驯付之，至次日果还了。及三个月，叔驯催赎，蒋不理，叔驯即以五千元出售了。受主一检点，缺了二页，不买了。叔驯大怒，遂以縠孙当时押据控于法院了。是时蒋知余不屑为之代出席者，乃嘱另一至友秦康父（广东提督秦炳直之子）代为出庭认错，具结领回嘱蒋补齐后再呈堂上云云。法官因有具结在院，遂付之归。次日果以全碑呈上，法官检视已齐，乃付叔驯之手。哪知已被縠孙换了一本翻版赝鼎矣。叔驯不接受，退呈法官云："不是真的了。"这法官可怜什么真假全不懂，大怒云："明明薛少保《信行禅师碑》，缺的已补，什么真假？去去去。"叔驯竟啼笑皆非，以二千买一二元的物品了，遂与蒋绝了交矣。蒋大乐，然而南浔人群不齿矣。据葱玉告稚柳云，縠孙为人，以善诒人都如此云。

岁己巳秋日，余之单位江苏交涉公署，已宣布十二月办结束矣，时张学良正托其驻沪爪牙钱君芥尘（嘉兴人，报界前辈，与邵力子为至好，余识邵氏，承邵提挈近十年，均钱君之介也）物色一能管理书画之人，云可任作每月二百元之三级秘书名义云，钱遂愿介余充任此事。余以在申只一小科员，月薪八十元，又受了当时上海大名鼎鼎之术士名陈克武者所妄言，谓余大利东北云云（余因上了当，所以直至今日，认迷信为放屁了），所以欣然应征了。事为縠孙所知，他当时正感上海已无发展市场了，故嘱余介见钱君，自云有荒田十余万亩在东北，拟藉张之势力，招工开垦，重振门楣云云（其父孟苹，即坐是倾家者）。并询钱君应以何物为晋见之礼？钱告以云，小张最喜古书画，在这三月前，小张曾知刘公鲁秘藏有清初名画家冷吉臣枚工笔绢本二十四巨幅尺页（高几二尺，阔若之），为清宫糊窗格者，《宴寝怡情图》也。初，公鲁出示人录售时，只索价二千元，后为其所风闻乃小张所需，自二千五、三千、三千五，增之不已，无法购之。钱知縠孙与公鲁为金兰之好，故告示之云，只要可以持冷吉臣之画晋献，则一切均可迎刃而解矣。縠孙亦知公鲁为一贪得无厌之人，明买决不济事，遂嘱余至公鲁家，作为余有意无意间一询实价，以计取之。时公鲁住所为今富民路之十五号中，余乘蒋汽车晚上九时访刘，先作瞎谈，忽询之曰：闻你有冷吉臣名画，可否一观。刘即出示，问余何以知之。余云，古香斋主人所说，你要二千元云云。刘云："听说小张要买，所以非加倍四千不可也。"余绐之云："周湘云也想买，要多少邪？"刘云："四千即可了。"余云："让我取去试为一问，如周要了，我不赚分文，当以四千奉上如何。"刘允了。二个大手卷，共装在一大楠木匣中，余即携付縠孙了。不料刘派仆人送至车上时，识为蒋氏汽车，公鲁知蒋如买去，当更值钱，乃大悔。次夕余携四千现款去付之，刘在楼梯上，向余百般辱骂，要索回原件。余云："你自说四千，已卖了，你有何理由索回。"刘云："是縠孙买，非五千不可也。"余云："请你自打电话增价可也。四千先存你处如何。"刘坚不收，要画。余云："是你不收，吾去了。"即携款仍还于蒋了。隔三日，刘请了当时大律师、虞洽卿之婿、杜月笙走狗江一平，控余于法院，谓骗拐他的古画罪。江一平已在代湖帆施姬作辩护士时，为余所反击失败过了，故那时其势汹汹。余以电话告之曰："控我拐骗，拐骗什么古画？你应写明，《秘戏图》法院不受理者，况且又无收据，我又要反告你一状了。"事为其兄江万平所知，万平与縠孙、公鲁三人同属盟弟兄也，因此向余询明情况，知公鲁无理增价，故即向縠孙取去四千元付之，和平了事。不数日又被好事者，在当时三日刊《晶报》上刊登了这新闻，大意云蒋某某巧诒《秘戏图》，谓蒋以贱值取之，诬也。

至是年农历十一月后，余与蒋将随芥尘定期同去沈阳矣。一夕，陈美美俟蒋出门之际，谓余云："你年轻，至北方后，第一切忌狎游花丛与妓院。”言时，将其本身北方妓院所经历，一一畅述无隐。她云，北方妓院较南方大不同，倘一不慎，为鸨母、妓女所恶时，这时，放蛊、施毒，什么下流花招全可使出来的（言时历举事实无数，无赘了）。余当时戏谓之云：“你这话，吾自当谨记不忘，但吾如要开妓院，也有了经验矣。”当时她亦为之微笑而已。使余今日回忆所及，因知其弊，而能避之，皆当时受陈美美劝导耳。至十二月中旬，决定乘日轮“丸”至大连，转铁路去沈阳了。上一夕，余即在蒋宅浴室沐浴更衣，余洗后，蒋次之。陈美美横陈烟榻上，嘱余对面隔灯卧下，以至诚挚口吻，语余云：“你们明晨即行矣，我有临别赠言相告，縠孙，阴险无义之人也，你们同到北方后，宜处处提防之。”时余殊不以她言为然，答之曰：“縠孙对吾至佳，不致如此吧。”她哼了一声曰：“我与他二年多了，睡在一个枕头上的，总比你知道多一点吧，还是当心一点的好呀。”时蒋亦浴罢出房，语遂中止。次日三人同北上了，至大连、转沈阳，先居一旅舍中，曰“凌格饭店”。第二夕钱即兴冲冲只带了蒋及二大卷冷枚之画同谒小张于私邸中。又二日，钱忽命余搬至当时清故宫之右大院中“东北文化社”中先住下，当时社长为朱光沐（闻为浙人，余居四十五天，未见一面者），任余为一干事名义，月薪一百廿元。该社专办与日本及苏联文化事宜，全用日文、俄文，余于外文一窍不通，而办公时间，为每夜八九时开始，至翌晨为止，白天睡觉而已。余询同事们何故如此。他们云：“小张每夕八时后始起身（白面大瘾也），故一例如此也。”余殊不惯。又因说明二百元一月小秘书，奈何变卦了，又至凌格饭店责问钱君。钱君始以实告余云：“次夕我即向小张呈明陈某某也来了，蒋先生在旁即说：‘陈某某在上海只做科员，月只八十元，二百元可不必也。’所以，那时朱光沐正亦在旁同赏鉴冷枚之画，张公当时即将你交朱派为干事了。并非我对你失信呀。”余问：“那末，蒋什么名义邪？”钱云：“张大喜，已派充顾问，不久再可升调。”至此，余始信陈美美因杨云丈关系，故二次对余如此关心体贴也。嗣思既来矣，姑再至蒋室中访之，一观其作何态也。既见之后，蒋一若无闻此事者，益信其阴忍之面目，乃不露声色回文化社矣。

当时余久知金息侯梁在沈阳任张之参议，金祖为满洲驻防吾浙乍浦之将军，时金亦自称为“乍浦同乡”矣，故余查明其居处后，作毛遂自荐晋谒之。承一见如故，且操乍浦土音与余畅谈，因此得知杨云丈之居处（云丈亦参议也）。次日又去访谒云丈，知云丈与蒋为情敌也，故以彀孙欺吾之事，一一详呈之。云丈但表示惋惜而已。自此遂每日至金杨二氏家作遣闷之计矣。己巳大除夕，庚午元旦，都在杨宅度过，尚不寂寞。某日余至云丈家，已先有一老人在座，渠一见余，即起立连呼：“誉虎誉虎，你何日来沈阳呀。”云丈笑谓之曰，某老，此吾舍亲陈某某，非叶誉老也。原因余与叶丈二人相貌极相似，身矮亦同（即誉丈亦自认少年时与余一般无二者）。此老人大笑。云丈为余介绍云，乃广东名翰林梁某某（年久名已忘了），现任张幕总参议之职。云丈即将余如何与蒋同诣沈阳事，并蒋以冷画作进身之阶事一一告之。梁闻之亦大为不平。余以老者在，且生疏，故即少坐告辞了。第三天，余又去云丈家，求画一扇（先已有金息侯所书者），告云丈，吾已拟辞职回申，作为纪念之用云。其时一口常熟乡谈，笑谓余云：“昨梁老已来过云，已代你出了这口怨气了，你可安心回南去吧。”云丈曰：“梁公见你后，当晚即至张邸闲谈，有意询张云：‘总司令，听说你新得秘宝一件，可否求赐一观。’张即出示，梁极口恭维，询从何处觅得。张云，乃一江南蒋某某所赠者。梁问曰：‘亦应有所酬邪?’张云：‘已聘任为顾问了。’梁云：‘不妥不妥。此画连我也知道了，外间知晓的人正不少也，你酬以顾问荣衔，万一外间人称此人为春宫顾问，那时对于总司令盛名有累呀。’张云：‘委已十日，奈何?’梁云：‘可速追回聘书，酬以原价可也。’”张当时即嘱副官向钱询问原价，即以七千元（连丸都山残碑在内）追回聘书了。时云丈以至幽默语气告余曰："吾今年尚未见过小张一面，完全梁公为你打抱不平，外人不知，或要误会吾吃醋报复，真是俗语所说'一督水滴在油瓶里'呀。"此云丈欲盖弥彰之言耳，明明是他托梁代作之妙计也。时为正月十二日也，余气平了，即决定上元之夜乘车先至天津，顺路游北平，然后回申了。十四日特至钱、蒋二人处辞行，告以因不知外文，无颜尸位云云。是时蒋不动声色，告余云："你明夕走，吾后夕亦作归计了，但须先至北平勾留一个月再回申。现有丈二尺巨幅宋元人画四件，可否请你劳神带回交老七（即美美）收好。"余欢然允之，即代为携之而返了。此事自始至终，余与其二人均表面至好如旧，故有次年恢复友谊之情况也。乃回申后，即以四巨画面交了陈美美，且告以縠孙之事。美美又哼了一声云："如何？'不听老人言，吃亏在眼前'就是你了。"嗣后蒋家不去了，縠孙何时回申也不知了。

至此，余又忆及二事，并附记于此。

（一）在沈阳时有一浙人沈某，亦文化社干事也，某星期日他作狎游，邀余同去妓院看看，余应之。当二人正入门时，突见一"大茶壶"在门口一声怪叫，"客来"，院中诸妓多至二三十人，纷纷启门帘而出，穿红着绿，几如一群魔鬼相仆而迎（后始知，凡有生客光降，必列队候选者）。余大惊，几欲拔脚而逃，为沈所阻，始勉强随沈入一小房中。沈顾盼为乐，余则如坐针毡也。后观了曹禺所写《日出》话剧第三幕，胡四嫖院，形状一般无二。而老妓翠喜自白一段，将人间地狱情况，尤为逼真。始信编者、演者、导演者，均殆有切身从体会中来邪？演翠喜一角，以孙景璐为第一人也。因此，余体会到了伟大的共产党来了之后，始能将这一群至可惨可怜的妇女从苦海中挽救出来，成为能自食其力的人民，否则，将有多多少少的惨事继续存在邪。

（二）在己巳八九月间，一日縠孙忽告余曰：最近家中又来了一个丽人，此人少年时与老七同在一院为"小先生"（即初学为妓者之称），被段祺瑞之唯一红人“小诸葛”徐树铮所娶去，时此人只十四岁，十七岁作为姬人者，故一无妓女习气，落落大方，似大家女，且通中法文字。因徐自直皖之战失败后，即携此女同至法国多年，故知法文也。段祺瑞为北洋执政府主脑时，徐不甘寂寞，又因她久欲思归，故相偕回国。徐车抵丰台时，突为冯玉祥伏兵齐起，将徐枪决于车站上。时此人已有二子，大妇认为都是她要返国，所以致徐于死，遂迫之下堂回南者。此人因与老七同院过，故回南后，告老七云，以生活关系，沦落为上海一个大流氓名王茂亭所包去，月以三百元作生活之费云云。王氏为上海赌场老板，动辄打人、暗杀人之恶魔也，故此人无日不至蒋家作消闷之地者。毅孙谓余曰，看过此人后，陈美美如粪土矣。她每日下午五时左右必来，晚饭不到即去归王氏矣，你明日一下班即来，一观之后，当信此真丽人矣。余好奇，即准时而至，时此人已在，陈美美为之介绍后，余审顾之，真如《聊斋志异》中“青凤”文中所云：“弱态生娇，秋波流慧，人间无其丽也。”而端庄一无妓女之形，尤为可贵。开始与余殊落落少言，数日后渐渐相熟了，自云姓施，名美，徐老爷（她称故夫总是如此）所取之名也，在十四岁前，则名“小金刚钻”云。如是者二三月之久，此人每日必至，余亦乐而忘返了。蒋陈二人有意为余撮合，有时二人外出，故意嘱其留在家中，给余与之畅谈机会。那时余只二十五六岁，她只三十不到，余颇有遐想，继而一思：第一，余每月只八十元之小科员，虽有刻印收入，但一家老少十四五人均靠余一人生活者，何来余资，可以成为一双两好；第二，王茂亭恶魔也，如吃醋，余将作袁仲颐第二，枪洞垒垒矣。故与之虽热，而始终未敢溺也。有一次，王茂亭至蒋家接之返，上楼见蒋陈二人不在，只余与其恋人二人，正谈笑间，她见王来，面不转色，告之曰：“这是蒋少爷朋友陈先生呀。”王怒目而视，余知其将打架了，因忆及曾有一次他在寒云座中，袁师父、袁师父，不绝于口，知其对袁服帖之人也，故微笑称之曰：“五师兄，你还认得我否？”王怒目相顾云："啥人认得你。"余云："某年某月，袁师父住远东饭店时，你去拜寿，送了王无能滑稽戏祝寿，吾与你谈甚久，记得否？（其实只见过，绝未理过他也）"王记有此事，即以流氓青帮语问余，余当时即以鄙视之态答之"某炉香"三字，他误以为余亦流氓队中人了，遂笑脸而谈了。次日，余又与她见面，告以实情，余有爱你之心，怕你遭其毒手也。她竟云："至多不拿三百元一个月，无所谓也。"当时她岂知余为一穷措大邪？当蒋以四千元买进冷画之后，为她所得悉之后，向蒋请求一观。蒋笑谓之云："明天可以给你看看，但有一条件，必须由陈某某代为展卷启视，因该画尺寸过大，是绢本，倘你自展，恐损折呀。"时余正在旁，见她竟微笑同意了。余亦以谓次日蒋、陈当同在一起，无所谓之事也。哪知次日（为星期日）余三时后先至蒋处，陈美美出房门钥匙一串，交给余云："少待吾们两个要去看电影，五时后可回家，吾已命女仆施小姐来后，任何人不得上楼，你可放心陪她看画，非吾们二人回家，你亦不必开房门也。"其时余至窘云："不便的，迟几天再四人同看吧。"蒋、陈同笑云："吾们相信你呀。"其时她见施女也来了，亦以告余话告之。时余犹冀施拒而返身而去，乃竟点头接受了。蒋陈出去后，余只能将画在蒋卧床上展出，携一矮凳与之并坐而观矣，逾一小时始看毕。时余始终未敢以四目相接触，但嘱其赏鉴冷画廿四幅中，每幅摊铺之各式钟、锦、绒、缎，无一图案相同，穷极工细等等，以分其专心看人物之念耳。当其正专视图画时，余曾侧目偷看其脸容，真已到了"羞态粉生红"矣。当时如欲行苟且之事，易如反掌也。余自知克制之功，斯际亦几难自持矣，但幸一念及王茂亭乃杀人魔鬼，遂息欲念矣。卷图之后，她犹娇态百媚生也。余戏问之："你何对此欣赏若此邪，岂徐将军府中少了此邪？"她云："吾自十四岁被赎身，徐氏即请老先生教《女孝经》等书，嫁徐十多年，不但没有看过这等春画，连《红楼梦》也不准一看的云云。"余趁此机会，乃专与谈嫁徐后生活，以拖延时间耳。至六时后，蒋陈回家时，余早将房门大开矣。施行后，陈美美戏问余云："你今天对吾们感谢否？"余云："这下流事，余实不敢在宝床上相搞也。"穀孙云："钥匙都在你身边，你竟不明白邪。"一笑而散了。至后来，余自东北回申后，已不去蒋宅，斯人消息，亦无暇过问矣。越二年辛未春，余于今复兴路途中忽睹一丽者，衣饰豪贵，手牵一巨大猎狗，殆自当时法国公园闲步出来者，远视之即施氏也，人已变了形态矣，俗称"发福了"，既胖又大，行路姿态，完全一外侨风味矣。因此，使余联想到，她居法国有年，能法语，其时度已离王而归法侨矣。当时她仍拟趋前与余一谈过去之情，但余不敢再惹之矣，遂只作未见，侧身而避之。余意此人，或尚在人世，年只七十四五耳。穀孙因余此事规矩，未逾二年，所以又与余力图恢复友谊，而又生了后半部之韵事了。

岁庚午秋日后，蒋因陈美美已下堂而去了，遂又去北平作收购古物与访美纳妾之图了。至是年冬日，闻湖帆云，又娶了当时北方名妓"四大金刚"之一名红萼者回申矣。其时蒋与湖帆已成莫逆之交，二人几乎每日必见，都是蒋至吴处者，余因之绝少至吴家，盖犹不欲与蒋邂逅耳。至辛未春日，湖帆多事，忽谓余曰："昨日穀孙来只坐几分钟，即匆匆告辞，云与姬人将同至公司买物云云。吾好奇心，欲一睹伊人面貌如何，故特意送出弄外汽车旁，看见了，真一绝色佳人也，你如看到，一定亦大赞的。"余当时又为吴所谈，动了好色之念了，谓吴曰："惜乎已断了交矣，无法作刘祯之平视了。"吴云："不妨不妨。穀孙时时犹在念及你，颇思再恢复友谊的，他前月嘱吾画一手卷，曰《辽宁访碑图》，已将完成，今夕可赶成，明日你来一取，作为吾托你代交者，如此，可以'借脚上阶'了，一方面可以电话告之。"余竟欣然应之。至次日特携图去访之了。去时仍至美美原住处，叩门而入，一女仆云："少爷在对面弄中，请少待，当为通报。"十分钟又来云："请你去对过谈谈。"言后，即导余至今巨鹿路之福海里，二弄二家，女仆指指云："即在里面，可请进去的。”女仆言后，即匆匆去了。余再叩门，另一女仆开门询找何人，余云：“看你们蒋先生。”她云：“这里不姓蒋，你搞错了。”即闭门矣。余当时思之明明指这后门，奈何错了。正徘徊弄中，想问问看弄人时，忽闻后面有人问：“喂！你是姓陈否？”余回顾，见一女郎，年可十八九，窈窕秀媚，风致头嫣然，正向余凝视问话者也。即云：“是的。”她即招呼一同登楼，见了縠孙，至欢迎，问余曰：“为何隔如许久上来？”余告以“你佣人告我此地不姓蒋呀”，他大笑云：“是用她姓，姓汪，所以有此误会了。”时尚有一装池店“汲古阁”主人在谈生意经，傍晚始去，余自以谓已见过了，亦告辞，蒋云：“今夕张叔驯请吃夜饭（后知薛碑，縠孙仍加了二千卖给张了，故已恢复友谊也），请你在此陪她吃夜饭，饭后陪她同去‘夏令配克’电影院（即今新华电影院）买三张楼座票，吾九时一刻可来的。”余竟一诺无辞也。蒋行后，她至殷殷招待。饭后，已逾八时一刻了，余云：“汽车被縠孙坐去了，吾们人力车去罢。”她云：“电影院在成都路口相近，可以步行而去。”余云：“那么路过舍下，吾要至家中换一眼镜如何。”她同意了。走至时余家善乐坊弄口，余谓之曰：“请你少立片刻，吾不上楼自取，嘱使女携下来的。”乃携下时，她竟已同立余旁了。使女多言，竟奔告先母及内子二人，使家中人全知余又有女友矣（内子一无醋意，故余至今仍能忍受其怪脾气，即因此耳）。是夕观剧之后，縠孙即以车送余回家，临下车时，坚嘱次日下午再去，谓有事托余云云。至次日余又去了，坐只十余分钟，縠孙即谓余曰：“吾们同去访湖帆谈谈去罢。”余犹以为真也，即随之出门了，讵他竟在巨鹿路上立谈云：“你看，这新取之人如何？”余云：“年轻貌美，是你艳福也。”他云：“正因如此，所以要与你相商，她为北平唯一大名之妓女，与福建沈成武医生，早有嫁取之约。沈为北大毕业生，去岁已赴外国留学了，约五年可回国娶之为正室。所以吾至北平时，她正拟撤艳帜等矣，被吾以计诒之云：只要求同居五年，沈一回国，即任其仍归去作正室，故化了大功夫始骗来的。但她野性难驯，吾恐又如小春红之被人占去，必须设法绊住之。所以昨夕，吾故意留你晚饭，又同去看电影，回家后，试探她对你印象如何。知她对于你甚有好感，所以现在请你，在吾至正室处当夕时，你来陪住她闲谈，不使出去寻女友访什么人，吾已决定除她之外不再取妾了。”是时余始知他每隔四天在大妇家，她只轮到二天当夕者，余戏谓他云：“你不怕以小鸡托付黄鼠狼?”蒋云：“你对施女，尚且不乱，吾乃诚意求你，望勿笑谈也。”余乃告之曰：“那么，你既有此诚意相嘱，余一人尚恐难以绊住，如你不怕她色衰年老，则可以将阿芙蓉令之上瘾，则余之外更有一灯相伴，庶可无虞矣。”穀孙认为对极，遂如法炮制了（孰料其后闻他又生厌恶之心，沈氏五年回国了，任她自去找之，时她肺病已入三期，人亦无复当年形态矣，竟为沈所婉拒不纳矣。此皆余所造之孽，非始料所及也，夫复何言）。自此以后，只他当夕之日，余不至她处，其他四日，穀孙必待余到后始回夫人家中，并密托余至少伴至十一时以后云。其后又迁居今南京西路之安乐坊中，小洋房也，卧室在二楼，烟榻在楼下，故余更泰然自若矣，如此几达二年。余与她专谈戏剧，从不涉一亵语，她已做到除三人同去观剧看电影外，从无一女友往返了。湖帆亦一迷于女色者，当时竟时至她处，与蒋畅谈为乐，并与她对面横陈，一灯相对，娓娓清谈了。

壬申秋日，吴、蒋、她三人同去北平访古董了，二月有余始归申。在北平时，穀孙又作了一件丑事（吴帮凶也），事实是：当时北平有名收藏家袁励准，字珏孙（或觉生），藏古墨及米襄阳小楷、宋某太后哀册著名，此人虽为名人（似翰林），但亦以买卖古画为利薮者，与蒋为老交易也。是时蒋得知袁新得一幅王鉴青绿山水，名《潇湘白云图》，蒋偕了湖帆二人，在天色已暗、尚未上灯之际，突至袁宅以四王吴恽六本册页，求袁以王画交换。袁七旬老人了，为贪心所迷，竟以王幅交之（蒋诒之云，不合仍可交回云）。蒋一得王幅后，次晨即与吴氏三人同乘车回申了。次日袁老再细察六册，竟无真者，即持去找蒋调回王幅，哪知已逃之夭夭矣。又写信至申催索，竟置之不理，袁大怒，乃亲自来申访湖帆，求其代索，哪知吴一方面以计拖延，一方面嘱穀孙托当时嘉兴画家郭屺庭兰枝连日赶仿王画原迹（郭当时为仿四王专家），并由湖帆加工，即交汲古阁装池，将新画移植于原裱之上，俗名“倒棺材”。某夕，穀孙临去吴家时，坚嘱余必须待其返家后可回去，或有任务相托云云。余是夕竟候之至半夜三点半，在楼头隽文（红姬嫁蒋后之名也）见余无聊，特自笈中出示她所摄之小影可一百余帧之多，与沈成武及其他名妓合摄者无数。余乃获睹沈之面目，是称美男子，尤可贵者，毫无如梅兰芳“雄妇人”之态也。她一人所摄者，亦有二十余帧之多，无一不丽，尤以二手支颐一帧为最娟媚。当时余如向索，易事也，然以旧礼教所束缚，未便启齿耳。至今犹深悔不止也。是夕，余始询以家乡及出身。据云，其母少时为平湖汪氏婢，为主人所污，因而怀孕，被遗弃后，始生奴了。故仅知父姓汪，而不知其名耳。及十二岁即被后父携至北平身入娼门者也。余斯际虽未告以吾母舅亦姓汪，多儇薄之行，但窃疑她或为所出，然平湖同乡人已确知矣。故对她有了进一步之爱护矣。是夕蒋回家后，始告与吴同诒画之事，谓余云：“湖帆推荐你，原画上有名人藏印多方，必须由你一一摹刻钤之，则天衣无缝矣。”余问：“几方？”云：“十余方，需几天要？”又云：“三天内。”余云：“三天要赶十余方伪印，飞毛手也不能胜任了。”故拒之。后闻即以伪作交去，湖帆力证确是真真原件，袁以上海人地生疏，竟无可奈何掷还六本，取回伪作而去了。袁去后蒋以真迹仍交汲古阁精装后，即嘱曹友庆（即店主也）持去求售于上海大富翁周湘云了。（一）因王鉴青绿绝无仅有者；（二）暗合“湘云”二字。索价高至五千元（当时估价，只多二千以内）。周氏请叔师鉴定后，一口即允三千元。蒋不允，又增为三千五、四千，仍不允，周知有湖帆为军师，三千也不要了。隔了半年之久，蒋托余持至农业银行总经理王伯元家售之，余先询以最低若干价即可脱手。蒋云：二千元。余即以是言告诸王氏，王一观即允之，并以现钞付余。余云乞交湖帆代转去为妥。王笑云："吾以谓你至少二百可赚，早知如此，至多付一千八百元。"其后，蒋又收进了元李息斋衎墨竹、明吴小仙伟工笔人物等等，均至精之品，后悉归湖帆了。

岁癸酉小除夕前，蒋又告余云，自取隽文后，两个除夕均付以三百元办年货，她一天之间，耗尽了，正月又伸手要家用，实觉不胜如此浪费也，明日托你陪她同去买东西，设法阻止少买一点，能留一百元作正月家用，即好了云云。余笑允之。次日下午她果然又拉穀孙同出买物，穀孙云："请某某陪你坐汽车同去罢。"于是二人同至永安公司后，她见一样买一样，仅糖果即买了近三四十元之多，火腿也，糕点也，又近四十元了，余不作一言也。她行至丝袜部，又停住了，店员大肆殷勤，出最高级进口货示之，每双十余元之昂，她一见即拟买一打之多。余暗中一计算，非一百五十元不可也，乃开口故意询店员云云："最近我见外国杂志中，云有丝袜，一只可从一笔套管中抽过，这可以吗？"店员云："此尚不能也，可抽过笔管之最薄者，我们已去定货了，尚须二三个月可到也。"余告她云："好货来后，再买不迟，现在先买两双即可以。"她认为对的，即以廿八元买了二双。时余恐她再买它物，即云：够了够了，明春再来买罢。即拉之回家了。蒋一听，只耗一百二十元左右，背后大乐不止矣，云："明岁仍求你如法治之如何。"孰料在甲戌秋日，穀孙开始又施虐待，某日竟借端将她左臂打伤了。在这前半月穀孙以湖帆之介，向王栩缘同愈丈处买得宋孤本五臣注《文选》一部，为苏州藏书家潘博山承厚所知，倩湖帆介至蒋处求观。潘为吴之内侄也。一日，湖帆请潘及苏州彭恭甫与余三人晚餐后，同乘车至蒋宅求观。向例，蒋虽宿大妇处，亦必在隽文家留连至晚十时方去者，是日午饭后适打过她了，故五时即走了。及余等四人至时，她犹余愠未尽，因见潘、彭为生客，故强作笑容云穀孙有事，少待可回云。詎知为

《文选》而来，即登楼携下潘、彭欣赏，湖帆即与她卧烟榻上抽烟，二人声细甚，余坐潘旁，正同看宋版孤本，不甚注意她与吴作何语。及观毕后，吴即行色匆匆促潘、彭同回去，余因见她神色沮丧，故亦欲随吴同行，讵吴竟云："车子坐不下四人，你留在此待縠兄罢。"余云："方才同来不是四人吗？"吴云："吾们要另访他人，你不便同去的。"即反启房门而去了。时隽文云："吴有话嘱你留在此，吾告诉你后再转告之。"余问何事？她云："蒋近一时期，以亏空过甚，《文选》买了，又不能赚钱，故时时骂人，今日竟把我痛打，吾方才已托吴先生转告縠孙，让吾出去了罢，吴先生说一切可由你听后再告之。"言毕即卷衣袖见示，确青紫累累。她泣不成声，嘱余托吴代为劝蒋准其下堂，其时余力慰嘱其息了此念，她云："感情已有裂痕，奈何可久居邪？"次日余至吴处，问之云："你为何使我留着做难人？"吴云："她谈时已面有泪痕，博山、恭甫，观之不雅，所以使了金蝉脱壳，留你劝她了。"余乃详述其言，吴云："如此美人，縠兄竟打得下手，太忍心了，请你再告她，吾自会使縠孙负荆的。"入夜又去告以湖帆之语，嘱安心可也。同时縠孙防其有变，以电话嘱吴，请余仍去绊住之，他避开三四天可回去云云。余在第三天再去时，她竟笑容相告云："好了，吾有证人了，縠孙虐待，可以控于法院请求抚养费了。"余惊询，何作此言？她云："吴给縠孙一信，将他痛责，不应打吾受重伤，所以吾拟以此信作证据也。"余求一观，竟靳而未允。次日余去询吴，你真有此信否，她将凭此与縠兄分手了。吴大窘云："确有此信，奈何落入她手，闯了祸了。"言毕竟起立对余作揖不止云："某兄，这事，只有求求你了，务必诒之索回，索回后，你要吾画什么，都可照办的。"余大笑不已，告吴云："那么，嘱告縠兄再缓二三天回去，吾当力劝可也。"言毕即去以纯挚之辞劝她，她竟一无允意。余云："出去后，你无非再操旧业，他日对象或比縠不如，奈何呀。"她笑云："你放心，吾出去后，不做妓女了，吾尚有私蓄六七千元，存在母处，吾将暂隐苏州，半年之后，吾任嫁何人，瀔孙无权干涉矣。”言时嫣然对余微笑不已，大有缠绵悱恻，含情脉脉。余只做不理会其意，对之云：“俟沈成武二年后回国，再走不迟也。”继乃以哀党方式苦劝至二天之久，告以云：“湖帆愿力保瀔孙对你和好如初，你可把信还了他罢。”她见余呆如木头，一无领会其意，遂云：“好好，吾取信还你们罢。”即从楼上携吴信下来，怒丢余身旁，且云：“某某，吾今天始知你对吾乃是一片假情假意，你们男人都不是东西呀。”余那时心理上竟觉得要美人千金一笑，尚易；要美人含怒而怨，至不易得之事也。那时心中，俗语所云“浑淘淘”也，至今犹不胜低徊，真乃“此情可待成追忆”矣。余那时答之云：“蒋太太，这真正是吾对你的好意呀，你应心中明白。”她仍含愠意，是时余急以电话促瀔孙回家。晚饭后，余之任务始告完成。回家后检视吴函，大意云：“瀔兄，隽文女士嫁你之后，克尽妇道，对你如何如何……（一派恭维之言），比陈美美高出百倍，你为何虐待痛打，使她身受重创，你太辣手了”云云云云。难怪她可据以作凭了。及余掷还给吴时，谑之云：“你对她竟比吾更迷更痴邪？”吴大笑点头，当即为余作极工之山水扇面相酬，惜六六年已化作云烟矣。事后吴遂不敢再至她家，恐受“白眼”相向也。瀔孙对余亦至感不已。因大事化了小事也。甲戌小除夕，蒋又以买年货事托余照式同去。乙亥一岁，幸二人相安无事，无可记述者。

乙亥小除夕，蒋又告余云：“难关到了，非你帮吾一办不可。”问以何事，蒋云：“南浔旧俗，除夕与元旦，纵有多妾，必须让位与正室。去岁吾二夕回老宅，适都属她当夕，她云：‘已让二年了，以后不允许了。’明天大除夕，后天元旦，又适逢她家居宿，她小孩脾气，无理可喻，势必又要闹事了。请你大除夕在此吃年夜饭，吾可脱身，她当你面，大约不致破脸阻止也。明年元旦起，杨小楼在天蟾登台，吾已定好三座，准请你看一个月戏为报答如何。”余又允了。在大除夕夜饭前，蒋谓余曰：“某某，吾要回老宅祭祖叩头去了，你留在此陪她吃年夜饭。”说毕，溜走了，其时她一无表情，任他去了。晚饭时，余故意为之云：“让我打一电话回家请假。”她笑云：“算了罢，你们串通如此做的，不要假痴假眼了，今天吾看你面子，让他一马，明天你如再帮他溜走，吾不给你们过门的，请你原谅，吾已打过招呼了。”余笑谓之云：“明晚吾决不干如何？”她遂欢谈如恒矣。次日元旦，蒋居然在她处仍留余共饭，饭后一同至天蟾观杨小楼与金少山之《连环套》，演至窦尔敦认罪投案为止，时已逾深夜一点廿分矣（当年夜戏必至一点停锣者）。在出场登车时，向例，必隽文先进车座，次蒋中坐，余坐其左者，是夕，隽文坐后，蒋嘱余上车，余即仍坐旁车门处，讵蒋坚促坐至中间，他坐左侧了。余故意作谑语云：“什么？平日吾做惯蜡烛，今天吾做了请香，你们变了两支蜡烛呀。”乃一上车后，蒋即告司机名阿海者云：“阿海，先送吾回老宅，再送少奶及陈先生。”阿海竟默然，微声遵命耳。时隽文先以足踢余，又以向余腰际微触。余不敢理之，她知余不管此事了，遂厉声云：“阿海，先送吾回家，再送少爷！”阿海回头，时时看蒋面色。余看隽文，已怒不可制矣，遂一手轻按蒋氏，一面谓阿海云：“先送少奶罢。”及车抵她家时，她先下车，回顾叫：“榖孙榖孙，你进来，吾有说话。”蒋坚坐不动云：“你此地说好了。”她云：“这话，某某不可听的，谈一二分钟，你即回去可也。”蒋上当了，竟随之入内了。余知一场风波即在眼前，向蒋云：“快点出来，一点三刻了。”他们进去后，余与阿海闲谈，至二点一刻，仍不见蒋出来，余云：“为啥还不出来。”阿海云：“大概相骂了。”余摇玻璃车窗正拟听听，忽见女仆阿宝惶极开后门，对余云：“陈少爷，里面打得一塌糊涂了，少奶要寻死哉，快来劝劝罢。”余无奈又进去了，只见榖孙正手持茶壶掷地，立于桌旁，夺门欲出，而她呢，崭新白狐皮大衣亦未脱下，双手叉住房门，正在说：“你今天如要回去，吾立即碰死在此，你如不买一棺材来，先把我钉了后，休想出此房门。”她见余进门，连连云：“去去去！昨天已向你打过招呼了，今天不买你面子了。”余笑谓之云：“吾是来劝穀兄不要走了，吾要坐车回去了。”她松手让我进房。余是时确想劝蒋不必回去了。他一见余至房中，即去烟榻上卧下，与余打一手势，牵她上楼。余亦以手示意，吾们二人上楼后，你即溜走罢。他点点头。余即出表示之，已二时半矣，低声告之此时路上已无一人矣，吾不敢独行的，你如允许坐此再待半小时，吾劝好后，下楼与你同走如何。蒋点头。余乃至房门口劝她上楼，竟动都不动。余乃唤阿宝云：“你先扶少奶上楼，吾陪少爷立即上楼。”她上当，上楼了。余随之而上，她大哭云：“又是你设计放走了。”余云：“你听如汽车开动，你再骂我不迟呀。”是时她一语不发，哭泣不已，房中炉火熊熊，而白狐大衣仍不脱。余先脱皮大衣后，嘱阿宝为之强脱大衣，已泪湿一大片矣。阿宝溜下去后，余百般安慰劝导，只有“不买你账，不买你账”四字，达廿分钟之久，站立如木鸡。余急了，单刀直入询之曰：“你自度，今晚能强过穀兄否？”她云：“明知不能，但僵了呀。”余知已有转机了，遂谓之曰：“这容易之至，明天穀兄来后，你待吾来后，再下楼，把吾痛骂一顿，作为吾不好，放走他的。那时你面子夹里都有了，好吗？”她止泣了，云：“哪能可以骂你呀？”余云：“吾同意的，你尽骂可也。”说毕着大衣要下楼之际，她突以手紧握余手不放，又泣下不止云：“某某，你应知道吾的心事，吾决不是为了争风吃醋而做此事，实因近来他时时欺辱吾，吾借此发泄者，你要原谅吾呀。”言后仍紧握如故。斯时也，余心旌为之摇荡不已，真所谓“一握难禁暖到心”（周錬霞女画师名句也，借用之），竟忘乎所以，为之解长衣脱履，扶之登床睡下，急呼阿宝上楼云：少奶已睡了，你当心她再悲痛呀。乃匆匆下楼。穀孙询知一切后，对余云：“多谢多谢。”欣然同车返家了。余抵家下车时已三时后，穀孙连连叮嘱明天早去候之。余问：“你几点可回去？”他云：“四点后。”余允三时半可。及乃余敲门，只先母正焦急未睡，下楼开门将余痛责，云：“平日至深夜尚可原谅，今日元旦途中无人，多危险呀。”余禀以原委始罢。次日，余近四时始去，到后，余嘱阿宝云：“吾坐在此等你们少爷，你可上去说一声即可。”乃阿宝又下楼云：“少奶请你上楼。”余上去见她尚未起身，隐有泪痕也。嘱余侧坐，娓娓而谈，直至七时忽闻弄口已汽车喇叭之声不绝，知縠孙驾到矣，余告她云：“下面去了，你可起身了。”及余坐方定，他进门即问：“为何不上楼?”余云：“方才下来也，已无事矣。”至晚饭时，余嘱阿宝登楼请她下来，她下来后，对他似尚有愠意，嫣然一笑，指余云：“都是你做的，做这种鬼事?”一笑而罢了。饭后仍同至天蟾观杨演《长坂坡》。散场后，余仍坐于车窗一边，告阿海云：“请你先开到古拔路吾家中罢。”及余下车之际，以手微按她肩，笑谓之云：“明天会。你从此不要闹小孩脾气呀。”其实此时余已下定决心“慧剑斩情丝”，与她永别矣。次日，余先以电话报告他们云：“家中有病人，需四五天不克回去看戏了。”一方面立即趋湖帆斋中，把一切过去详情告之，余云：“再如继续下去，吾自知掌握不住矣，将要变做猪八戒跌进‘盘丝洞’矣。吾受縠孙之托，而作监守自盗，它日何以对之啊。请你转告縠兄，夫妻相骂，吾再不敢厕身作难人可也。”湖帆笑云：“吾生平所见美人，此为第一，不怪你‘浑淘淘’，吾当时写信，也有些‘霉血血’也。”自那日起，余遂从此不去了。后湖帆云，縠兄时时盼你再去云云。

是年四月余以程潜大力，得任杨虎处秘书，每夕以舞场为消遣地，亦已渐渐忘却伊人矣。至八九月间，余至永安公司闲游，是日星期天也，忽闻背后有娇声频呼某某、某某不已，回头又见了她一人在买东西。她微愠询余云：为何半年多不来了。余云：“有了工作忙呀。”她云：“现在做啥?”余脱口而出云：“看白相也。”她云：“明明瞎说，同吾回去。”余问：“縠孙呢?”她云：“在屋里。”言后不由分说，拉了即又同登车至蒋宅。及至客室中，余见縠孙正横卧榻上，满面窘态，狂吸香烟不止。桌旁坐着二人，（一）縠孙盟兄张修府（厚穀），藏铜器大名家也；（二）古香斋古董店主小顾也。时张公咆哮如虎，小顾萎缩如鼠。穀孙见余也来了，对隽文白眼连连，对余亦默无一言，她呆住了，余好奇，竟端坐看戏。只见张忽而起立，忽而坐下，对小顾云：“你这王八蛋，吾与你说好一千二百元买定了，约好次日付款取剑的，如何竟又卖去，现在抬高到二千二百元，问你卖于何人？你竟说蒋大爷买的。蒋大爷是我的好朋友、弟兄，他不会做出这畜生一样的事的，明明是你在捣鬼，你是畜生，所以特抓你来此，使蒋大爷知道知道，你真是一个畜生也。”说毕，竟一把抓住小顾领头，云：“你今天不把抬高卖价的人说明白，吾与你同去跳黄浦江寻死。”小顾急叫：“张老爷，张老爷，你饶饶我罢，吾愿意贴出一千元买了给你呀。”张云：“你能告饶，吾亦愿意再加一千元买之。你你你说出卖与哪个的？”小顾低头指指穀孙云：“是蒋大爷呀。”张氏是时，立即换了一只面目，连连对蒋云：“老弟老弟，吾不知活真是你所买的，方才得罪了，请你‘海涵’呀。”是时穀孙红晕及项，含笑点头，真窘极矣。张又和颜悦色懒懒云：“你宝剑拿出来一看，俾吾放心，明天尽四点前当以二千二百元交与小顾向老弟取剑如何？”穀孙即命隽文上楼携剑而下。张看后，连呼“宝贝”，请收好罢。那时余在隽文手中取之一观，觉剑长二尺余，二指阔，已剥蚀，中锋且有断痕，以一橡皮膏粘之，剑匣只一铅皮者内放棉花填之。再观剑柄上有黄金丝极细，嵌绿松石至工之“王武”二字，横列，上“王”、下“武”，作鸟篆形，精美至极矣。一望而知为秦代之佩剑，但无论如何一千元不值也。张观后即大喜而去了。余知蒋必深恨余见此一段欺人情况，无畅谈之望矣，识相，告辞了。隽文亦只能以目送余出门了。至数日后，余拟向张君请再示剑俾余描摹“王武”二字作参考者，张君遂将前后详况见告云：“本人原藏有商、周、汉三剑，独缺秦剑，在小顾处见到后，明知至多值六七百元，因三缺一，故毅然以千二百元收之，说明三天付款取剑。吾行后为穀孙弟所见，知吾再昂亦必收藏，故立即付小顾一千二百买之，小顾不敢，縠孙知吾习惯，约三天，必至十天付款，故对小顾云：张过三天来，你可云：‘前途等款故已卖去了，如要买非二千二百元不可。’哪知吾次日即付款，小顾拿不出了，已被吾打了耳光，他始抬出为蒋所买。所以吾还不甚相信，拉小顾去蒋宅演了这一出戏了。后向蒋祖诒出一观之后，吾证明小顾之言不假了，所以吾一出蒋宅，即告小顾说：‘吾对这剑，忍痛牺牲了，卖给吾一千也不要了。’此剑，任卖何人一千不值的，让蒋蚀本生意做做罢。”至抗战后，某日，余至合肥龚怀希太史家中，无意间怀老问余：“你湖帆家中曾否见过窓斋所藏古剑否？”余云：“不但未见，而且未闻。”龚云：“有‘王武’二字款识的，你想想看，有否？”余询之曰：“是否鸟篆嵌绿松石的，剑锋中段有橡皮膏粘住的，铅皮匣子的。”龚云：“正是正是。”余乃告以经过来历。龚云：“上月湖帆托人求售，云‘祖遗之物’，索价一千二百元，先还四百，后以五百收进者也。余索一观，确此剑也。”余笑谓龚云：“湖帆说‘祖诒之物’呀，你听错了。”一笑而已。此事縠孙上了张当，蚀了七百元。

又，在吴、蒋交欢时，二人时时相互作买卖，亦时借物赏鉴，在蒋临去香港之前，曾向湖帆借明拓汉碑数册校字，湖帆向蒋借倪云林二尺立幅一张，上有长题也。后蒋还汉碑时，吴竟云：“说过对调倪画的呀。”縠孙竟亦无可奈何矣。因胜利后，余见此画悬于吴处，询之曰：“这縠孙之物，你买了吗？”吴云以汉碑易得的云云。几册明拓四五百而已，倪画至少一千以上，蒋又蚀了本矣。越一岁丁丑夏日（九月十六日即抗战了），上海程贻泽富翁，以住宅任人开了一个舞场，名“丽都花园”（即今泰兴路文化俱乐部原址）。开幕之夕，海上富翁、名流、名女子，纷至沓来，座无虚席，杨虎五个夫人全到，部属亦另据一桌，余亦厕身其间也。是夕，余入场较晚，至时已座无余席矣，余立入门处，正询侍应生，吾们定座在哪里，忽觉右肩上微有人以指相触，回首一看，又见她以极细之声呼余曰："某某你竟不来了嘛。"余睹其身穿纯黑色纱旗袍，体态风致仍苗条如恒，但形销骨立，憔悴几无人形矣。余知其不久于人世矣，询之毂孙来否？遥指云："在前面与谭敬已进去了。"又默默待余回答，凝视呆立，余只能告以云："蒋太太，你惓惓深情，吾岂不知，因吾与毂孙，谊属朋友，实不敢与你更有进一步的安慰作伴也，一切只望你对吾原谅的，你好好保重身体罢。"说毕，即进场了。她是日始终端坐未下舞池，吾每近其桌时，辄俯首而过，不敢以四目相对而视矣。是夕也，乃余与之最后一面了，所谓"死生从此各西东"矣。

至戊寅阴历八月，余已堕入梁众异之幕中，正乘火车赴南京，同车许姬传兄（后为梅兰芳之秘书）忽告余曰："毂孙如夫人红萼前天死了，今天在万国殡仪馆大殓，惜不能去一吊也。"余不动声色，漫应之而已，当时只有惋惜，尚无哀痛之心也。直至解放后，五一年，余以戒除嗜好，日至成都路之沧洲书场，以听评弹作消遣。是时徐君懋斋安亦无日不来。徐为藏古印精品著名，为毂孙老友，余亦曾与之相识，因其得一佳印，只肯以原作示人，不以钤本赠人者，故余与之泛泛而已。在沧洲同出同进后，他竟肯借印传拓了。故与之交至深了。一夕，徐无意间谈毂孙，余云："久不知其下落矣。红萼死后，他还取姬人否？"徐云："你还提她嘛？你对她始爱之，终弃之，你真是一个负心郎也。"余云："莫胡说，吾何尝爱之，更谈不到弃之，你何以见得邪？"徐云："有事实的，告诉你罢。自你不去蒋家后，他们二人时时勃豀，毂孙经吾介绍，与谭敬、许姬传相识后，毂孙做了不少好生意，生活甚好，对她日淡，毂孙云：'某某不来了，无人可以劝阻了。'嘱吾三人时时去劝劝她。她对谭嫌其铜臭气，对许说他贼忒嘻嘻，都不甚理之。时她已烟瘾甚深了，毂孙每日只准吸二钱，她精神日衰，只吾常携烟供之（徐亦吸烟者），故尚能与之谈谈。她知吾有印癖，时询某某认识否。吾告以虽相识，不多见到者。她曾托吾见你时，务必仍常常去安慰安慰之。她时时流露说，你无端一别不来，情分太薄了云云。所以吾说你负心郎也。那时吾（一）实不知你住址，（二）亦不敢作‘红娘’寄简也，后告之某某音讯全无也。她由怨而恨了。毂孙任之找沈成武，又遭婉拒了，遂日以白兰地沉醉抵瘾，作慢性自杀了。至戊寅八月，谭敬（广东豪富，纨绔子）邀他们二人及吾，三四人同至虹口广东大富翁甘翰臣花园中午餐，红萼竟狂饮白兰地至一瓶，片刻之间吐血不止，倒地人事不知了。毂孙尚漠然视之，由甘老急电医院，担架抢救之。不二日即逝世了，其状惨甚矣。”徐又云：“某某，假使你当日仍肯常去，毂孙亦不致如此虐待之。就是你与她有关系，毂孙正欲卸任，对你亦无可无不可也，她亦可得此安慰永年，何致二十五六即夭折邪？”余听了徐兄一夕话之后，夙昔情怀，又一一萦回于脑际矣，大有既知今日，“悔不当年秉烛嬉”矣。时余无耻之际，手边正有《文选》，偶读古风有“山桃发红萼”，又有“仿佛见斯人”等句，遂戏学集句，成五古一首，以示当时丹徒诗人许效庳（十大狂人之一）。承其许为可造之才，又属一首分为五首。嗣又读荆公诗，集七绝六首梅花诗，自蓓蕾、烂漫直至落花，许君持示集句专家陈病树，病翁大为赞美云：乃首首写梅花，首首指所眷念之人云。余又以告于湖帆，徐君之言种种。湖帆云：“徐君之言，吾果认为你与之一清二白，但你当时即使有什么，也情之所钟，无足奇者。你后来格于旧俗，确有负心之处。”余云：“毂孙以正人君子待吾，吾如作此不端之事，将何以自恕邪。徐之说吾负心郎，移赠毂孙方正确也。吾平日最鄙视夺人之妻者，如江小鹣，夺至友陈晓江之妇为妻（后友人戏之云：陈早晓得有江也）；俞振飞一经教唱至友夫人昆曲，一夺陆氏，又夺陈某之妇王氏为妻（王死后，乃取言慧珠者）。而吾何能效之邪？”湖帆亦认为然也，乃为余画枯梅一枝，上只一花，梗上满点石绿之苔，复填词一首，题曰“暗香感旧图”云。惜乎于六六年亦已归公矣。

初，湖帆于三九年葬其妻潘夫人于虹桥公墓时，归谓余曰：

"隽文亦葬于是，可一吊也。"余乃乘展先妣墓之时，凭吊之，竟未见到，遍觅之后，始获睹"蒋阮隽文之墓"，碑后复有褚松窗丈百余字短文一篇，始知即斯人埋骨之地矣。她明明汪姓，而縠孙有意易之为阮，闻不欲使沈成武知耳。可叹也。时余尚未闻徐兄之语，故亦一瞥而过，后对湖帆云："其始也，君好事推荐之，其没也，又促吾凭吊之，洵可谓始终由君一人所造成者。"相与一叹而已。先是，张修府曾以所藏莽量、大秦权二全形拓片赠蒋，裱后悬于床侧，余每去必赞赏莽量文字，她征得蒋同意后，亲自摘下见贻（今尚保存未失也），后曾嘱稚柳补梅一枝以作纪念。又，余闻徐君言后，深悔未得其一影为憾，后为沈侄维奕所知，云昔年其母曾与她相识，获有一帧，但非双腕支颐者，可私取相贻云。时沈君正有二印介绍命刻，润三十六元，余知其方失业，至穷困，遂全数赠之，及携来视之，乃十四岁时初入倡门后之影也，稚态犹存、肥胖之小姑娘也。亦聊胜于无矣。在胜利之后，又在途中遇縠孙，汽车已无，白发满头，形殊颓唐，尚与余欢然道念念之情也，知其对余尚念旧情耳。后即全家赴港，其女嫁一大富之家，縠孙又作丈人老头，汽车洋房了。六四年徐森玉之子伯郊自港来沪云，他已去台湾做反动派文化部之审定专家矣，但丑态如故，乃不时以赝鼎骗人钱财云云。

余写此感旧往事，不禁有所谓"白头自笑未忘情"者邪？縠孙、湖帆与余初均不屑为友者也，乃余以陈、汪（中又有一施氏）遂一再往来，湖帆亦不惜为作帮凶，均迷恋于女色，而余至今犹念念不忘，均可哂之事邪。

附记沈成武二三事

沈为清沈葆桢（两江总督林则徐之婿）之孙，沈昆三、英美烟公司总理之弟，行七，奥、德留学生，乃沪上 X 光巨头，回国时以五万美金购全套 X 光仪器自设门诊于今南京西路之大华公寓。自婉拒隽文后，迄未取妻，得一场大病，人事不知者近一月，幸其胞妹之女郭氏（有夫之妇也）日夕衣不解带侍奉之，尿屎亲涤，甚至以口度药。沈愈后，百计厚酬之，均不收，问有何希望？云：“请舅舅自猜。”坚询之，乃云：“愿为夫妇耳。”郭貌奇丑，沈感其恩，遂娶之矣。哪知一结婚之后，全部经济悉操其手，沈成木偶矣。沈五兄名林策，留英学生，余老友也，以嫖倾家，遂死了，遗子即维奕，日本学生，母子均赖七叔为生，郭氏只给卅元一月，致维奕穷困无以度日者。沈住宅在富民路底之延庆路，故余得时时见其夫妇经过门口，一隽一丑，人以为异云。后以奉命至朝抗美以 X 光为军医，以急于完成任务，以致感染 X 光得疾而逝了。以上均维奕告余者。维奕又云，红娘双手支颐之小影，七叔始终悬于内室，无法窃之贻余也。又，维奕尝告一笑话云：“某日，七叔处来一人求拍 X 光，询以何症，云：‘请自头至足，一一检查。’凡数十种之多，达一月后毕，告以一无尊恙。其人大喜，略视账单后，即出付支票一纸，嘱七叔自写之。七叔云：‘哪能如此？’其人云：‘老实告你，阿拉不识字的。’七叔云：‘共一千几百元呀。’他云：‘阿拉相信你，开好了。’一看都不看，打一印章，连连谢谢而去了。”此真旧社会时代市侩怕死之怪现状也。记之，以供一笑云。

记杨云史

杨圻，字云史，斋名江山万里楼，常熟人。父名崇伊，字莘伯，为清光绪初年三大名御史之一，以风厉称。云史少即有才子之名，中某岁北闱乡试南元（当时旧例凡在进北闱者，解元例须北人，南方人第一名曰南元）。李经方（字伯行，为文忠长子，承继者）时任某部侍郎，即以女妻之，不久悼亡。续弦徐霞客，乃徐积余之妹也，不数年又悼亡，时已民国初年矣。云丈虽已年逾四十，犹不减少年风度，日以秦楼楚馆，诗酒豪放为乐事。当吴佩孚战胜皖派后，虎视鹰瞵于武汉之际，闻云丈文名，遂聘之任秘书长（有人云，乃首席秘书也）。其时冠盖满武汉，名娼亦云集于汉口，妓女陈美美为云丈所特赏，于是畅宴无虚夕，日以诗歌张之。云丈诗专学吴梅村，故仿《圆圆曲》而歌《美美曲》矣，律诗绝句，更无论矣。当时拍马好事之徒，时时抄录，投寄上海《申》《新》二报副刊上，于是杨陈艳史，又遍传于申江矣。余久随寒云先生历遍娼门，对杨氏之如此力捧美美，总以谓必美而艳者，不知不觉，一心一念，想一睹此美人而后快了。吴佩孚失败后，杨陈双双来沪，杨欲纳之为作正室礼待之，为美美所婉拒，告以云："公子年都与奴相若，万一失身被蒸，反误公一世清名矣。"（此为美美嫁縠孙后，亲口语余者）云丈乃取泥金笺四幅绘红色野梅花（云丈善画，专写野梅，梗上多刺似玫瑰），并各题七律二首于上，末幅有最后二句曰："好花堪折不须折，分付东风好护持。"上款仍书"美美校书留念"云。至此，余须插入一段笑话如下：美美嫁縠孙后，知余为云丈姻亲，故时时以云丈轶事相告，至表感念，并尝出此四画见示。某夕，縠孙请褚松窗丈及余二人晚餐，求褚审定宋拓孤本薛少保

《信行禅师碑》。晚餐后，蒋嘱美美出云丈四画示之。褚丈在书画家中，以善谑刻薄出名者。其时美美展示，褚丈观至末幅最后之“分付东风好护持”之际，适毂孙立其左侧，余立其右，褚丈先对美美微笑，继拍毂孙之肩而云：“东风东风。”余亦微笑谓褚曰：“老伯，这不是‘东风’，是‘白板’呀。”（妓院切口，二客争一妓，名曰“白板对杀”）使蒋陈二人为之哭笑不得。

当云丈初自汉口归申后，余以一龙尊人之介，乃得识荆。虽五十余人，犹风度翩翩，一望而知为一北方名士气（以生长北京也）至重之雅士也，承一见如故，时时畅谈，并以诗集见贻，艳诗浓词几占十之三四，内有句云“家家红粉说杨圻”，套放翁“团扇家家画放翁”耳，可谓魇极矣。不久又为东北张学良聘去为高等参议，作冗员矣。岁庚午春节前夕，余上钱芥尘之当，谓可介入张幕作三级秘书（少校），蒋毂孙是时以在申无出路，忽动官兴，以巨金购得清冷吉臣（枚）廿四幅巨册页《宴寝怡情图》，嘱余求芥尘为介投奔张氏，与余同车至沈阳（详情另叙）。余知云丈亦在沈阳，遂朝夕屡访之。是时云丈正新纳一北方妓女，云是伊人不愿嫁某伧，背鸨母而私奔投云丈者。云丈为之更名曰狄南美，又作长歌曰《燕归来词》云。郑重出示，并嘱狄姬出见，告之云：“陈少爷，至好亲戚也，嗣后你可无虑避之，同桌吃饭可也。”余为毂孙所出卖后，只四十天即南归了。至杨宅可廿次以上，始得对狄氏作刘桢之平视，乃一神似南方姑娘，尚楚楚，但满脸脂粉，画眉点口红，满身红红绿绿，尤其大红鞋子，淡绿袜，宛似史太君身旁鸳鸯之装束，如今日观之，几同妖怪矣，一笑。在此一个多月中，云丈谈掌故至多，尤其对于岳家文忠后人谈至独多，只其岳父伯行，云丈谓乃一纯雅之士（后先君曾至大连晋见，确乎如此云）；一龙之父未加一词，殆为舍妹之翁耳；其对于伟侯（国杰，文忠长孙，袭一等侯者）尤肆意丑诋之……伟侯乃云丈之胞妹夫，杨夫人与之如冰炭，故云丈对之不怿，亦理所当然耳。又，云丈对于文忠幼子经迈（字季高），平日见之，从不以叔岳视之，云丈云：季高乃文忠私于婢所出，少狂嫖，得隐疾，形同阉人。妻卞宝第巡抚之女也，季高无力控之，任其所为了。季高本欲以一龙之父为嗣，为老夫人所拒，不得已，纳一婢，表面为妾，其实因知她已与仆人高叔有了身孕矣，生一子乃名九龄者，其实“小高”云云（据舍妹云，九龄早去美国，死亦多年了）。又云：伟侯只二女，一子亦似“小高”身份云云。余回申后，无意告诸舍妹，为一龙父子所知，李姻丈一夕特召余至其烟榻旁，笑询云：“云史真如此相告耶?”余大窘，应之。一龙尊人云：“云史所言，无一不确，你既知之矣，更可相告。当年我们二家会亲时，不使四爷与你家见面，第一，因四爷比你老父年龄小几岁，旧例须叩头，不像样；第二，我们李氏对之，亦不尊视之。”

庚午三四月间，陈美美离蒋下堂而去了。时余与榖孙尚嫌隙未消，故一无所知。而这消息竟不知何人传至沈阳而入云丈之耳了，乃以快信致余，附致美美一函，嘱必须设法面投，代致慰问之意。信未封口，余启视之，乃一纯粹之情书也，长篇累牍，余仅能忆及二句云：“卿本佳人，奈何从贼。”所谓似有微辞。后云惟愿今后择良而作正室，以慰吾之期望，最后更云托陈某某姻兄面加致意云云。余为之大窘，此函她必珍而藏之，云丈笔迹又为她所熟识者，余名厕入，似太不雅，乃选薄笺，双勾填墨，将最后几字抹去。又不知她在何处存身，不得已，单身至三马路妓院探春家询其下落，因她二人至好也。承探春允代问接见时刻。至次日又去，告余云在一品香旅社某号即可去谈谈。及见她后，即涕泣而谈，榖孙如何如何虐待，半年不付家用，私蓄用光了，不得不下堂云云。及读杨信后，嘱转言感激而已。又云即将仍去北方为妓了。又三年，吴门名画家吴子深至天津，知她又积多金，愿取之为正室，遂正式结婚归沪，住威海卫路之祥麟里为吴太太矣。余与子深亦老友也，又时时见之矣。但其时她自知不便露本来面目，处处婢学夫人，吾与她二人不再亲热如蒋氏时矣。其时她螟蛉一女名佩佩，初意殆不得意时恃之作摇钱树者，未解放，四八年即全家去香港了。七年前即闻子深之第六弟妇（小）云，佩佩嫁一外侨，富人也，子深美美双双安度晚年矣。去岁十月得港友沈苇窗来书云，子深死已多年，美美尚在港作寓婆，年近八十矣。她初嫁榖孙时，云比他小三岁，甲辰生，云丈云，其实己亥生也。她归子深后，先君亦时去访吴，故至熟。一日她笑而询余曰："陈先生，你究竟是否为老太爷所生?"余笑答云："看看面孔像否?"她云："因太像了，故与你当笑话谈谈。你为何赚的钱，全部被老父拿光，身边一元也没有呀?"余云："七十五六老人了，只能如此顺顺了。"她云："吾不是触你霉头，你简直是'生意浪'（妓女最忌'堂子'两字，总言'生意浪'也）的一个'讨人'哉（'讨人'，指卖断母家的稚妓，一任鸨母操持者)。"她对余确甚表同情，故只有一笑而不以为辱吾矣。她在蒋氏时，对余多所规劝，勿涉妓院荒唐，言多切实，下当再记。

云丈生平有一隐痛之事，厥为其长女堕落事。其长女乃李氏所出，嫁于仪征名小说家毕振达，字倚虹，号几庵，父毕奎号畏三，作民初杭州印花处长，死于任上，亏空累累，倚虹被送看守所，逼代偿父债。数月之间，杨氏为当时杭州某饭馆小开李风来所引诱成奸，坚与倚虹离婚。倚虹来申悬律师牌，第一件即办理自己案件。余那时在寒云家亲见倚虹述当时情况云，子女五人，长女已十七龄矣。在判决准离时，其长女持一结就之绒线衣，趋前谓母曰："妈妈，衣服结好了，可带去。"其母理都不理，随手丢在旁听席椅子上，云："啥人要。"竟欢然跟李风来扬长而去了。倚虹言时，声泪惨然。继娶汪，又死了；似又娶一缪氏，倚虹竟以痨病死矣。所贻三子，由包天笑、钱芥尘等分别扶养，直至三子各各成立。杨氏又嫌李风来不合意了，竟弃之而至北京，重为毕太夫人了。长子亦至孝顺，至此，一龙全家又与她认表亲了。直至去年舍妹来申，闻之云丈第四子名瑞年者告之云：杨氏后又与大流氓黄金荣同居过，李风来自知势不敌黄，故不得不让挡了。现杨氏尚在，年八十矣，舍妹云：望之犹似五十余人也。云丈死而有知，更当痛惜矣。云丈于抗战时去港，解放初期始故世者。闻其后人早已扶柩回常熟安葬，狄南美乃遣之归北方者。

附记毕倚虹事

倚虹文才至佳，但好作冶游，更喜作小品文专记黄色新闻。当时三日刊《晶报》亦最欢迎此等作品，以求销路。壬戌前后，倚虹尚居杭州，其比邻为王克贞女士家，王为北京财长王克敏之胞妹，行七，嫁镇海李某某（亦行七）为妻，生二子，一李祖某（已忘，似“永”字，即香港拍摄《清宫秘史》之老板也）；二祖洵，上海第一号大胖子也。世称王七小姐，李七太太，即此人也。当时江西省长汪瑞第三子名龙孙，小白脸也，为七小姐所俘，禁闭而作情人。于是倚虹作长篇小品文曰《湖上情俘记》，情文并茂，奇在王、汪二人在房中情话绵绵，甚至床第之间窃窃私语，不三日，即详实刊于《晶报》矣。倚虹稿费大增，《晶报》销路日盛，王、汪二人大惊，不知如何，疑倚虹擅隔墙而听者。如是近一年之久，始恍然，乃一家中老亲信之女仆，每日在房门外窃听后，巨细不遗每晨至倚虹处作详报者，倚虹月付十元作酬劳。当时作一女仆，哪有一月十元者，故对倚虹若是忠心服务，有巨资可得耳。事为王、汪所拆穿，女仆去了。《情俘记》亦告终了。六二年后，汪龙孙亲告余者也。未知倚虹身受李风来之报，对此亦有所悔多此一举否。

记弹词艺人黄异庵

黄异庵，苏州人，原名已忘。少即聪颖，当大世界初开门时，他即以十龄童之名，当众挥毫作书，卖数角一件，颇负盛名。长大后娶名画家江寒汀之妹为妻，（江妹）以黄贫困，即另嫁人了。抗战第一年，黄因居于近上海之某县小客栈中，积欠房金无所出，乃告房主人曰："本人尚有小技，能唱苏州滩簧及弹词，请设法借一乐器，如二胡即唱苏滩，如弦子则唱弹词。"黄告余云："殆命中应作弹词艺人，所借得者乃一弦子也。"遂沿街卖唱，自编《三笑》，以噱头多，竟顾客日众，或几分或一角，付房金绰绰有余了。遂积五十元，拜一默默无名之艺人为师，买得正式说书人之资格，乃得在各地小码头为艺人了。他为艺人中唯一通文墨者，因知大名家朱兰庵（写小说，即名姚民哀之人也）以说《西厢记》驰名，死了，乃自编《西厢记》，绝不抄袭朱本，故名曰"异庵"，示异于朱兰庵耳。

他初来申时，在城隍庙说《西厢》，张生游殿，与小和尚法聪瞎三话四，把明人所著滑稽之诗文等一一改头换面，作为插科，听者大悦。其时闹一笑话，有某某一向规矩之人，忽常至夜十时后始归家，其妻讯以作何事？云："听书。"问："听什么书？"云："黄异庵之张生游殿也。"隔廿天，其妻又问："听什么？"仍云："游殿也。"二人勃豀不已，其妻云："游什么殿，分明胡说了。"某某次日偕其妻同往听之，把这女人也绊住成为书迷了。由此异庵名大著，租界各大书场争聘之为台柱了。

他性喜篆刻，曾托人拟执贽余门。（余）因见其属于野放一路，乃转介拜邓粪翁为师了。后他红得发紫，所到之处，照例客满，昂首天外，不可一世了，但见余仍至亲密，彼此嬉谑不已。一日，他在沧洲后台（与前台只隔一层板）与余二人相互嬉谑，余云：“我如女性决不嫁许仙、梁山伯一类呆子，做男人只愿娶《西厢》中红娘。”他云：“对对，对对，如本人做女人，只愿嫁法聪小和尚也。”时在后台之许多男女艺人哄然大笑，把前台正说书之艺人，以后台一片笑声，听众吸引力注听后台，竟呆在台上了。那时余为沧洲一霸，介绍名女人如吕美玉等特多，由九十几听客，造成满座。异庵又大响档，于是主人茶房头头等等，向余及黄要求少放噱头，“帮帮忙、帮帮忙”不已而已。

黄以名太盛，为同行许多人所嫉妒，“文革”起后，遂被苏州、上海二个评弹团合力陷之，先戴右帽，继送青海劳改十年。释放后准归苏州，但不准再作艺人了。此人既能自编自唱，当然亦勉强能做诗者。他与大可至熟（余所介者），曾以归苏后数诗求大可改削。大可独赏识其七律，中二句云：“□□十年成小别，岂知万里有归人。”二句特佳，颇有含蓄之意云云。后又以借疏散人口为名把他遣送苏北极北之一乡中了。该地粒米无有，乃写证书予之准仍回苏居住，但户口仍在苏北也。幸寒汀妹所生女，四岁随母嫁了一扬州人，仅自知原姓黄，在上海四十八路公共汽车做卖票员。卒由公安局之力，访得异庵，父女重见，时时以款接济异庵，苦度光阴，其晚景凄凉之极矣。去年来申探视女儿，犹来舍下闲谈。近嘱许兰台向苏友探其生活如何？竟无消息，殆穷困已逝世了邪？

此人为一绝顶聪明之人，忆去年（一九七六）天安门事件发生之时，他适来申闲谈。某对之云：“大约可以定局矣。”他云：“先生，未也、未也。可以把五十年前旧戏馆之比方言之，现在台上正在敲锣打鼓开始闹场也，跳加官口含假面具，即要出场了，什么‘年年平安’‘岁岁大庆’‘加官进爵’‘指日高升’的牌子一张一张地先给观客看看。后台正在扮戏呢，一出一出，尚待演出，最后大轴究是全武行，大开打呢，或花旦唱工戏，尚在不知之数也。反正‘六国封相’‘老旦做亲’（旧时每演戏完毕后，例有一饰老旦者出场向观客裣衽为礼，以示戏已告终了），终要有的，吾们是看不到了呀。”今日不幸已被他猜着一半了。某自认笨人而已。

附记盖叫天笑话一则

北洋反动政府时内阁总理孙宝琦字慕韩，杭州人，死后葬于杭州，当时墓道、石碑、石牌楼等等，耗资数万元之巨。解放后，后嗣式微，乃以墓石等悉数出售，受主为名武生盖叫天，名张英杰，只以三四千买进。张伶乃悉照原样营寿圹，石牌楼两侧，特请吴湖帆书七字联句，每字大可二尺，以张最擅演《三岔口》《十字坡》二剧，故句曰：“盖世英雄三岔口，豪杰某某十字坡。”将“盖”“英杰”三字嵌入也。上横额求梅兰芳乞名家李释堪宣倜法挥。李氏为书“武行者流”四大字。张伶意为李誉之似行者武松一流英雄，大喜之下，亟刊了安上，并摄全幕景小照，遍贻友好。一日，余至李氏处闲谈，李笑谓余曰：“你试将‘行’字圈声读之，乃银行之‘行’字了。”于是，武行者变作“武行”者流了。京剧跳老虫、打斤斗者名“武行”也。李云：“他只配做一个武行角色而已。”后为张所知，大窘不已，亟毁之。洵可一笑之事也。

记十大狂人事

冒孝鲁

冒孝鲁（景璠），如皋老狂人鹤亭诗人之子也，为北京某大学专攻俄文之高材生，任颜惠庆驻苏大使馆一等秘书有年。解放后，任复旦大学外文教授时，余以鹤丈之介始与相识，觉其人之狂傲，有逾于老父。渠每读鹤丈诗文后，必指摘之，连呼“不通不通”，老人亦只能默认而已。盖其邃于国学，故敢如此也。凡有自命文人雅士者，以诗文就正者，至多读三行，即云“好好”，掷还了（忆先外舅况公，昔年黄公渚孝纾、龙榆生沐勋尝以词求正，原封未动，外批“至佳”二字还之。故黄、龙二人提及况公时，必大詈不已。孝鲁还读三行，似比况公略谦邪）。湖帆平日以词自炫，尝亲书小楷，付珂㻶版影印（后附《和晏词小令》一卷，乃倩女词人周錬霞代书而捉刀者），名曰《佞宋词》，求孝鲁为作序。孝鲁以其老父至好也，故嘱湖帆求鹤老撰之。鹤老大窘，事后谓余曰：“这词，做周女徒孙都不够格，真无从恭维之也。”湖帆又坚嘱孝鲁作跋，跋成，竟莫名其妙。余后问之，孝鲁笑云：“他词更莫名其妙呀。”

但在丙申、丁酉间，渠以许效庳之介求太极名家乐幻智奂之医病，乐公以气功治愈之。他们畅谈虚字语助词，乐云：“读通《论语》，虚字也通了。”孝鲁自此遂“乐老师乐老师”不已矣。后告余云：“斯人非徒以拳术鸣也。”观此，则非对任何人都狂了。

孝鲁好色之登徒子，亦惧内之大王，但只要避了河东狮，艳闻逸史，层出不穷。知余解人也，故一暇休息之日，必光降寒斋，畅谈过去为乐。渠与余有同一心得，非可以言语形容者，即不问初觌面之异性，如何严肃端庄，如“心有灵犀一点通”者，一握手即可明白了，如对方不属意，则以严肃对之，庶免白眼相向了。他自俄回国时，尝畅游欧洲各国，以夫人不在，故艳事特多。不遑多赘，只述渠在法国时之一为例，即可概其余了。孝鲁云：初抵巴黎之日，在同一列车中邂逅一法国少妇，至娟媚，未交一语者。下车后，伊人手提一旅行包，在他或前或后，微露娇不胜力之态。他按照外国规矩，趋前愿为代拿，伊人表示感谢付之。乃一经手提之，立即发觉内只衬衫丝袜而已，轻极了。明白了，即向她询问要否送至寓中？伊人遂即以寓所告之，并云：夫为某处某职，午饭不归家的，明午如蒙光降，当备午餐恭候如何。孝鲁允之，并送至门口，即彬彬有礼告退了。次日修饰整洁后赴会了，饭后遂成腻友那个那个了。

其时，余有某剧人（名闻南北大艺人也）委刻印章，以汽车迎余至其公寓中。时正七月，其禁脔亦大名坤角也，年可二十余，窈窕多姿，与余询问篆字不已。余迷之，次日特以许多作品示之。她仅着汗背心、短裤，竟半跪半侧身，傍余沙发而询一一，达半小时以上。余凝视其白皙皮肤，大约有痴状，为此大名角所见了，竟当时把她隔开，操其乡土语，喝进去了，并对余白眼相向。此伶，著名色中魔鬼，凡其班中坤角，无一幸免，闻后房达六人之多云。余以此事告之孝鲁，孝鲁云：“白眼相向，正魔鬼自知不敌于汝也，即使以耳光相向，你亦应有‘皮肤虽痛也风流’呀。”说毕，吾二人大噱不已也。孝鲁虽好色，但于朋友之妻以及女学生从不作一非礼之事，此殆释家所谓上乘功夫邪？自其去皖后，即无音讯相通矣。其夫人余亦见及，固一大家闺秀也，殊和善，孝鲁畏之如狮，乃自作孽耳。

沈剑知

沈剑知（觐安），八闽世家子，曾祖沈葆桢，祖及父不详。他为福建马尾海军学校毕业生，抗战前任江南造船所上校官，抗战后退隐了，居富民路富民新村多年。妻故世后，他遂与其长嫂刘氏同居了，房中只一榻也。嫂为故北洋派伪海军总长刘冠雄之女。刘胞侄亚文（南京戒烟局长）所亲告余者，云：刘氏中人都不齿此人者也。他擅山水，自云学董香光有独得之秘；又擅做诗，专学陈后山，为梁众异、李拔可、释堪昆仲所赏识，故狂到了目中无人矣。尝有一诗，为某诗人所推崇，面誉之谓，神似放翁之作。他竟拍桌大骂，谓放翁哪里及自己，诋此人为不懂诗云云。

汪伪时，上海中央储备银行副总裁钱大櫆之妻黄慕兰（原大连妓，名黑牡丹，后当记之）正戒除嗜好，附庸风雅，聘陈师曾、陈半丁之得意女弟子江采南蘋授花卉，沈剑知授山水，入晚即以汽车迎江、沈二人至愚园路钱宅，供丰盛夜餐挥洒为乐了。向例，以生理上之关系，戒烟之后，性欲特旺，黄慕兰未能免之。沈遂与之大肆非礼了，后黄又为一为之戒烟之医曰苏记之者所占有，沈遂转移方向追求江了。江与沈对门马路之比邻也，竟日夕不离左右。江丈夫死后，沈益肆无忌惮了，竟不准江接见任何一个亲戚朋友了，使江大怒，竟与之绝。解放后，江考入博物馆复制品工场工作，沈借谢稚柳大力亦进了博物馆为干部，二人偶尔在电梯中相遇时，都别转了头各不理睬了。江与余至熟之友也，偶谈及沈时，辄嗤之以鼻也。然江至今所画山水，几与沈无差别，足见当时二人之密切也。

在“三反”“五反”时，谢稚柳犯了错误，成“十大老虎”之一（见报者），竟致五花大绑，绑上大舞台，宣判缓刑三年时，沈前据第二排座，频频起立拍手大呼以耻之（闻当时检举最力者，亦沈也）。此均尹石公当时在大舞台参加时所目睹之事，后以告余者，当不诬也。故尹老对沈为人，殊鄙视之。稚柳谈及此人时，总大詈不已，应当也。沈对余治印，认为最佳，故为之所作不少，他贻画亦多，惜均随收随弃矣。闻近来他告徐生云，抄家发还东西，陈印尚存一二，为幸事云云。此亦余之知己邪？

有一次，似在抗战前，沈以所藏江西新城陈侍郎某某所书楹联二事，出示于梁众异，拟求售。陈某某（名偶忘，乃嘉道时著名写董字之名家）为陈病翁之曾祖父也，梁因之请吴湖帆、吴用威董卿（与冒鹤亭郎舅至亲，亦以摹董书得名）、陈病翁及沈等至家午饭，悬此二联，求陈等审定真伪。陈云赝鼎，沈云真迹，争之不已。沈忘却了陈乃骂座专家，竟对陈云："吾学董书画多年，宁有看错之理。"病翁拍桌詈之云："这是吾曾祖书法，笈中尚藏多件嗣守，可以取来一比，宁有错邪。你不认识吾上代之字真伪，犹吾不能辨尊曾祖沈文肃公之字也。"大狂人被老狂人所压倒了。故沈每谈及陈时，总有恨恨之意。但余曾以黄公渚、沈剑知之文字如何以叩病翁，病翁云："均不坏，但以二人均自满太甚，未肯更上一层楼了。"陈作一比喻曰：他二人都已在国际饭店十四楼吃了精美之食矣，亦已据高可望见人民公园全景矣。如能更上至廿四层，则黄浦江与全上海可以一一尽入胸中了云云。此言虽谑，似有真理也。

陈蒙庵

陈蒙庵，此人与前二公迥然不同矣。他殆一世中从无二色之正人君子也。其狂放自傲之态与二人略有不同，盖狂而有癫状，又口没遮拦，说后尚不知已闯了祸。他在况大先生处信口几句，害内子大病三四年之久，余与况大至今尚未释嫌，均其一句胡言，而有此后果者也。前已记之，兹不赘。

兹忆在丙寅、丁卯间，余为之介绍与湖帆为友，湖帆以其况氏及门，颇善之。他一再嘱书，无不允者。后又屡代商人求书，湖帆云：“富商之件，需叨光付润。”他竟打了京片子说：“这，瞧您得起，给您写的呀。”使吴大怒，乃与之绝交了。他除况公几个知交如朱彊邨、冯君木、程子大寥寥数老外，其他至友易大庵、吕贞白为好友，袁伯夔、周梅泉、陈病翁等等，均不肯与蒙庵往来，都云：土膏店小主人，一身土头土脑云（视为乡曲之意也）。与赵叔雍二人，时时彼此奚落，余时时见之。但平心论之，文字似不在叔雍之下也，否则圣约翰亦不致聘之为文学教师也。而他能挈况大作助教，且为之每日准备课文，每与函及文，总曰某某教授兄，此则不负师门，余至今认为可嘉之事。第生平未至北方，与真正名士如溥氏诸昆仲，以及罗瘿公、杨云史、李释堪等接触，而一口北京话，即为甚是，以致于对袁伯夔、周梅泉、沈剑知等巨宦后裔谈吐进退之间，大有票友登台演剧，不甚自然，反不如若龙榆生、卢冀野前之一口的江西、南京土音为落落大方。惜蒙庵见不及此，为可惜耳。

吕贞白

吕传元（贞白，丁未生），江西九江人，父名鹿笙，以盐起家，任过一度小官僚，与夏剑丞为亲戚。少聪颖，读书甚多，故由夏公为之誉扬。又以十发老人之介，与蒙庵为至亲密之友好了，二人几无日不以作文填词为常课。当时（抗战前一年）南京路新雅酒楼下午二时至五时有点心座，冒鹤亭、陈病树、周梅泉、梁众异及其他诗人必每日去小叙畅谈，吕亦时时敬陪末座，他们亦颇青睐有加，以致效学了冒、陈、周三老狂人之形态，变本加厉，竟任何人不堪一顾了。吕因蒙庵关系，故与余亦至善。某日，余与杨虎之主任秘书江西南丰人赵某某亦一同至新雅小吃，为吕所见，过来招呼。余好意为二江西老表作介绍，赵君至客气招待，时赵正手持一书翻以解闷，吕据夺而观之，乃一清人普通笔记之类，吕以鄙视之目光谓之曰："啊，你读这种的书，也可以做司令部的秘书吗?"赵大怒答之曰："咄，你是哪里钻出来的小流氓，吾南丰赵氏，从来不知九江有姓吕的有读书人的。"言毕拍桌大骂小流氓不已。吕知难以斗杨氏部下，只能鼠窜而逃了，使余两面做人难。吕走后，赵犹向余叽咕不已也。自此以后，吕即不去新雅，蒙庵处亦总在白天去了，以余只夜访耳。从此竟无会面之机会矣。后闻况大云，吕、陈也交恶绝交了。

初，湖帆每填词，必请冒老改正，冒故后，又请中央伪大学教授汪旭初东润色之，汪死后，乃与吕为友，成至好，亦为改词也。岁甲午，湖帆始告余者，云：贞白每星期日上午必来。余以为老友也，某日上午特至吴宅，进房时犹见吕旁若无人，眉飞色舞而谈，乃一见余到了，立即云："吾头晕，吾头晕。要回家了，要回家了。"匆匆而去，湖帆认为此奇事，余已知他犹未忘新雅受辱之耻耳，亦未与湖帆言之。及六七年，始知他亦隔离中作牛鬼，乃汪伪时期某部大秘书也。吕寓延安路明德里，无子女，以惧内出名，始终不敢与任何女性为友云。但闻蒙庵昔年所告者，未知确否?

潘伯鹰

潘伯鹰，别号凫公，皖之潜山县人。抗战前无人知之者，胜利后始来沪，任伪中央银行秘书。始知渠在重庆时以凫公笔名写小说而成名者也，能诗，能仿《文选》作赋，尝为稚柳作《写竹赋》一篇，余曾见之，但未遑终篇，以用典过多也。又喜仿褚遂良之《伊阙佛龛碑》字体作书，因此得章行严与沈尹默之青睐，遂自命为第一流人物，狂放不羁矣。渠在重庆时所用印章佥为乔大壮所刻，来上海后，居然嘱余连襟冯宾符（君木之次子）为介，光降寒舍，一见如故，畅谈至久乃去。他与稚柳二人最为莫逆。名票张伯驹，收罗溥仪自长春出走后所遗失之古画特多，如陆机墨迹《平复帖》、徽宗《寒鹊图》等等。每得一件，必至申倩稚柳、伯鹰赏鉴，同时有吴某某、刘丕基（靖基之弟）亦厕其间，于是他们五人互相宴会，余无一次不作配飨者也。伯鹰最豪于谈，而体力雄健，仅次于大千。他除却章、沈、张大千、谢（书画也）、张伯驹（收藏大家也）及余（刻印也）之外，以陈蒙庵为况门弟子，又与其夫人为同乡，故亦甚知己，但从不请陈同席者。后余始知伯鹰尝介蒙兄与稚柳为友，稚柳与谈二次即恶其人，谓太萎而小派，声明不欲再见之故也（大约又是一口京片子，稚柳吃勿消了）。除此之外，竟目中无人矣。故遂公认可列入“十大狂人”之中了。余认为他虽狂，豪爽为其优点也。他为人作书写扇，总是作伯鹰为某某书，已名高高在前者，亦狂态耳。

他夫人亡后，一度追求一女画家（悟空同宗妹子，亦名媛也），不遗余力，在五六、五七年之间，不知闹多少笑话，几乎传遍了书画界，以致好事不成。后此女嫁与富人吴某某，伯鹰徒叹奈何而已（因此女有三个油瓶女儿，日需五六元营养品，开价每月须三百元家用不可，以致中断者云云）。后又娶一位全家老小有五六口之多的年约四十之徐娘为妻了。时为五九年后之事，余已去淮南了，故未详何以结合者。及六二秋，余回申后，乃稚柳告余者，并知他已任上海市府参事，兼上海中国书法篆刻研究会副主任（沈正主任），并已自北四川路迁居胶州路（万国殡仪馆正对门）。时沈玉还与潘已至熟，且为会员矣，余乃随她同访潘氏，直趋卧室，见他已横卧床头，云正从华东医院回家未久也，仍豪谈为乐。并介见其妻张夫人，貌亦楚楚，而风骚特甚。余领会潘得病所在矣，以一年老之翁，而当如虎之年之娇妻，安得不病乎。时余询以何时乔迁至此，他大笑云：“这是岳家呀，吾现在是做了猪八戒，入赘在高老庄呀。”时余正患腹水肝硬化，腹大如瓢，知他亦以肝炎转腹水矣，故笑答之云："吾与你都大腹如鼓，是吃了女儿国的水了吗。"互相戏谈为乐，后忽严肃地劝余云："某某，吾们都患了这不治之症了，今日是高兴，将来临终时是痛苦万状的呀，望你学学吾，多卧少动，希苟延残躯吧。"余笑谢谢而已。其后在稚柳处迭闻其屡进华东医院不已。在六四年余又去华东视之，已神志颓然，告余曰：在此，虽号称最高级医院，但区区小官耳，不过初出道少年诊病而已，而且清规戒律太多，急欲归家了。自此以后，不能见客矣。至六五年，闻弥留达二个多月之久，死时全身漏黄水满床笫，亦惨矣哉。后闻他与蒙庵也偶因谈文不合，而绝交者。在余谪居淮南时，他出全力以捧高式熊达三年之久，所有篆刻会委件及友朋所嘱，均一一介于高君者云云（他甲辰生者）。

许效庳

许效庳（德高），丙午年生。镇江世家子也。祖汝棻，清进士，官福建官铁局总办，与郑苏戡为至交，尝以苏戡之介，至天津张园授溥仪书。后溥为满洲国伪帝时，郑为总理大臣兼教育大臣，许任副大臣代部了。父经农，清癸卯举人，解放后任上海文史馆馆员，月六十五元者。效庳自幼至长，全为其祖父所亲授文学者，性聪颖，最擅做诗，又为苏戡所赏识，时予指正，许为佳子弟，故养成了他狂傲不羁之恶习了。

许在十余岁时即入上海交通银行为小行员，以诗文关系，为行中发行处长吴眉生庠（亦镇江人，擅诗、词、曲驰名者）所赏识，妻以侄女（江采女士乃眉翁之弟妇，效庳叔岳母也）。及抗战后，其祖虽已故世，但日人竟以中日合办"华兴银行"之经理一职任之了。所以沦陷八年中，他为最趾高气扬之时也，汽车阶级了。胜利之后乃一蹶不振矣，解放后，益穷困。子女四人，相继入党，一见面即以正义劝导重新学习做人，他竟置若罔闻，日至江采家闲谈而已。余于其时始与相识者。及其父进文史馆后，月给十元作零用，遂日至书场以听书作消遣矣。是时余以戒除嗜好，亦无日不以书场为消遣，遂与他更知己了。余学集句，盖得其指导为多也。是时据其自言，只陈病树、汪旭初二老为其所崇拜之人，陈亦最与之知己者，若吴眉生、陈蒙庵，尚认为可取，沈剑知、潘伯鹰、吕贞白，则无一入其目中矣。他云：女子中二人为佳，一为陈小翠，评之曰惜诗中用成语过多一些；二为周鍊霞之小令、绝、律诗，有佳句可称“女才子”云。故与周二人至亲近，周亦径呼效庳效庳不已（余所介绍二人为友者）。周语，略有江西腔，读“效”作“小”，“庳”作“鄙”，故缪子彬一见他，即谑之云“小鄙”来了，他亦怡怡自得。余听书只盯住沧洲书场一家，他听书，专盯住一个女艺人名侯莉君者，侯至哪里，他即在那里，侯去外码头，他即休息了。他为侯一而再、再而三四赠诗不已，以为可得美人青睐了，可怜侯乃一目不识丁之人，常对之瞠目不知所谢了。此诚所谓单相思，发魔耳。故余尝告病翁云：“效兄，狂之迂者也。”子彬云，他真是穷星未退，色星高照者矣。后其父逝世，生活益困，赖子彬十元五元接济。余为介绍作一小序，润五十元，他仍乐于此不疲也。一次，竟与余闹翻了，事实可笑已极，他曾告蒙庵云：黄静芬女艺人弹琵琶最佳，可属其演奏一曲以供赏娱。蒙庵允之。事为余所知，正恨内子大病卧床均陈所闯之祸，故即告之黄女曰：“你不要弹，陈某不是老听客也。”黄女亦平湖人也，当然不弹了。是日上台，即推手痛婉拒了。他至后台责黄失信，黄云：“某某说不要弹呀。”他大怒，竟属不知何人画了一手卷，曰某某某某图，丑诋余霸占黄女，蒙庵首为题词，汪旭初、吴眉生、陈病翁均亦题了。他以示江采，求书引首，江力劝并为吾二人解劝，余云：“与蒙庵作戏耳。”许乃立即撕去其图，言归于好了。后子彬笑谓余云：陈病翁诗中讥讽其吃醋失败，故不得不撕去了。

至五七年秋，他以郁郁患喉癌逝世了。在五月初，他生日，已自知不起矣，病翁特设宴宽慰之，次日作七律一首以谢，前六句已忘却，后二句云："赤脚层众吾自愿，眼前泥潦况纵横。"绝笔也，衰退至不忍言矣。后其友陈文无名珂收其遗诗油印一册贻人，病翁为作序，伤痛不已云。他尝告余曰："人都说吾狂，吾对散原、苏戡、众异、病树诸公之诗，即自觉珠玉在前，低首甘拜下风者，其他名人都不是高手，故不敢赞同，吾何尝狂邪。"此言或亦有理。

白　蕉

白蕉，丁未生，字复翁，本姓何，松江人，闻其父为名医，故蕉兄亦能知医云。余与之相交最晚，解放后在平襟亚衡先生座中始相识，时平君以《书法大成》稿本求白为审定者。先是，余久知其为一狂而懒之名士，报刊上亦时见其文字，小品文似专学袁中郎一路者，及见之后，觉和蔼可亲，略无狂态也。

至五六年八月，中国画院筹委会成立，他为十委员之一，兼秘书长，闻为文化局科室调充者云云。时二个委员，一刘海粟、二贺天健，均旁若无人，白反觉更和气了，但余从不与之多谈多话。及大鸣大放开始，白写了一篇洋洋文章，论书法，竟认为中国无一人懂书法、擅写字（隐隐以他自居为第一），最后一段云，反不如日本人有所得，"吾道其东乎"。遂被揪了出来，问以何故念念不忘日寇之用意所在？先已有刘海粟、张守成等，戴上右派帽子，最后召内兄、钱瘦铁、陆俨少及余四人，劝自戴帽子，可以早脱云云。故吾四人同具名请自戴者也。初白与余二人同管资料室，后余至淮南，遂无消息了。及六二年余回院后，白已调去美校为教员或秘书矣，从此不相处一起了。至六六年后，又闻其与余等一样作了"牛鬼"

了。及去岁余回家后，始知白已逝世了。据徐生告余，当其斗争最烈时，白所持手杖上贴了大字报，不准取下，走路以示众，白不堪日被批斗，病亟之时犹如此，至某日回愚园路家中时，爬上楼头，即倒地而死了。

白狂名至大，但余觉得，并不如外面所传为甚也。只他对沈尹默云云，似太对沈老过分一些，使沈大大不怿。或者即据此一例可概其余邪？白书学右军固佳，晚年作隶书，尤非马公愚、来楚生可及者也。

邓粪翁

邓粪翁（钝铁），上海人，以刻印著名，能小楷，亦作诗。陈蒙庵与之少同一业师，最不齿其人，云：先登报报丧，隔三天，又登报粪翁复活了。更名粪翁，即意欲使人引起注意也。

邓生平只拜服一常熟赵古泥石，刻印一以为法，自刻一印曰“赵门走狗”。印谱曰《三长两短斋印存》，自云：三长，诗、书、刻；两短，不能琴、棋耳。在戊辰、庚午几年，余以吴仲坰兄之介与之相识，登楼欢谈，见卧室一额，曰“厕简楼”。余问何典，曰：“马桶豁帚也。”及叔师故世后，余治印生涯日盛，曾订润例，速件加十倍。他亦订润，速件草草者，减九倍。见余即若不相识矣。盖同行嫉妒，每每如此也。惟有一事应记之如下：他尝为某寺院写“大雄宝殿”额，寺僧求署“钝铁”名，不允，仍以“粪翁”二字署之。胜利后，上海四明公所求画家孔小瑜绘蒋光头长衫坐石上小像一幅，上求粪翁题字，他题了仿伊墨卿体隶书四字曰“后来其苏”，款署“散木敬题”。嗣后遂以散木为名了。闻其门人单孝天云，已患肝、胃、肠三癌并发而死于北京矣。他生平最知己友人，厥为白蕉与沈禹钟二人而已，余者都怕其狂而怪，不敢与之亲近了。

来楚生治印，似学邓者，但比邓为佳，字亦比邓为雅也。

陈小蝶

陈小蝶（蘧），杭州人。其父即“天虚我生”，老蝶也，以无敌牌牙粉、家庭工业社起家，盖暴发户也。其父本自命为词人文学家，小蝶亦颇擅之，但所作诗词，湖帆以其出韵处一一圈出以示人者也。自其父死后，他大权独揽，遂长袖善舞，大造房子，卖买地皮，以度其豪富生活了。一方面大画阔笔山水花卉，与刘海粟、李祖韩等来往，又厕身于书画家之中了。钱瘦铁穷困时尝住其家至久。陆小曼、翁瑞午，亦为其老友，时时过往者也。余即于小曼处与相识者，当时见其身穿纯黑色服装，毛革黑夹袍、黑丝绒帽、黑色帕、黑袜裤，当年只上海捕房中探员“包打听”如此服饰，他乃效之，余殊鄙视之。

某日晚上，瑞午小曼家中，忽然“云飞”“祥生”“黄色”“利利”以及几个小汽车公司纷纷开至门外云：“叫的车子来了。”瑞午下去说未叫，竟要赔损失费云云。幸瑞午云：“要叫只一二辆即可，况吾们自己有车的，何必叫这么多呀。”始一一去了。次日小蝶来笑问：“车子多哦？”瑞午始知其恶作剧也。在杨云史诗集出版后，登报每部十元，小蝶知余与杨亲戚也，嘱借阅一下，余取以示之，隔三月后询其可还否。他云：“这种狗屁诗，不通之极，早已撕作碎纸烧烟了（时他亦吸毒）。”余云，吾要赔十元了。他云：“这种东西可卖钱？放屁。你告诉杨，吾说的。”又一次他以电话约余观杨小楼《夜奔》，余与之同进场，只二个位子，他夫妾二人坐了，对余云：“对不起忘了定三座，你去罢。”余大窘。时湖帆夫妇偕子三人同在，为吴夫人见了之后，即招手命其子让余了（他们母子挤一起了）。此二事，足可证明此人不但狂，而直是一个妄人也。他只对湖帆、李祖韩二人不敢嬉弄，其他友人无不为其侮骗以为乐事者也。但有二人，为其身旁类于蔑片者（姑隐其名）：一、法院书记出身，受其熏陶，居然能画甚佳之山水；二、亦小纨绔子，因久随其旁，亦能写写短文评评书画者，此异数也。

胜利前夕，上海书画家，开展览会之风大盛，他与李祖韩、秦子奇、徐邦达四人合股开“上海画苑”于成都路静安寺路口，专门出租取巨费，张大千三次展览会均其处也。解放前，他即以投机失败了，把所有工业社股票悉数让给了当时颐中烟公司巨头胡伯翔（后亦为画院画师，牛鬼了），他即携妾去香港台湾了。在香港时闻曾为杜月笙秘书，写了无耻的杜氏自传一厚册。至台湾后，又写了一册什么杂记，内有一则云：“知悉吴湖帆穷困得无以为生活，已返苏州，在路上摆香烟摊，藉以苦度光阴。”他这种用心，骗稿费事小，污蔑中华人民共和国罪不容杀也。台湾解放后，此人无所逃此罪责矣（该书，有人寄与湖帆亲见之者也）。

徐邦达

徐邦达（荃），浙江海宁人。父名尧臣，乃某国连纳洋行（专收买中国蚕丝者）之买办，一市侩也，暴发之后，附庸风雅，喜遍求当时名书画家作品，以为乐事。邦达，其幼子也，故自小即以东涂西抹，学画为乐。其表兄名孙元良，乃赵门弟子，余师弟也。故以孙之介，始认识之。时邦达只十二岁，一见余即探怀出名刺一纸，视之，“徐荃邦达”也。老三老四地与余连连称“久仰久仰”，余为之竟瞠目不知所对了。余戏询之曰：“尊名荃，与邦达，有何关系？”他云：“我要合黄荃（筌）与董邦达为一人呀。”余云：“真乃雄心壮志，可嘉可嘉。”但只觉好笑不已耳。

他本无师自修者，十五岁时已居然甚佳矣（他用功是死印、硬摹，非任何人可及），十七岁时赠余一帧著色山水（园林景）《安持精舍图》，至今尚存，昨检《急就》残片时，同时取出，今日重观，较之现代自诩大画家之徒，亦无多让也。大约当年他不知从何处临摹而成者也。孙元良死后，他即嘱余先拜赵公为师，因见叔师非山水专家，故又嘱余再介冯超然为师，冯门定例，每年需纳三百元，三年为限，他一算，须九百元，乃中止。遂又托人拜了当时小名家李醉石为师。李以学麓台驰名，教授法最好，邦兄由此得了不少知识。后他常告余云：李氏虽无大名，但教画第一好老师云云。后再拜吴湖帆为师，一、以自标榜；二、得湖帆指授辨别古画方法。于是大大进步矣。叔师一再向他恭喜即此也。

自其父死后，他亦稍稍买古画收藏，成一小小收藏家了。因此与南浔张葱玉珩成为莫逆之交了。葱玉好嫖，专游舞场（张夫人即名舞女也），邦达亦步亦趋，日与群雌为伍，有一丽者与同居有年，不知何故为湖帆另一学生孙某某所迎归。据云：本来二人公有之物，邦达退股，由孙独营了。吴门弟子无一不知之韵事。邦达面似一木鱼，蒙庵与之亦熟，为之题雅号曰“木鱼头”。在抗战后，他亦只二十余岁小青年也，余每在吴家时时见之，他高踞沙发，口含大板烟斗，一面狂吸，一面谈书画，偶一谈及贺天健、冯超然等教学生画法时，即摇头不已曰“贻误后学、贻误后学”不已（此四字他口头禅也，无处不用及之）。他走后，湖帆辄笑谓余曰：“他正在做‘后学’之年，而乃旁若无人，真狂，亦真幼稚，可笑可笑。”又，湖帆对任何物都爱惜，一纸之破角，亦必聚而藏之，云可作草稿用。邦达吃板烟不带火柴，时时取吴火柴燃吸，一日，余吃香烟，即就吴榻烟灯上吸之。吴忽拍余肩而云：“某某，你好的！你看，吾用火柴之后，梗子终留在牙扦筒中，一再示意邦达可用之，燃后吸之。他，左一根，右一根，取火柴狂吸，未免浪费，只要是必须用的，哪怕送他一大包也可以的呀。”（因记邦达之狂，附述湖帆之俭）在汪逆六十生日时，湖帆自画四画，嘱所有门人合作十二幅山水、花卉翎毛、博古，以取媚祝寿。邦达拒之，且到处扬言，不作汉奸、不附吴党云云。师生关系乃中断了。邦达之名更大著了。所以一解放，四九年秋，郑振铎为北京市文化（国家文物局）局长时，招张葱玉任（副）处长，葱玉以邦达为介一同进京了。那日，葱玉请郑晚餐，介见邦达，余亦在座，同座者尚有徐森玉、吴瀛。徐向郑丑诋溥心畬（溥正拟应召进京，故迭以事中伤之），吴与余初见之友也，亦大诋马叔平不止。邦达循循然，居然下属态度矣。后郑氏升副部长后，邦达遂升任故宫博物院副研究员了。

他见任何人都狂极，只见余一无狂态，因其子书城十三岁时即拜余为师，毫无报酬，而当时成为余学生中唯一佳才，故有此深交也。六二年余至北京时，途中见之，坚邀至其家中，泡茶请吃，异数也。后余屡得叔羊来书云："吾时访邦兄，他从不回访，何故邪?"余告以狂人之态耳（他自知沈副委员长不会招待之，故乐得自高身价也）。但去冬叔兄来信云：邦兄六六年后，被遣送江西劳动数年之久，近已回京，变了一个谦谦之士了，亦来谈谈矣。此真党和政府能教育一个狂人而做了新人，可喜之事也。

稚柳对之终不谓然，云：他云生平所钦佩者只一王麓台，太可笑云云。余知之，大约不忘李醉石之教导也。

记造假三奇人

汤临泽

汤临泽（安），浙江嘉兴人。少时曾为药店学徒，因羡慕秀水文后山、曹山彦、张子祥、潘雅声诸名家之刻印作画，故即弃其所业而从事刻印作画矣。渠善临摹名家印刻，精心研究，后得明文衡山犀角章二方，遂异想天开，专收破旧明代犀角杯等（因渠曾为药店学徒，当年药店所用犀角，均如此收购也），改制成停云、三桥、文水道人、祝枝山、唐伯虎、沈石田等，凡能在珂琈版画册中见到者，无一不照样刻成。其底之平之深，叹为观止，而虫蛀、裂纹，尤为逼真；印底所存旧迹朱泥，虽以水泡数日亦不脱也（此法，及假造宋元旧象牙印古色斑烂之方法，悉以授给余矣。说穿，至平常也）。所成几达八十方，悉以售诸平湖藏刻画印大家葛书徵（昌楹）。葛公自诩古缘独深，尝遍请丁辅之、高野侯、赵叔师、褚松窗等至其新闸路家中赏鉴，诸公无不赞美不止。时为壬戌、癸亥间也。余侍叔师同诣葛家，获睹放在两红木大盘内，真是古色古香。葛君特点示十余方外间从未见过的文衡山名号，葛云：此当年文氏后人珍藏在一锡匣之中埋于地中者，近有人连锡匣一并携来，故为新发现之珍物云云。葛氏二年之中，前后所费已逾三千金矣。当时葛应丁、高之嘱，以最佳罗纹纸，上绘纽式，下钤原印，名曰《明人……印谱》（名已忘，大概如此也），售作二十元一部云，似六册。后来什么仇十洲、金俊明、方孝孺，层出不穷，陆续到了葛氏书斋求售，纽亦粗糙不精了，遂启葛氏之疑，拒而不收矣。汤见已拆穿作伪情况了，遂少作少卖了。

时余年十九，已与之相识矣，渠已近五秩矣。渠尝招余至其家中自述其事，家在当时之拉都路（今永康路）兴顺里，两宅一楼一底，一宅为其居家，一宅乃做假字画之工场也。渠一时高兴，偕至工场间一看，为一裱画间，只一工友。天井墙壁上什么文天祥条幅、史可法对联、祝枝山等等等等，几十纸均雨打日晒，无一完整者矣。余呆了，问之曰："破得如此，有何用处呀？"汤笑云："要他破损不堪后，再取下修修补补，方能像真的了，可以骗人上当嘛。"又告余云：渠曾在嘉兴张叔未后人处以二元买得清仪阁残拓片一包，包的纸头为一二尺之旧皮纸，尚是张翁亲手所包者，于粘口处亲自写"嘉庆某年某月叔未封"九个字。写包处，适在左下角，吾遂拆开将"封"字撕去，写阔笔墨荷一幅，撕去角上，钤一点点假廷济印于上，卖给了姚虞琴，得价二百元也。姚君得后大喜，求吴缶老题字。缶老竟只认叔未亲笔，以为作画绝品超品也，遂为长题诗句于上。汤氏笑谓余曰："这画，吾做得还有一些露马脚地方，因为这纸自嘉庆年折至现在，折痕无论如何去不掉了，如果细心研究，书画哪有用包东西的折法收藏，西洋镜立即拆穿了。"次年姚老又以该画出示于叔师，余适在旁一观，果有折痕也。当时余绝不说穿，窃笑而已。有一次，余随汤同至城隍庙冷店中觅小玩意，见有一长方板旧牙章，上刻"子孙保之"白文浅刻四字，汤以四元买之。隔半年后，以原印出示，已变为"文天祥印"四字朱文了，深底，积朱至旧。汤谓余曰："吾费力刻了，竟无人收买，仍以四元卖给你白相相罢。"余谓之曰："何必急急，终有一天会有人买去的。"他认为对的。不久又来赠余胡卢小印犀角质者一方，曰："此印本伪作'十洲'二字，因无人请教，故磨去改刻你名字相送了。"在敌伪时期龚怀希辑《瞻麓斋古印谱》成，余见后附有宋（唐）女道士"鱼玄机"三字白文玉印（亦汤所作）、文天祥印牙章二方。余询龚老以多少钱买得？龚云：二印一共为二百银元，价至廉也云云。余为之窃笑不止。

丁丑、戊寅间，一日，湖帆忽谓余曰：“汤临泽做假货，今日吾始五体投地矣。”余询其故，吴氏云：“去年汤来向吾借去明人陈（或程）鸣远精制紫砂茶壶一个，说明要翻砂仿制的。隔了四个多月，把壶还吾了，同时以仿制者出示于吾，但一看是新壶耳，亦不以为意。昨天汤又来了，出仿制者见示，已一变为明人气息矣。汤请再出示原壶对较尚有不足之处否，及吾取下一比，竟一般无二也，两壶盖交换盖之，亦丝毫不爽。”湖帆云：“如不亲自看到，两盖竟不能分别也。”汤笑云：“吴先生，你放心，壶底上吾已换了另一名家之名矣。”吴云：“作伪至此，叹观止矣。”

后忽闻其得奇疾，虽在六月亦须盖厚被，用四个“汤婆子”暖其周身，不可见风，一见风，即大颤不已云。约有十年之久。六三年病重，入第六人民医院，不治身死了。尸身已放入太平间矣，半夜汤忽苏醒了，大呼“吾没有死呀”。放出归家，其病若失，遂照旧访亲觅友了。六四年余在捐客钱镜塘家中又遇见了，一别近廿年，相见甚欢。余询以当年葛氏所藏之十余方文衡山印何故崭新？汤云：以前所制犀角印，都以明人破犀角杯廉价得之，故做假易。后得一犀角，为一现代物，做假包浆殊不易，故只能穷想方法，做一锡匣子分三行，行四格，每印放入后，用锡合口，再加以化学涂之，埋入泥中。锡本易黑，上加药物，一年多即变成古气盎然了。再剪开作为新出土古物了。葛氏受了蒙骗，以一千元买去的。后来吾印章不做了，专收罗无款识的古金彝器，假添文字，文字完全在名器物上东集西凑，略减篆意，而用松香等等涂上刻以欺人的。容庚辑的《金文编》上即有许多字是吾改造而成的云云。钱镜塘即取一商爵示之曰：“这件是你所添的铭文吗？”汤云：“巧得很，是的。”钱云：“你提证据来。”汤云：“可当场拆穿给你们看看。”遂取一火柴点着了，汤云：只能离开二三分熏之于旁，如铭文上得热气，即发出松香味来，那即是伪添的了；如火太近，字即烊了。真铭文尽烧不妨的，云云。是年余已六十，汤八十余矣。汤忽对余云："你元朱文名望很大呀。"余曰："哪有你的古拙像真呀！"汤竟云："不妨不妨，吾来教教你。"余因其老了，故只能对之曰："请教请教。"他竟说："只要买一部王虚舟所写篆文《四书》，用以仿写刻之，即包你像了。"余曰："吾六十了，这书也没有，算了。"汤云："吾代你买。"余云："吾《四书》已久忘了，要寻字，太难了。"汤云："那容易，只要买一部《十三经索引》，一查即得，吾也代你买。"余云："太不敢当了，你如此高龄，千万不必了。"他连说"不妨不妨"。余只能一笑而别了。隔只三天，钱镜塘忽以电话至画院，谓余曰："汤老已将二书代你买到了，王虚舟篆文《论语》，四本，四元，《十三经索引》一册，十元，一共十四元，吾已代你将款付与汤了，你来取书罢。"余无法，即去付款取书了。心有不甘，次日即去四马路古籍书店，询问此二书有否、价若干？服务工作人员谓余曰："有二部，前五天已被汤临泽买去了。"余问价若干，答云王石印四册一元、《十三经索引》三元也。一转手间十元赚去了。余念其老，无可奈何，只能一笑了之。回家后立即以王四册给了学生、《十三经索引》给了左高矣。六七年汤真逝世矣。身后殊萧条，所有遗物变卖殆尽，尚存破旧未制成品之牙章六方，无人收受，其学生陶冷月之子也，携来求余以十元为求受主。余仍念其昔年之情，故即为介绍于龚仲龢十元收购矣。又据湖帆云：汤尝以破旧宋纸回炉重造，制成竟与宋纸一般无二，惜只能制成尺页大小而已。

周龙昌

周龙昌，仅知为杭州人。昔年在上海开设裱画装池店（店名亦失传），以善补古画出名者。民初上海寓公南浔富翁嘉业堂藏书家刘翰怡先生得恽南田花卉尺页一册，已蛀蚀不堪，召周询之曰：“能潢治否?”周答：“需半年，保证整旧如新。”刘愿由其开价，但须住在家中潢治。周因可得任其开价，故即住至刘宅，半年未出刘氏之门。及裱好呈于翰翁过目，翰翁大怒，谓周私自调包。周力辩无此事，全为用技术修补而成者。刘不问情况，即送周至当时巡捕房，严加审讯。及查明无事，已关了数天之久了。周受此大辱后，心灰意懒，竟将店闭歇了。时张大千方以专造伪石涛、八大、石谿、姜实节等等用以诒取当时沪上四大豪富之一程霖生（源铨）之巨款(程昔年所居，即今上海静安区公安分局也)。程所藏石涛、石谿、八大四五百幅之多，大千伪笔居十之六七也。张氏昆仲知周已不开店了，遂以每月二百银元聘之至家中，另租一宅，专由周氏为之装裱，一年二三件而已。至抗战后，携之同去成都，专为修补旧画，每月增为三百元了。据大千告余云：此人挖补功夫，已至神出鬼没程度，任何破碎，任何人物、山石、亭子等等，均可搬东迁西，无丝毫破绽可寻也。尝有一次有人以一手卷，绢本，元人五百罗汉白描像嘱裱，裱好后即取去了。又隔二年，原主又在某古玩店见一十八罗汉像绢本小卷一件，画者变为另一元人矣。原主睹此，颇似自己所藏五百尊者中之像，乃回家启视己藏之卷，是否为人取偷临摹的。首先发觉降龙、伏虎二尊失足了，乃从头检点，竟只存四百八十二像了。再仔细详看，又一无痕迹可寻，绢又一无损伤之形，遂发奋以巨值购进此十八尊小卷，所织之绢又经纬分明，一无剪补之形。明知一分为二，已不能合二为一了。为之徒唤奈何而已。

胜利第二年，周氏随大千回沪了。余在李宅曾与晤面。余见其年已六十余，一诚笃老人也。其时余方以湖帆己卯所画九方扇面临董玄宰墨笔山水一页示之，为亡三弟之款。余意欲求大千反面亦画几笔，以出售贴补寡弟媳。大千一见大赏，谓可混作董画，允作立幅一帧对调（后此画以百元售去）。次日大千以扇示之周氏，二人相商如何挖补。大千云：“这亭子似太挤。”周云：“可以搬至左上角也。”余在旁亲见此事也。后余与周渐熟了，问其罗汉卷子事。周笑云：“这是四十岁以前的事了，现在目光不好了，不能再做了。”余问之：“纸头可拼拼补补，绢一丝丝的，如何做法？”周云：“绢反比纸易做。因纸质各各不同，要找完全相同的，方可补修；绢，元明大都相同，挖补不易看出来的。”余又问曰：“绢，一丝一丝织起来，太不易了罢。”周云：“只要心细，纤维对正，织成原样即可了。”余问：“用何工具？”周云：“一竹丝签，一极薄象牙片子即可了。”余问：“有徒弟否？”曰：“无也。”余问：“是秘不肯传人否？”周叹了一口气说：“吾这工夫，太细，太琐屑，太慢。如这罗汉卷，吾做了半年以上，先交原主，后再修补十八尊又近半年，只卖了五百元，计算起来，每月一百元也不到，哪个愿学呀。”此虽绝技，故终无传人。今其人想已亡矣，亦一奇人也。

郑竹友

郑竹友（筠），广东人，出身未详，仅知其为一能画之掮客而已。据人云，他与扬州画家许徵白（昭）二人合作造假古画以为生活者。五五年时，郑尝奉当时英商汇丰银行华总经理李广剑之命，嘱余刻印，因之相识。郑氏于造假画事，殊不讳言，据其自云：创作非其所能，只要有一真本，渠可临摹，一丝不走样的。据其告余云：原与刘定之为老搭档，刘裱画，凡有需修补者，必郑为之。后二人成死对头，为金钱也。郑云：五三年刘定之以三百元收得石涛山水一幅，原有长题三百余字，惜被火烧去几二百字。幸该画未损时曾有有正书局珂罗版印本，刘求郑代补这文字，许以出卖后除去本钱，所赚以四成赠郑。郑为补好后，刘出售，只付以三百元，云仅赚七百元云。后一年被郑查到买主谓以一千八百元收进者，郑知只得二成。又，刘定之尝接得文徵明尺页，嘱裱生意，内有一页为红墨水所染污，刘愈漂愈坏，竟不成画了，亦郑即取原尺页素白对页一纸，为之复制一页，天衣无缝。刘亦只给少许之款。有此二事，郑与刘遂绝交了。郑本为上海市文史馆馆员，六二年余回申后，始知已由北京故宫博物院聘之至北京故宫专司修补古画工作矣，月薪近二百元云。此人与汤、周相较，技似稍次，而收获胜于前二人也。

补记二人

上述汤、周、郑三人技术后，又忆及二事，用补述如下：

二裱工均属于扬州派，据刘定之（定之为苏北句容人，但其技术属苏州派）告余云：苏、扬二派，迥然不同。苏州派擅精装，纸、绢画虽数百年不损也，但漂洗灰暗纸绢，及修补割裂等技均远逊于扬帮。扬帮能一经潢治，洁白如新，但不及百年，画面或如粉屑，或均烂损不堪矣。故湖帆自藏之书画，均刘定之所裱，如得元、明、清名家破损灰黑色之画将以出售得巨价者，必交一马老五（名未知）者装裱之。

马老五，扬州老裱工也，丙寅、丁卯间开装池店，名“聚星斋”，设在今铜仁路慈厚南里沿马路，时杭州高野侯丈居处即在慈厚南里七二六号，出弄口即马店也。高所藏五百本画梅及数百楹联，均马一人所裱者。丙寅余介湖帆与高丈相识后，高即以马老五推荐于湖帆矣。似戊辰年，湖帆以廉价购得明书法家詹景凤一丈长、二尺四五寸高，横卷一幅，字作大草书，大者每字几五寸。湖帆招马氏出示之，询能否割裂改制成四尺条幅，四幅、六幅，均不拘的。马云：可以代制，但价需一百五十元云。湖帆允之。隔了数月，居然改成条幅（几幅已忘）。是日余适在吴宅，目睹每条虽向日光映之，亦无痕迹可得也。湖帆遂将全文诵读一过，忽笑谓马氏云：“马老板，你出了烂污哉。”随指第二幅第一行末一个“宀”与第二行第一字“元”字，告之云，这是一个“完”字呀，被你腰斩了。马云：“这‘宀’与上一字一笔连下来的，与‘元’字离开三分之多，吾不识草书，故有此错误，一准重做可也。”说毕即取去了。后半年余询湖帆，这“完”字已完成否，吴云：已转入第二行，连着的一笔，亦一无破绽是剪断者云云。后高丈被匪所绑，即回杭州后，马亦关店了，大约回乡矣。

胡某，亦一扬州老裱工也，设“清秘阁”装池于威海卫路，成都路石门路之间，时已在抗战时期矣。先君常以书画嘱裱，成为友人，取费至廉矣。老人生二子，长子（名已忘）传其技，老人死后，仍为店主。次子名若思，为张善孖、大千昆仲弟子也，今尚在画院中为画师，画甚佳，但品行至不堪，张门逆徒也。抗战时，尝伪造大千画数十件，在沪开张大千“遗作”展览会，皇皇登广告，被大千所见，遂亦登报，曰“小子鸣鼓而攻之”。其兄与余亦至熟，尝见店门上写一牌，收购宋、元、明、清死者喜神。尽破，破得只剩下半身亦要的，当时所收几达一二千张。余问何用？胡云：“吾收到旧画，需要修修补补者，即取出喜神，各代纸张选一同型者补之也。”喜神，人家祖宗神像也，无人所要的，故几角也可买进了。又，渠告余云：灰黑古画，必须向浴室大汤洗剩之肥皂水，买来后，将画浸入，历若干日（几天他守秘了）取出，重漂之，即灰暗全去了。又，修补古画时，将同型旧纸，最注意将纹路对准，以锋利刀作不规则划之，如是破者去，整者丝毫不爽填补进去了，不规则，错乱人目光，不及注意耳。其人早死，店亦关了。以浴水漂画，据云，人身油污，亦正利用之也。是非余所知矣。

记同行嫉妒之种种笑话

袁伯夔（思亮）为清广东巡抚两江总督袁海观之长子，为陈伯严（三立）散原老人之得意及门，以古文鸣于南北者。冒鹤亭（广生）为如皋冒辟疆之后人，甲午举人（似与袁为同年），亦以诗词鸣于世者。二公本为至好友人，在己巳庚午间，吴门曲家吴瞿安（梅）来申，为银行巨子王伯元以每月四百元聘为西席之后，吴湖帆夫妇二人同拜瞿安为师，努力学词。先是吴湖帆与老人、冯君木丈已相识，均为余所介绍者，湖帆为朱、冯二丈各画长卷填词图以呈（湖帆以未及晋谒先外舅况公为憾事），至拜瞿老后，遂宣称凡属词人，均绘图以赠。于是，夏剑丞、冒鹤亭、程子大（颂万）等等，无不人各一图了。冒鹤亭以昔年顾鹤逸之预言，谓湖帆三十年后当为山水画之巨头，故对湖帆誉之不去口，并以吴所作之图，出示于伯夔丈。伯老后见湖帆时，以尊长自居，而责以奈何不献一图云云。湖帆大怒，竟谓之曰："尔父做过广东巡抚，吾祖亦做过；尔父两江总督，吾祖河督，均尚书衔也。尔父'戈什哈'出身，不通文墨之行伍出身者，两两相较，尔尚不及我了。"二人大不欢而散。伯老在鹤丈处大骂湖帆目中无人。鹤老竟左袒吴而讥袁自大，于是二人竟互相拍桌大骂。伯老回家后，写古文一篇致书与冒公绝交，而冒公以至幽默之语记于日记曰："伯夔有书来，绝交。此妄人也，听之。"当时见此日记者，大为传诵一时云。可笑也。（此戊寅年事也）

吴眉生（庠），镇江人，久为上海交通银行总行之文书主任。擅诗、词、曲子，藏书亦富，虽知者不多，但内行群许为文人也。

与冒鹤老为文字交者多年。在解放初，眉老至模范村冒家畅谈文学，据云：二人谈至《尚书》某一句时，冒云应作如此解释，吴否定之，谓应如何解释方妥云云。二人各执一辞，以致又拍桌大骂而散了。次年，有某君丧偶（似陈文无），在乐园殡仪馆，特包东西两大厅以招待来宾，事先嘱余主管东厅，注意冒老来时，引入东厅；又嘱许效庳（德高，眉老侄婿，病树翁最赏识其诗，“十大狂人”之一也）主西厅，专招待吴眉老，恐二人相见，又互诋也。是日吴来为第一名，冒来已傍晚，最后吊客也。以一句《尚书》而终身不见，亦大可笑也。

贺翁，无锡人，早年时闻尝从同乡名画家吴观岱学画（贺否认也），己丑之后，即来沪鬻画自给，乃一三流士耳。后与钱瘦铁相知，同乡也。由钱四处推毂，得认识徐志摩夫妇，乃稍稍露头角。居处画桌，亦仅木板二块而已。及徐乘飞机遇难后，翁瑞午请贺每隔一日至小曼家授山水画，月俸五十元为酬。二年有余，小曼能画矣，贺之栽培也。同时贺弄口有一米店，买米送米，常由一小学徒名杨石朗者任之。贺见其聪明，遂义务教画，并代之改润后，在沪上大新公司开一展览会，署曰：贺某门人杨石朗画展。卖了二千元以上，贺取六成，以四成给杨也。后一月，陆小曼与翁瑞午二人亦同开画展于大新公司（翁父为举人，任广西知府，擅画桂林山水者，故瑞午亦能画也），得款约三千元，画展毕后，贺来，云：“杨石朗吾取六成的，你只要给我四成可以了。”时余那晚亦正在小曼处，瑞午谓之曰：“贺先生，杨石朗是你一手所教，未取分文者，应得分之。小曼，二年多了每月五十元给你酬劳的。况且翁、陆二人同开的，哪能可以索扣头邪？”于是二人拔拳大斗了，余头几为所击中，小曼大哭，贺临去云：“好好，认得你们了，吾从此不来了。”（后画院成立那天贺为委员，小曼为画师，余亲见小曼向之道歉，贺犹悻悻不怿。）当时吴湖帆方丧夫人，大收门人，并开吴氏同门画展，名望大著。乃杨石朗竟不通过贺氏，而拜吴门了，而且独开一展览会，署曰：吴湖帆门人杨某某云。贺氏大怒，先将杨大骂逐出，一见朋友即痛骂湖帆抢其徒弟云云，大有不共戴天之仇。当时书画界无人不知者。事后湖帆常以一笑告人云："吾学生如陆抑非，陈迦庵之门人也；徐邦达，赵门弟子也……"举了无数，收了杨生不足奇也云云。胜利后，吴门弟子朱梅邨与徐某某，慕大千人物画（因湖帆生平不写一人物，即山水中，亦不添一小小之人者），故求余介于大千专学人物，大千允之，并定期拜师矣。湖帆竟致余一信，认为太多事云云。大千睹其信，即取消此事，并笑笑云："他也步贺某后尘邪？"戊子年四月初一日，大千五十生日，在丰泽楼大宴宾客，湖帆于先一日赴医院开鼻癌住院了。此亦同行嫉妒之一也。

沈君，为闽中世家（沈葆祯两江、两广督抚曾孙也），能诗善画，"十大狂人"之一也，与李拔可、李释堪、梁众异均至友。毕业于闽海军学校，曾任江南造船所之校级军官。抗战后，即以文人资格出现矣。其妻早故，即与其嫂刘氏（海军总长之女也）同居于富民路富民新村至久。汪伪时，上海储备银行伪副总裁为钱大櫆，妻黄慕兰，本为大连名娼也，自嫁钱后，一帆风顺，而至副总裁太太了。钱氏附庸风雅，聘女画家江南蘋（采）授花卉，沈剑知授山水。沈初与黄交善，后黄与西医苏记之善，沈遂与江莫逆了。江居富民路古柏公寓，与沈居对面弄堂也。时江已寡居，沈乃朝夕授江作山水了。江氏家多亲友，沈竟一概不准上楼，且事事干涉江之自由。解放以后，二人同入博物馆工作，江忍无可忍，将之挥逐出门。二人至博物馆，偶有同登电梯之时，二人均背向而立了。闻陈文无云："沈作诗以陈后山第二自许，尝有某君读其诗后，恭维之曰：'神似陆放翁，佳作也。'沈勃然大怒曰：'放翁是什么东西，吾岂能仿之邪！'"只此一语，其狂妄可见矣。但最近徐芝云妹告余云：

沈现居北四川路矣，上月沈告徐云，自己退休了，解放了，可发还东西了，吾（沈自称）只注意陈某某昔年为刻的印有无遗失，幸而尚存云云。此则又为余之知己邪，一笑。沈在解放后得谢稚柳一人之力，得入文管会为高级干部。及“三反”“五反”时，谢犯错误，沈一一罗织其罪，大加揭发。最后，谢在人民大舞台宣判了，五花大绑，缓刑二年。沈踞坐前二排，向之大拍手不已。尹石公是日亦在，坐于最后一排者，故谢每谈及沈时，辄大骂不已了。沈诗如何，余门外汉，不知也，画平平而已。

梅浣华，祖籍苏北泰州人也。其祖梅巧玲，为清慈禧太后最赏识之名旦也。以作象姑时，曾援济某省一举人落泊京师，借银陆续三千余两之多，后此举人死于京中，巧玲当众焚去借据，并出资送柩回乡，一时传为盛举。子二，大锁为谭鑫培操胡琴者；二锁，兰芳父也，早死。兰芳七八岁即入科班学艺，十三即登台演剧，时为清末矣，李释堪（宣倜）方自日本士官学校三期毕业生归国（李根源、程潜、孙传芳，均同班生也），即任为三品御前侍卫矣，少年文学家，而为军人，故后叙为“文威将军”耳。李氏富家也，日以征歌听戏为常课矣。与士官一期生冯耿光、许伯英同事捧梅为乐（后称“北方梅党三巨头”云）。兰芳十五岁时，患白喉甚剧，而每日犹须演戏养家，为释翁所知，即责其祖母（巧玲已死）曰：“小孩病至此，奈何还要强之登台邪?”梅老太谓李曰：“三爷，吾们全家靠他一天赚八吊钱为生活呀，一天不唱，即没有生活了。”释翁云：“那末，你们每天到吾家中取八吊钱，速送孩子进医院治疗，病愈为止。”隔四十日始再登台。释翁所费三百余吊钱，兰芳终生不忘也。此事释翁从不告人，民初张某某在北京某杂志上曾记其事，谓兰芳自云者云云。至解放后，余偶于故纸堆中发现此文，以询释老（时释老作汉奸后，妻死，子去国外，改名蔬畦，居建国路一小公寓中，穷困几无以为生，赖兰芳月助二百元，并命全体女生，如言慧珠、李玉茹等等，拜为寄女，以慰其暮年寂寞之境云。兰芳每来申，必日邀老人至其家中晚餐）。当时释老闻余言后，为之泣下曰："某某我今日靠一伶人为生活，颜面丢尽矣。这事，你既知道了，可以明白兰芳尚知报恩也。"至六一年，释老病重，弥留矣。兰芳至床前慰之曰："三爷，你放心，身后之事，我一人当之了。"至李逝世后，自殡至葬骨灰，悉兰芳一人任之也。不二月兰芳也死矣，苟梅先死二月，则李尸臭矣。梅生前，凡演剧下装回家前，必向同演一台之人，不问跑龙套、末等配角，必一一拱手道劳之，但其场面管事等，无一不目空一切，尤以其岳母自称"梅老太太"，妻福芝芳更盛气凌人云，兰芳无奈也。幸早死，但死后亦与齐白石同其命运，牛鬼矣。

程砚秋，满族人，据云乃清大学士英和之后人。少孤穷，其家鬻之与荣蝶仙（花旦）为养子，习花旦，初出台，尚名艳秋，唱前三出之乏角也。以嗓好，力自上进，遂稍稍露头角矣。时北京诗人罗瘿公亦以捧角有名于世，睹程彬彬然，美丰姿，乃大捧之，既为之赎身，更为之介绍于王瑶卿、梅兰芳之门，初为梅之配角，后遂列为"四大名旦"之第二名矣。所生二三男子，悉托当时李石曾携至外国留学云，故后人无一唱戏者也。享大名后，罗翁逝世了。殡葬后事，亦程氏一人任之焉。故亦颇为人们所称许。但其名盛之后，以学程派者与梅派相并，遂对梅氏貌合神离矣。兰芳尚能容忍之，而梅之部下，大起反感了，二人嫌隙日深了。在胜利后，沪上黄金剧院请梅兰芳、马连良二人合作，皇后剧院请程与杨宝森合作，师徒唱对台戏了，当时黄金票价最高者为二元四角（或为二百四十，亦忘了），皇后定价则二元为最高。乃程氏竟提出抗议云，最高须与黄金剧院同价，如不能，则减为一元二角，亦可也。使皇后主人走投无路了，最后为之再四，以二元二角一票，程氏强允了。是时梅剧团出特刊一厚册，随票附赠，内容多梅氏剧照，在外国演出者亦有，内一帧梅氏昔年演《上元夫人》之剧照，梅饰上元夫人居中，下跪四宫娥：姚玉芙、王蕙芳、魏莲芳、程砚秋四人所饰也，梅部下用以辱之也。程阅到后，即见梅氏云："老师，吾现在已演了多年头牌了，奈何尚以此照片丑吾邪？"梅闻之连连道歉云：吾不知也，遂以所印五千册，悉付程氏携去始已。但尚存四十册，梅之副总干事郭仲易特赠予一册为笑云。此为当时无人不知之笑话也。当时梅每夕满座，而程只上七成座，自此以后，二家几同水火矣。又后二年，上海有一戏迷徐慕耘者，在北京路当时湖社开一戏剧掌故展览会，凡古董剧照、陈旧戏单等等，无一不有，内有数戏单，悉为民初北京各剧院者，有一纸程砚秋唱第三出《六月雪》，梅唱《嫦娥奔月》，三字大大，且横列也（剧界中人有一切口，曰：名字横卧，头牌也；坐的，品副牌也；立的，某某某三四等角色也）。时余观之，梅氏适来与余并肩而观。余询之曰："此戏单时，程氏已为你门人否？"梅曰："方拜吾未久也。"又云："他是我学生，无可否认的。"余又问之，何日可演出邪？梅似至诚恳答云："尚未一定也。"至次日各报大字已登了，特请梅大王不日登台了。故余深信伶一例，无真话告人也。后在湖帆家又见面了，梅有一特点，不忘故人之恩者，每见必站立而恭询况公后人情况善否，余告以甚好，始坐下谈天。余尝借故提及况公，则又必垂手侍立，而连称"是，是"了。梅其时方登台演剧，询余曰："曾蒙宠临观剧否？"余谓之曰："梅先生，你的戏剧，吾哪能买到票子邪？"梅云："不妨不妨，只要找郭仲易，可以有佳座的。"后余友汪女士请客六人，只得第十四排，求余设法换前座。余姑从后台找郭氏，郭氏大搭架子云："十四排还不好吗？"余云："梅先生说的，要好位子可以找你邪。"郭即至梅之扮戏房中请示后，不五分钟，即以四排换得了。梅尚能不失信用也。岁甲子，况公丧偶，寂寂寡欢，以楼下租与朱姓暂住。朱，冯君木门人也，况、冯、陈结姻，均由此耳。时程氏第一次来沪登台，由袁伯夔及嗣子帅南，率程氏至况府拜谒，程氏衣至朴素，帅南油头粉面，三人去后，楼下朱夫人询况公云：方才这三个唱戏的，一个是花旦，指帅南；一个是小生，指程；一个是唱判官的大花面呀，指袁老。况公大笑，谓像极了。盖袁老背宽肩高，赤鼻头，绝似剧中之钟馗也，故友人遂背后戏呼之为“火判”云。袁与梅泉二人均捧程大将也。

记几个纨绔荒唐子

巨室大僚，无一不贪赃枉法，尤以清末为甚。余生也晚，光绪以前，甚少见闻，在清末至民初，尚有所闻，因记如下：

朱象甫

朱之榛（竹石）以双目失明，未能陛见，故数十年中，十四任江苏臬司，兼牙厘局总办（即总税务局局长），苏州人无人不知“朱瞎子”也。初任臬司时，陆春江尚为上海知县，及九任之后，陆已升江苏巡抚矣。朱为平湖人（先君原配朱氏先母，其侄女也）。及其故世时，积财约近一百万而已，视盛（宣怀）、袁（树勋）虽不如，但其独生一子名景迈，字象甫，少年时之荒唐，盛、袁二家之诸子均奉为马首是瞻也。

象公，余亦舅父尊之。闻其十七八岁时，即狂嫖烂赌，为其父所知，每日凌晨即令之侍侧，不准乱说乱动。清末凡二流子，必仿象姑装束，穿浅色马甲，打胖辫子。朱翁目不能视，但每夕八时临睡前，必呼之侧立，一摸其辫子，仍脑后打紧不松，始准其回房。哪知渠回房后，立即重打胖辫子，穿马甲，招同盛家三、四、五、六四人，袁家三、四、五三人，一共八个不肖子，大嫖大赌不已。天明始各归窠也。至朱翁死后，他益狂玩了，豪赌无人不知，嫌钞票、银子不便，竟乃在商务印书馆印好田单，空格处可填几亩几亩，以为博资。不三年即将平湖良田八千余亩输光了（解放后仍健在。土改时，以民国三年即寸土无存了，不作大地主了，他还认为大好事云）。穷后，至北京，殊潦倒不堪，幸与梁众异相熟，梁作大汉奸后，任以秘书兼会计主任，因知其虽穷，二三万元尚不在眼中也。梁亦善用其长耶？他虽出身巨家，但至势利，先君对之甚平平。余与之好询过去掌故，渠谈至清末妓院事，尤为眉飞色舞。余只闻其豪赌，诒之现身说法，一日谈至忘形时，余询之曰："娘舅，有人说你曾经一夜输过十九万元，有吗？"他大怒，谓余曰："啥人说的，放屁！吾最多一夜只输过八万银子。"余戏问之曰："王克敏，著名赌棍也，比你如何？"他云："叔鲁至多五万进出，吾比他狠得多了。"言时尚自鸣得意不已。他住华山路幸福村，先君故世后，犹时时至余处谈清代故事，时已八十矣。有一次，其婿之兄荣广亮谓余云：你的舅太爷，真是个老色鬼呀！八路公共汽车女售票员念其老年人了，每见他上车，总为之排座位，不得，即以她座位让之，八十二老人还要摸摸她大腿，被车上人所骂云云。中风后家中请了特别护士，老人稍一清醒，即要求香香面孔。在死后万国殡仪馆中，该护士亦在，竟说老神经病云云。

袁家子弟

袁树勋（海观），以曾任上海海关道，又两江总督，故富与盛氏同。闻为曾国藩马弁出身，戈什哈，扶大轿者也。以军功，累升至总督。子六人，长即伯夔也（据云伯老早年亦至荒唐，生花柳病，而割治成阉人云）；次早死，遗一子南，为承继者；三、四、五三人均不成材之不肖子也。海观至贪污，退隐后在上海居住了。当其为江苏大僚时，在家中（上海、苏州均有）开一大地窖，凡积银元万数以上后，即五十元一包，平列地窖中，习以为常。这三个不肖子，常合作启窖偷银元，每次二三十包，以作浪游之资。袁翁每次放进银元时，总觉缺了一大角不见了，后知为不肖子所偷者，遂以三副脚镣，锁住三人，以谓太平了。孰料三人每至深夜，即命心腹仆人自窗背负而出，仍与朱、盛各同类大嫖大赌也。当时沪人认为奇闻。后三人互商云，偷几十包，老人一看即拆穿了，不如偷它一层，倒有一万以上，既可尽用，又可以欺老人云。果然，后老人启视此窖，均平坦无缺，以谓儿子归正了，乃撤去脚镣了。哪知一层全去了邪！老人死后，各房分拆，只伯夔独富，三、四均死了。民国十六七年时，老五已穷迫了，仍与朱象老时时聚会，余尝偶一见之。

袁氏六子，名思彦，字仲颐，亦一标准纨绔子也。年与余相若。早年已与谭延闿之女谭淑订婚。当年新世界初开时，二楼北方曲艺场中，聘一京音大鼓女艺人名刘翠仙，年轻貌美，捧之者众。伯夔、仲颐及袁宅诸清客等每场必到，分坐两边，刘女唱一段，必大喝彩不已，于是报上副刊中常引“两岸猿声啼不住”以嘲之。其时余偶至其间，总见伯老手捧水烟袋，仲颐黑袍黑手帕（当年流氓都如此装扮也），目空一切，以为大乐云。不二年，仲颐即先娶刘女为妾矣。后与谭淑结婚，结婚不久又爱上了其时共舞台之名女伶“文艳亲王”张文艳了。张居南京路之大庆里，同时沪上染料大商人薛老二雄于财，亦爱之，于是袁、薛二人成情敌了。一日仲颐方出大庆里口，登汽车时，为薛之刺客一枪，横袁腹而穿了六个洞洞。袁耗了万余金，为当时沪上名医牛惠霖治愈。治愈之后，仲颐一怒又将张女娶为三夫人了。当时一妻二妾，同住今四明之弄内有过街楼之一宅中。谭淑至贤淑，从无勃谿之声也。仲颐喜购古书画彝器，与蒋榖孙为金兰至好，是时余始与之为友，始觉仲颐虽喜流氓打扮，而其人殊恂恂也。余时已居富民路矣，故时时至四明长谈，总在张妾房中者。后以乃岳行政院伪院长，故得任青岛胶海关监督。每回申必邀余同作遨游，仍黑袍如故，一无官气，还如一普通纨绔子也。解放后，犹见之，据告余云，刘、张二妾均死，不久当偕夫人同去香港云云。遂无音讯矣。今如在，六七十余老翁矣。

盛氏后人

兹述盛氏。盛氏之事至繁，分记如下：

盛宣怀字杏生，常州人，非科举出身，以能员受李鸿章之识，拔从天津海关道，渐升为邮传部度支部尚书，晋封宫保，故人称为“盛宫保”云。清末，汉冶萍煤，沪宁、沪杭甬铁路，均为盛一手创办者，又招商局等等，无不大肆贪污，故其积资之富，江南第一也。因与袁项城不睦，故以清遗老终。民国五年死后，大出丧，自静安寺路成都路口大洋房出来，往东经过南京路至外滩，再转至北站，以花车运柩至常州安葬也。当时南京路，租界也，大出丧，创举也，观者万人空巷。余汪氏舅母当时预包西藏路南京路口之西菜馆沿阳台一室以观，先母偕余同去，时余只十岁。只见两个高可三四丈之开路神开道，继以和尚道士数百名，中西哀乐齐备，后以白纸做成之“雪柳”数百株在前，独龙扛抬棺材，扛夫六十四人之多，据云均自北京招来者。这一批扛夫，清时专抬皇帝出巡时御舆，抬皇后进天安门结婚，帝后死后又扛寝宫者，须步伐一致，练习时，须上置一碗水，水无半点侧漏始可云云。民国五年，此辈尚存，故盛氏招之南来，以示阔绰云云。当时旧社会之奴视劳动人民，洵可杀也。

盛氏姬妾之多，不胜枚举，最著名者，为继室大夫人庄氏，刘、刁、柳三妾耳。盛生子七人，女八人，分开排行者，男一、二、三、五、六、七均庶出，女一、二、三、四、五、六、八亦庶出，只四子恩颐，字泽丞，七女爱颐，字瑾如，乃正室庄夫人所生也。女儿只七小姐名闻遐迩，其余不记了。男子，长、次，似早死，三、四、五、六、七，五弟兄无一而非嫖赌大败类也。五、七，二人名尤著，五娶吴门彭状元之孙女为妻，七升颐，娶山东吕海寰尚书之女。五夫人、七夫人，因与人不端，当时为大东旅馆捉奸，遍登于各大报之黄色新闻也。四子泽丞妻，乃清山东巡抚、民国内阁总理孙宝琦（慕韩）之女，为盛氏最贞洁之贤妻也。泽丞挂名为英国为学生，在英时亦乱搞男女关系者，后归正，乃任汉冶萍煤公司与招商局二处之总经理，董事长乃李国杰（伟侯，亦龙之胞伯父也）。当此时也，宋子文方从美回国，以姊宋蔼龄之介入汉冶萍总公司为英文秘书。蔼龄尝受聘于盛氏，教授七小姐瑾如读英文，故与其弟子文相识。时庆龄已为孙夫人，子文又翩翩书记，故遂与瑾如至密至好了，且论嫁娶矣。时庄夫人尚在，犹疑未决，某日泽丞与伟侯正相对于办公室中，子文持公文入，批后退出。泽丞谓伟老曰：“这宋子文与吾妹至好，吾母尚在考虑下嫁于他否，你认为如何?”伟侯遽云：“你们盛府上，难道竟与一个终日在马路上拿了口筒高呼鸦片吃勿得、香烟吃勿得的一个传教徒之子结婚吗？太不合身份了。”泽丞认为对极了，遂禀其母，与子文绝矣。当日子文在总理室外亲听伟侯此言的，既失高门不得为东床，又失几百万元之妻财，故对李氏恨之入骨，乃贵为行政院长，适李正任全国招商局总经理，宋遂深文周纳，说李卖国之莫须有罪名而下之于狱，三年之久。后段祺瑞南下，蒋光头，段门人也，光头询段：“老师有什么要求否?”段云：“吾受李鸿章恩太大了，今闻其孙，犹居狱中，总想求你网开一面，向宋子文说个情罢。”光头当时即以一个电话，三日李即恢复自由了。段死后，伟老挽以一联，今只记得上联末一句矣，云：“宽雪覆盆恩未报。”其感之甚矣。

兹再回溯前者，当盛老死后，家财均分拆了，只庄夫人独多钻、翠、珍饰，以及现钞（后知亦不过共值三百万而已）；泽丞虽亲生之子，以太败产荒唐，老夫人云，须死后与妹瑾如平分云云。泽丞多不动产，变卖不易，遂挖空心思，用种种手法，以激动其母，其母一气身亡。生前将所有一切悉贻七小姐一人所有了。老太太气死后，泽丞向七小姐分遗物了，七小姐谓之云：母亲没有交下什么云云。于是盛氏兄妹争产讼事发生了，双方所请律师均第一流法家也，涉讼达五六年之久，尚无胜负，双方律师费各耗十万以上了。至北伐那年，双方经亲友调解，七小姐只给二十万不到与其兄而已。在涉讼时，七小姐以所有一切珍宝财物，均转移托其母之内侄孙庄铸九保管，及事平后，七小姐向庄侄取物件，乃庄铸九竟一一点示之，未缺也，云："取当时收据来，即可还你，如没有，对不起，不还了。如你允许一条件，亦可全还的。"七小姐无可奈何，问何条件。庄云："你吾结婚呀。"七小姐无奈，一则因年岁相当，二则因庄美丰姿，遂以表姑下嫁表侄矣。于是买大洋房于愚园路，大度其豪华生活了。其时盛家小一辈者，遂绝迹庄宅了，因表兄变了姑丈，太怪也。（以上均为泽丞亲家舒修泰，昔为萍乡煤矿矿长者所告余者）

在五八年冬，余至淮南，路过蚌埠时，余大病。有一青年，不知姓名，热心服侍，几同护士。余至淮南，他留蚌埠矣。只据人云，此青年乃盛杏生外孙耳。至六三年，平襟亚七十生日，在"洁而精"大宴客，事先平翁告余云，少待一桌女客，五花八门，各各出身不同，有大家闺秀，有青楼大名家、杨虎夫人"清水花老六"，有李祖薰中国夫人"窑变"（即妓而为正式夫人之切口），有沈玉还馆员等等。他人上去相陪，应付不了，你去招待罢。余欣然允之。入席后，睹对面坐一高胖方面之老太太，端坐似鹤立鸡群，见余后，即询曰："你是陈先生呀，何时从安徽回上海的呀。"余唯唯而已。她云："在前几年，时常听书于东华书场时，吾与先夫同去，常常见你与魏太太吕美玉在一起，你不认得我们也。你在蚌埠时，有一人服侍你的，即吾儿子庄元端呀。"余云："有的，你如何知道的。"她云："元端早摘帽回过家中，说起过的呀。"是时余始识伊为大名鼎鼎之七小姐了。又忆及其大侄女为亦龙之婶母，故不便说明，只好连连道感谢而已。她又云："吾现在已是无产阶级了，住在五原路口小汽间内了，你如不嫌鄙陋，可以请来谈谈。"余好奇，至第三日访问了，只见小汽间中，一床，一桌，一小圆桌，一沙发（柚木漆真金，已旧了）。其人之大方、诚恳、率直，更一无穷了卑鄙自惭之态。余为之肃然而敬也。六三至六五年，余时去作闲谈。她虽穷，仍对于盛庄二族小辈，每去必留饭，无吝色也。以下为她的琐琐屑屑谈过去轶事矣（只于庄铸九迫婚不谈）。

某日无人时，她站在桌旁笑谓余云："吾一世未尝搭身份架子，现在吾是'目空一切'了，因为自搬进这小间后，什么都空了呀。"其言时至从容，达观之至也。她云，吾父为官一世，置产上海愚园，后分家时卖去的（今愚园路即是因此而起也，园址何在，无人能确指矣）；苏州留园，分给老四的；大洋房住宅即在静安寺路成都路口（即现成都路口人民银行，与东口前沧洲书场一气的），后因老父大出丧，吾家要排场走南京路，当年英国总领事来提条件云，南成都路与北成都路，被盛大洋房所隔住，只要能开中间一条路通南北，则南京路准许大出丧了。吾母允之，但亦提一条件，须俟自己死后，即可开马路云云。英方信任准了。后母夫人过世，即将中间房子让出的，东口者原为愚斋藏书楼，不住家中人也，先售出，大宅至弟兄妹妹分家时售出者云云。又云：其父至民国后，即中风了，每日偃卧床上，惟与她及妹二人，伴之打扑克牌九为消遣，平日衣服多补了又补穿之，至大除夕始换新大皮马褂，穿至正月十五上元节后，又高呼，太太，把皮衣藏好。吾母告之曰，老爷，你七十多岁了，新马褂有廿四五箱之多，穿穿罢。老父必云，不舍得的不舍得的。余戏问她云："那末，你老太爷平日有嗜好否？"她笑云："金元宝、银元宝、钞票是他唯一嗜好呀。"余又问："你老太太呢？"她云，母亲也是一个一钱不落虚空地的人，平日亲友告贷，至亲如胞弟内侄等，凡借贷，至多一百元也，只有和尚可以骗她金银。在两路局成立后，母亲听信和尚之言，在常州、上海等大庙中连打罗天大醮，放焰口，云以超度沿铁路两旁被掘去坟墓死者白骨成堆之惨状，用以超度，早升天界，以为父亲消灾延寿。那年打醮至半年之久，耗银无数，母亲一无吝惜云云。又云，其父丧元配后，有二如夫人，一刘氏，一刁氏，互争扶正，二人均宠妾也，均适有娠，老人乃云，哪个生男子，即扶正，如二人同生男，则先者为正。后二人均生女儿，故另娶吾母庄夫人为正室者。后父亲故世，安葬常州，姬妾同葬者达七八人之多，吾母不愿同葬一处，故另觅地苏州独葬，自立昭穆云。又告余云，在解放后，伊侄毓某自常州回申，火车中听二个匠人在互谈，一云，你在常州做啥？一人云，奉当地政府令，掘盛杏生坟墓，以为必有大量金宝殉葬的，哪知棺开后，尸尚烂，只两手各执一小小元宝，希奇的是，和尚打扮，一大包清朝服装，放在死人脚后，现在这衣服已经卖与上海百乐门剧院，正在做《张文祥刺马》越剧，这套死人衣服着在做曾国藩演员身上呀。毓某即告其父泽丞了，全家均信为真事，因老人临死时遗言，清朝亡了，不必穿清服了，民国又无做过什么，也不必穿什么，以僧衣入殓可也，故只以清服包好一同殉葬的。后全家均至百乐门观剧，果然不谬也。瑾如女士叹叹云，这大概是老父生前掘棺太多，故他亦受此报应邪？并云，由此看来母亲葬地无恙，岂有先见邪？（此当时话耳，今恐亦成农民之地矣。）

她尝为余谈家常，云当年与庄铸九结婚后，宋子文为财长了，总恨泽丞不止，竟借故将泽丞之不动产全部作为逆产充公。泽丞无奈，泣求瑾如至南京找蔼龄姊妹帮助发还，她只能去宁代求。居然发还了。遂兄妹如初了。庄铸九自结婚后，从未做事，以早年曾拜青帮老头子为师，至五八年遂以历史反革命而扫地出门。其子元端少不晓事，乱发牢骚，而成“右派”劳教了。铸九未死时，中风多年，境况之穷，一无所有。乃天不绝人，忽接泽丞丫环所生之子名毓度者，自日本寄来人民币三百元接济之。她云，泽丞死于苏州留园之门房间中，时留园已归公家，给以陋室，还是照顾也。当年泽丞在英留学时，与一英女搞关系，生一女儿，泽丞遗弃了。英女后嫁一金矿主人，主人无子女，只泽丞一女耳。主人死后，英女母女二人成为大富之家了。英女临死前，告其女云，尔中国盛某某亲生女儿也，可往寻父亲了。其女在六七年至香港托人访父，知已死了，晓得有一子（即毓度）在港穷困不堪，相招一谈，居然认兄妹了。英女问毓度学历，知其为日本帝国大学毕业后，问以可以去日本找出路否？毓度云，可以从事商业开大饭店，以中国菜作生涯，但乏资耳。这英女当时给以英镑十万元，嘱作资本，以后并可陆续接济云云。于是毓度至东京建中国皇宫式大厦，开饭店名“留园”（曾有摄影寄瑾如家，美轮美奂也），大发了。毓度念生后庄夫人即出母留子，以毓度令七姑母抚育成人者，故有年年接济，七姑太太得以生活无忧耳。七小姐云，泽丞如晚年不死，老封君了。

她又告一笑话云：清末，其胞母舅庄某某为汉口招商局分局长，拍姊夫马屁，置一大宅，并搞一汉口名妓，恭请老姊夫享受。吾父大乐，借故去汉口进新宅了。哪知母亲已密派一小厮为侦察员了。那时尚迷信，选吉日入宅，小厮即密报于太太矣。母亲立即嘱招商局备大轮，所有货物全部提出（可减轻轮船分量），所有商人损失一万余元全归太太付之，连夜至汉口。是日正午，正进宅大吉日也，忽报太太到了。母亲一到后，第一逐妓女回家，第二督父亲即日回沪，第三撤胞弟分局长职，降为船买办了。后来吴趼人著《二十年目睹之怪现状》小说中有一回目云“乱烘烘连夜到汉口”，即指此事，一无夸张云云。后其舅父，终盛老一生，未能稍升了。

记所见的几个名票友

演剧唱戏，虽不登于大雅之堂，但为一至不易之艺术也。忆余三岁时，先君在福州所居对门，为一剧院，专演京剧。其时余每夜听音乐之声，必由保姆负至剧院中看红面孔、白面孔，不知所云，始肯背回家中安睡。日复一日，遂成观剧之嗜好。至上海后，每月必坚求父母看戏二次，始肯读书了。故余一生，任何吃喝，都可随便，自三十后，凡北京名伶来申，若杨小楼、小翠花（近代公认为泼旦之王）二人来时，几无夕不观，虽售票二三元一张之巨，勿惜也。综余一生，耗于观剧之费，为最多者也。故余于戏剧，虽不能哼一句，然此中三昧，内行亦认为余识者也。

演戏，同一剧，同一场面，试举一例，梅兰芳任演何剧，均落落大方，程砚秋则演悲剧有余，其他即远逊梅氏矣；杨小楼演大将，威风凛凛，演《安天会》，孙悟空是一齐天大圣也，余子演来，赵云、马超、高冲，均裨将，齐天大圣乃一猴儿矣；小翠花哑嗓，貌丑，故不克列入为五大名旦，然演阎婆惜，逼迫宋江写休书，凶相十足，演《马思远》赵玉谋杀亲夫，台下观者，为之战栗（此剧为北京实事，时装上台，乃光绪年路三宝所自编自演者，据老戏迷九十二老人钱冲甫告余云，路三宝对之犹有不如，故当时余连观至十四次之多也），然演《红鸾禧》金玉奴棒打薄情郎之时，则寸寸柔肠，似怨似怜，演《得意缘》闺房教夫打标时，又儿女之态情爱可亲矣（此剧荀慧生亦以擅演著名），但演小旦，为春香、红娘等，则非其所长矣。所谓能者固无所不能，亦不确也。净角以金少山、郝寿臣取二人为最佳，演《法门寺》刘瑾、《连环套》窦尔敦、《长亭》李七，二人无分伯仲也，但金能靠把戏，可与梅兰芳合演饰霸王，郝不能矣。郝擅演曹操，金生平不饰曹操与司马懿者。向例，净角无头牌者，金胜利后以头牌出演了，郝一气，从此蓄须不再登台了。坤伶只一孟小冬（梅兰芳曾娶为妾）以余叔岩女弟子，经余力捧，成为超过马连良、谭富英之名角，但能戏不足十出，故嫁杜月笙后，即不复登台矣，闻又嫁人居美国矣。

上选述内行演剧，已优劣互见矣，则欲求诸票友，而能称全才者，真太难矣。数十年以来，旧剧票友能头头是道，一无羊气（京剧中人切口，谓外行也），京剧界名角，亦一致公认者，只得四人为头等。

红豆馆主

宗室溥侗号西园，演戏时称“红豆馆主”，内行尊之为“侗五爷”，清成亲王之后人也。据闻为慈禧后所恶，故在家日以串戏为乐，亦无远志也。光绪中年，京中名角，生如谭鑫培、武生如俞菊生（小杨之师也）、旦如梅巧玲、净如黄润甫、武旦如想九霄、丑如罗寿山、小生如王楞仙，均第一流名角也，红豆馆主一一罗致府中，学习生、旦、净、丑，积十年之久。生能唱《空城计》《卖马》等；旦能唱《金山寺》白素贞；净能演《革发代首》之曹操，此剧马踏青苗时，做工之繁重，内行多略而不演者；小生能演《群英会》之周瑜。又拜当时北方昆剧名家赵×宓（似尧宓）学昆曲，故内行所为文武昆乱一脚踢了。而且上台后，竟似科班出身，一无羊气也。余在抗战前丙子年五月，前清北洋大臣直督陈夔龙（小石）八十生日大演堂会戏二日中，第一日馆主（年已七十余矣，在申穷困，以教戏为生矣）演《失街亭》《空城计》《斩马谡》，做工之佳，可谓至矣，但嗓已哑了，不以唱取长了。第二日演二剧，弹词、昆剧，演李龟年天宝之后穷途落魄，手抱琵琶卖唱度日之景况，此殆与馆主有所感自己之身世，已如白发龟年矣，故唱至手挥琵琶，高歌悲切，全座台下客人为之所吸引，无一有笑容者也。压轴演《战皖城》，曹孟德马踏青苗时，又大气磅礴，初似乎强扭马缰步伐种种走法，后扭不住了，一任马狂奔，又表现无力制止之状，满台大奔，最奇其时大蟒袍后面两衣角直向上翘成一正方形，不知以何技巧，使阴劲，而致此奇观也。时台后名角如程砚秋、尚小云、钱宝森（名武净，今北京浩亮之父也）、王福山（名丑）均并列凝神而观也。是剧荀慧生饰邹氏，思春后，与曹操调情时，馆主虽演至动心，但仍不失丞相身份也。余生平只获观此馆主晚年三剧，一般俗伶均不能望其项背，何况普通票友邪。又，尝闻沈京似君云，民初时，北京有某会馆，每逢星期六晚间有北方名票十余人，粉墨登台演剧，溥西园与袁寒云二人为主角，大轴压轴，二人相互而演者，售票至一元之巨，座常满也。其时馆主生、旦、丑、净，无一不演云。

徐凌云

南方名票徐凌云，浙西大富翁也。当年康脑脱路（今康定路）之徐园，即其产也。凌云少即嗜昆曲，清末苏沪之名昆剧演员，如丁兰荪之旦（梅兰芳所有昆剧，均丁氏一人所授者），陆寿卿之文丑等等，无一不请至家中，认真学习，多年之久。故徐老对于昆剧，亦生、旦、丑，无一不能矣（但京剧不能也），俞振飞曾拜之为师。能演之剧，如老生王允，小花面张三郎，《风筝误》中之丑小姐，无不刻画入微。昆剧传字辈伶人，群尊为老夫子，故世称之谓“北溥南徐”云。以上三剧，余均获观多次，尤以饰男、女二丑为最佳，其演张三郎“借茶”时，对阎惜姣，百般调笑，牵动面皮，只右面一半，所谓“贼骨牵牵”，但不涉于淫亵，至难也（下台后，徐告余云：此剧俗伶演者，牵面皮时，都两面全动，不可以的。吊膀子，只对对方一人也，两面全牵，被人穿破了，哪能可以。但牵一面须苦练的云云）。演丑小姐角色，照例开脸为滩眼皮、歪嘴、小鼻头、灰脸，出台时以金扇障面，侧身而出，盛装丽服，缓步轻匀，婀娜柔软，走步又纯为“黄鱼片”（此昆剧小旦走路之第一要学之技巧，俗名“黄鱼片”云，切口也）。以一七十老翁，犹能绝似十七八之好女子，非苦功练习，何能臻此。及扇取下后，其容令人作三日呕，遂丑态百出矣。据其自云：少年时善饰武大郎专矮步云。其次子子权亦擅长付文丑；三子韶九，演官生，胜于俞振飞也（官生，小生戴纱帽，如王十朋等。振飞巾生也，戴头巾，如张生、柳梦梅、陈季常等），今为南京剧校之教师矣。凌翁死于六七年，患肠癌也。

袁寒云

袁寒云在京时，拜赵尧宓为师，专演昆剧，小生为多，偶亦演《回营》之伯（文丑）。渠唱昆曲，字正腔圆，一板一眼，从无差失，但学京剧，连二句摇板亦黄腔走板，故只能三出文丑戏：《群英会》之蒋干、《审头刺汤》之汤勤、《琼林宴》之樵夫，均无唱句者也（蒋干有二句摇板，被袁氏杜改说白了）。演樵夫，余只存剧照，蒋干、汤勤，数数观之。其演蒋干也，过江登岸时整巾、洒袖，固似一文质彬彬之书生，周瑜同学，风度应如此也；及步入周帐后，周瑜率之观囤粮所在，问以如何，则极口恭维，而神气稍稍局促；一直至吃酒谈家常时，蒋干是时，身、眼、手，随时变化了；直至偷书遁回时，身段之繁复，较之老伶工肖长华、马富禄，高明不可以道里计矣。肖等究为俗伶，未能体会蒋干为周瑜同学，文人身份也。后据袁氏告余云：饰方巾丑必须二足微屈，走八字步，洒水袖，须自后而上，再向内而下，成一扇子形，均当时老伶工克秀山所授者云云。后又连观其二次《审头》之汤勤，一与王玉蓉女伶合演，一与欧阳予倩合演，似不及饰蒋干矣。因汤勤为裱画匠出身，小人得志之态，非袁氏所能体会者矣。与予倩合演之日，雪艳娘刺汤时，以袁氏一把抓住向下一推，竟无意伤及其股，袁氏大笑云，从此不做汤勤了。其演昆剧，余所见者均小生也，如《折柳》、如《八阳》。《八阳》为建文君偕程济逃去云南，途中情景也，袁氏演来，能将一帝王之尊，仓皇就道之惨状，一一表现无遗。闻渠在项城称帝前，袁克定必欲置之死地，袁当时仓皇奔赴扬州，拜张某某为青帮老师之情况，或亦使其演此剧时稍稍有所感触邪？

在此，余忆及一事，插述如下：在壬戌年，袁居白克路之侯在里时，每逢星期六晚上，必召一上海昆剧中最著名笛师名赵阿四者为之吹笛吊嗓，余星六亦必去闲谈，与赵氏至熟，那时赵氏还叫余“小弟弟”，他云：“你要昆曲否，吾义务教你如何？”余时好奇，竟允之，要求教授文丑，《狗洞》《小丑借靴》等剧。赵云：“勿来三。”余问何故，赵云：“你人小，面尖，不配唱丑角，丑角必须方面孔，上台方登样，吾教你唱《游园》中的春香罢，你身材面孔，均头等的。”余云：“春香丫头呀，不做不做。”后赵每见面必强余试唱，余坚不允饰丫头角色。后赵向袁氏透露真情了，说张状元季直有一学生，名袁安圃，唱五旦（即正旦）出名，尤以《游园惊梦》之杜丽娘，为俞粟庐（名宗海，振飞之父，苏州大曲家）老先生所称赏，可惜重要配角春香，久久不得其人，不是嫌高，就是年龄不合格，安圃十九岁，富家之子，托访一个年龄相当，身材相当，面孔好看之小朋友学习六旦（即花旦丫头角色），教好后，所有学费、衣饰、行头，将来上台客串耗用，全归袁家一人包办的。余闻之后，更不屑学了。丙寅年余在超然家，笑问安圃（时已为冯弟子）有此事否？安兄云：对的，因为始终未遇此机会，故《游园》不能唱了云云。今日回思如当时学了这昆曲，则必定锲而不舍，今日非印人矣，或早为振飞之配角，现为戏校干部矣。一笑。

张伯驹

张伯驹，河南人，其父张凤台，为项城袁兄，民初曾任河南督军兼省长，大富之家也。父死后，伯驹即来沪，为金城银行之理事长。生平嗜好，收藏宋元名迹，及唱戏而已。闻抗战之前，一直居北京，专拜余叔岩为师，学余派各剧，对余氏大约供养逾于常人，故能剧至多，一举手，一投足，无不神似余氏，但拙于嗓，登台串戏，第三排座客，只能见其张口，声音如蚊子也，故友人均戏呼之为“无声电影”也。余叔岩尝谓张氏云：“张爷，你如果有一条好嗓子，吾不肯以全部身段毫无保留教你了。”余于伯驹，从未知其名也。在抗战前一年，余于蒙庵案头偶翻阅，得见当时戏剧杂志中有张伯驹在某巨公家中唱堂会，串《失·空·斩》之诸葛亮剧照，为之配角者，杨小楼之马谡，余叔岩之王平，王凤卿之赵云，肖长华、慈瑞泉之二老军，全套照片均在，始注意其人矣。至胜利后，余以稚柳之介始与相识，诚实君子也，一无自大之态。每隔二月必自北平携几件宋元名迹，如宋徽宗、赵子昂之画，蔡京之字，更有晋陆机之《平复帖》墨迹等等，均溥仪离长春时所遗失之件也。来必设宴请稚柳、伯鹰、刘丕基及余等畅叙欢谈。其时余询以演《空城计》时何人饰司马懿。伯驹云：“郝寿臣不会，金少山不在，故亦一票友矣。”余问：“这一场戏花了多少钱?”张云：“杨、余、王各二千元，二老军每人一千元，二琴童为富连成学生，一千元，场面一千五百元，共耗一万元以上也。”至解放后，不来申了。后知亦“右派”了。摘帽后，以所藏悉捐献政府，得任东北文管会博物馆之副首长也。前年又回北京了，章士钊追悼会中又见其名已为中央文史馆馆员矣。

兹再追述丙子陈宅盛大堂会事，是年伯驹亦串演二戏。第一夕演全部《琼林宴》，自“问樵”（特约王福山为配樵夫）至“出箱”，一气呼成。书房一场，钱宝森饰煞神，加要獠牙，身段至繁，伯驹毫不费力，出箱亦用鲤鱼打挺而滚出的，内行亦不敢轻于尝试者也。第二夕演《打渔杀家》，尚小云饰女儿萧桂英。开舟一段，二人配合好像在船中摇荡不停之状也，内行中杨宝森头牌也，竟无此像真动作也。演剧之不易，于此可见矣。以上四人，得享盛名，非幸致也。

俞振飞

俞振飞，为苏州昆剧研究家俞粟庐子。粟庐一生以昆曲唱工名，对振飞以唱曲读书并重，故振飞初亦以票友闻名。少时曾与谢绳祖、翁瑞午三人合串《断桥》，俞饰许仙，谢白氏，翁小青，三人身材相等，为梅兰芳所见，在其《舞台回忆录》（即《舞台生活四十年》）中赞不绝口之佳剧云。后振飞去北京拜老伶工程继仙为师，遂下海而为伶人矣。今日昆剧小生中振飞确第一流人才也。北方伶人有一习惯，凡演配角者，如遇主角同场演出时，必须少卖力讨台下彩声。振飞初为程砚秋配角，演《玉堂春》之王金龙，做工得彩声过于程氏，程氏一至后台即谓之曰：“今日你是主角邪?”振飞只能辞班了。梅兰芳晚年演《贩马记》，辞去振飞之赵宠，倩姜妙香为配，亦自知做工已不敌振飞也。（此梅秘书许姬传为余言者也。）

润例、诊金之种种怪现状

在过去旧社会中，几乎都是以发财为宗旨、金钱为目的，贪官污吏、商贾、流氓之种种各式之无耻行为，已为人们所共知之事，可不赘了，兹只略谈过去书画家与名医之唯利是图之琐琐屑屑者。

书画家，本雅人雅事也，但其间种种怪现状，写出来至可笑矣。大凡书画家，所订润例，必有点品加倍一条。吴待秋之书画润例，为最繁复，著色须加二成，画五色梅花须加倍，每加一寸即须加价；吴湖帆，润例画四幅屏幅，即须加倍，青绿加倍，金碧再加倍；冯超然亦有加倍、再加倍之例；叔师（赵叔孺）画一匹马若干，四匹加倍，八骏图再加倍，写字行、隶、篆，随人指定者。以上四位，所谓加倍，即一元变二元，再加倍者，变三元了。惟独二位老太史公，高振霄、沈卫，所订例看似至廉。先谈高例，举一例言之，写一扇面只三元，金笺倍之，注明跨行行书、跨行楷书，加一倍（六元），单行正楷，再加倍（十二元），双行小字再倍（廿四元），作篆、或隶，再倍，四十八元了，篆隶并书，又倍（九十六元），正、草、隶、篆合锦（一百九十二元），如为金笺扇，则最高价为三百八十四元之多。以加翻如打麻将牌之办法也。

沈淇泉老人，则书件以字数多少为计数，平时一扇，只写七律一首或三首七绝，价三元，每加若干字加一倍，逾此再倍，再倍再倍，倍到最高双行小楷亦需二百元以上矣。在敌伪时期有友人宋某某（宋春舫之侄）喜集邮票，分中外两集，知余与沈老亲戚也，以一封面求书“集邮集”三字，每字只一寸左右也。其时余常至巨鹿路采寿里沈老楼上长谈，穿房入户，至熟也。那天，余持宋托件，求之。沈老云：吾自己不会计算的，即呼八小姐与余讲价钱了。八小姐手持算盘，问余曰：“写什么?”余云：“一纸封面。”她取润例一看云：“十二元。”余云：“可以。”又问云：“是否要写楷书?”余云：“好的。”她云：“加倍（二十四元）。”余云：“可以可以。”又问：“要双款吗?”余云：“要的。”“加倍（四十八元）”，又问：“要加年月日否?”余云：“加也好。”“加倍（九十六元）。”其时余已取出十张十元付之。她又问云：“几时来取?”余云：“最好十天、半个月以内。”她说：“限期加倍。”区区三个中楷，一加再加，变成一百九十二元了。余大不高兴，谓她云：“宋先生只交一百元给吾代求的，现在近二百元了，明天吾当陪宋先生自己来付款可也。”言毕，在她手中抢了钞票即回家了，从此以后，再不去沈老家中矣。

另一纸，宋氏嘱写好小篆的名家书之，余平时对姬传之四叔父许松如先生之小篆最服膺，其篆在虚舟、北江之间，比铁线粗，比玉筯细。次日专诚代求。松老一见，大欢迎，余出示后，他一查润例，竟漏例封面一条。余云：由先生酌定可也。他想了半时之久，谓余曰：“写在外国进口货封面上，不甚容易掌握，三字须照堂匾计算，每字四十元如何?”余无奈允之，遂取出一张百元，一张五十元之储备票付之。及找回，只六元了。余云：“尚少廿四元也。”松老连连云：“二成磨墨费，也算进了。”余云：“宋先生不嘱笺纸店代求，即为可省墨费也。”他又云：“这是我这里规矩，童叟无欺的。”余即要求开一收条，交与宋先生，他居然在自己名刺上写得清清楚楚：润一百廿元，外加墨费廿四元，共一百四十四元云云。向例书画家收润出据，南北均认为奇耻大辱，他竟为了廿四元出立笔据，余交宋君，宋君即付余作纪念。但松老写既快，又认真，宋及余均满意也。又回忆余第一次由姬传介绍登门进谒时，他下楼后，即拜揖相迎，未及多言，即在抽屉中，四处乱找，找到了一纸润例，立即摊在余面前曰：这是兄弟的润例，请你看看。其时余始恍然，他怕余去揩油也。余云：“今天湖帆先生要吾写一横签‘仇十洲白描观音像’八个字，描字《说文》所无，应以何字代之?”他立即取雷浚《说文通检》（此书至难查，以四书字作先后者），他一转念即检得了，说去手旁即可云云。他家中挂牌为中医，生涯清淡之至，出诊为五元六角（六角车费也），过桥加倍。江采女士尝请其至家出诊，据云，一登楼，即云："五块六角、五块六角。"钞票惠现，始视脉诊病也。故凡朋友知者，遂为取一雅号曰"五块六"云云。他能诗，据陈病老云，颇有佳作，不易得也云云。今已死久矣。

丁济万，武进医生世家也。祖丁甘仁，为慈禧、光绪之御医，故声名之大，远迈孟河费、苏州曹、青浦何诸大名家矣。丁翁以济万早孤，与己同日生辰，故临死时，以白克路珊家园仁和里之大住宅传之，故凡乡人或不详所以然者，有病只认珊家园丁医生，不问祖孙也，故济万生涯之盛，冠于全沪。每日门诊总在三百号左右，就诊者往往候至五六小时之久尚未看到，于是拔号者加倍（二元），拔号者多至百余人了，又订例拔拔号（四元），出诊十五元，拔号加倍。每日晚饭后出诊二三十家，故其每日收入达千元左右，而娱乐赴宴等等，均无暇矣，日以吸烟提精神而已。渠尝自云："财虽多，身体一无自由了。"余与之，原不相识，有病去诊，以久候为苦事。丁之妹，与程博寿同学，丁以程氏大官也，故尽力接近，博寿知余亦丁家病人之一，特为介绍，遂成好友矣。后去就诊时，丁一见余在候诊室，即嘱学生用红袋袋将诊金还余了。丁氏一日招余晚饭，谓余云：他拔拔号每天亦至少三四十人，嘱余嗣后至其诊室，不必打招呼，只要立在病家椅后，他们一起立，你即刻坐下来，吾即可诊脉了。后余每到即看，并无需分文矣。某日，余微咳而已，又去揩油了，时上午十时，余进仁和里弄内，丁正乘汽车出视急诊（五十元）。丁见余，即问是来看病否？余云："小病也，等你回府中饭时看，不妨事的。"丁云："今天四个急诊之多，你久候不好的。"言时立即回车返宅，为余诊了，再出门也。又一次，余去时，其学生云："老师有病，在楼上休息。"余上楼，问病，丁又谓余云："替你看看，不妨的。"（向例，他当时为中医学校校长，凡应届毕业生，必至其诊室，列坐于一长桌两旁，选一佳才生代为开方，二快手者，分别抄录，再给诸生各自抄录，作学习与实习也。孟河派医生，凡做老师者，不亲开方，必侍一得意学生代写，老师作脉案与说药名，必朗声而说，有同唱曲子，上海曾有好事者，无病亦挂一号坐而听其唱药方者，洵无奇不有也。）是时余以为只二人了，他当自开药方了，而他仍令夫人招一学生上楼，仍朗朗然大唱不已。余与之为友近六七年，竟未获睹其一张亲笔药方也。后抗战之时他被匪绑票了，耗了卅万元始回家。回家之后，从前门至诊室三道大铁门，病人五个一放进去，形同探监。余那时每次去，总先访其妻或妹，由后门领至诊室了。出诊，非大店号出具保单不看了。他当时出诊，分二批学生，看甲姓时，一批学生先至乙姓家候之。至乙姓后，甲家学生已先至丙姓而待了。可谓繁极矣。后闻去香港了（胜利后即去的）。据传闻，他尝逢一奇异之出诊，说明须住病诊视，日奉千金为酬。丁氏犹以为至多苏杭一带而已，不得已允之，哪知被请入小火轮中，供应特佳，舟中四面遮住，不令见外景。一日后抵达了，进一大宅，机枪密布，侍卫均兵卒也。病者为一老翁，已垂危矣。丁氏惊惶之余，不得不悉心诊治。二十天后，老翁愈了，大设宴款待之，奉以三万金，并告之：此处太湖也，回上海后，幸勿宣泄于人云云。盖巨匪头头也。丁氏一吓，故不久即遁去香港为医了，亦生活至佳，月入仍有二三万元之巨（其时有一先至港之医生名陈存仁，本上海之江湖医生，无甚生意，以早至港，竟名大著，月入至五万元，比丁超过了）。丁至港后，其夫人大做投机买卖，以目光不准，致大蚀，走了逆风，在六一年竟蚀了若干万，破产以偿，尚少七十余万港币。丁氏一急，遂患癌而死了。此余闻之其弟济华生时告余者，不讆也。

丁之胞叔仲英（甘仁次子），当年以生涯远不及济万，一愤而至美为中医，竟为美人所欢迎，大发其财。前数月，济华之夫人（亦女名医，名殷郁文）来为余诊脉时，告余云，其翁今已八十二岁，尚健康居纽约为名医云云。上海现名医丁济南、济民，均仲英之子也。济华其长子，已死。济万无后人为医者矣。

上记丁医生之事后，又忆及当年沪上几个名医轶事，记之如下：

一、在清末民初之时，上海有二大名医：一为针灸黄石屏，据云为一老僧所秘传，称"神针"，不论瘫痪以及疑难怪症，一经针治，即能平复如恒。当年张季直（謇）中状元前即患阳痿，经黄针治二三次，即生了张孝若。后并强占余冰臣（觉）之妻沈寿女士（沈刺绣称"神针"，貌美才高），死后，张竟葬之于南通，余冰臣写冤单四处分寄，当年无人不知之丑事也。黄氏由此大名闻于江浙矣。二为推拿名家丁凤山，扬州人（至今丁氏一派，北京上海之著名者，均其子孙与门人也）。翁瑞午十五岁尚未发育，乃拜丁氏为师，先练易筋经等等，乃成为后来搞腐化之丑名远扬之人也。据翁告余云：丁凤山之功力，能在一石大米（一百余斤）之麻袋外以二大指（丁派推拿，专重二大指功）作推拿，米袋中心之米，均成粉屑矣。所有学生，均须苦练此功，始告毕业。翁自云，仅能使袋内二寸左右，成粉状，且不多。但翁尝以推拿为业，程霖生等等大富翁均翁之主顾也。与陆小曼成腻友而同居，亦以推拿始也。翁又云：丁师易筋经已至神化之境，尝以廿块大砖叠起，丁一手按住，询学生们，要哪一块碎？有的说，要第几块与第几块碎；有的说，要第二至十九全碎，只准每块一分为两……翁求丁在第十九块碎作粉屑状。丁氏只须手用劲一掩，无一爽者云云。丁氏有一特长，凡患白喉症者，不论群医束手，已无望者，经丁推拿（需二小时），推毕，必命厨房煮面三两，命病人当场吃之，其病若失矣。黄石屏以一针治病称于时，但治白喉无能为力矣。二家相互自吹，成为参商矣。但二家均无拔号拔拔号之恶习也。据黄之友人云：以奉和尚命，不准传人，故无学生云。但在民国二十年左右，上海大光明影院之西某里中（里名已忘，似同福里）有一方慎庵，针灸医生，悬牌为黄氏门人云。庚辰年己三弟未死时，曾多次请方出诊来舍治病，未见效，因此据其自云曾有某病人，患严重胃病，经其一针，立即从口呕出大胃虫一条，其病立愈。故以此胃虫用药水浸于大瓶中，以供众览云。见者都云，该虫，实一小蛇也，长达一尺以上，口中如何吐出，大家认为奇事。

书至此，余又忆及一笑话矣。在六四年时，余时时至稚柳家作长谈，去时必见一位女医生为稚公打金针。余与她，从不招呼也。一日，她方针后休息坐下，稚公忽问余曰：方慎庵医生与湖帆老友，你熟否？余竟答之云："啥人认得，他家中有一广告，瓶中浸一蛇，说是从病人口中针后吐出胃虫，一尺多长能吐得出吗，滑头江湖医生也。"余说毕，这位女医生立起来去了。她去后，稚公方告余云："这位邬女士，即方医生夫人也（时方已死矣）。"余大恨，谓稚公云："吾说至一事时，你即应'豁一翎子'示意，吾可收住了，为何使她不怿而去呀。"稚云："她本为方氏女学生，强迫从之者，不愿人为之介绍身份也，故不妨的。"然余总觉稚不以目示意，不应该也。后数日，南京剧团名须生王某某女士，为天津名票夏山楼主韩慎先之得意门人，来申试唱二日，以稚与韩为至友，故拜客赠以八票（一日四座），稚遂以二座请余及邬女士同观。幸余先觉，询以如何坐法，稚云："邬与你比眉也。"余遂与稚公夫人陈佩秋对易一座，隔开二座也。又半月，余至中医门诊部就医（在青海路），从常德路乘廿路电车，至西摩路时，邬女士上车了，适比肩而立，她笑笑点头，与余谈话了。她说："你往何处去？"余云："至第五门诊部看病。"问她："你去哪里？"她云："回家去。"余不考虑，竟问她："你府上住哪里？"她竟对余嫣然一笑云："你晓得的，吾仍住在同福里呀。"她这一句，分明讥余也。幸其时青海路站头已到，余竟逃了下车了。余生平为女人所窘，第一次也。后告稚公，云："都是你害我也。"（当时如有缶老之处世之道，何至如此耶。）

又：民初上海有女科大名医陈小宝，无人不知。小宝死后，遗二子，长盘根，次大年，亦继其业，为沪上二权威，同居巨鹿路一大宅中，兄弟二人，各踞东西二厅，各自为诊，挂号处各派一人为招待员，凡有病家就诊者，这二人一个说："东厅是哥哥呀。"一个云："西厅弟弟本领比哥哥好呀。"各显神通，以拉客人。二昆仲均大胖子，至和好云（面子也）。盘根只见一面，不熟，大年与余时时在其外甥婿张镜人（卫生局中医处长，为申江大名医张骧云之后）家中吃饭，一日同出门外，大年忽谓余云："某某兄，吾真荣幸姓陈也。"余茫然，询以何故？他说："你姓陈，吾也姓陈，与你五百年前同一家，多少光荣啊。"余一笑而已，后以告镜人，镜人云："他就是这样脾气，见了女病人，那一套马屁功夫，女病人小病会变无病也。"他如此，纯为招来生意，目的钞票耳，从无不端丑事发生也。前数年昆仲"扫地出门"，同住棚户中，今又活络矣，闻不做医生了。大年女儿为六院牙科主任，盘根女儿为北站医院女科医生，堂房姊妹不相往返云云。

又：清末民初有一专看夹阴伤寒大名医，即镜人上代，住城内，名张骧云，乃一聋子，上海无人不知张聋甏（骧云之名反不著）。此老至民国后，犹拖辫子，出诊坐清朝轿子，招摇过市。入夜，轿前悬一灯笼，曰某某堂张。此人医德之佳，第一矣。入民国后，门诊仍只八十个铜板，出诊一二元而已，苟遇医家穷困，则医药悉归其负担矣。如为夹阴伤寒者，必痛诋之，甚且打病人屁股了。西医，开刀医生，往往三千四千一次，不谈了。记一小者，尤彭熙，德国皮肤科博士也，初设门诊于白克路。他以拳术（形意拳）闻名，余曾向其学习二年余，友而兼师者也。医术极高，但喜拖延病人，往往看二三十次始愈者（门诊初次三元复诊二元）。上海交通银行巨头周叔廉，女儿被开水伤足，腐烂了。周请尤出诊，每次十五元。看五次，仍未愈。周云："尤医生，包给你诊治可否？"尤曰："可，三百元。"周付后，二次即收口了。于是周逢人必诋之了。某次，余介堂房侄女去求诊面癣，余告以侄女也。他诊后未开方，招余至后房询云："究属何人?"余云："侄女呀。"尤云："何以一口南京话。"余云："她祖母、母亲均南京人，她长于南京的。"尤点点头即回座开方了。侄女临行问之云："何日复诊?"尤云："某某面子，下次不必来了，这药一涂就好。"果然三天即愈了。他对陌生人唯利是图，对熟人尚能见功效也。

几个旧友

周瘦鹃

周瘦鹃，名国贤，生于光绪乙未年（一八九五）。吴门小说家，当时所称“鸳鸯蝴蝶派”者是也。五十年前曾任老《申报》副刊“自由谈”主编、《半月》杂志主编。又有一小型杂志曰《紫兰花片》（《紫罗兰》），月出一册，所有小品文，均其一人所撰者。此人曾得奇疾，自发至毛，遍体不生，头上制一假发套之，鼻架特制大圆眼镜遮及眉毛。五十年之前，壬戌（一九二二）时，余即与之邂逅于当时白克路（今凤阳路）侯在里袁寒云先生座中，相处至洽。据袁先生云，他斋名紫罗兰庵，有一段失恋伤心史存在：他少时尝与一女士谈恋爱，有白首偕老之盟，女西文名紫罗兰，亦姓周，为双方家长所不允，因旧俗同姓不婚也，是以不谐矣，故他遂取此花名为庵，并制一小锦袋，以周女所写情书装入，冬夏春秋，总挂在内衣中，以作纪念云。此情书，袁先生曾拜读过者，故不虚也。

在四九年以前，余与之时时晤面，见必畅谈甚欢。解放后，他归吴门，以种花为乐，即与余不相见矣。后闻人云，他尝晋觐伟大领袖毛主席于首都，领袖赐以高级香烟一支，他吃了半支，半支以锦匣珍藏之，凡有友人往访者，辄以之出示，诩诩然自得不已云。

岁甲辰（一九六四），他年七十，与郑逸梅、陶冷月二公同庚，朱大可、平襟亚等等发起在酒馆中公祝三位同庆。事先大可、其石昆仲告余，余因与三公均为多年老友矣，故告大可，亦请加入。已定期通知过了，乃其石忽来告余云，周老因事滞苏，未能来申了，故公祝取消了云云。余亦深信之。至次年乙巳，余至冷月家闲谈，睹一摄影，三老同庆之图，朱、平诸人均在内也。据冷月告余云，去年周来沪，索阅公祝人名单，见有你名在内，遂云：右字辈，淮南归来之人，如与同席，是亵渎了他的身份了。坚决云，如有某某，他必立即退出云云。故不得已嘱其石诓骗你了云云。当时余云："这不怪他的。"一笑而已。至六八年，据陆澹翁告余云，这次运动中，周因坦白不彻底，竟投井自尽了。余为之叹息不已。半支香烟，不知亦一同携之赴九泉否也？

范烟桥

范烟桥，亦吴门人也。作小品文，常投稿各报刊中，与余亦老友也。他在解放前后每自苏州来申，必至湖帆家作长谈，每见余，总热络异常。及解放后，荣任了苏州市文化局长。又为其长子娶妇，余内弟况小宋之女儿也。至是，余与之为姻亲矣。岁癸巳（一九五三），苏沪文艺界人在上海大厦设宴公祝平襟亚、陆澹安二人七十生日，余与范氏均在，维分坐二席。余因与之既老友，又姻亲，故特趋前问好。哪里知道，此人突然呆若泥塑之老爷（像一个小庙中土地老爷耳），对余置之不理。余大窘而退。据人云，他自从荣任局长后，对普通朋友，一概疏远了。又闻余舅嫂小宋之妻云，自范为局长后，亦绝迹不至况宅矣。六八年，又据小宋夫人云，范亲家老爷亦死得不明不白矣（时局长一职，亦已换人之后云）。此又一势利人之下场也，可叹可叹。

放翁后人

放翁后人，亦吴门人也，有文学名，尝任抗战前之正始中学教师。亦曾订润例，卖古文，曾为弹词艺人朱耀祥、赵稼秋编张恨水小说《啼笑因缘》，为女艺人范雪君编秦瘦鸥小说《秋海棠》，名闻苏沪者也。他为人至和蔼可亲，藏小说书至富。六八年以前，余时于平、朱二公家见之，作长谈。今岁余归家后，犹时时念之不已。

今夏忽闻其至亲某生来告余云，他有女儿，在美帝联合国大会中任女职员，平常角色也。自美帝树了白旗来与我国访问后，中国人在美者，陆续回国探亲，其女亦于去岁来申望老父了。老人大乐，遂不令任何亲戚与之接近。去年六月，老人八十生日，所有亲戚纷纷以寿礼贺之，老人只与父女儿孙团聚，所有内亲一概不招待了，盖仿贾元春归省大观园，无职外男，不得入见耳。其女在联合国之上司头头子，乃刘海粟之子刘虬（刘虎）。刘虬曾托她携药物交刘老。海粟拟设宴慰劳之，因听到其父视之为元春归省事后，亲戚都没有了，刘公时正在午饭，大怒拍桌，将箸亦击落于地，遂告她，撤消请客了。某生告余后，余笑为之曰，美帝不是皇帝，她亦不是贾元春回家归省，乃贾探春远嫁海疆耳。老人今已八十有一矣，大小便已改道从腹通过而出矣。胡竟反常至此，视女儿如元妃，视亲戚如外人，殆亦势利之一种邪？

李祖韩

李祖韩（左庵），宁波镇海人，为民初闻人李云书、李微五之侄也，为解放前上海化学工艺社之大股东。左庵虽为巨商，但能画，与妹秋君，俱以书画家姿态周旋于诸大名家之后者。胜利后张大千三次来申，均住其家。左庵兄妹每日必以丰盛之席宴之，并为之广作介绍。在当时，余几无日不去，去必至深夜始归家。故与之无话不谈矣。又时时见方介堪、支慈庵（刻竹名家，亦能治印）、江寒汀、吴子深等等来访大千，左庵对诸人，态度至傲慢。诸人行后，左庵总谓大千曰：他们来无非想照你牌头也，所以我嘱佣人茶亦不必给他吃的了。大千及余均笑之，云：“你太‘犹太’了。”

大千方作画，左庵告余云：“某某，我告诉你，我少年时，是在某洋行为职员，老板，犹太人也，尝以做生意如何可赚钞票之秘诀相授过的。所谓‘犹太’，如果一钱不落虚空地，那是小气鬼，是蠢人，必须放准眼光，见有可以供我利用之人，不妨给以小恩小惠，甚至终年供给，一旦可以在其身上利用，即可捞回大财了，这方是真‘犹太’也。我昔年在中国营业公司作买办时，尝用二人，一翁瑞午，一李亦龙，月送五十两。二年之后，公司与平汉铁路交易一买卖，久久不决。知局长何竞武，与徐志摩为异母之弟，遂托翁瑞午求徐及小曼夫妇二人，一言即定，公司赚了二百余万元之多。这不是我的‘犹太’三昧吗?”余与大千为之大噱。

又，左庵尝戏索大千草草绘扇面一百二十页，云以送人者，大千一走，即每扇以五十元出售，大千吃住，全捞回有余了，是亦“犹太”也。一笑。

李烈钧与华夫人

李烈钧，字协和，江西人，为清末日本士官军校第三期毕业生。当清末时，中国派遣各省身高力壮者赴日士官学校，学习军事，第一期只三人：冯耿克纫薇、吴锡永仲贤、许葆英伯明（此人回国后最不得意，后派在保定军官学校任教官，蒋光头为其学生也）。第二期、三期同时毕业，故统称为“三期学生”（李宣倜释戡亦第三期生，一回国即任慈禧御前侍卫，后与冯、许二人同为北方捧梅兰芳大将，称“三元老”云云）。李烈钧、程潜、李根源、孙传芳、孙道仁（福建第一任都督）均为赫赫有名人物，内尚有一福建人龚某，亦三期生也，与李烈钧有管鲍之交，最称莫逆。民国初李任江西都督，即招龚自闽至赣任副官长之职。未及三个月，龚请假回福州与华二小姐结婚了。华为无锡明代相国华洪山后裔（《三笑》小说华太师确有，此无锡大族也），美而艳（她胞姊为余第六姑母之长媳，表兄徐诗瘦之妻也）。

龚副官长结婚后，特携夫妇二人摄影一帧出示李观之。李督登徒子也，一观伊人之小照，为之目眩神移，当时不动声色，对龚更宠任之，什么机要文件，悉付龚保存。又三月李温语谓龚曰：“尔新婚不久，即返南昌，现在派你至福州与孙都督秘商要事，准假三个月何如？”龚大喜过望，欣然返闽去见孙督了。哪知孙督一见之后，立即将龚拘押入狱，不三日，即皇皇布告宣示云：据密报，龚某某自赣至上海后，即以机要文件出卖给袁政府，证据确实，应立即就地正法，枪毙了。消息传至李烈钧处后，李大哭不已，特电龚夫人云：“尊夫为人诬告决无此事，现在事已如此，当每月津贴你五百元，以慰幽灵，请令兄来南昌，委以优职可也。”于是其兄华茗臣自闽至赣，荣任副官处处长了。李每月五百元即由其兄代汇给龚夫人了。至李卸任赣督后，谓其兄云：“现在本人已卸任了，每月五百元无从支付矣。准备本人先行出私囊二万元，一次付给令妹，一俟东山再起，仍按月再送。但希望令妹亲自来申（时李已居申矣）当面付之如何?”其兄哪有不允之理，即去福州偕龚夫人一同来申了。时伊只廿一二岁，即住余姑母徐宅中（在西门林荫路）。其时先母常至六姑母家中，龚夫人亦跟了其姊呼先母为十一舅母者。时余只九岁，亦见过她。先母一见龚夫人，即云：“生平所见美女，华二小姐为第一。”后每有谈及她时，总是称美不已。余之大表兄，最封建，闽人风俗，凡是寡妇，例不得涂脂抹粉者，而其小姨雪花膏满面孔，衣服入时，一无孀居之状，余表兄对之，从不与之谈谈说说，视之蔑如焉。

在李烈钧第一次见二小姐时，有其兄华茗臣在旁，李一面孔孔老二道学姿态，除尽力安慰外，并设盛宴招待之，小心恭顺之至。华氏兄妹感动不已。距次日即召华兄与之云：“令妹如此青春，难道一世作孀妇吗?又无子嗣，现在已民国了，尽可择人再醮。望向令妹探询意见，如愿再嫁，本人当为物色一位高级长官嫁之如何?”茗臣即告二小姐，她意动了。及茗臣往告李氏后，李即单刀直入，告华云：“本人看她可怜，愿纳之，决不以妾礼相待，另买洋房居之。所有佣人一律称令妹为‘华太太’可也。”于是龚夫人一变而成李家的华太太了，后生子女多人。

在福建孙道仁卸任后，告后任督军李厚基云：“龚某某一无罪证，纯为李协和来密电嘱如此宣布罪状所枪决的。今闻娶了其妻作妾，真人格丧尽了。”其时李厚基之军法处长兼道尹为余第十二姑丈名朱景星聚五，以函泄之于徐氏姑丈家中了。其姊夫徐诗瘦得知，至余家中一一告于先父先君了，他并勒令夫人从此不准姊妹相见了云云。其后，事过了十多年，李烈钧大夫人死了。凡徐宅有喜庆大事，必送厚仪具款“姻愚侄”，且来躬贺。余姑丈及诸子均以戚礼迎之。惟独诗瘦表兄一人，见李来即避去了。

后李、华居屋在今思南路（近建国路）一条大弄内，共四宅三楼大厦，第一家即李宅，二家不详，第三家程潜，第四家梅兰芳。在抗战前三年，程公方闲居无事，日以求人刻印为玩好，余以冷月之介与之相认识。先时程尚以每字三元作酬，余有一性习，凡为熟人，而谈得投机者，概不收润。程公每次见余一人时，必另出三五牌自吸烟相享（冷月同在则美丽牌了）。六月炎夏，余告辞时，程必特着夏布长衫恭送至大门口，仍遵古旧礼貌。故余后即不收润了（暇当写文详记知己之感）。某日程告余云："李协和有一杭世骏旧藏大鸡血石一方，以三千买得者，普通人看都不准。"余云："李夫人家中叫华太太，老伯（后作了部下，始改称之为总长也）见过否?"程叹了一口气云："不但常见，并且详知其历史也。"余即问之："当年是否乃龚夫人?"程大奇，询余曰："这秘密事，你何以知之?"余告之曰："华太太之胞姊吾的表嫂徐氏夫人呀。"程云："那么你已尽知之矣，可不谈了。协和此事，丧尽天良与人格的事也。"抗战那年元旦，余突接上一日程来电，嘱至南京其家有事云云。元旦余至程宅，程出示旧鸡血一寸方、二寸长一对，红木匣子刊乾隆御藏（伪也），石尚佳，价三千元之巨。余询之何处购得。云为荣宝斋出售者。余实告之市价至多千元而已。其时李协和适至程宅贺年，程即以此二石示之，并为余作了介绍，询之云："比杭大宗一石孰优孰劣?"李冷笃笃回之曰："论质地，我的好，但只成单，不及你成对名贵呀。"程云："吾们三人同趋你府中，由陈某某一评如何?"李云："石在上海呀。"李为人沉默寡言，一望而知为一大员风度，但其时年虽未满六十，已有气喘老态矣。程对之，忽而嬉谑，忽而嘲笑，竟仍如少年同学时一样。李惟微笑应之，有答亦甚幽默也。胜利时即死了。

在一九六四年夏日，余至秦廷棫医生家中，观赏其所藏历代陶俑（秦之高祖即无锡秦祖永逸芬，祖及父即前三马路艺苑真赏社主人），正谈话之间，忽见一三轮车载二人来，一为老妇，一为卅余岁男客，母子也。秦医生“姨母姨母”叫不绝口。这位老太太年约七十余，满头白发，全似银丝，而面容尚似四五十人，既端庄，又和蔼。余一观即知她年少时为一位绝色佳人也。听她满口福建土音之北京话，余询之曰：“老太太，你福州人吗？”她云：“不是的，我无锡人也。”余云：“为何福州口音邪？”她自我介绍云：“我姓华，因为已五代住福州，所以有闽音也。”时秦医郑重介绍云：“这是我们姨妈李老太太呀。”余恍然明白必李协和夫人矣，进一步询之云：“徐诗瘦与你有亲戚关系否？”她云：“是我妹夫。先生，何以询之？”余云：“在民国二年你曾住徐宅，你姊，我姑母长媳也，我在九岁时常跟先母至徐宅，见过你多次也。你叫十一舅母者，即先母也。”她又说：“那么先生姓陈邪？你老太爷十一舅舅，也见过的了。”余与她谈有二小时之久，她并告余已不住思南路了，新居地址也告了我，我回身即忘了。这老夫人，如此高年仍可想象其当年之美，无怪李协和之忍心作此惨事也。前二月秦医奉父清曾命来取印章，余询之李夫人仍如旧日风度否？秦云：“她尚在，八十四岁了，上次入浴，不幸跌了一跤，现已腰折背躬，无复人形矣。”余嘱转询起居，并告之云，其姊徐氏尚存，居北京，生活苦极云云。

记程潜与杨虎

程潜，字颂云，湖南醴陵人，清末之秀才。以屡赴闱场，未中举人，其家为小资产阶级，故遂在家设一私塾，授徒为生，一无进取之心。时清末各省本命选取身材高伟，相貌堂堂者，派至日本士官学校读书，程氏正中其选，醴陵知县以其名列入，他百般拒绝，未准其愿。最后派人强捉之，程逃入后园门背后，被来人一把辫子硬拖而去。不得已凄然赴日了，与李烈钧、李根源（李根源云南人，与程氏相同，当时逃避床下，亦一把辫子拖出者）、李宣倜、孙传芳等，均为同班第三期毕业生。他毕业回国后，知云贵总督李经羲（文忠胞侄）为一守旧顽固分子，他特挽了一条假辫子晋觐叩头为仪，总督大喜，谓其不忘本，立即俾以云南讲武堂总办三品之职了（此其亲口告于文案赵宝芝者，赵后为杨虎之中校秘书，告于余者）。回国后并不得意，乃投孙中山部下干革命了。

当其在士官读书时，对同学中孙传芳最鄙视，盖孙出身乃鄂督军王占元之舅爷也（即王妾之弟，小妾之弟俗称舅爷，讥其字似舅非舅耳）。孙为人至阴鸷，常至日教师处谗之，致程常为教师所训饬，于是程伙臂大力壮，在同一卧室中，时时以老拳痛击孙不已了。二人积嫌至深，同学无不知之。及蒋匪北伐时，四个集团军：一、谭延闿，二、程氏，三、何应钦，四、李宗仁。程氏知孙当时正为苏、浙、皖、赣、闽五省联军总司令，特自愿领军自粤湘鄂直趋江西，打南京，孙当时民力正强，程在江西屡败，他屡败屡战。本将孙氏逐出金陵，第一个晋南京，即在挹江门城楼上易长衫摄了一影，作为报了数十年之积仇了（程氏生平最恶摄影以留作纪念云云）。因此他遂得选任为伪国府第一任主席了。后让位于谭延闿，他调任湖南兼湖北二省主席了。那时李宗仁任武汉三镇军总司令，与程二人对蒋匪均有不屑服从之表现。蒋先以密电嘱程取李而兼之，程置之不理，蒋又密电李，嘱将程借故消灭之，许李兼两湖主席之职。李为所给，遂于汉口设宴请程，程到后，李即宣布蒋秘令，拟枪决之。程命不该绝，适蒋嘱圈李之秘密电在皮包中，遂即出示于李云："看看，这是什么邪?"乃大骂"蒋李二人均非人类"了。李阅后，趋前紧握程手云："你放心，有本人一日在此，当以生命保君安全。"以令已宣布，不得不将程软禁于司令部花园中了。于是，不久李即偕同白崇禧返广西独霸一方了。程一以谭延闿及湘中诸上将之力，二蒋亦自知理屈，况程已下野了，遂给以一笔津贴，准回申休息，一方面仍给以中央委员会及国府委员之空衔每月二千元。程遂以数万元于今思南路买了一大洋房居之，作上海寓公了（每年只至南京开会一次）。

他住宅在一大弄内，共四幢，一、李烈钧，三、程宅，四、梅兰芳家，紧邻也。程从不至梅宅访问的，只在弄中，彼此相见，点点头笑笑而已。程自下野至乙亥年整整七年，七年中，日以临《石门颂》，及遍购各种石章（惜究为武人，所藏均新石，受掮客之当耳），为王福庵、邓粪翁、陈半丁、齐白石等等无一不求遍了。时余为卅一岁，以从不作宣传，虽有润，高于王邓之价，故刻印之名远远落于他们之后了（那时王邓每字为二元，赵师一字五元，余为三元，指明元朱倍之）。其时余与陶冷月为至友，陶印全出余手，未取分文，陶正室夫人为湘人，其连襟李某为程之得力助手，时任湖南财政厅长，所以程因李关系与冷月至莫逆。乙亥六月，陶特介余至程府为之治印，他对余似有夙缘，见面即和蔼可亲，当时嘱刻二印，一名，一字，六个字，赠十八元，余当然收了。及告辞时，他特按照旧仪节，穿了夏布长衫，亲送至大门口始回云。他生于壬年，长余廿三岁，冷月与余回至途中云：与程六七年交谊，从未见过颂公对人如此谦恭云云。于是余对之亦恭敬尊之曰"老伯"了。

其后时时以印委刻，均照三元一字付润者，每次去，必与冷月一同登门者也。至十月，又刻成二印，至冷月处拟请之同往，以冷月已他出，余思已至熟之人了，遂独自去交件了。程大欣喜，以交件神速也，遂又出示印嘱刻，稍待，又收回四方，云："下次再由你来取刻如何?"余云："一同带回可仍早日交件的呀。"他笑笑对余云："本月每月只一千二百元俸给，八百元乃嘱用二个秘书之月俸也，不幸大小女善挥霍，仅汽车的汽油需耗一二百元。子二女七，全家开支太大之故，秘书也不用了，所以待下月，南京寄款来后，始能匀出钱来送你润资耳。"余云："老伯，你早说时，我愿不取分文报酬了。"他大受感动，遂即云："那末，一言为定，不客气了，拟请你多刻几方了。"余笑允之。他竟尽出所有之印，连王福庵、邓粪翁诸印在内，嘱磨去重刻。一数之下，天啊，七十四方之多。余既允之在前，反悔亦无及矣，只对之云："恐两个月之后，可交件了。请以纸包好后，我当至弄口叫一人力车来，方可携回舍下也。"程云："当用包袱裹之后，命汽车送你回府，各印存你处，慢慢再写文字求奏刀可也。"说毕即又在房中取了自吸三五牌香烟相享了。余临行时，他云：嗣后随时来，不必与冷月同来，谈话反受拘束了云云。遂命司机代为携下，仍恭送如仪。及余回家（时余方与上海警察局蔡局长翻了脸辞职赋闲在家，靠刻印作家用也），先母见携了大批石章，以谓程一向付润者，大喜过望，及余禀告白刻原委后，被先母臭骂一顿，谓老小二人均混蛋矣。那天他一取即以七十四方相属，亦出余意料之外也。隔了约半月，程又以汽车接余至其家云："本人近承介石又顾念旧交，欲以内政部长一席相属，为本人拒绝了。他现以全国禁烟督办一职，属至汉口暂摄，以俟相当军职见任，故勉允之，后天即将去汉口了。各印印文当以图告可也。"余次日无意告了冷月，冷月冷笑云："你不应甩了我去单独见之，白刻七十四印，颂公黑了如此久之人，还想东山再起吗？真梦想了。"哪知在两个月不到，报上刊登了，蒋匪自兼的参谋长辞职后，继任者程潜矣。余尚不以为意。冷月得风气之先，立即携了平日家中所存自画山水五十余幅径至南京，求程为之捧场推销，程遂介绍陶在湖南同乡会会址开了一个展览会，并食宿全由同乡会优待供给之。又上自汪逆（伪行政院长）及各院长、部长，湖南籍高级军人如唐生智等等专诚代之推销，卖了三千四百余元之多。冷月回申后，只告余崇拜者纷纷，故尚满意，绝不提程之力。至次年丙子二月，程回申后，先命汽车司机送一包申报纸所包厚厚见方一大包，上未注明钞票及数目，另附一面云："去岁蒙如此慨允赐刻，衷心感谢，未尝忘之。兹奉上微仪若干，自知尚未及全部润资之数，歉仄之至，望哂纳。聊表寸心耳。"余约计一摸，大约为五百元，至此余应坦白述之于此了，诚心拍马奉承之矣。余即询问司机云："总长在家否?"他云："在家，是命车来迎接的呀。"于是余持了这包钞票，原封不动，见面照例作贺后，遂原件还之，云："我既允尽义务矣，会如领此，是乃食前言了，万万不收，请原谅。"这时他最掌权得宠之如夫人三太太，名周劼华（除长女博寿为正室所出外，其他六个子女全周所出者），适走过会客室，程遂呼之与余相见，并告云："陈先生太硬汉了。"即命周将原包携走，妇人小器世之常情，她竟对余大表好感，坚留晚饭了。时不过下午四时，程开始询余家世了，我遂详告之，直言无隐，全家十余口全由我一人负担，一向靠邵力子介绍工作，本人牛性梗直，去岁因小事得罪了警察局蔡局长，他无端减我廿元工资，闹翻了，不辞而别，迄今未有工作云云。程云："本人与国府古文官长应芬及交长朱家骅均至交，你愿再做工作，则任一处当为介绍。"时王福庵正辞去文官处印铸局技师之职，知尚无后任之人，余点名拟求此职，程一口应允云："明日回京，即代介绍不误。"后五天自京来函云：已说妥，望速缮一履历片来，代交之，即可发表了云云。余写好寄出后，那知隔半月程又来申，以车接余去面告云："古老头子一见你履历只卅二岁，此人喜老不喜小，只允发表一技佐名义，月薪一百八十元，你同意否?"余云：

"其他机关一百八十元均可就，惟独印铸局，非技正不就也。"程乃云："闻你与蔡局长因小故翻脸，此人已见过二次了，本人明日当专为你请吴市长、蔡局长二人回来晚饭，你也来，本人当求吴氏与之解释误会，升你为正式秘书如何?"余云："俗语说'好马不吃回头草'，不必了。但是，我有一第四胞弟，不甚通文字者，曾求市长介于前局长文公处任督察处稽查员五年之久，办事是诚恳的。去年蔡氏继任后，下令裁去五十余科员办事员等等，四舍弟亦失业了。能否求老伯代介绍再回警局，升为督察员如何?"程云："此人每月必至南京述职一次，当面谕之可也。"嗣又告我云："下月吴市长所兼淞沪警备司令一职将奉命辞去，继其任者为杨啸天虎，当力荐你去任一秘书如何?"余欣然谢之再回了。隔旬日居然来信了，附介绍四舍弟之函亦交下了。余素知这蔡某某为蒋匪副官出身，所谓小人得志，对一般下属动辄骂、打、踢，四舍弟去见他时，必受其辱。故预授四舍弟准备好回答之语，果然一见面即骂了，云："你做稽查员也不称职，故撤职的，现还想升督察员吗？你与程总长什么关系?"四舍弟告以不认识的。他益大怒云："这信哪里搞来的?"答之云："家兄搞来的。"他问："你兄何人?"答以陈某某呀。他暴跳如雷了："督察员休想，委一办事员罢。"四舍弟云："请一函告程总长，总长同意即可了。"回家后，我又将此情告于程氏，并云："此人独怕杨永太（蒋行营秘书长）、姚味辛琮（南京警察总督，蔡得任上海局长姚之力），独得一人函促，必成矣。"隔四日附了姚之一函来了，函面仍照例写面呈蔡某某。背面程亲笔批了核桃大八个字云："不必面交派人送去。"姚函内容只聊聊四行云："陈君为总长亲信，以亲老，不克远离，故介绍之，请速遵办。"该函由我加封寄与一曹姓秘书云："奉总长亲笔批示不必面交，故由我寄上，请蔡局长自行复之。"次日督察员发表了，但二个月不批薪资若干，在三十元势不可能，四十元又不愿耳。后程又见蔡某某了，笑询之，所介绍陈某某尚好否？他云："好的好的。"程云："那请薪给从丰些。”此人回申后，抑住了怒火，批了六十元一月了。初，程氏当日允介四弟后，他夜车回京时，我曾偕之在头等车箱中觐谒之，程大加赞赏，次日即由京来信云：令弟仪表俊伟，他日可介之入军校求深造云云。这信已缴呈于画院了。

兹再述我进杨幕之后事如下：在丙子四月杨氏任司令后，程立即写了一函云：“承面允所介绍陈君，嘱其谒左右，乞任以秘书为幸。”余去谒之日，乃一王秘书（此人一字不识，乃当年孙中山之马弁也，时杨为孙副官，王适为杨之所属，故俾一秘书名义耳，专司招待来宾、代见等杂务者，人至诚笃。此人凡是孙总理部下之人，上自匪头，下及何应钦、程氏等等，他均超前要握手为礼，人莫不优恕之也）带引晋见者。杨一见，第一句即问：“尊处湖南哪里人？”余告以乃浙江人。杨即默然片刻，云：稍迟半月即可报名云云。余退出房门，亲耳听杨指嘟嘟桌面云：“是一小把戏嘛。”王告以云：“卅二岁了。”杨云：“你听他，假的。”隔半月勉强发表了，但写兹委任某某某为本部秘书，上并无“令少校”字样。列差后，正式秘书室中只赵南丰及一江秘书二人，王及余无办公室，随意零坐而已，及发表工资只八十元。一日，副官处一中校科长，云南陈某某，此人专司人事科者，至秘书室与赵南丰云：“一个陈某某是什么东西，安插在哪一部门为妥？”时余正坐对面沙发上阅报，即以报纸与陈某某隔开了，偷眼看赵氏回答，赵当时以手乱指云：“他乃程总长至友呀。”乃三日后司令部职员录印就了，将余名列入参谋处为第一名上尉书记了。我取了这份东西，当夜即乘夜车至南京，面呈程氏，他看后，大怒云：“啸天太失信用了，向例司令为中将，只有俸给二百四十元，公费为一千元，本人与之云：‘当向何部长力助批加为三千元，但须委一少校秘书为条件。’他竟如此失信，你放心，回申去仍不动声色，本人自有办法。”第三天，又亲笔聊聊六行（下款只程某启三个字）内容云：“近见尊部职员录陈某某列为书记之职，似太不称，望速改正名义，为少校秘书，薪水公费一列可仍旧，三月之后，准由本部呈请调京，为便于呈请耳。决不食言。”杨接得该函后，只能嘱赵南丰另缮委任一纸了。事有凑巧，那位实缺少校秘书名江庆余，乃奉化人，久任蒋匪之上校秘书多年（至亲关系），蒋匪平生最恶部下赌博之徒，这江君正患此病，屡戒不改，致触匪头之怒。在杨氏奉命做司令时，匪头亲谕之云：“把这江某带去任以少校之职，降二级以罚，俟一年后，再令之回京可也。”故杨不得不愧对程氏了。这位江君与赵南丰二人互相轻视，江拙于文字，赵每有难题目，表面上推之主稿，江勉力拟成后，赵加以改得体无完肤，仍属江自行誊清用之，所以辱之者每如此类。江与余至洽，对余云：“简直奴视本人如司书矣。”故决意辞职，再求头头收录，愿降为上尉亦心甘也。一日，他写好辞职书后，交于余手云：“明日不来了，后天请你交给收发处代递为要。”江不别而行。赵因与余同有夜游神，至舞场之癖，遂力劝杨正式以补了空缺。乃三月之期到了，程调任之令亦到了，又由赵向杨氏云：一、挽留之亦对程恭敬；二、可能有什么事求程，可由陈某某作桥梁云云。于是呈交恳切挽留了。其时程长女博寿之新婿郑尔康适沪江大学毕业，正无处找工作，余遂曰愿仍留申，以参谋本部秘书让之了。博寿大喜过望，遂将当年李宗仁误受蒋令之事，详细告于余者，否则何能知此内幕邪？程亦认为余知趣，故又加委空衔咨议一职，月支夫马费八十元了。其时余司令部之薪本为一百卅五元，遂不知何人揩用了十五元矣。又，闻那时杜月笙贩土，对司令部警察局高级职员各有数百元一月津贴，我这一笔，后始知为杨氏代笑纳了。故任实缺后，那副官长赵某某为湘人，一直求余介见程氏，杨氏又自知揩油理亏，乃批准一专用汽车由赵陈合用了。此赵靠我之福也，余每月发薪后必暗给司机者五元，赵分文不出，司机对他非应用之时，微服私游等等，都向余一一作了汇报耳。司令部主任、科员等等均奉杨氏令非学跳舞不可，因为某次招待外宾席上，苏联领事夫人主动请杨一同跳舞，杨一不懂外语，二不会舞，遂使苏联女士向人云："杨司令看不起人了。"故他带头大学而特学了，余亦被迫学舞之矣。一抗战，迄今未光顾舞场一次矣。余之学舞，乃友向舞女所学，俗称拖车也。

兹再谈冷月得罪程公之如下：当程初任总长时，即力捧冷月之画，卖了三千余元，已如前述，当时余茫然不知此中详情。丙子十月，冷月忽向余云："近来颂公未知何故，去信从不一复，似有不愉之意？请你代为一询，万一开罪之处，请兄便通便通。如何？"余因其原介绍人也，岂有不允之理，次日星六，即又夜车至南京市，向程申述冷月之意，哪知程听了我之言后，竟大怒云："此人太下流，本人深悔多年视之为人了。"余即问原因，程云："他一来，本人四面吹嘘，卖了三千四百余，买主大部为湖南同乡，他住宿饮食均同乡会供给，临他回上海时，同乡会托本人代求画山水四尺横幅一件。请你想想，本人这点面子，应同意否？"余云："那当然应遵办的了。"程云："当日即匆匆涂成松树一棵，那还罢了。孰料他题了'陶冷月画'之单款一小条，将原求之宣纸左下角撕去一条，将另外质地之一条粘上了交件矣。这分明表示不认这画为其所作，是可忍否？"余只云："难道如此吗？"程更大怒云："你不信这话吗？可立即与你同去同乡会看这一幅画。"说毕高呼备车，余云："总长所说当然不假，不必回去看了，待我回申当婉规导之可也。"程云："不必，尽可将本人之言告之可也。"次日，余即将程氏之语，婉转告之，仅云："撕去下款，另粘一条，为程公至不愿意之事。"冷月承认有此事，但云："携去之画，可值万金以上。为他乱做好人，只卖去一大半，四千也不到，反而更要添一横幅，湖南军人，也配赏鉴我的画否？"说毕，竟大迁怒于程公谓不识好歹云云。余默然而返了。隔二旬后，冷月以请吃晚饭为由，招余至其楼上，他下楼一小时以上不来理睬，在案头有意把程之秘书长潘某某之信全摊于上，余无意阅之，内容竟云："得来信知悉一一。总座对兄本无恶感，陈某某力能劝导，反加其怒。是中了陈之离间矣。"余闻后，只做未见此信，次日当然要函程氏声辩一一了。程回信云：“任他说什么，本人明白。下次如再来函谈此人，连你一并绝交了。”在这时期中，我与冷月本每逢星期五，二人必同偕尤彭熙医生家中同学形意拳“站桩”练气功，一日尤医生告我云：“冷月每次总必诟诋你抢了他司令部秘书一职，大有不共戴天之仇，你以后改为星六来吧。”余云：“你医务如此忙，我让他一人学吧。与你尤先生暂小别罢。”遂与冷月不相见了。

程公一共命余作印达二百方以上，每星期必有一二函，均属刻印文语也，二年之间积函一百封左右，在六六年余全部呈于画院了。六八年特为余及唐云二人，开一反革命证件展览，将参谋本部之信封全行陈列，但其亲笔函一通未展出，因展出了均可证明为北京程副委员长之嘱刻印之函耳，反无罪了。当时余在司令部近二年，杨虎办公室中只进去五六次，后一位老书记掌收发者，向参谋长面呈云：“军委会最密件，似应由陈某某主管，他程总长亲信之人，可保无虞?”此参谋长为欧阳惜白驹，老资格军人也，批准了。余遂专司此事了。一月之中至多二三件，余原封不动，亲呈欧阳氏，即总算为有了任务矣。余下时间，不是为程刻印，即与那位河南人老书记（此人自北伐成功起，即随白崇禧入司令部任上尉书记，直至上海沦陷后，始又去江西依熊式辉者）谈司令部历任司令之故事作消遣而已。又，忆及程公对余云：“你熬一熬，二年一升，八年后，凭本人之力，必升至同少将阶级，再转文职，保证得一行政督察专员，至民政厅长后，那时与本人无涉了。”故余那时做官梦甚甜也，哪知敌伪时期，正属八年，上海伪保甲长勒逼居民代日寇作站岗任务，如为汉奸荐任以上，可免此任务。余那时早已以刻印为生了。不得已，再求梁逆众异监察院中委一空名义，用以免去站岗之辱，蒙梁给一监察院专员之虚职官证一件。嗟夫！八年作了专员了，乃一纸空文，且汉奸也。亦命也夫，亦命也夫！

程生平最喜硬汉，他当年正厅上只悬一大幅吴佩孚《墨竹》长题者，余询何故悬此北洋派军人之画，他云："吴子玉硬汉也。石曾一再请其南下，任以与冯玉祥、阎锡山同样副委员长之职，他只回信聊聊数字云：'败军之将无颜忝窃此高位矣。'故深崇拜之。"他平日对文人最谦恭，尝嘱余陪同访叔师，侧身半坐形同门生见教师也。自胜利后，迄其逝世为止，一、余因做过汉奸，二、省了冷月再嫉妒，故未与通一讯。忆及他于上海沦陷之前，十一月中，命军需处长宪坤汇三百廿元至舍云："奉总座命预发四个月公费。"他对余之厚，于此可见了矣。在六四年其第三女儿为北京美院学生，一日她至妹羊家中访沈老，妹羊无意谈及余名，她叹了一口气云："他已忘我了，我亦不复记起矣。"此余负心之罪，自知深矣。又，及解放后，余又重至尤医生处与其女儿作伴练气功了。尤云："冷月之妻，于抗战一起，即与冷月离异，率子女去湘中母家，冷月孤独无依，尤宅特供给一亭子间，三餐全免费供养，六年之久，做了一件负心反诬之事，为本人所逐出了。至今思之，昔日恶丑诋你种种，均正表现其胡说也。"

在六五年冷月以函介其子为浤求余授以刻印，余不取分文欣然应命，乃与之又和洽为初了。一日，他又谓余云："本人生平从不提拔一个人，只对兄是向程颂云尽力提挈，所以使你今日有此地位也。"余笑谢不已，后以告大可，大可认为太未免可惜了。程公亦犯有好色之疾，谈及美人名倡，即眉飞色舞。他之为起义军人，乃由当年林伯渠一人劝驾之力，盖林为举人，程之姨表或姑表弟耳。闻他至北京后，竟将三太太周劼华遣散，介入上海为文史馆员，而另娶一广东少妇为夫人矣。周氏不得已来上海依其子程博洪（美国留学生，任复旦大学教授，今亦六十余之人）。庞左玉与周氏相识，以上语，均周告于左玉者也。后又闻湘人云，程自至重庆后，忽努力做诗，全为五古，全为学王湘绮笔调，印成一册，遍赠友好，惜余未之见也。今北京国防委员会委员刘斐，字为章，此人擅书、学鲁公，颇佳，昔与余至熟，乃程公唯一得意幕僚也。程终日临摹

《石门颂》，即作一便条，亦以隶书书之，与李印泉根源之字，如同一辙，平心论之，武人之习气，全现于笔底矣，平平耳。

杨虎字啸天，安徽宁国县人，出身行伍，故除自签一名“杨虎”二字外，余均不能了。今年如尚在，已八十九岁了。他早岁即为孙中山之卫队，故亦确确实实之老国民党员也。在民初二三年间，上海外白渡桥被刺客暗杀之上海沪军使郑汝成者，据云开枪者即杨氏也。他体格魁伟，相貌堂堂，故孙总理即俾以副官之职，终日不离左右。在当年孙任广东大元帅时，陈炯明叛变，孙由杨背负之，仓皇从枪林弹雨之中逃至肇和（编者按：永丰）军舰上，生命赖以保全。时程潜为陆军部长，后蒋匪为黄埔军校长，孙均一一重托对杨加以另眼优视之。故蒋匪北伐时，即任杨为警备队队长，匪头至南京后，又任杨为上海警备队司令，又任陈群为上海军政执法处处长，二人大权在握，遂狼狈为奸，乱捉富人，诬以通乱等罪。陈群敲诈勒索，满足了即释放了，剩余无甚油水之人，即向警备队一送，十之三四，杨仍可榨些油水，不得者即枪决了事，那时上海有“羊虎成群”之谚即指此二人也。陈以闽人，小器之至，对蒋不能多多孝敬，遂被摈出，后开设上海正始中学作校长，再投梁、汪，任部长、省长，一胜利，即服青砒自杀了。杨氏自此以后即一帆风顺，既当选为伪中央委员，又得陆军中将。他正室早死，在粤已先娶二名倡，一、四川人田湘君，二、广东名妓名“仙女”（后嫁大特务戴雨农笠为妻了，据闻杨亲自禅位与戴者云云）；后又连娶上海三名妓，一、牌名“清水花”蔡竹君，二、著名小阿媛绰号“小老虎”，名未详，最得宠者，三、名亦未详，以余观之，最风韵动人，但杨对之平平耳。五妾一律平等称“太太”，彼此一无争风吃醋，盖杨至“慷慨”，从不干涉她们行动，能各得其乐也。当杨在犯案后，袁项城严令逮捕，他逃至南京一小钟表店邹姓家中，这邹老慧眼识英雄，掩藏于家至久。故杨得意之后，即始终携其子名邹均字练和，任以军需主任，此人比余矮多多，故以“邹矮子”出名。据杨之随身副官私告人云，邹与田湘君有密交，杨知而不问。她们五人时时一同至各大舞场，后面跟之者均杨之部下海员公会中“四金刚”，既秘书又徒弟也。司令部中主任、秘书等等，均可奉陪共跳者，只余与赵南丰二人无此大胆也。忆及有一日，有人赠杨氏以巨章一对，玻璃翠也，杨嘱余代篆名号各一，当时那位清水花正在办公室中，体态苗条、美极，她当了杨氏与余大谈，至腻至热，余窘不可言，而杨竟笑容可掬，毫无怒状，只此一遭，后不复见了。及五五年余与平襟亚正拼双档，日至书场与女艺人为友自怡，一日有一丑妇见了平翁称妹夫，叫余陈先生，余茫然不识何人？平云：“杨太太呀。”仍茫然，平又云：“清水花呀，与平大妇沈悲珠为拜姐妹者也。”至是，余询以杨先生何在？平安否？她云：“老头子，没良心，自胜利回来后，五个人全遣散了，又娶了一个人回北京了，此女人乃一特务，被捕后，累及老头子亦永远幽闭在陆军医院中矣。”这位太太昔日风韵全无，发胖为一母猪，但谈吐一如往日，口没遮掩，十三点也。那时她已居于五原路华树一汽车间中，据其自云，靠女儿自港每月汇二百元作生活而已。兹再述杨氏事，他娶了这“小老虎”后，连生二子，一、三岁，二、只数月即殒，时杨正任上海保安处处长，乃携“小老虎”二人同去杭州遣闷。隔半月回申了，下火车时，副官向之报告云：“三岁小官官又死了。”杨妾当场晕倒，杨亦垂头痛哭不止，他自我忏悔了，云：“大约北伐胜利后，枪决人太多之报了。”所以任警备司令后，决不妄杀一人，即使为共产党人，他亦设法放之（故解放后可至北京得一政务委员之空衔耳）。二年中只限于军委法令凡贩白粉者枪决，故只批此一令耳。他为青帮通字辈，与杜月笙是狼狈为奸做勒索等等。二人每日必见，终在杜宅。又与黄金荣二人各广收门人。丁丑春日，黄杨二人大集门徒宾客于漕河泾黄氏花园中，演堂会戏等，凡黄杨二人之有面子徒弟无一不请到，司令部中主任、秘书全到，余亦叨陪一座，与黄氏素未一面，蒙杨亲为介绍，黄于鸦片榻上立起，一手持烟枪，一手与余握手，一口浦东话，未脱乡气，但包打听之气尽除了，至客气，即属余坐于杨之旁。久之开席了，黄讲话了，简单，仅云：“各个学生徒孙等听好，阿拉老哉，死脱之后请你们全体一例‘过堂’转拜杨司令为学生徒孙，不得违反为要。”于是四周全拍手欢呼云：“晓得哉。”此真乃“江湖义气”之禅位矣。及胜利后，杨设一“兴中学会”于延安中路铜仁路正对面之大弄中，名为俱乐部，实即帮会与特务机关耳，解放上一年北方溥心畬、齐白石二人南下，即下榻“兴中学会”中，余始去见求杨介绍与二公相识者也。杨以背孙总理至肇和军舰有功，故既有肇和军舰总理蒙难之纪念日，又设一肇和中学，杨任校长，更以海员公会头头自居（这公会与学校均戴笠命杨作特务之机关也，司令部有人云乃机关，胡说也）。又有一大笑话，可表现杨之忠厚与容忍。事实如下：自抗战军兴，杨未携一妇回去，五人各找对象为乐。这“小老虎”与司令部少校副官汪鹏同居了。汪后任大汉奸，胜利后捕入囹圄了。“小老虎”居然老了面皮求杨救之，左腻右腻，杨居然力保汪出狱了。于是狗男女二人双双至南昌路杨宅，跪下不敢仰头。杨拍桌大骂汪上辱师娘之罪，又骂“小老虎”几句后，即云：“你们从此做了夫妇吧，去去去。”即算了。二人叩头不已而去。此事赵南丰亲在旁目睹之事，认为大哥不已之事。赵本名宝藏，以做过汪伪江西教育厅长多年，胜利后更名寿吾，杨仍包庇在家作私人秘书，亦厚道之处也。他与上海名某越剧伶人及某电影名人皆有苟且。后闻汪鹏于解放后仍镇压了。杨之死生，人传不一，有人云仍在幽居中云。

记太极形意八卦三个内家拳事

中国拳术自古以来分为两大派：少林寺和尚所留传者，名曰“长拳”（相传以达摩祖师为始祖云），属于恃力取胜，纯为硬功，总称之曰外家拳；太极相传云始祖为张三丰，因观鹰蛇相斗而发明者？形意则久传为宋人周侗所始创？八卦乃清代同光之间某亲王府阉人、专司护卫之太监名董海川者所开始，仅云得自一老僧所授，未能述及源流也。

兹先记形意拳，余所学习过情况如下。

在抗战前二三年间，上海来一北方形意名家曰王向斋，据其自云：乃清同光间最著名形意权威郭云深之得意及门云云。其时上海一留德皮肤科博士名尤彭熙者，为一拳迷，凡闻名家必往求教，尤至王宅一谈后，听王把自己吹得神乎其技，谓虽遇千斤大力士，亦可一弹指之间将之击倒云云。尤不信，特去约了当时上海四大富豪之一的吴溥新（这三字或同音耳，乃贝润生之婿），带了一白俄保镖（此人重二百斤以上，有八百斤气力之勇士也）同至王宅比武了。其时王特将定制的一沙发，沙发四脚都有五寸见方，移至靠窗口向内。王向外立了后，命白俄尽全身之力向之猛扑，该俄人扑及其胸时，王氏只以双手中指向上一弹，俄人跌入沙发上，沙发断了三个脚，全间玻璃全震碎了。尤氏此时，似《水浒》上九纹龙向王进跪下叩头了。王氏乃一老江湖，知尤为当时上海大名医，于是狮子大开口：（一）代搬巨屋至大通路；（二）向北方接家族八口来申；（三）此后全家生活须尤一人负担，如允许当以郭云深老师处所得者尽以相传可也云云。尤氏当时有两个门诊所，诊一次须三元，他每月有三千元收入之人，以谓王氏所开条件，每月至多四百元足矣，故一口即允之了。学形意者，开始即为“站桩”先练气功，然后教以十二形（如虎形、龙形、蛇形等等）。开始半年之间，尤大进步，半年后，王即卖关子了，渐以托买贵昂之物，以作传授秘诀为条件了。尤仍照办，已增至一千以上矣。王又好赌，好嫖，呼朋喝友，至妓院大嫖大赌，赢了钱是他的，输了钱，不问五百一千，即云：彭熙，开一支票付某先生。二年以后，月非三千以上，不足以填其欲望矣（尤氏后来所告余者）。尤每月至多三千收入，而尽付之还不敷，故不得已去向王氏云：“老师，三千元一个月，实在无力负担，以后每月规定一千二百元如何？”王氏大怒，说尤忘恩，将尤一掌，受了内伤。尤遂雇了两个白俄保镖，各持一枪，向王云：“一个人持枪，你当作儿戏，不中用的，现在你夺了甲枪，乙即发枪，你有分身法否？”说毕，即从此分文不给，师徒反目了。只三月，王即无所依靠，全家返乡而去了。据闻解放后，曾在京任解放军部队武术教师，患梅毒不治亡故矣。

兹再说余与王、尤二氏之关系。当王氏居大通路时，形意大王之名几无人不知，余以少年体弱，（一）颇思见见其人，（二）学些拳术以增强身体。时先君老友曾本章字燕甫曾任江西省长，年已七十八岁，亦从王学“站桩”，健步如飞（王恃之作宣传不取分文者），遂率余往见之。王询知为曾老友之子，必富家子矣，当时大表欢迎，并立即秘传“站桩”之法，并云：“所谓形意，站乃形也；头如丝悬，手如浮在水面上，双足意在空中，此乃意也。”一月有余大见功效，后被他发觉乃一穷官之子，无油水可捞，遂云：“照此练下去，隔三年再当进一步地教授可也。”其时尤医生无日不去，遂与余至热络成为友人了。在王铩羽归北方后，不知何人把陶冷月介绍给尤学“站桩”，尤知陶是时正嘱余一再刻印，至好也，遂嘱陶至余处偕同学习（在尤黄河路门诊所中）。尤告以上之事后云：“王先生教的是初步功夫，本人准一继续教下去可也。”当时规定每星期五下午五时后二人同去求其指点纠正一次。至抗战前一年余以程潜之介任杨虎秘书后，冷月对程负恩，为程所不齿，冷翁嘱余代之负荆请罪，程云：他负恩太甚，不再理了。因此陶认为余未出力，竟在尤处大肆污蔑。一日，尤告余云：“冷月大有与你不共戴天之仇似的，嗣后你改星六下午来可也。”余告之曰：“尤医生，本人并不想做一拳术家，暂与你告别了罢。”不久“九一八”军兴，余堕落了，直至解放初期，上海尤医生之拳名，与一太极大家乐奂之（震旦大学教授，后以授拳为生活者）各负盛名。据人云：各能以“空劲”打人云云；更有人云：尤能手指向挂钟拔时刻，一纸在地，他可以空劲指住，任何人揭不起等等神话（后知全是屁话也）。因此引起了我一个学生王××好奇，愿拜之为师，乞余为介绍，余亲书尤氏，征其意见，承他次日即来舍，问余曰：“这王××几岁了？”余云：“廿一岁呀。”尤云：“与你相别了十多年了。本人所教学生甚多甚多。凡青年者别的本领平平，惟独搞男女关系‘拿工钱’的本领差不多都会了。本人为佛教徒，造孽多了。所以你介绍的王××绝对不敢领教了。你如愿继续学下去，本人可以仍尽义务全心全意相授也。”时余正在戒嗜好，体弱不堪，告以实况后，尤云：“明天你再来，准可恢复健康。”次日余去了，尤乃授余以双手向上向外之式，告余云：此最难之功夫，回去坚持站七分钟，如吃勿消两腿可少直云云。哪知余回家一试，二分钟不到，人几昏厥了。余硬挺七分钟，后一星期再去告以情况，尤云：“甚好甚好，嗣后能坚持至一分一分地加上去即更好了。”余究以稍有根底，故一月后即能站十分钟以上了。尤始终未改样子，及一年后，余可立而不动逾一小时以上了。

在这一段时间中，尤告余云：“十年前自你与陶分别后，抗战一起，陶夫妇反目了，其妇湘人也，携了几个子女，全去湖南娘家了，陶茕然一身，本人遂在此门诊楼上亭子间招之居住，不但不取分文，且供膳食，义务教之练气功，六年之久。那时西药日涨不已，本人为了业务上之关系，因进针药一批，需五千元，缺少八百元，因知冷月由程潜在抗战前为之开一展览会卖了三千数百元之巨，手中八百元，或尚可以拿得出的，当时即向冷月商借了。只隔五六天，即卖去一部分针药，将款加了利息还陶了。哪知陶逢人即说：尤医生招去住在他家，全靠他的资金，囤积发了财的呀。我（尤自称）听后，已不甚满意了，有一夕，本人至楼上取东西，目睹五柳先生正与一婢女在乱搞男女关系，本人不由不大怒，立时将这二人立时驱逐出门了。所以本人后来始明白，他说你在程潜那里不帮他说好话，完全胡说八道也。"尤氏所教之气功，纯为形意拳之气功，与和尚打坐不同（但最后仍须经营这一关）。他教拳亦与王向斋有一些相同习气，总是要留一手秘密的。

忆余练至一年半之后，觉呼吸顺了，能长而细了。尤某日郑重其事告我云："你可立至近二小时之久，根基有了，再隔二星期，可以正式教你进一步功夫了。本人届时如忘却，你可提醒一声为要。"至是日他房中子女全在，他对我云："今后站立时，屁股再稍稍往里缩一点为要。"我问他上二星期所嘱言语还有否？他云："就是这个呀。"是日他云："本人去新闸路宿舍，你可搭一段车子，少待同行可也。"余允之。及车至原西摩路路口时，尤放余下车时，余一足方着地，尤在耳边轻轻谓余曰："自今夕起，你'站桩'时将'肚脐眼'放松后呼吸，此乃真秘诀了。方才所说骗你的，防儿女们乱告人也。"余回家后试之，果然更舒畅了。至一年十个月后余可坚持立二小时半之久了，尤忽而拍桌子一下云："你'站桩'如此之久，奇迹也。"余惊询何故，他云："照例只须站半小时呀。"余云："那么，白费功夫了。"尤云："我特试试你的毅力呀，自今天起每天减五分钟，至半小时即可了。"后余又问之："尤医生，你说'气通丹田'，我何日可成功呀？"他云："尚早尚早，你已四十九岁人了，至少四年后，冷月五年半始通气的。在通气前必须'上吐气，下放屁'。"余笑告之云："最近我站时放屁不止。"尤云："何不早说？"余笑云："连放屁也要报告，真变了笑谈'放屁'

了。”尤当时即以手向余小腹一按，只觉一股气直达脐下，尤云：“你一向‘花花太岁’之名，无人不知，今日始知你确未犯女色，反则不能二年未满即通气了。”余戏告之云：“我体弱，再犯女色，等于自杀了，非不好色也，乃不敢耳。”尤忘乎所以，竟将房中术，采补诸法，尽行传授无遗了。尤又云：“现在气已通了，可以正式练拳了。”内家拳第一须沉住气，对敌人，故非先从气功不可云云。至次年元旦，余始正式向之叩头称老师了。至其如夫人家中正式学拳，那知碰着了西泠印社卖印泥老板吴振平，亦尤学生也，因余一向捧张鲁庵印泥，与我恨极了，遂向尤妾万般骂我（因尤教学生，凡初学者，均其妾代劳，其妾亦精太极与形意二者之人也，乃一唱武旦卖解女出身者也）。其妾因尤与之分房数年，遂与一曹姓学生有苟且，因此原故，尤把曹逐出门墙了。当时尤妾向尤提出要求，愿意尽力一手教我练拳，但须把曹重列门墙为条件。尤未允，告其妾云：“陈不再准其来了。”所以只六天，尤私嘱余重至黄河路诊所，将上述之事，一一详告于余云：“为了挡曹，只能牺牲你了。你于拳无缘，我以‘密宗’拉摩练气法传给你了罢。”于是站而练气变成坐而呼吸了，又把行、止、坐、卧均可练气之法一一全授给余了。余之一再急病，九死一生，或全出尤氏之赐也。事隔几一年，尤氏忽又来舍对我云：“女儿家珍（或同音）自圣约翰毕业后，日与周信芳之女周易等东游西荡，教以练拳，又云一人无伴，不感兴趣。她平日与你最谈得拢，望你每天五时后即来，拌住她，本人教你二人同时学可也。”余去后果然她专心与余同学推手了。因此原故，尤之三个儿子亦一同学习了。尤氏三子，均以盗窃家中物出卖为浪费胡搞不肖也。当时尤门诊的一位挂号者姓方，与余为同乡人，私下告余云：“他们三个将来被尤医生发觉后，将要赖至你身上，那时有口难辩了。趁早不要来了。”余遂托故不去了。其后他大、次二子均被遣送劳改与劳教了。其时尤对余是不满意的，余亦私心觉得对他抱歉的。尤为密宗信徒，他为西藏诺那活佛之再传弟子，其师乃一女性，名唐××，他特在新闸路某里租一屋供养之。唐居二楼，尤住楼下，人言纷纷，尤置若罔闻。反右斗争时，尤已任本市第一医院皮肤科主任，戴了帽子，他奋而先投水自杀，救出后，呕出一符咒，更斗得重了，又吞了三瓶安眠药之多，以气功至于高高等，竟不能自杀而死，但成半身瘫痪，至一年以后，乃自以气功而恢复健康了，闻今已退休，住广慈医院对面金谷村中，与其妾住一楼面为生活云云。

以下再记太极大名家乐奂之幻智之事。

乐奂之，别号幻智，河南固始人，出身不详。据其自云：在家八岁时，即由其父请形意拳教师授以武术，自中学毕业后即来上海入复旦中文系（时系主任乃应成一也），毕业后即至震旦大学任讲师，其间因佩服一普通太极名家名董英杰者，即拜之为师专攻太极了。太极最著名者为同光间之杨露禅，号称杨派，但董英杰第一老师名李香远为另一派太极，后再拜露禅幼子杨润甫为师，故李派、杨派，董氏一人兼而有之。据乐老师告人云：李派比杨派难得多，出手亦凶得多云云。乐氏亦一人身兼二派，他亦密宗信徒，以密宗法门创立了以空劲打人，能于五步之外把人打倒，在抗战时即曾以此法，将尤彭熙击倒在地。于是尤氏又尽心向之学习了。所谓空劲，余曾目睹，凡属他们学生，确乎可以打得倒的，对一未学拳之普通人，即一无效力了，故在可信可疑之间耳。尤氏最喜以空劲自吹，但余求其一试，总推托云：你无功夫到家，一击即要受伤云云。乐氏从不侈谈空劲，但学生莫想一人可近其身。尤与乐，本为同志（同学密宗之同志），因二人共争拜唐××为师，尤富乐贫，尤遂胜利了，一日二人同席，乐出其不意，以空劲将尤肺部一击，尤回家即吐血不止（由此观之，又为确事了）。尤擅铁沙手，隔二月与乐闲谈时，突将乐胸一抓，乐亦伤烂近三月之久，由当时上海伤科佟忠义医愈者。尤与乐从此成死敌矣。尤当年与余谈及乐时，总是说：乐太极中国第一手，但品行不佳云云。乐后谈至尤时，必嗤之以鼻云：尤乃董世祚（董英杰后至香港卖艺去了。临行时，特以最后一得意学生名董世祚嘱乐特别为之完成任务，故目前以董为太极大名家了。此人与余同年，以金钟罩绝艺出名。此人最谦虚，从不以技自炫）手中败将也云云。

初余于胜利前后，时至小曼家中，常睹贺天健（小曼学画之师）一再吹捧说：上海新来一大侠名乐奂之，能以空劲击人于十步之外，与剑客无异云云。小曼询以何以知之，贺云：乐与钱瘦铁同住一屋，乐居楼上的，因常去瘦铁家中闲谈，所以时时目睹其神技也。后瘦铁也至小曼处说乐公不但大侠，而且擅以气功为人治病，有为神仙一样，某日珊珊（铁妻，小曼家中的丫头也）怀孕已八个月，突然将腰部跌伤，势将流产了，经乐氏只以一手轻轻按之，片刻即安然无事了云云。小曼多病之人也，遂由铁之介，偕之登门求治，据小曼云，比吃药灵得多多。因此，余对乐氏大名有了深刻印象。

至解放后，左高一同学复旦同班生沈××为一弱不禁风之士也，经应成一之介拜了乐为师，亦居然能出手击人了。同时应成一亦向乐学习，二人互称老师，互相叩头（乐为封建头脑，凡学生，非向之叩头不可）。上海申新九厂老板吴昆生，特在今汾阳路老宅中，另开一大厅，专请其至家中传授其子吴中一，月资高至二百元，乐从此遂辞去震旦教师而在茂名南路一大花园洋房中专以一心教徒为生活了。每星期自一至六，每夕至一家专授一人，余今只忆及三家了，星五夕至吴宅，星四至女伶童芝苓家，星二至申报总主笔陈冷血家，专授其爱女陈乐（她为乐之唯一得意女生也，至今六十二三岁尚未嫁人，童芝苓之夫名陈亦，冷血侄儿也）。后童芝苓不学了，乐遂腾出星四晚上在家专授女生之日矣。在五四年时，上海无人不盛传其名，余以好奇心每思一偷观之，未得其便，一日，余在沧洲书场听书，与一青年名吴新之者成朋友，询其家世，知乃吴中一之侄儿也，余遂询以乐奂之事，他云："本人之父与妹父同住吴兴路了，乐先生每星五夕必至中一厅中授拳，你要偷看偷看，可于星五八点前来我们后厅隔窗看之可也。”余遂欣然与小吴约好，至是夕，余八点正去时，哪知是夕吴中一全家要去赴什么联欢会，余至时，只见吴中一亲送乐氏及陈乐二人正出大门，只见他们后形而已，小吴云：“下星期五再来罢。”余云：“无缘无缘，不来了。”后又遇一余少年时同读书之同学名刘䜣万（翰怡之子，嘉业堂藏书家也），他与吴中一为圣约翰同班同学，所以得每星五夕亦在吴宅学太极，刘谈及乐时又神乎其神。至五五年三月二日（因上一天左高夫人生一女儿，故记得为二日，并非余有日记也），舍下突来一素不相识之少妇，神态大方，风韵绝丽，指名访余，时舍下那时楼下尚有会客室大沙发等等（后悉为四舍弟所卖去，故小女至今常笑云四妹妹是一败家精也。老魅因此攻其虚而得俘之也）。余下楼询以尊姓，她云：“你陈先生吗？我亦姓陈。”询以何事下顾，她云有友托她求代刻十方石章，我问石章已带来否？她云：“我是一个外行，一切一切，都须请先生代办。”余云：“这难了，石章大有好坏之别，这事，使我如何应命呀？”她云：“请你随意拿几方出来一刻，当然你开价付款即可。”余云：“那更不便了，要么，我去古玩市场代办十方，照发票由你付款如何？”她云：“也可以的。”遂即取出一纸须刻文字，并付给我了，问余需润若干？余是时上海润例为三元一字，一看全是人的姓名约卅余字，朱白文全不拘者，是时余对她云：“陈太太，我坦白告你，我去买石章，价至少五十元，本人生活不敷裕的，你能先付我五十元否？”她云：“现在身边只卅余元，准定下午即再送钞票来。”言毕去了。至是日下午二时，她又来了，付给余一百元，云：“或者不够，所以先送上一百元。”余当时即退以五十元，云：“足够了。”她临行时问余，约几天可再来取件，余云：“多则半月，少则十天。”她云：“吾家中电话为某某号，请你刻好后打一电话来，请你叫吴太太听电话，应若干钞票通知后，即可来取件可也。”那时我听她一口无锡音，又姓吴，即疑心她或是吴中一本家什么人了。至次日，余特至到诉万处告以如此一个女人，并留一电话号码事，刘云："是否为某某号。"余云："一点不错，何人邪?"刘云："即中一夫人陈韵明呀。"余出示需刻之人名，刘云："全是香港申新厂之职员也。"余大悔，告刘云："我在香港之润为五元一字，现只当上海所嘱件，只作三元一字了。"刘云："可以追加。"余云："那不必了。"至期刻成后，以电话告她，她即携款来取件了，只八天即完成。她大为满意，与余坐谈甚久，余询之云："吴太太，你府住在吴兴路的吗?"她大奇，追询何以知之，余云："去年我曾至你们府中过的。"她更奇了，云："你来看何人的?"余乃告以想偷看乐老师使空劲，在你们的厅，吴新之叫我去的事一一告之了。她笑谓余云："陈先生何必偷看呀？你星五晚饭前来舍下找我，欢迎你来，可以代你介绍明明白白看了。"余又告以刘诉万与本人为同学，告知你为中一先生的夫人呀，她云："那更好了，请你与刘先生同来即可，中一也一定欢迎你的。"言毕，连说"再会再会"而去了。是日适为星五余又至刘处，告以此事，嘱刘先去征询乐氏同意，告以我为尤彭熙之学生，乐与尤为死敌，如不同意，即作罢论可也。是夕刘告乐云："本人有一老同学陈××久仰大名，拟欲识荆，但他为尤彭熙多年学生，所以先来征求同意的。"乐一听，即云："他刻印大名，我亦久仰，但为'尤徒'绝对不见不见。"其时中一夫人接口了，云："老师，这位陈先生，我已见过三次了，人至正当，好人也，不妨见见的。"乐氏至此，因每月收吴氏二百元学费，又必一顿丰盛宴席供养，不便使她难堪，遂告刘云："准下星期五晚上来谈谈可也。"吴夫人又谓刘云："请你陪陈先生一同来吃夜饭可也。"至期，余与刘同去了，时为七时半，只中一夫人一人在家，与余谈至久，中一方回家，亦表示欢迎，至八时后，乐氏与陈乐二人也来了。中一夫人介绍后，乐笑容满面，大表欢迎之意，只陈乐一人对余铁青了面目，理都不理，默默独坐一旁，大有鄙视之意（是夕她一人未发一言）。及晚饭时，丰盛已极，座中只乐、刘、吴及余四男子，余六七人悉女客也。乐拉余与之比肩而坐，谈笑风生，余初至吴宅，不便多言，只唯唯吃饭而已，乐见余进菜甚少，私以足踢踢云：“多吃菜，少吃饭。”饭后，中一及刘二人，练拳了，乐特表现空劲了，将他二人作了标本，跌立不已。最后，乐询余云：“你形意学过什么呀？”余云：“除站桩外，未学一点其他呀。”乐云：“那么，我当教你学太极，可愿接受否？”余漫允之。乐立即命中一教了我三个基本功（形意基本功为“站桩”绝对不动者，太极基本功名“单姿势”，共有卅余种，有动有静者），均与站桩完全不同，余目的在一看而已，绝对不想学什么也。及回家后，即刻了“乐幻智”三字一印交与刘氏，告之云：“乐如此殷勤授以‘单姿势’，故刻此印以报答之。闻人云他擅以气功医人病，我于六年以前在公共汽车中逢一山东大汉，想窃吾袋中钞票，被我处处防护，此人未获到手，余临下车时，这山东人抢在我先，有意以臂弯向余右肋猛击一下，当时受伤甚重，至今阴天必作隐痛不已，请兄代为一询能赐为诊疗否？”至下一个星五夕，刘以印呈后，代问可以诊治否？乐云：“今晚如何不来？”刘云：“陈兄不便多扰吴府呀。”中一夫妇二人齐云：“上星期每每请再来的，未免太客气了。”乐云：“速打一电话去请来，立即为之诊治可也。”刘笑云：“陈××出名‘夜游神’，哪里找去邪？”乐云：“那么明天中午你陪他至我家中，为之诊治如何？”刘又云：“陈每天非十一点不起身，恐太迟至府的了。”乐云：“准候至十二点半可也。”至次日十一时，刘来舍下告以此况，硬把我拉去乐家了。乐一见即询余得病源由后，嘱余指出伤处后，他即命余坐下，他站立了，一右手中指轻按余发顶头上，以左手中指点于伤处，约二分钟，谓余云：“确有重伤，幸只六七年，如逾廿年，必致命不治之症了。”说毕，即放手了，告余云：“已愈了，如下次阴天再发，你当我放屁耳也。”那时全一无感觉，以谓“天晓得”戏言耳，哪知直至今日觉其病若失了。及诊疗后，他特携余登楼介绍其夫人相见后，领余至其卧室中，询问三个“单姿势”练得如何了。余实告之云：“本人已五十又一岁了，此生不拟再学拳了，所以未练也。”他以至诚口吻谓余云：“只要你愿学，我必尽心义务教你，总必有一套本领传你的。”说毕，亲自又另授三个姿势，再三嘱咐学学。那时余只能遵命而练了。

乐氏授拳，向分四班，星一、三、六为白天上午至十二时，星四下午六七时至九时全为女生，那天余临行时，询以规定那一天至府？乐云：“要你速成，四天全来，星五晚至中一家中。”刘祈万在旁，乐只能云：“刘先生你与陈先生准同来可也。”那时他全班学生，余全见过了，只一童芝苓从不至其家中，故未及一见也。他学生中有二人，均少林拳名手，一姓丁，名峒峻，两臂有三百斤之力，一姓陈，名已忘，有“铁板桥”硬功，腹上可放四五百斤巨石，以锤击之，石碎而人无恙。此二人，乐须将他们硬功散去，始可授太极，故其痛苦非目睹者不能体会及之也。乐与丁氏为老友，故摔之最甚，丁每每求饶，总叫“老师老师吃不消了”。第一天余至乐府时，乐将丁连连以空劲跌之一百零八次之多。他教拳与公园中者迥然不同，规定初学者练“单姿势”，根基有后即先授杨派太极，功深者始授以李派低桩拳，最后，在水门汀地上洒满冷水，即开始练跳练跌了。满地是水，初跳者稍一不当心即滑跌于地。余练“单姿势”只二星期即授以跳跌了，开始跌得二臂弯全脱皮，出血，余积疤痂至近八十个，一日余以痂示之，乐大笑云：“××你莫非要诈我打伤你的证据吗？”他家中能猛跳猛跌者，只五人，一丁君，一顾梅生，一吕风会，一吴丰茂，一即余也。其次子名乐亶后回申了，亦一善跌之人也（女生只跳不跌）。他最后所跳之学生，必以丁及余等为作大轴，每轮及最后一人时，必跌至力尽筋疲而后已。其他四人，只跌在地中央，只余一人，不管一切四面乱跌，所以余一出场，乐必嘱大力者为丁、陈及其子等四人，立于窗角旁，因全是钢条也，乐只云：“你们看住××头莫跌至钢条上，其他悉由其跌可也。”自五五年至五八年十月遣送淮南前为止，每星期余至少跌二百五十次以上，所以余两肩、两腿，全部骨髁跌松了。在五七年余成“右”字头后，尤其猛跌，有意将头向硬处碰，思借此自尽者，哪知跌成了铁头功了，故脑震荡之病，此生无望矣。乐氏最擅雅谑，告诉众多学生云：“陈××为‘尤徒’出身，看我得起，来从学也，以丑尤氏耳。”余笑谓众人云：“我乃学起义将领也。”一日，他忽问余云：“尤曾以××法授过你否？”余云：“从来未告我的呀。”乐云：“那还好，这是‘房中术’，乱搞男女关系的下流事。”这分明又是他以暗传方法教了我矣。尤与乐，均有“寡人之疾”，余何幸，全得之，但从不试，亦永远烂于脑中矣。

乐与小曼至好，但他一日秘为余云：“如翁瑞午求你带他来参观，本人与你即断交了。”因此人人说太卑鄙耳。又，他如遇鄙视之人求他教授时，总必和颜悦色允之。一上手即以最难受之“单姿势”教之，使来人主动不多再来了。俞振飞即其一也。周螺川女士亦他所恶之人，求之治疗，反而增病了，故周最恨之。乐氏以气功医疗，余曾目睹者数事记之如下：乐氏有定例，凡属学之家族有病，不用征其同意即可径往求诊，如不相识者，必须先征得同意后，始能治疗。（一）内子心脏衰弱症曾由余与亡三弟之妻偕往求诊（因诊后即须弟妇与内子先回家也），乐氏连治三次，亦以二指轻按者（右手中指，照例点在头顶），内子觉腹中五脏齐如翻江倒海一般，大叫云：“心跳更甚了，不要医了。”乐氏笑谓之云：“你心如不跳，××心要跳了。”三弟之妇，在当时二年以前，以一不慎，在三轮车上跌下，右足受了伤，经当时名伤科魏指薪（乃她表妹也）医治后，虽行动如常，但不能矮步操作，那时她询乐云：“乐老师，这伤能治否？”乐云：“可以可以，请你坐好，以右足伸出来，不可用劲，随便即可。”言毕他脱了鞋子以右足轻按她脚背上，突然使势用力一踏，三弟妇大喊痛都来不及，乐云：“三嫂嫂，请你坐至沙发上休息休息。”一面命余去叫车与内子同回家了。临行乐告之云："今夕你脚背要大肿，肿退即好了。"她回家后脚背又青又肿，大悔不已，五天后肿消，右足遂恢复自由了。后余询以何故？乐云："将内伤引成外伤，极平常之事也。"（二）乐有一复旦老同学某君，一日，为星四下午七时了，父母二人扶一女儿来，几不能行动了。据云这女儿为中学体育教师，一个不慎，从高架上跌下，腰部不能自由了。乐当时即嘱她坐下，仍右指按顶，左掌紧贴其腰部，那天几半小时之久，即命其父母扶之坐于沙发上，至九时练拳完毕了，乐命她立起试试看，其病若失了。在其前亦有一跌伤腰部之人，医三月始愈，余询何以一速一慢？乐云："她当日即医，所以神速，其前之人半年以上，所以迟迟耳。"（三）平襟亚患胆结石，因不舒服至医院透视，X 光中发觉胆中有三粒石子，不知何人介绍求乐诊察，乐一按之后，告之曰："平先生，你胆正常，决无结石，望你至另一医院再透视之。如果有这病况，你以后不要当我人看待如何？"隔数日，平子自法国寄来治胆结之药，平服后再去 X 光透视，一无毛病。医生问前服何药，平出示之。医生一看，乃人以三年前早已失效变质药绍之者也。平公云：乐一指按于头上，即似有一火绑直达胆中云云。于是即将陆澹安已患了多年之右臂风痺，不能自由上举之病介于乐氏求诊了。乐云："医是可以的，至少半年以上不可。"于是陆每星期三次，从不脱班，半年后竟全愈了。陆翁大感动，特携了赝鼎岳飞大草书"怒发……满江红"大册页一部赠之，作为报酬，并告乐云："乐老师，这是武穆名迹，因你为大名家，故以忠良珍板相赠呀。"乐当时大表感谢，一面孔开心之状，陆前脚出门，乐即对余冷笑云："我本从不受人之礼的，为你所深知，陆老先生如此巧言令色，当我一个什么人呀。"说毕，即命其保姆将木板劈为木片引火，拓本亦作引火之物了，乐当时又对余云："此人从此不会再来了。平先生比他纯正多了。"（四）上海以画狮子出名之画家熊松泉，亦画院画师，患老弱体衰了，也求诊治，乐即告之云："七十多岁人了，要腰挺背直实不易之事也。"熊每来时，必夫妇同来，一日熊要回家了，遍叫其妻，久久始自厕所中出来云：“痢疾如厕呀。”乐询几天了，她云：“近一星期了。”乐云：“何不早说，我来医疗。”说毕，即主动为之以气功治之，云：“大约可稍稍减轻了。”隔二日，他夫妇二人来千谢万谢，云已好了。又，小曼一不适意即去求治，可三天舒服也。（五）我曾遇见一老党员刘公，特自北京来求治两腿不能行动，乃老战士，两腿全为枪弹所击伤者。乐用硬功，勉强拉直其筋，一年之久，居然成一跛子能走动回京了。闻为第×工业部副部长也。又，汉口首长似姓甘，得六种病，自武汉来申救治，半年后，经上海第一医院复症，均全愈了。后又有一汉口副市长解氏来治病，见乐氏以空劲打人，解氏招余至小园中问余曰：“望你坦白坦白，有此事吗?”余告之云：“打学生是灵的，打你即失效了。我亦要问问你们，乐老师医病有无效力?”解氏云确有奇效。余云：“这也算空劲之证明之功吧?”解竟点头而已。经此之后，上海许多党员首长纷纷而来，乐氏后门口汽车常常四辆停着了。乐氏医血压高症最有神效，但只能维持三天耳。后每日常医卅人以上，每次休息时，双目全红如血了。后闻沈玉还（亦其女生）告我云：自余去淮南后，乐竟以医病得了传染症，不肯服药，自信力太强，思以气功自治，以肠炎逝世了。乐死后，尸软如生人，盖气功之证云云。后据冷月云：尤能以气功自治风痺，乐不能自治，此乃尤之气功高一层，大约亦是对的。

乐有一特点，满身骨头都如橡皮一样，余尝以指力按其额，竟如皮球一样有弹力的，有一得意学生顾梅生私告余云：“老师如遇人撞及其身时，软如棉花或硬如铁板，因人而施也。”一日，余要求让我用力以头撞一下如何？他站于厅中，余用尽平生之力撞之，真同跌在棉花上一般。一日，他告我云：“本人从前出手每易伤人，现在已能凡打我者，我可笑嬉嬉将对方摔出去，对方决不受伤，仍可笑嬉嬉站起来的，十次百次都不使人受伤，使对方服帖为止。”有一日他忽高兴表现了，站在厅中，嘱八个学生，四人抱住其身，四人抱住其腿，他问："好了否？"其时余亦在内，众人云："好了。"他身体未动，只一笑，八人如触电一般一齐跌在地上了。乐之第一好手师弟兼学生董世祚，亦有此技能，但必须将身微微震动。董见任何人都不怕，见了乐，即身体乱抖，一如老鼠见猫了。董与余至好，他云："本人与老师比，十之四五耳。"董有金钟罩硬功，乐所没有的，据许多老学生告我云：董曾表现过一次，用一长竹杆，将头削尖，尖头直抵喉下，六七个人拿住杆子顶进去，董若无其事，一面谈笑，一面向前走，六七人竟只能往后退了。

乐氏在太极辈分中为杨润甫徒孙，上海在公园授拳者，前有田××，似名兆林，今有褚桂亭，均为润甫之徒，乐如见面必叩头为礼，故乐绝不去公园一步也。凡拳教师来访问者，他一概不见，他云："见必交手，如把对方打倒，使人难堪，让让他们吧，自己失威望了。"有一次，有一外国大力士闯进门，坚欲比武，乐谓之曰："请先与我学生比试一下，你如胜了，即算我们失败如何？"该大力士上当了，允之。乐乃命董世祚与之比了，董告外国人云："请你先打我三拳，然后我还你三拳如何？"大力士允之。第一拳猛击其头，董不动；第二拳击其下部，又不动；大力士下毒手了，以右手中指凸出向董肋骨中一拳，那知董擅缩骨法，将两肋骨一夹，把大力士中指夹住了，大力士猛力抽出，已麻木无知觉了，乃遁走了。故乐每每恃之以退敌耳。余自淮南回申后时至董宅作长谈，他香烟与酒均不忌，比乐诚笃，从不以技自炫之人也。

乐氏乃复旦早期中文系毕业生，故于文学确有根底之士。五七年前后第一狂人冒孝鲁以余之介求其治病（似为失足跌伤，已忘却了），乐知其为鹤翁之子，时为复旦外文系教授，故特取出乐早年所作五古一首求正，孝鲁竟大加恭维，亦改称之曰"老师老师"了。及与余同出门后，告余云："乐氏绝不能以武士视之，这五古大有学问，故愿称之为老师也。"另一狂人许效庳以平翁之介，求其治病，亦云：乐所谈文学，均同行话也云云。乐氏口才之佳，对任何人都能不亢不卑，以嬉笑出之。举一例说之：某次有人访之，恭维过甚，云："公园中太极卑卑不足道，你先生才是权威呀。"乐笑答云："某先生，你说差了，我为太极后辈，公园中均前辈好手，所以才敢至公园中漏一手，我只能称作小花园太极而已。"此人又恭维他以空劲打人，乐云："只是我的小道，你先生来参观，只可把我们当作杂技团看看而已。"此人走后，乐云："必公园太极中人来摸我的底牌，如此回答，可不得罪人了吧?"乐最喜与我二人相谑为乐。陈乐女士对我不理睬，有半年之久，后竟常与我至授拳室外，邻上并坐一长板凳上，娓娓清谈不休了。乐门中男女学生独多姓陈者，一日，余笑谓乐云："老师足见可称陈氏半师门了。"时陈乐正在练拳，忽插嘴云："你知道否？师母也姓陈呀。"在五六年春日，乐云："你'单姿势'可停止了，可正式学太极了。"遂命沈君（左高同班同学）代开始第一式教余，三月后，练至约三分之一至"海底针"时，余因内有一式名"倒插猴"者，太难了（余本无意学拳，明知要到能打人，比登天还难)，故直言告乐云："老师，我学至此为止了，下面恕不再学了。此'海底针'，我已五十二岁人了，不能从海底捞针了。"乐笑云："劝你学下去，可以捞到'定海神针'做'齐天大圣'的。"自此，坚决主动停止了。陈乐主动愿教余太极推手，某日余无意一失手，直抵她乳部之上，余一震，她一笑而已。小曼一日私告余云："陈小姐，老师爱徒也，亦……也，你与她有时二个都太忘形了，老师时以目光扫射注意，你小心一点为要。"自此余遂与她不敢多接近了。某夕余跌扑时，正跌至她坐下，她又一个忘形飞起一脚将余踢出了。至余自淮南回申后，乐已逝世，一日在静安寺乘二十路电车，车中又遇见她了，余趋前告以哀悼老师之意，她呆呆背对我云："你如不离上海，可以常去陪伴老师说说笑笑，老师或者不会死了。"至市政协时她下车去了，后不久余自青海路第五门诊部出门，又遇见她从市政协出门，于是又边谈边行，余乘二十路回家，回家前告之云："迟日当请沈兄陪我同至你府拜访。”她忽对我云：“请你原谅，暂时千万不要来，因吾父亲（冷血也）现正病重，我要服侍，不克招待，一头父亲病愈或者……那时可欢迎你来畅谈可也。”后闻她被扫地出门，依姨母为生活，现已存亡莫知矣，如在已六十二岁了。

乐自见余猛跌猛撞，只练被人打，不练打人，笑告众学生云：“你们练的是太极拳，陈××练的是消极拳呀。”在五七年冬日，乐特留余中饭，待学生散光后，正襟端坐谕余曰：“××承你不弃，竟肯向我叩头称老师，我愿意真心教你，你又不愿练打人功夫，我准专秘授你一套功夫，凡打你的人，轻则你已可当它拍灰尘，如遇坏人重击你时，你以内功一抵，则纵有任何大力士，他以多少斤之力击你，你不受丝毫之伤，而使击你之人，自身自受了。”余大喜，请授其法，乐云：“再待二年，你全身骨骼松了后，始可接受此术，可防身也。我决不妄言失信的。”及次年余到淮南去了，回申乐已逝世了。遂往董世祚处询以乐老师之言，是真有其术否？董云：“确实不假，名‘金甲法’。”余问：“董老师，你懂得否？”他云：“本人即有此术也。”余云：“那么，你能传我否？”董云：“你五十八岁了，学此法，必须童男子，廿岁不到之人，始可学之。乐老师，他密宗也，或能以另一方法传授，我姓董的，没有办法教你了。”

又乐氏学生中，男的出名董氏，女的出名陈乐。因陈为女性，不愿与其他男生推手相扑，故临场经验似不足。一日乐命陈与丁大力士推手，陈竟无法击之倒退，时余正坐近她身旁，只见乐以一指点陈之脊梁骨某一节，轻轻告之云：“在此微微一挺即可了。”陈如其言，以背一挺，丁立即倒地了。乐遂告余云：“太极，以脊梁骨为主干，打人全靠此为主，又用手打人，主要打对方脚后跟，使站不稳，即跌下了。”乐之背骨，节节可自主脱骱，任人以指点按，即脱开了。据其自云：董英杰生平三个学生最用功，大门人名王守光（余曾见过一次，今已八十八岁，住威海路林村，太极中最长寿之人），二即乐，三即董世祚。当时他们三人，每天须苦练七八十次左右，乐更苦练，参以密宗“叩文头”（乃拉摩僧当年进见活佛时，所谓“五体投地”叩头之法也）之法，而有此成就云云。乐与余相谈时，有时每引人哄堂大笑。余元旦即去叩头，他必跪下还礼，必须等余立起时他始同时站起来，第二年余必须他先站起，他亦云：“你站了后，我起来。”余试他有何笑话相谑，他与我各不动，他抬头对陈乐云：“你看看我们两个像一对‘石狮子’否？”引人大笑，各始立起来。他对余只一件事最不满意，他动辄谈佛教，余对宗教无一信任者。听他谈佛时，即至廊外与任何学生闲谈了，此为他至不乐之事也。又，有沈君亦密宗信徒，告余云：老师有修“天眼通”之法，又能以遥隔一方以气功医病云云。余姑妄听之而已。一日内子突患心脏病复发，余好奇，询乐氏能为遥医否？乐云：“让我定一定神，试试看。”一二分钟后告我云：“我已见到你夫人病好了，现正在家中开衣橱，取包裹了。”余当他神话了。及回家，内子云：“病已好了，心不跳了。”余询方才开过衣橱否？她云：“取包的衣服呀。”余方才略信他所说的话也。

在他未死前，上海凡教太极者无不师之，他每月有近千元收入，但无人敢闯家比武者。及其一死之后，各奇各式谣言，纷纷而起，均谓被一四川某某人呀、湖北某人呀，以点穴法将他处死的云云。又有人云，他全部牛皮，所以竟无一个学生敢至公园漏一手云云。

乐氏确有保守之恶习，他平生授徒数百人，能单独出手不畏人者，据余所见只四五人（董世祚除外）：一、顾梅生；二、其子乐亶；三、丁峒峻；四、高中柱（乃电影演员高占非高秋苹夫妇之子，风传高秋苹与乐有……故真传授之云）；五、吴丰茂，今为金针医生，与余均至好之友也。一日，吴丰茂谓余云：“陈先生，本人每月供呈廿元为月费，廿五年之久了，乐亶只八年功夫，老师故世前，悉以真传授之，本人一与推手，即跌下了。不是老师死了本人恨之，实在太守秘密了。”余只学得的凡是任何人别伤了手臂筋络，照乐氏所传手法，一拉一抖，即可恢复为恒，乐亲传者也。又，是余手被人抓住了即有术解除之，万一被人抱住，亦可解除之，此二法均董与顾二位所教授者。又，以拳击人能使人痛入骨髓，则尤氏所授者，尤授后千嘱非对方下毒手时万不可使用云云。

我今日自思，十年苦楚生活，均得安渡，均出自二氏之功也，尤以尤师之传气功与人不同，更应感前于衷耳。乐、尤二门中，从无同门如仇者，亦不易之事也。余收徒四十多人，昔年者均彼此和睦，只近十余人之四五人，各似仇敌一般，殆奇事矣。大千与余均有一二负恩反诬之中山狼，可谓无独有偶矣。

兹附记八卦拳一二事。八卦为清阉人董海川所首创已如前述，据云：董当年共传四个得意门人：一、尹德安，二、刘某某，三、程某某，四、马某某。宫宝田为再传弟子，似为尹德安之门人。宫之得意弟子名王壮飞，现已六十余岁，为资产阶级出身，其子名王翰，亦胡问遂弟子，余学生也，现在人民公园授拳为生。余与王壮飞曾见数次，他的牛皮与王向斋可称“一对宝贝”。据其云：宫当年授之廿余年，尽得其传，他每月耗千元月费云云。据王云：八卦基本功为走圆步，八种形，每种八个式子一套为六十四家，故名八卦云云。在六六年前，他曾在复兴公园授徒，狂吹特吹，董世祚微服窃观三次，见余亦在观，以目示意而已。第三次余与董回家，询以此位王技如何？董云：“确八卦中第一流好手，但脚后跟稍欠功夫，如遇乐老师即完了。”现上海凡练形意之人，因王曾自吹当年曾以一拳将王向斋打得口吐白水，故专与他寻衅，要较量较量，以致其子中山公园亦不肯去了。此卢生所告余者。

又，凡太极大名家，自杨氏一门至乐老师，无一年逾六十者，八卦董海川寿至一百余岁，宫宝田亦近九十，异事也。

报应

一

当清末光宣之际，福建学司为杭州姚文焯，号稷臣，所聘幕僚，惟才是举，虽至亲不重用。那时总务科长为山阴张弧，字岱彬，壬寅举人（民国后两任财长）；科员汉阳饶汉祥，字宓僧，癸卯举人（当时以为同寅所厄，忿而改省回湖北，入黎元洪幕，及黎为总统，任秘书长，权倾一时）。姚公以先君为人正直，不事贪污，故以会计主任任之。时姚之表侄名张芝孙者，任会计科员，屡欲取主任职而代之，久久未获如愿，故与先君嫉妒至甚。辛亥光复前夕，姚令先君以学署存款四五万元，汇存上海，姚即遁至杭州去了。当时先君以上司之命，哪敢不遵。及光复后，福建都督为孙道仁，下令接收各机关，发现姚氏挟款逃了，追查其下落。张芝孙遂告密云，巨款悉为陈某某所吞没者，捕得陈某某款即有了。于是孙下令捕捉先君了。张又告密云，陈尚在海宴舱，将去沪了。遂又命军警登舱逮捕，时先君率全家均卧于统间中，捕者两过床侧，均若未睹。舟中侍役云："大约尚未登舱。"询何时启程，云："明晨九时。"捕者云："明晨七八时再来。"及次晨，六时即潮涨启行了。当时先君生命俄顷之间耳，如被逮去，将何力以还此巨款，非身入囹圄不可矣。后姚氏以此数万元开了一家大绸缎店于上海河南路，名"老九和绸缎局"云。

至北洋反动政府张弧任财长时，张芝孙以夤缘得任湖北宜昌税务局长，甫到任不久，夏季，王占元部下兵变了，大肆抢劫，税务局何能幸免，叛兵群围之洗劫，张局长当时身着夏布长衫，外加黑纱马褂，与兵讲理，应了俗语“秀才碰着兵，有理讲勿清”了，一言不合，身中七弹，归天了。及其子扶柩回苏，途经上海开吊，先君犹至灵前叩头如仪，归家之后，不胜惋惜者数日之久云。

二

先母汪太夫人之胞弟某某，行二，少时得风气之先，自家乡平湖，来上海专读英文，卒业后，即入英商某洋行为跑街，以手段灵活，善得外人欢，不十年即跃升为当时怡和、怡大等洋行为总买办了，既积巨资后，建大厦，坐马车（清末民初，只马车为豪华），纳捐为湖北候补道员，又与虞洽卿二人同入荷兰国籍，一面为华侨身份，一面做大人了。正室王夫人生一子二女，余四五岁时，在闽未到上海时，据那时先母即云，已由外祖父作主以其长女许婚于余矣。

据大舅母告先母云，在宣统元年，二舅在外私纳一妾，已有身孕矣，为正室所知迫令下堂，且卖之于野鸡堂之中。当时该妾伏地哀求，等小孩出世后下堂，正室不允，强令买者牵之而出。其妾临行时，回顾曰：“太太，吾此去只一死而已，死而有知，必给你们报应也。”不一年，六岁儿子暴病死了。及先君辛亥九月率全家抵沪时，余七岁，表姊九岁，犹及见之，次年她又以暴疾夭逝了。所存一女，既丑且愚，二舅母一再戏谓余曰：大媛死了，妹妹给你罢。其时余只十岁，竟对之大摇其头。先母云：“太小了，隔十年再谈了。”至余二十岁时，一夕，先母告余云：二舅母已微示要你为婿不止一次了，她如直言坦白宣告，那只能亲上加亲，不能恨做母亲的强迫了。所以余于廿岁冬日，即由冯君木为介绍与况氏为女婿了。当时避去奢侈无度的丑小姐，而娶得了疑多病多的广西夫人，直至今日，亦命也夫。

二舅长袖善舞，故积财多，但性奇特，见利即忘义，虽外国人亦往往为其所绐，故竟至无一洋行敢委托任为买办了。后专与一二“同志”与中国商人作交道，某年同至北京作营生，回申时，一人独吞巨款。同营生之某君，与之大吵，汪公竟以事陷入囹圄，以致瘐毙狱中。其妻来大哭大骂，又令看门警士硬逐而去。此皆余目睹之事也。不久又在胶州路骗取静安寺方丈将地出租为其产业了，所订条约竟如租界九十九年之久，造了廿余宅出租，自己住五楼五底大厦了。

时蒋匪帮颁布一法令，凡入籍外国者，非先有本国准许出籍证，作为无效云。至是，凡以前受过其绐者纷纷向之算账索款矣。其时正室之女，已许配与一颜姓为未婚妻矣，婚期定在八月，而六月中舅母忽以微疾暴亡了。汪公那时尚存大钻石数十粒，首饰无数，均放在一大铁箱中，当时在死者枕旁取出钥匙交与女儿掌握。及殡事完后，向女儿取钥匙启铁箱视之，已空空如也。询其女各物何在，曰不知。对之泣下云：“内可值十余万元之多，尔太忍心矣。”亦矢口否认。汪公是时同胞者只先母一人矣，嘱向其女要回一半，不允；要二成即可，仍不允。其女婚后，只半年，竟被其夫诱之至扬子饭店，预嘱一人在房中，其夫起立突摄一影，诬之有外遇，求岳太准之离异了。汪公正恨其女无良心，故即允之，并逐女不得归家。不久上海沦陷了，颜某某以不义之财作贿赂，上升为上海禁烟局长了。汪女无家可归，渐渐流浪街头为女丐了（时其父亦已死了），每日持一饭碗，象牙箸一双，来求见先母，先母坚决不令进门，幸庶母（左高生母）私下在厨下给以饭菜，并告余她的可怜样子，余亦时时给以零用而已。后知她手中居然还持有与颜某某结婚摄影一帧，乃嘱庶母告她，可持小照，日至禁烟局门外，出以示人并及守卫等等。果然颜某某派人与之妥协，出五百元买此小照了。嗣后遂不见其再来了，闻已跟了一个铜匠担工人，去南京作夫妇矣。

先是，二舅前四妾：一、被大妇所逐；二、老妓也，亦被大妇所打，民初即下堂而去；三、为前上海招商局局长潘尔江之女，中西女塾毕业者，貌美擅外文，二舅瞒了大妇与之结婚，三年左右，即取了金刚钻廿余粒，价值四五万，并请了当时上海名外国律师尤尼干控汪公以重婚罪，后她又嫁了金华人王式园为夫人了（王为保定军校九期生，与唐生智同学，反动派政府时，曾任杭州总税局长，曾开西湖博览会，此人与书画界多往还，先君以高野侯之介，与之至熟，先君常至其沪寓，与潘氏亦常见，当时彼此心照不宣也）；四、使女也，以私生一子，而纳为妾者，正室故后，扶正了。抗战之二年，二舅财枯势完，为各债主所迫，一夕之间，扫地出门了，以尚有积欠未能偿清，故隐名易姓，逃避至一破屋亭子间中避风头了（自其煊赫一时后，先君鄙其为人，不与往来久矣）。当其得意之时，所有堂房侄子、侄孙无一不住其家中依之为生者，至是真正应了“贫居闹市无人问”矣。二舅只有常至舍下与先君先母谈谈而已。先君斯时，反极心宽慰之。那时，二舅趁王式园去杭州之时，常至潘氏处闲谈，一二小时即行了，潘氏尚能私给零用，十元八元耳。此事只先母知之。突以一妻一子一女（扶正者所生）生活无着，忧郁而死了。是时先君以电话告汪某某（侄孙也，当时二舅所提拔之人），告以二公公死了，你现在已荣任中央储备银行发行局副局长了，可否请你来代办后事。孰料汪某某来谓先母云：“婆婆，吾外面好看，里面穷极了，只能勉力出二十元也。”先君又无力独任此费用，故不得已至王宅向潘氏告帮了。适式园回杭，潘氏仍称先君为姑夫，云所有衣衾棺木悉由其一人担负，宁奢毋俭可也。先君乃偕其弟潘善余同办此事，耗去了六百元左右。以柩送入会馆中，至胜利上半年，上海又被炸，夫妇二柩同化灰烬矣。

二舅死后，其幼女以娟美，为伪警局朱督察长取去为妻，生活大豪华了。朱，麻子也，一胜利，即被其妻所弃，又嫁与蒋匪侍从室主任陈方，作了大僚夫人了。解放时与其母双双随陈去香港矣。

其子不习上，日事赌博，闻为其父昔年债主所见，将其痛打，以致伤重死于道旁者。据云，陈方字芷汀，以至港后化名写《金陵春梦》丑诋蒋匪，被暗杀了。［编者按：唐人《金陵春梦》，作者实名严庆澍（1919—1981），江苏吴县人，曾任香港《新晚报》副总编辑、全国第五届政协委员，逝世于北京。周榆瑞（1917—1980），福建福州人，香港《大公报》编辑，以笔名宋乔撰刊有《侍卫官杂记》一书。卒于伦敦。］二舅幼女，竟住了大饭店，做交际花度日（此事为只肯出廿元奠仪之侄孙，亲在港时所目睹，归申后告余者也）。

呜呼，害人者得此惨报，可谓惨矣。

三

盛宣怀以富著称，姬妾之多，殆逾十人，正室早亡，无出。所生子七人，女七人，只男老四恩颐（字泽丞）、女老七爱颐（字瑾如）为继室庄夫人所出，余均庶出。泽丞为孙宝琦（民国国务总理）之婿，纳妾之多，六十余人，既赌且嫖，将其所得遗产，不数年即耗尽。庄夫人屡诫不听，因令盛氏总管李某某月只给以数百元零用而已。泽丞知其母多私房，竟诬李某某与庄夫人有苟且，逼之，庄夫人忿而致死。未死前将李某某解职，把仅存之三百万现款及贵重珠、宝、翠、钻等等，均遗嘱归七女瑾如一人所有了。及丧事毕，四兄向七妹要平分秋色，七小姐一面将所有财产悉转移交给表侄庄铸九代保存（铸九为庄夫人兄之孙也），一面出示遗嘱，分文不给，于是盛氏兄妹争产案，在上海法院连续十年左右，各报遍登，几无人不知之事。直至反动派蒋帮至南京后，始由郑毓秀女律师为七小姐辩护，将泽丞压平，给以十余万了事，兄妹二人形同水火矣。宋子文上台后，因憾当年未能与七小姐成为夫妇，均以泽丞听了李国杰一言反对而未成，故将盛氏所有不动产悉数充公。泽丞乃求七小姐至南京求宋氏姐妹说项，得全部发还，兄妹始言归于好也。

当争产案平息后，七小姐向表侄索回存款存物，铸九一一取出给她过目，除打官司付去二十余万，付老四之十余万外，丝毫未动。铸九云："请你把收据还我，即交还可也。"七小姐以至亲，未有收据，愿以一部分作为酬报。庄云："无收据，对不起，不还了。"七小姐泣问有何其他条件？庄云："你嫁给我即可以了。"七小姐在此逼迫下，于是表姑下嫁了。婚后，买大洋房于愚园路，汽车十年之间连换七辆之多，铸九享尽了妻财（外面只挂会计师招牌，作门面耳）。解放后泽丞窘迫了，日至七妹家中团聚团聚而已。土改时，政府将泽丞之不动产、田地完全归公。苏州留园，乃泽丞之产业也，亦归公。政府照顾留马棚一间，嘱为其住所。五七年，泽丞群妾悉不别而行（正室早亡），于是茕茕一人归正首丘，死于留园马厩中矣。身后一切，完全七小姐一力完成者也。五八年铸九夫妇亦被政府扫地出门，家财悉充公，迁住在今之五原路一汽车间中了。余以平襟亚之介得识七小姐，铸九已死三四年矣。

泽丞以利令智昏，竟诬生母以污蔑之辞，铸九以利欲熏心，上逼姑母为妻，均为旧社会中之丑态百出之事，而结果均奇惨，亦报应邪？（泽丞诬母之事，乃盛氏老干部前汉冶萍煤矿矿长舒楚生所告余者，舒子叔培，兽医院院长，即泽丞之长婿也，故可信也。）

四

在清代乾隆以前，扬州盐商富比王侯，名驰当世。嘉道之际，浙江平湖之乍浦镇，木商云集，亦以富称。沪剧《游码头》中唱词有"扬州游过盐码头、乍浦游过木码头"之句也。嘉道后，乍浦四大巨商：伊、颜、陈、邹，伊氏只现银一项，有一千万两之多，第三即先高祖，亦有六百万两。至咸丰时，伊公无子，只二女，一嫁陈氏（一颜氏），即先祖母也，妆奁达八十万。余尝获读平湖文学名家黄金台所写日记，某月日，至乍浦贺陈氏婚礼，见衣箱所有环圆锁，悉为银制，扎包之绳索，丝质，扣环为翠、玉者云云。黄公讥为逾分也。吾陈氏世代不置田产，谓克扣农民不忍云云。其时先曾祖以所有家财在乍浦建造了铜炮数百尊，以献清廷，立海防，故当时得一匾曰"毁家纾难"，特赐藩司，方伯衔也，故家产已空空如也。先祖恃委财，生活较先叔祖（名铁字心泉，娶妻至贫）宽裕多多，故以家用开支悉以付之，俾得同享生活。某日先祖无意至其房中，见正午餐，满桌丰盛，几同宴席，回顾自己所食者，尚不如中人之家。遂归房中，商之先祖母，以妆奁良田八百亩，析四百数给先叔祖，嘱其分居了。以四百亩捐与当时平湖"观海书院"作贫穷士子为膏火之费了。更纳资为知县，迁居苏州了，历官徐州府治之知县多年。

先祖无姬妾，祖母生子十四人、女二人之多，先君行十一，年十四时，先祖即去世，年未五十也。先祖故世后，祖母只能携子女等回乍浦。先祖母知书识字，但不善理家，故又以财产权仍归先叔祖代操其劳了。他首以节约开支为言，即将西门大住宅（妆奁也）出典于他姓，家中婢仆一一遣去，将先祖母迁入南门一小宅中（他仍住西门大宅一部分中），又陆续给去珍宝甚多，先君犹忆及有一挂翡翠朝珠被他以三千两卖去，交嫂氏只五百元而已。不久，他亦纳资为同知，捐省福建了。去京引见时，晋谒先祖至友嘉兴钱应溥（子密）军机大臣、工部尚书，求钱公云："先兄儿女成群，嗣后均需靠之生活。"故求钱向闽省当道格外照拂，钱允照办。及回乍浦携眷去闽，向嫂氏辞行时，先祖母泣为之曰："心弟，吾垂死之人矣，一群侄儿女，惟你是靠矣。"他云："嫂嫂，你放心，吾如忘却你，不好好照顾侄子女等，将来虽至七八十岁，亦必生疽发背而死的。"言时且以手指指背后。当时先君十六岁亲见亲闻之事也。

先叔祖去闽后，先祖母不久亦逝世，他居然派人将侄儿女接去福州。时大伯父已故，二、三、四，三位伯父均已成家室未去，五姑母已嫁，六、七，二位在洪杨入据浙省时，中途逃难失去，存亡莫卜，八、九亦未去，只十、十二姑母，十三（十四已死）、十五叔父五人去闽。先君在十四岁做孤儿时即被先叔祖强令入一米行为学徒，不令读书。先君只做三个月，即逃回乍浦者，故忿而携一破皮箱及破被一条，随张元济、高宝銮（均举人赴京会试者）二公同去北京，晋谒钱公，由钱介入直隶奉安县学幕矣（乃钱谷师爷也）。三年之后，先叔祖以钱公力，得任福建漳州铜元局局长（是时名“提调”），知先君已能会计，乃召之为主任。先君元配、先母朱氏，乃当时结婚者，岳父为漳州知县也，故先君亦纳资为闽省小官也。三年朱氏先母逝世后，先叔祖已卸任回福州，先君又回平湖续弦，即先母汪夫人。先君偕眷同至福州后，时十二姑母形同婢女，适朱氏先母之堂弟朱景星（字聚五）丧偶，先叔祖遂以十二姑母字之（余称聚五为六舅舅，不叫姑夫者）。朱舅当时乃一至穷困之候补知县，故先叔祖嫁十二姑母时，完全以婢女礼遣嫁者。先君亦无力助之，时呼负负而已。乃事隔只半年，朱舅每逢按当时向例须至藩台衙门晋谒一次，某日藩司朱其煊（绍兴人，乃李国杰之外祖父也）接见时，见朱舅为平湖人，询之曰：“漕运总督朱椒堂（名为弼，著名金石考据家，阮云台元之至友也）先生，为你族人否?”朱舅站立回之云：“是先曾祖。”藩司立即站起谓之曰：“吾先人曾受椒公栽培，迄今不敢或忘，知道了，很好很好，你去罢。”不半月即挂牌委朱舅为福建首县闽县知县了。此异数也。朱舅本擅刑法，乃以练达名闻于省垣矣，其后历得美缺，遂以穷官而为干员矣。自此十二姑母归宁，姑太太之声不绝于耳矣。所谓世态炎凉，至斯尽见之矣。入民国后，朱舅又以通法律，虽已得半身风痹之疾，当时督军李厚基犹倚之为助，任军法处长十余年之久。

民国三年，先叔祖已七十四五矣，竟以疽发于背，呻吟至久而死，应了四十年前之恶誓矣。噩耗抵申之日，先君为之长叹不已者数日。先叔祖死后，孙辈多人，无一不仗朱姑丈之力，一一为之提挈，或为县长，或为科长。及朱舅故世后，太山倒了，纷纷无依了，后穷至以出卖《三国志》等小说，一元二元以度日了。今全家尚有在闽者，已不知情况如何了。

嗟夫，天之报应，岂真不爽邪？余固不信也。当朱陈结婚之三月后，朱舅迁新居，晋屋时，群蜂密集于墙，朱舅特作蜂房留之，后又有鸽子来停房上，又筑鸽房养之，愈来愈多，竟至数百。时余只四五岁，十二姑母知为先君先母所钟爱，故日以鸽蛋十余枚送来，余乃每日以之为点心者，至今犹念念不忘。朱舅之子，为民初财长张弧侄女，张第二次为财长时曾仕以全国印花税处副处长，后回福州，亦不知存亡矣。

（以上四事为余所亲见之事，故记之，不知者尚不知有多多少少也。）

后记

今年是我外公陈巨来诞辰一百零五周年，又恰逢历年来已发表在《万象》上的篇章汇集为《安持人物琐忆》付印面世。这些都是外公在身处坎坷逆境时“述往事，思来者”之作。回忆当年旧事，外公曾向我娓娓谈及，故耳熟能详。

综观外公艺事及广会师友的发展轨迹，其成长过程绝非偶然。外公以其篆刻，结识了王同愈、叶恭绰、张伯驹、赵叔孺、吴湖帆、张大千、溥心畬、谢稚柳、陆俨少、程十发、刘旦宅等诸书画大家。赵叔孺鼓励其专攻元朱文；吴湖帆借予《汪关印谱》，一借七年供外公钻研；张大千在海外为其出版印谱，嗣后又惠寄画作，聊寄对祖国思念，特别是绘制一幅口含太平花的婴儿，殷切问候相别数十年“尚有童心否”？可见他俩真挚的可贵友谊。

外公平时对我极为随和，随便说笑，但对指导我刻印奏刀，章法布局则极为认真。他说：“你日夕在我左右，刻印必须有所长进，否则你愧对你外公。”可是我虽获外公耳提面命，与外公大手笔相比，只能说得其一鳞半爪，言之有愧。这些年来所刻印章，曾得顾廷龙、汪道涵、王明明等诸先生的赞许，稍可告慰于外公。

我侍奉外公多年，给大家介绍其生活中另一面鲜为人知的事情。

他除了治印、写书法，其他爱好极为广泛，喜欢京戏、昆曲、评弹。更有趣的是，还喜欢看年轻人爱好的电视剧，如刚改革开放时，从日本进口的电视连续剧《青春的火焰》《姿三四郎》等等。他说如此才不致落伍。某天，有家单位邀请上海著名书画篆刻家在酒店晚宴，席间，大家酒性正浓时，外公忽然起立，提早告辞。东道主问其为何如此早就退席，他说回家看《姿三四郎》。这或许是他的童趣，宁可放弃美食，也不能错过欣赏电视。

他在日常生活饮食中也有独特一面。“文革”中，受“四人帮”迫害，脱肛很厉害。粉碎“四人帮”后，他请朋友从香港寄来白脱油，每天早餐是豆浆中放入油条再加入少许白脱油。我问他为何白脱油不夹在面包中吃，他说会呕吐，放在豆浆中吃可治脱肛。吃了近一个月左右，果然脱肛有明显好转，可谓奇迹。这是他自己无意之中发现的“秘方”。

对人生哲理，他自有见解。他说：“人要死在别人的脚底下，而不要死在别人手掌中。”我大惑不解，问他这话怎么理解，他说：“如果某人死后，大家跺脚感叹，大呼可惜！可惜！说明此人是好人。如果此人死后，大家鼓掌叫好，那此人肯定生前令大家讨厌。所以说要死在别人的脚底下，而不要死在别人手掌中。”细想此话深含哲理。

外公是个很风趣的人，本书中所描写的主人公大都是他生前的好友，也有长辈。在他的笔下以白描式手法把每个人物描绘得如闻其声，如见其人，读来令人拍案叫绝。他有独立的个性，不论达官贵人，还是平民百姓，只要是好人，他都会真心对待；反之，即便是达官贵人，他也会毫不犹豫当面指着此人痛骂，因此得罪不少人。然而正是有了这个性格，所以他的元朱文印独树一帜，独步印坛。同时也能写出众多真实的、活灵活现的人物，不但写别人真实，书中有许多描写自己的内心活动也很真实，毫无保留地展示给广大读者。诚如鲁迅先生所言，不单解剖别人也解剖自己。

本书中大部分文章，曾在《万象》上连载，前后长达七年之久。最要感谢的是陆灏先生，原文没有标点符号，没有段落，而且字写得相当小，是陆灏先生花很多心血，加标点、分段落，有些文章很长，他再分段加上小标题，使之得以斐然成章更加完美。在此我代表我的家人向陆灏先生表示衷心的感谢！还要感谢施蛰存先生将这批稿子保存下来，然后转交周劭先生，再由周劭先生转给陆灏先生，又承蒙陆灏先生推荐，把这批稿件交给上海书画出版社出版。承蒙上海书画出版社领导、责任编辑以及为此书付出辛勤劳动的女士们和先生们的支持，使此书得以顺利付梓，在此我代表我的家人向你们表示最衷心的感谢！

孙君辉

2010 年

新版再记

《安持人物琐忆》自 2011 年由上海书画出版社出版以来，受到很多读者的关注，成为民国旧事的一段注脚。这些文章最早发表于《万象》杂志，首次公开出版距今快二十年了。这些写于德国打字纸上，没有标点，不分段落的文字，外公生前肯定想不到能结集成书，而且有如此多的读者。此次，出版社对全书做了一些修订，并予以全新编排，以纪念这批文献的首次发表。谨此致以诚挚的感谢。

孙君辉

2019 年 2 月